D0727134

LES MORUES

Née en 1980, Titiou Lecoq débute très tôt sa carrière littéraire en réécrivant la fin des romans de la Comtesse de Ségur. Après une formation en sémiotique et divers petits boulots, elle devient pigiste pour plusieurs magazines et crée le blog girlsandgeeks.com, qui croise les thèmes de l'Internet, du sexe et… des chatons. *Les Morues* est son premier roman.

TITIOU LECOQ

Les Morues

AU DIABLE VAUVERT

© Éditions Au diable vauvert, 2011.
ISBN : 978-2-253-16680-1 – 1re publication LGF

À ma sœur

Prologue

La soirée Kurt

Au début, il y a la sonnette – et la porte qui s'ouvre et se referme sans cesse. Des pas qui résonnent dans l'entrée. Et des embrassades, des « ah », des « oh ». T'es déjà arrivé ? J'croyais que tu finirais plus tard le taf. Ouais, mais finalement j'ai bien avancé. Hé, Antoine on va pas parler boulot ce soir, hein ? Ça serait de la provoc ! Un brouhaha généralisé. Des verres qui tintent. T'as apporté les bougies ? Non c'était à Ema de le faire. Chut, on va commencer… Moi, j'ai pas de bougies mais j'ai de la vodka. Vodka ! reprend en écho une autre voix. Ça va… On va pas non plus entrer en communication avec son esprit, on a passé l'âge… Toi, t'as décidé de jouer le vieux con de la soirée. Non mais… on va faire ça encore combien de temps ? Jusqu'à l'inculpation de Courtney, tiens. Rires. Putain, vous êtes lourds les mecs. Hey, le MLE, laisse tomber. Mais ça m'énerve ! Faut forcément que ça soit la méchante femme, va régler tes problèmes avec ta mère Œdipus. Hou là là… Ça vanne sec ce soir. T'es pas d'accord Charlotte ? Si – mais ils te provoquent. Dis donc Fred, t'as mis ton plus beau t-shirt… Oui, tu le trouves bien, c'est vrai ? Non, elle se fout de ta gueule.

On te le dit tous les ans que c'est ringard de se trimballer avec la pochette de *In Utero* dans le dos. Non, je le trouve vraiment bien, sincèrement, c'est… original de pas mettre *Nevermind.* Hein ? Quelqu'un veut que je mette *Nevermind* ? Ouais ! Non, attends, moi j'ai apporté un CD avec des faces B inédites. Laisse tomber tes inédits, ils sont tous sortis avec le dernier coffret – à cause de cette pute de Courtney, hein Ema ? Tu m'emmerdes Gonzo. Par contre, la bouteille de vodka sur mon meuble Stark, vous allez éviter. Toi, t'as su garder la grunge attitude dis-moi… Alors, t'as une copine en ce moment ? Oui, je vois quelqu'un. Oh mais c'est génial ! Les filles, arrêtez de lui parler comme s'il avait 3 ans. Elle fait quoi ? Elle est à la fac. Wahou, elle est prof ? Non. Thésarde ? Non plus, elle est juste étudiante, en licence. Attendez ! Fred fait son coming-out pédophile ! Mais elle a quel âge ? 20 ans. Eh beh, mon cochon… Bon, on commence ? Oh merde, on commence quoi ? On se refait le débat sur le suicide, c'est ça ? Faites chier, on est le 5 avril, on va pas parler stock-options. Alors, moi je pense qu'il s'est suicidé parce que la vie c'est de la merde, ça te va ? Il s'est pas suicidé ! Y avait aucune empreinte sur le fusil, même pas les siennes, on l'a assassiné et moi je dirais que c'est… Ta gueule ! Il s'est suicidé parce que le star system c'était pas son truc, il a jamais voulu ça. Moi, je voudrais juste vous dire que s'il nous voyait maintenant, une bande de trentenaires parvenus qui se souviennent du grunge une fois par an, il se tirerait une deuxième balle.

PREMIÈRE PARTIE

Chapitre un

L'enterrement et les Morues

Depuis une dizaine de minutes, Ema gardait la tête obstinément levée vers la voûte. En suivant des yeux les courbes compliquées des arches gothiques de l'église, elle espérait éviter de pleurer. Mais d'une elle commençait à avoir sérieusement mal à la nuque et de deux il devenait évident qu'elle ne pourrait pas échapper aux larmes de circonstance. Bien qu'elle eût pris la ferme décision de vider son esprit de toute pensée ayant un quelconque lien avec *elle*, rien ne pouvait effacer cette assemblée vêtue de noir au milieu de laquelle flottaient des visages familiers aux traits tirés et blafards. Ça lui foutait une boule dans la gorge. De l'autre côté de l'allée, elle pouvait voir la famille et l'éternel – et très éphémère – fiancé, Tout-Mou Ier. Le pauvre garçon était complètement effondré. Son visage, qui déjà habituellement présentait la virilité d'une pâte de guimauve, avait littéralement fondu. Même Antoine, assis à côté d'Ema, était pâle comme un linceul. Ses mains, posées sur ses cuisses, restaient aussi inertes que le reste de son corps. Il semblait tendu vers un point fixe, peut-être l'immense crucifix doré qui les dominait. Elle ne voulait pas avoir l'air d'espionner la tristesse des autres ni soupeser les oripeaux de leur malheur mais elle ne pouvait pas s'empêcher d'épier l'attitude de chacun. En attendant la cérémonie, un entremêlement de vagues chuchotis résonnait dans l'église. Si le simple spectacle du chagrin des autres suffisait à la bouleverser, elle n'osait imaginer comment elle allait réussir à affronter l'enterrement proprement dit. En fait, Ema avait deux trouilles bien précises. Option numéro un : être prise d'un fou rire, un ricanement démentiel à gorge déployée, les yeux exorbités, les veines du cou gonflées et les bras agités de mouvements incontrôlés, le genre de comportement qui vous fait partir direct pour l'asile. Option numéro deux : plus simple, s'effondrer, se jeter à terre au moment de la crémation. Dans les deux cas, elle passerait pour une hystérique et serait sans nul doute soupçonnée de trafic de drogues, qui plus est dans un lieu de culte – ce qui constituait sûrement une circonstance aggravante. Heureusement, pour le moment, le cercueil était invisible. Déjà, pour préserver sa santé mentale, elle avait fermement refusé d'assister à la mise en bière. « Mais les thanatopracteurs ont fait un formidable travail de reconstruction du visage, tu sais. » Par déduction, sans doute la présence du « mais », elle supputait que cette phrase avait été formulée pour la rassurer. Sur un être à peu près normal comme Ema, elle avait eu pour seul effet de la pétrifier d'effroi et de lui faire rajouter une centaine de mètres de distance entre le salon funéraire et elle. Reconstruction du visage… Ema ne voulait voir ce visage ni mort, ni reconstruit.

Vu les circonstances, c'était quand même remarquable que la famille ait réussi à obtenir un enterrement religieux. Elle s'interrogeait sur d'hypothétiques sommes d'argent que les Durieux avaient dû verser pour contourner les interdits de la parole divine quand elle sentit qu'on pinçait son soutien-gorge. Un petit clac résonna. Elle se retourna, furieuse. « Putain, Gonzo, t'es grave ! » Il écarta les mains d'un air sincèrement désolé. « Scuse, pas pu me contrôler. Me rappelle trop quand t'étais devant moi en cours de philo. » Antoine leur lança un regard hautement désapprobateur mais Gilles intervint, « Ça va Antoine, chacun gère son stress comme il peut. » Le prêtre apparut alors sur l'estrade, suivi de deux enfants de chœur. L'assistance se leva dans un raclement de chaises désynchronisé. C'est à ce moment précis qu'Ema comprit que l'option numéro un était nulle et non avenue. Elle allait directement passer à la crise de nerfs, elle se sentait absolument incapable de tenir le coup. À la fin du morceau, le prêtre leur fit signe de se rasseoir. « Mes très chers amis, nous sommes réunis aujourd'hui dans la maison de Dieu pour dire au revoir à Charlotte Durieux. » Cette simple phrase, pourtant un ramassis de tous les clichés qu'elle honnissait, provoqua un ensemble de réactions physiques qui la dépassèrent. Elle fut prise d'une défaillance alors même que la boule dans sa gorge gonflait comme une tumeur. Les larmes allaient jaillir quand, miracle hautement divin, des bruits de pas précipités la sauvèrent du désastre. Fred s'était arrêté au milieu de l'allée principale, essoufflé, l'air hagard et même à cette distance ils pouvaient tous profiter du spectacle de sa sueur dégoulinant le long de ses joues écorchées par un rasage trop rapide. Gonzo tapa sur l'épaule d'Antoine. « Ton frangin, il en loupe pas une. » Le pauvre Fred avait l'air complètement paniqué. Ema leva discrètement la main pour lui faire signe de s'installer à côté d'elle. Ce n'est qu'à l'instant où il se glissa sur la chaise qui, évidemment, émit un gémissement amplifié par l'acoustique du lieu, qu'elle entr'aperçut le dos de son t-shirt. Cet abruti avait mis son fameux t-shirt *In Utero.* Pour saisir l'absolu mauvais goût de cette tenue à un enterrement, il faut visualiser le dessin en question : un ange écorché vif avec muscles, veines, intestins et tripes apparents.

Malgré cette interruption, il ne lui fallut pas plus de quarante secondes pour se transformer en une pompe à larmes reniflante. Que Gonzo lui attrape maladroitement l'épaule aggrava ses sanglots. Son corps lâchait complètement prise, à la manière d'une machine qui s'emballe, alors même qu'elle se sentait étrangement froide et distante de la scène qui se déroulait sous ses yeux. Ema se regardait, impuissante face à ses propres larmes. Cette crise suivait un schéma bien précis. Dès que le prêtre ou un proche prenait la parole, elle fondait en sanglots, donc elle n'entendait plus rien ce qui lui permettait de se calmer. Dès qu'elle retrouvait son calme, elle entendait les éloges funéraires et les grandes eaux reprenaient. On aurait dit que son organisme avait décidé d'évacuer tout ce qu'il pouvait contenir de liquide. À ce rythme-là, elle n'allait pas tarder à suinter du sang. Elle tentait vainement de se concentrer sur Antoine qui froissait et défroissait le programme des prières, l'air indifférent à la tessiture de ses talents de pleureuse, sourd à la large gamme des bruits qu'elle produisait – reniflement, toux, couinements, gémissements, murmures plaintifs, cris étranglés.

En sortant de l'église, la tempête de sanglots prit fin et elle respira à nouveau. Comme il se devait pour un enterrement parisien, il faisait gris. Ils étaient tous là, les vieux amis, l'air empoté, à fumer des clopes en silence, un peu à l'écart des autres qu'ils regardaient en se demandant quel rôle ils avaient bien pu jouer dans la vie de Charlotte. Pour eux, pas de doute, ça devait être écrit sur leurs gueules. Ils auraient aussi bien pu mettre une pancarte « amis du lycée ». Ils restèrent longtemps comme ça, à attendre les uns à côté des autres, sans rien dire. De temps en temps un soupir s'échappait. Un pied qui jouait à faire des petits tas avec les graviers. Gilles lâcha un « putain » d'un ton lourd, les yeux rouges. Fred, qui heureusement avait remis sa parka, finit par demander ce qu'ils faisaient maintenant. C'est son frère qui lui répondit sur un ton légèrement exaspéré qu'ils allaient « chez eux » pour un apéritif funéraire. Et Gonzo fit une blague foireuse sur l'ambiance mortelle.

Par la suite, Ema détesterait se rappeler cette « putain de journée de merde ». Une série d'épisodes hautement gênants, des enjeux de pouvoir entre amis et comment une étrange idée germa dans sa géniale tête. Ces événements se concentrèrent à la petite sauterie funéraire organisée chez Charlotte et Tout-Mou. Tout-Mou s'y transforma d'ailleurs en Tout-Liquide au cours d'une scène atroce où le pauvre garçon s'écroula en larmes au milieu du salon (l'option numéro deux d'Ema donc) en geignant comme un cochon égorgé. « Je comprends pas. Comprends pas. Tout allait bien. On avait des problèmes mais comme tout le monde. Pourquoi elle était pas heureuse... J'étais là pour elle. Son travail aussi, ça allait. Elle écrivait même un article pour *Objectif Économie.* On venait d'acheter la maison. Je lui aurais tout donné... Pourquoi ? Je savais même pas qu'elle avait une arme. » Heureusement pour la bienséance, deux hommes en costume le prirent fermement par le bras pour lui faire quitter la pièce.

À ce moment-là, Ema avait perdu de vue la bande. Cernée par les murs vierges de cet appartement trop blanc où aucune vie de famille n'avait eu le temps d'éclore, elle scrutait d'un regard hiératique le buffet avec une impression d'étouffement qui allait en s'accentuant de seconde en seconde. Évidemment, pas l'ombre d'une bouteille de vodka. Ici, ça se démontait la gueule certes, mais au bordeaux millésimé.

« Je vous conseille le saint-émilion. »

Elle se retourna et dès qu'elle vit le mec dans son costard impeccable, elle détecta le plan drague. Rien qu'à son sourire. Le sourire du mec qui se dit que l'air aimable ça peut aider à conclure.

« Merci mais je ne bois pas, répondit-elle sur un ton qui tentait de sous-entendre je ne baise pas non plus.

— Je ne veux pas être indiscret mais vous devez être Ema ? Charlotte et Édouard m'ont beaucoup parlé de vous... »

Ce genre de phrase, ça la rendait parano. Quand on parle *beaucoup* de quelqu'un, c'est rarement pour vanter ses qualités. Surtout vu l'opinion que Charlotte avait sur son mode de vie dépravé.

« Et vous ? Je suppute que vous êtes un collègue de travail…

— Bien observé. Je me présente, Fabrice. Je suis conseiller chez McKenture au même service que Charlotte.

— Ah… J'ai jamais rien compris au boulot de Charlotte. »

Malheureusement, il prit cette remarque pour une preuve d'intérêt et entreprit de l'éclairer.

« Oui, c'est très complexe comme activité. Mais pour vous résumer dans des termes intelligibles, les entreprises nous demandent des conseils pour améliorer leur rentabilité, être plus performantes. L'éventail des moyens est assez large, fusions et acquisitions, segmentation produits/marché, développement de nouveaux produits, réduction des coûts. On est vraiment au service des entreprises avec des solutions adaptées sur mesure. »

Allez, bingo, il avait réussi l'incroyable exploit en une seule phrase d'enchaîner au moins une dizaine de mots qu'elle avait en horreur.

« Mmm… Moi, le monde l'entreprise…

— Mais on s'occupe aussi bien d'entreprises privées que publiques. Vous seriez étonnée.

— Ça, je n'en doute pas… Excusez-moi mais je vais aller m'isoler un peu. C'est un jour difficile pour moi. »

Ema s'attendait quand même à ce qu'il prenne un air penaud mais pas du tout. Le-monde-de-l'entreprise-est-formidable avait le même sourire dégagé quand il lui tendit sa carte de visite au cas où « vous auriez envie de restructurer quelque chose dans votre vie ».

Elle s'éloigna rapidement. Elle avait la tête qui tournait et une nausée générale. En sortant son téléphone pour calculer combien de temps la bienséance l'obligeait à rester dans cet enfer, elle vit qu'elle avait reçu un texto de Blester. Ou phonétiquement Blestère – vu qu'à l'époque, elle ne savait toujours pas écrire son nom. « J'espère que c'est pas trop dur. Je pense à toi. Appelle si ça va pas. » Évidemment, il était hors de question qu'elle l'appelle, ils n'étaient pas suffisamment proches pour partager ce genre de choses, le sexe, aussi incroyable fût-il avec Blester, ne suffisait pas à légitimer un coup de téléphone en pleurs. Néanmoins, elle devait admettre que son message l'aidait à retrouver son calme au milieu de ce cauchemar éveillé. Cauchemar dont le climax fut atteint au moment où elle se trouva prise au piège avec la grand-mère de Charlotte dans ses bras. Contre son épaule, la vieille femme pleurait doucement des larmes qui se répandaient dans un murmure. Tu te souviens quand vous veniez passer les vacances dans ma maison à Nice ? Je vous disais d'aller vous coucher, vous étiez petites, je vous entendais piapiater jusqu'à pas d'heure et quand j'ouvrais la porte vous faisiez semblant de ronfler et je faisais semblant de croire que vous dormiez. Ema s'en souvenait parfaitement mais n'avait aucune envie de remuer ça. Surtout pas aujourd'hui où toutes ces évocations du passé l'écœuraient. Ces souvenirs, c'était avec Charlotte qu'elle avait envie de les partager – sans elle, ils n'avaient ni sens ni saveur. Brigitte, la mère de Charlotte, qui conservait une dignité parfaite et des attentions de maîtresse de maison, surprit sa gêne et vint doucement récupérer ce corps décharné qui s'agrippait à elle. Elle en profita pour tenter une fuite par une porte à droite qui se révéla être celle de la cuisine. En entrant, la première chose qu'elle vit fut Gilles en train de sursauter puis, au second plan, les autres debout, l'air un peu gêné et cachant visiblement quelque chose. « Ça va, marmonna Gilles, c'est Ema-les-gros-nibards. » Ils s'écartèrent et elle découvrit Gonzo, assis près de la fenêtre, en train de rouler un énorme pétard. Le sourire stupide qui s'étalait sur son visage l'exaspéra tout de suite. Elle leur demanda d'un ton soupçonneux s'ils étaient bourrés. Gilles sortit de sous une chaise une bouteille en murmurant « Vodka ». Elle tendit la main et avala une généreuse rasade avant d'aller se percher sur la table. La cuisine, comme le reste de l'appartement, était meublée à neuf comme un copié/collé des pages déco des magazines, un tiers de blanc, un tiers de rouge, un tiers de métal. On aurait dit une cuisine de démonstration. Ils restèrent tous les cinq silencieux se faisant des signes de la main pour récupérer la bouteille à tour de rôle jusqu'à ce que Gonzo dise, la tête tournée vers la fenêtre :

« Et voilà, ça, c'est fait. »

Mais visiblement il ne parlait pas du joint qu'il venait de poser sur la table. Avec l'absence de tact qui le caractérisait, il enchaîna pour demander à Ema :

« Tu vas voir Alice au bar après ? Parce que je suis en scoot, je peux te déposer en route.

— Désolée, après je rentre chez moi. Mais c'est très gentil de me proposer. Et surtout, je sais combien c'est désintéressé de ta part… »

Elle se sentit un peu minable de lui mentir mais après tout, c'était pas le bon jour pour draguer. Depuis qu'elle avait eu le malheur de l'inviter à une soirée DJ Morues au bar où bossait Alice, il semblait scotché sur elle. Mais c'était son droit inaliénable de refuser le rôle d'entremetteuse qu'il semblait vouloir lui faire jouer.

Antoine reposa son verre avec bruit.

« Fred, je sais que t'en as rien à foutre des autres mais aujourd'hui t'aurais pu montrer un minimum de respect et nous éviter ton t-shirt ridicule. J'ai dû aller présenter des excuses à la famille pour ton accoutrement. »

Fred baissa la tête. Entre les deux frères, le rapport de soumission était toujours le même. D'ordinaire, personne ne s'en mêlait pas mais aujourd'hui, l'air supérieur d'Antoine qui les avait traités comme des gamins depuis le début de la journée insupportait Ema au plus haut point. Presque autant que l'attitude servile de Fred.

« Parfois, t'es vraiment trop con Antoine. Ton frangin, il a juste voulu être gentil. Il a mis ce putain de t-shirt parce qu'à la soirée Kurt, Charlotte lui a dit qu'elle le trouvait bien. »

Fred, toujours la tête baissée, tenta de calmer les choses.

« Vous engueulez pas, pas aujourd'hui. Antoine a raison…

— Attends Ema. Tu vas pas me faire la morale. Je parle à mon frère comme je veux. En plus, avec tout ce que t'as balancé comme vacheries sur Charlotte, tu devrais faire profil bas. Bravo pour ton numéro d'hystérique à l'église au fait. Sachant que ça fait dix ans que vous ne vous adressiez plus la parole, c'était très convaincant.

— Mais je t'emmerde. J'ai jamais dit de saloperies, je lui ai dit ce que je pensais. Et puis ça te regarde pas. T'as pas un quart des souvenirs que j'ai avec elle.

— Quels souvenirs ? Ta perpétuelle compétition pour lui prouver qu'elle avait tort d'avoir choisi une vie raisonnable ?

— T'es un putain de connard. J'ai l'impression que t'as oublié pourquoi on était fâchées…

— Ça, c'est vraiment facile. Faudrait savoir, soit ce qui t'est arrivé est horrible et douloureux, soit c'est bon, tu gères. Mais visiblement c'est à géométrie variable. »

Gilles se mit à applaudir et le bruit de ses mains résonna étrangement dans la pièce.

« Bravo. Sublime échange. Très bon goût, parfaitement approprié. C'est bon ? Vous avez fini ? Non mais parce qu'au lycée, si je me souviens bien, ça pouvait durer une semaine vos engueulades d'amoureux à la con. À se demander comment vous avez pu vous supporter pendant deux ans…

— C'est simple, répondit Antoine. On ne se supportait pas. »

Ema tendit la main pour que Gonzo lui repasse la bouteille. Elle avala une rasade en fixant Antoine puis quitta la pièce.

Après s'être fait allumer la gueule au chalumeau par Antoine, elle se résigna à goûter aux saveurs du bordeaux millésimé. Quelques minutes plus tard, légèrement ivre, elle glissait entre les invités. C'était comme une chanson de Chokebore mais elle ne se souvenait plus de l'air. Brusquement elle se sentit triste. Mais pas de la tristesse désespérée et mécanique, téléguidée par les circonstances, qui l'avait secouée à l'église. Sa copine était bien morte – sinon pourquoi tous ces gens seraient réunis. Elle était morte et Ema eut l'impression très précise qu'avec elle quinze ans de souvenirs avaient été anéantis. Toutes ces heures de discussion englouties. Tous ces souvenirs à partager avec une morte. Avec personne. Ils seraient rétrospectivement ternis par cette mort. Ce ne seraient plus des souvenirs mais des évocations teintées de mélancolie, vagues et incolores. C'était son adolescence qui disparaissait avec cette dépouille. Mais… Putain… Elle ne pouvait s'empêcher de penser qu'à 29 ans elle était un peu trop jeune pour enterrer son amie d'enfance. Certes, les couettes à la maternelle, les queues-de-cheval en primaire et les jeans troués du lycée s'étaient effacés depuis longtemps déjà. Mais s'ils étaient loin, ils l'étaient comme une vieille copine avec qui on s'est fâchée à cause de… la vie quoi et contre qui on rumine mais qu'on est bien contente de recroiser une fois l'an. Aujourd'hui les couettes, les sous-pulls roses Thermolactyl qui grattaient, les photos de Mark-Paul Gosselaar collées dans les agendas, tout avait brûlé d'un coup et jamais elle ne les rattraperait – même à la faveur fugitive d'une serviette tendue, d'un décalage entre deux pavés ou d'une savoureuse madeleine. Elle avait eu cette même intuition le jour où sa mère avait donné à Emmaüs le vieux canapé en velours marron, celui avec la tache de café sur l'accoudoir. Des couleurs (marron orangé), des sons (de synthés prétentieux), des odeurs, des sensations lui revenaient très vaguement pour redisparaître à jamais dans ce qu'on appelait le passé – autrement dit le néant. Ce qui lui avait semblé être un présent immuable se réduisait à une période de l'histoire.

Dans l'entrée de l'appartement, elle tomba nez à nez avec une espèce de cadre lumineux passablement kitsch où trônait une photo format XXL de Charlotte et elle en jeans déchirés et chemises de bûcheron canadien. C'était Gonzo qui avait pris cette photo au cours d'une après-midi assez mémorable passée à zoner dans un square. Les deux visages encore un peu enfantins affichaient des sourires angéliques. Évidemment, personne ne voyait en hors champ le joint que tenait Charlotte. Ema secoua lourdement la tête. Ce n'était pas que ça. Il n'était pas question que de sous-pulls roses. Il s'agissait du monde tel qu'il était devenu.

Charlotte représentait l'avant. Elles n'avaient jamais été « friends » sur MSN, Myspace, Facebook. Elles avaient été copines à une époque où sortir dans la rue avec un téléphone – oui, vous savez, un téléphone, pas ces petites merdes de la taille d'un paquet de cigarettes non, l'énorme cube en plastique qui trône sur un meuble et pèse trois tonnes – relevait du délire poético-surréaliste. Une époque où on se faisait engueuler parce qu'on monopolisait ledit téléphone familial toute la soirée. Une époque où on disait une phrase aujourd'hui absurde, « Excusez-moi de vous déranger, c'est Ema, je voudrais parler à Charlotte s'il vous plaît. » Le monde avant donc… Mais avant quoi précisément ? Elle n'arrivait pas à mettre le doigt dessus. Elle n'avait qu'un ensemble infini d'exemples qu'elle ne parvenait pas à classer sous un nom précis. Du point de vue technique, les années 80 paraissaient aussi obsolètes que les années 50. Et la guerre froide aussi contemporaine que la bataille d'Azincourt. Préhistorique. Quand tout avait-il changé ? Sans doute quelque part entre deux chutes. Le mur de Berlin et le World Trade Center. Deux effondrements physiques auxquels s'opposait le développement d'un espace entièrement virtuel. Ema avait la sensation que les dix dernières années avaient bouleversé le quotidien et l'exceptionnel, le particulier et le général bien plus profondément que les décennies précédentes.

En 1994, elle n'avait qu'une idée assez floue de ce que pouvait désigner le terme « logiciel ». Désormais, elle jonglait en toute innocence, sans même y penser, entre les cartes mémoire de son téléphone, de l'appareil photo numérique et de l'ordinateur portable. Elle avait grandi sans ordinateur et ne s'imaginait plus de ne pas être connectée à la sphère mondiale, ne pas avoir un accès immédiat à l'information, la musique, les films. Bouleversements politiques et technologiques – le nouveau siècle sans doute…

Alors qu'elle s'allumait discrètement une cigarette (c'était bien le seul vice qu'elle avait partagé jusqu'au bout avec Charlotte), elle eut une brusque remontée de rage contre Antoine. Ce grand con prétentieux n'avait rien compris. La compétition qui avait fini par les opposer, Charlotte et elle, sur le thème ma-vie-est-mieux-que-la-tienne, était le seul lien qu'elles avaient réussi à garder après… *leurs désaccords.* Mais l'aspect obsessionnel de cette compétition montrait bien à quel point elles restaient attachées l'une à l'autre, se reconnaissant comme seule concurrente digne de ce nom. Et, au final, personne n'avait gagné, ni perdu. On venait juste de fausser le jeu. Charlotte n'aurait jamais abdiqué de cette manière. Dans le foisonnement de ses idées arrêtées sur la vie – en vrac : être honnête, se tenir à ses principes, ne jamais transiger et surtout ne pas accorder le droit à l'adoption pour les couples homosexuels – elle était plutôt du genre à considérer le suicide comme une preuve de lâcheté. Ema pensa que c'était la deuxième fois dans sa vie qu'on lui imposait un événement déterminant et contre lequel elle ne pouvait rien. La définition même du traumatisme. Elle était déjà prisonnière de suffisamment d'épisodes de son passé… Antoine avait tort. Certes, les deux amies ne s'adressaient pratiquement plus la parole depuis sept ans mais la connaissance qu'elles avaient l'une de l'autre était plus profonde que les mondanités de l'âge adulte. La mort comme le sexe, elles avaient passé des nuits entières à élaborer des théories dessus.

Depuis qu'Ema avait appris son suicide, elle n'avait pas vraiment pris le temps d'y réfléchir. Mais là, au milieu des nuées d'alcool, plantée devant cette photo de leur amitié, cherchant du regard un cendrier, quelque chose la frappa brusquement. Comme un infime grain de sable coincé entre les dents qu'on ne parvient pas à localiser. Elle venait de se résoudre à cacher ses cendres dans le pot d'une plante verte quand elle comprit. Charlotte n'était du côté ni de la mort, ni de la vie. Elle était juste normale. Et ce suicide n'avait rien de normal. Si c'était vraiment le cas, ça voudrait dire qu'Ema n'avait jamais rien compris, qu'elle était passée à côté de sa meilleure amie et elle savait que c'était impossible.

Impossible de décrire le soulagement qu'elle éprouva le soir même quand, en entrant dans le Bottle, elle vit les Morues et pas mal d'autres connaissances éparpillées dans la salle. Elle se rappela qu'elles avaient oublié de prévenir les gens qu'elles ne mixaient pas ce soir finalement. Mais c'était tant mieux, ça lui donnait encore plus l'impression de renouer enfin avec le cours normal de sa vie, après une journée passée dans un no man's land à ressasser trop de souvenirs. Ça criait, ça riait, ça hurlait. Alice, en tant que barman en chef de l'établissement, avait dû servir sa tournée de shots pour compenser l'absence de musique. En général, les amis passaient à tour de rôle derrière le comptoir et les avalaient en une seconde pour que le gros Robert, le tenancier, ne repère pas ces tournées gracieusement offertes par la maison. Mais leur degré d'alcoolémie le rendant soupçonneux, les Morues faisaient gaffe à commander également une vraie conso. Malheureusement, ces derniers temps, Robert commençait à trouver étrange qu'un seul kir suffise à les mettre dans cet état

En soi, le Bottle ne présentait aucun charme. C'était juste un énième bar/café parisien avec du formica, des taches de café et des alcooliques. En résumé, une forte dominante de marron. Ema avait commencé à y traîner un peu par hasard. Il était sur le trajet entre son appart et une salle de concert gratuite – rareté. Elle se contentait d'y passer dix minutes avant le concert pour avaler un café au comptoir. Comme à l'époque elle était la seule cliente femme de moins de 75 ans, Alice, la serveuse qui se payait régulièrement les insultes misogynes des vieux bourrés qu'elle rembarrait, l'avait assez vite repérée. Solidarité de sexe et d'âge, un soir, elles s'étaient mises à papoter, Ema avait oublié son concert et passé sa soirée accoudée au comptoir.

Quelques semaines plus tard, toujours au comptoir (elle commençait à se demander si, à force, ses coudes n'allaient pas y creuser leurs empreintes), Alice et elle se foutaient discrètement de la gueule d'une nana sublime et un peu trop bien habillée qui buvait son troisième daiquiri seule à une table quand ladite fille se leva maladroitement, s'approcha d'elles et, le regard vague, leur lança « Alors les morues ? C'est ma robe à 200 euros qui vous dérange ? » Elles ne surent jamais ce que Gabrielle faisait ce soir-là, seule, dans ce rade. Mais quoi qu'il en soit, après que le gros Robert se fut interposé entre Alice et Gabrielle qui en étaient venues aux mains, la sublime Gabrielle prit l'habitude de les rejoindre au comptoir pour refaire le monde.

Peu à peu, elles avaient ramené des copines et une sorte d'OPA avait été lancée. Les ivrognes du quartier avaient vu avec étonnement une bande de nanas prendre possession de leur territoire. Le premier soir du mois, c'était la réunion mensuelle des Morues. Tout un concept. Au début, comme toutes leurs congénères féminines, elles se contentaient de discussions « de filles » qui consistaient la majeure partie du temps à trouver des explications pseudo-psychologisantes aux comportements de leurs alter ego masculins. Sur leurs réactions à elles, rien – si ce n'est une légère propension à demander « J'ai eu raison, non ? Vous êtes d'accord ? » – mais leurs comportements à eux, les hommes, étaient passés au crible, à la moulinette, au radar, aux rayons X. C'était un peu des discussions à la Tchernobyl. Elles partaient d'un fait simple, exemple : « J'ai dit à Romain que je m'étais engueulée avec mon boss eh bein vous savez quoi ? Il m'a pas demandé pourquoi. À croire que ça l'intéresse pas ! » Alors qu'en toute logique, la conclusion aurait dû être « Effectivement, ça ne l'intéresse pas. » Elles, par un système d'émulation, elles aboutissaient assez vite à : « Ce mec manque complètement d'empathie, il est grave dans un principe de réification d'autrui, ce qui, sans vouloir t'inquiéter, est quand même le symptôme de nombreuses psychopathologies. En résumé, il risque de t'égorger un soir de pleine lune. »

Et puis, un jour de beuverie apparemment banal, Alice avait confisqué leurs verres et décrété qu'elle en avait ras le bol de décortiquer la psyché de leurs partenaires sexuels. Qu'elles tournaient en rond dans la mesure où, finalement, c'était à peu près toujours les mêmes problèmes qui revenaient – et ce, peu importe le mec – il fallait qu'il soit là mais pas trop, qu'il respecte leur indépendance de femmes modernes mais les traite aussi comme des chiennes. Pariant sur leurs trois intelligences réunies, Alice pensait qu'il était temps de passer à quelque chose d'un peu plus constructif. Arrêter cette litanie de plaintes gémissantes. Son idée était tout bonnement révolutionnaire : s'intéresser à elles, les filles. Leurs comportements, leurs réactions. Tenter d'introduire un minimum de cohérence au milieu de leurs contradictions d'héritières du féminisme, mettre en accord leurs beaux principes égalitaires et leur vie quotidienne.

Le penchant actuel des femmes qui consistait à systématiquement tout mettre sur le dos des hommes ne paraissait pas plus pertinent aux yeux des Morues que la tendance médiatique à plaindre ces hommes d'avoir perdu tout repère viril. Plutôt que de simplement incriminer les hommes de ne pas laisser la parole aux femmes pendant les discussions politiques, il s'agissait pour chaque Morue de débusquer en elle-même une certaine propension à ne rien faire pour se saisir de cette parole. Les femmes ne pouvaient décemment pas demander aux hommes de s'occuper de leur émancipation. C'était à elles de prendre les choses en main et de changer d'attitude. Et ça demandait une vigilance de tous les instants. Pour les Morues, il paraissait évident que les réflexes sexistes dont on accusait les hommes, c'était d'abord chez les femmes qu'il fallait les traquer. Tous ces automatismes enfouis, larvés, fruits d'un long conditionnement. Mais il était foutument plus difficile, car honteux, de se reconnaître un comportement de femme soumise que de balancer aux hommes qu'ils étaient des machos en puissance.

Une fois identifiés ces automatismes, dont la plupart prenaient racine dans le besoin de plaire aux hommes, il fallait établir des lignes de conduite pour les contrecarrer. (Les automatismes bien sûr, pas les hommes. D'ailleurs, les Morues proscrivaient les généralités anti-mecs du type « les mecs, tous des connards ».) C'était facile d'arborer des principes féministes tant qu'ils ne perturbaient pas le quotidien. Mais dire « Oui, je suis libre, je couche avec qui je veux » ça impliquait aussi de ne plus dire d'une autre femme « C'est vraiment une pétasse, elle se tape n'importe qui », phrase qui servait évidemment à discréditer une concurrente dans l'éternelle compétition entre femmes et permettait de dire aux hommes « Regardez comme moi je suis une femme bien, de celles qu'on épouse. »

La réunion mensuelle des Morues était donc une sorte de conférence au sommet, l'occasion de faire le point sur la charte, dite charte des Morues, de débattre des points de théorie, des applications concrètes et même de rajouter des articles. Mais ce soir-là, quand Ema arriva, les Morues ne semblaient pas franchement en plein travail. Gabrielle était attablée, entourée d'une nuée de mecs bourdonnante. De toute façon, là où était Gabrielle, étaient les hommes. Même si elle ne daignait pas leur adresser la parole, il y avait toujours une dizaine de chibres dressés qui battaient l'air sur son passage. Dès qu'elles virent Ema, Alice et Gabrielle se retirèrent à l'extrémité du comptoir. Alice posa cérémonieusement un verre sur le bar et le remplit avant de le faire glisser vers Ema qui s'affala sur le tabouret. Elle savait que les filles ne poseraient aucune question sur l'enterrement, préférant attendre, selon le code d'honneur des amies, qu'elle aborde elle-même le sujet. Ema se baissa derrière le comptoir pour avaler son shot avant de demander : « Alors ? Vous avez validé de nouveaux articles ?

— T'inquiète, ta présence est indispensable à leur ratification, répondit Alice en la resservant. On a juste fait des propositions. Moi, au rayon phrases proscrites, je voulais mettre “Je ne me masturbe que quand je suis seule depuis longtemps." Comme si la masturbation c'était juste un pis-aller en l'absence de bite.

— Attends, Ema tapa sur le comptoir en grimaçant comme si ce geste allait faire diminuer le degré d'alcool. J'ai pire : "Ça m'arrive de me caresser (parce qu'une fille ça se branle pas, ça se caresse) mais que sous la douche." Cette phrase-là, je ne veux plus l'entendre non plus.

— Et aussi "Oui, j'ai un gode, il est griffé Sonia Rykiel" ! » renchérit Alice.

Gabrielle fronça ostensiblement les sourcils.

« Ça, je vous préviens tout de suite, je ne validerai pas. Elle fait vraiment de très jolis godes.

— Non mais franchement, tu t'en tapes qu'il soit joli ! Ce que tu veux c'est de l'efficacité. Le côté esthétique, c'est juste pour masquer le fait que ce soit un gode.

— Laissez tomber, je ne validerai pas ça. Pour les deux autres, c'est d'accord. On devrait peut-être ouvrir une entrée masturbation dans la charte. Ça a l'air de vous obséder pas mal ces derniers temps. »

Ema trouvait toujours étrange d'entendre ce genre de mots dans la bouche de Gabrielle. Ça avait quelque chose de complètement incongru. Physiquement, Gabrielle avait la tête de Greta Garbo posée sur le corps d'un mannequin. Un visage parfait, des jambes démesurées, des seins à tomber à la renverse, des tenues aussi sobres que distinguées. En un mot, elle tenait son rang, et pas n'importe lequel. Elle était une descendante de Gabrielle d'Estrées, duchesse de Beaufort, dont elle partageait le patronyme et, paraissait-il, le physique. Par curiosité, Ema était allée voir les portraits – le plus connu, maintes fois repris dans les manuels littéraires à la rubrique « blason », représente Gabrielle d'Estrées à poil avec sa sœur qui lui pince le téton. Elle n'arrivait pas à se prononcer sur leur ressemblance. Elle voyait juste la gueule d'une femme du XVIe siècle, de toute façon, elle avait l'impression que sur les tableaux de l'époque, les nanas avaient toutes la même tronche. De même que sa célèbre aïeule avait été la favorite d'Henri IV, Gabrielle était la maîtresse d'un homme politique dont elle refusait de parler. De ses ancêtres aristocrates, elle avait hérité un flegme dont elle ne se départait jamais. L'exact opposé d'Alice, petit bout de femme nerveux et rentre-dedans.

« Je propose, juste pour moi, de rajouter "Ça me fait bizarre quand Gabrielle emploie le mot masturbation." »

Alice explosa de rire.

« Ouais, chuis d'accord. Ça me fait pareil. Tu peux pas être une héroïne du XVIIIe siècle et dire des choses pareilles.

— XVIe siècle ma chérie. 1570-1599. Ceci étant, je ne vous félicite pas pour ce reste flagrant de misogynie.

— Madame la marquise serait-elle vexée ? »

Gabrielle tapa du poing sur le comptoir et déclara d'une voix qui se voulait rauque « grouillot, ressers-moi une pinte au lieu de dire des âneries », ce qui ne manqua pas de provoquer un fou rire.

« Mais ça fait soixante ans que plus personne ne dit grouillot !

— Ni âneries d'ailleurs. Je crois que mémé Gertrude a enterré ce mot en 1972. Dis Ema, tu voudras qu'on aille au Scandal après ? Histoire de se défouler sur la piste de danse ?

— Non merci Morue. Ce soir, pas trop la tête à aller faire ma pute parisienne dans un club. Aujourd'hui, je vous l'avoue, j'ai chialé comme pas possible…

— Super étonnant à l'enterrement de ta meilleure amie », commenta Alice chez qui se sentait un réel effort pour attribuer à une morte une place qui selon elle lui revenait de droit.

Elles attendaient visiblement la suite, un résumé en bonne et due forme des événements. Mais pour le moment, Ema avait la tête trop remplie d'images qu'elle préférait oublier. Ce dont elle avait vraiment besoin c'était de leur faire partager son étrange intuition, elle devait la verbaliser pour vérifier si elle pouvait tenir la route. Après une introduction rassurante sur son état mental, elle leur exposa donc sa théorie un peu fumeuse du grain de sable entre les dents. La scène était comme un tableau auquel on sentait qu'un élément avait été rajouté. Et cet élément, c'était l'arme à feu. Elle ne cadrait pas avec le reste. Personne n'était au courant de l'existence de ce flingue. Pire, avec du recul, le simple fait que Charlotte se suicide paraissait complètement incongru. C'était… c'était absurde. Impossible. « Vous comprenez bien les filles qu'il fallait que je fasse un truc.

— Houlà…, commenta Alice. Ça ressemble bizarrement à une entrée en matière pour justifier une connerie…

— Pas du tout, répliqua Gabrielle. Moi, ça commence à m'intéresser cette histoire. Vas-y, raconte. Qu'est-ce que t'as fait ?

— Alors… N'oubliez pas que j'étais un peu bourrée. J'essayais de fuir les gens. Donc je me suis réfugiée dans une pièce et il se trouve que c'était le bureau de Charlotte.

— Comme par hasard le hasard… Et ?

— Bein tant que j'y étais, je me suis dit que c'était pas bien grave si je fouillais un peu. J'ai piqué quelques photos d'elle, un double des clés et puis j'ai jeté un coup d'œil dans l'ordi.

— Et là, t'as trouvé une lettre de suicide qui expliquait qu'elle ne supportait plus votre éloignement et qu'elle préférait mettre un terme à tout ça. »

À peine sa phrase terminée, Alice se mordit les lèvres et fit signe qu'elle était désolée. Ema secoua la tête.

« Non, pas du tout. J'ai trouvé que des trucs de boulot. Elle avait copié et sauvegardé un échange de mails avec le rédac-chef d'un magazine économique pour lequel elle devait écrire un article. J'ai regardé parce que j'ai trouvé ça bizarre qu'elle ait ouvert un dossier rien que pour ça. Et puis, écrire un article, c'est pas trop le genre de Charlotte. Mais en vingt mails, ils ne mentionnent pas une seule fois le sujet de l'article. Après, j'ai vérifié ses fichiers perso mais pareil. J'ai trouvé que des documents de boulot. Visiblement, le dernier truc sur lequel elle a bossé c'est un énorme dossier nommé De Vinci. J'y ai rien entravé. Une espèce de charabia économique.

— Mais elle faisait quoi comme job ?

— Heu… C'est pas très clair. Elle pactisait avec Babylone. Elle était conseillère dans une grosse boîte de stratégie économique. Bref, elle donnait son avis aux grandes entreprises sur comment gagner des sommes d'argent indécentes en restant à la limite de la légalité.

— Excusez-moi mesdemoiselles. » Elles se retournèrent toutes les trois vers un grand mec accoudé au bar qui agitait un billet de banque. « C'est pour régler trois bières.

— 9,60, grogna Alice.

— J'ai qu'un billet de vingt. Mais peut-être que je peux vous offrir quelque chose ?

— Peut-être que je peux te rendre la monnaie aussi, répondit-elle en fouillant dans sa caisse.

— On en était où ? demanda Gabrielle en retournant vers Ema, ce qui permit au charmant garçon de reluquer ses fesses.

— Je sais pas. Y avait aucun document perso dans son ordi. C'est bizarre, non ? Bon… Mais le moment vraiment gênant c'est quand Tout-Mou est entré dans le bureau et m'a vue. Il a agité sa grosse tête de cheval d'un air stupéfait. En quelques secondes, j'ai pu voir le cheminement de son cerveau jusqu'à ce qu'il comprenne que j'étais en train de fouiller. Je lui ai dit que je voulais récupérer des photos et je suis sortie, en grande dame. Comme je suis une morue raisonnable, j'ai décidé de demander son sentiment sur tout ça au petit génie.

— Qui ? demanda Alice tout en tendant sa monnaie au client dépité.

— Tu sais, l'ermite qui s'est retiré de la vie après avoir compris je ne sais quel mystère, expliqua Gabrielle. Tu suis vraiment rien.

— Excuse-moi mais parfois je travaille pendant que vous bavassez.

— Alors je te resitue. C'est le petit frère d'Antoine, mon ex. C'était le plus brillant de la bande, un vrai surdoué. Il a fait des études de malade et un jour il a tout laissé tomber, il a pris un studio minable en banlieue et il s'est inscrit dans une agence d'intérim. Et on n'a jamais su pourquoi. C'est le mystère Fred. »

Gabrielle se retourna vers Ema.

« Tu devrais nous le présenter un de ces jours. Quelqu'un qui a percé le secret de la vie, ça m'intrigue. Invite-le au prochain DJ Morues. »

Alice revint s'accouder avec elles.

« Et puis ramène aussi Gonzo. Il me plaît bien. J'ai toujours eu un faible pour les petits rigolos. »

En retournant dans le salon après son intrusion dans le bureau de Charlotte, Ema se sentait quand même un peu à l'étroit avec sa conscience. Elle avait peur de se retourner et de tomber sur Tout-Mou qui la poursuivrait de son regard mi-ahuri, mi-choqué. Une espèce de tableau qui s'intitulerait *La Justice dénonçant le crime.* Quand elle entendit une voix qui disait « Non, elle est pas prof, elle assiste à des cours, enfin… elle est étudiante quoi… » elle s'approcha. Fred était tapi derrière une porte en grande discussion avec la cousine de Charlotte. Pour cacher son impair vestimentaire, il avait conservé sa parka polaire et transpirait abondamment. Ema s'excusa de les interrompre mais la cousine semblait plutôt soulagée et en profita pour disparaître.

« Fred, enlève tout de suite ta parka. On dirait un porcelet en train de mourir d'une fièvre fulgurante.

— Non non, je t'assure, ça va.

— Arrête, tout le monde l'a vu ton t-shirt. C'est pas grave. Moi, je trouve ça mignon. »

Il secoua la tête en signe de dénégation. Pour un peu, elle crut qu'il allait rajouter la capuche histoire de bien signifier que les 25 degrés ambiants étaient un peu frisquets. Pourtant, à la frontière des cheveux, son front était perlé de sueur.

« Je voulais te remercier pour tout à l'heure. Pour Antoine. C'était vraiment gentil. Mais tu dois pas t'engueuler avec lui à cause de moi. C'est vrai que le t-shirt c'était peut-être malvenu. »

Elle balaya ces remerciements d'un geste de la main.

« On s'en fout de tes fringues mon coco. Dis-moi plutôt, petit génie, si je me rappelle bien, t'as vachement parlé avec Charlotte à la fête Kurt Cobain ? Tu l'as trouvée déprimée ?

— Non. Je dirais même l'inverse.

— Joyeuse ?

— Non plus. Mais elle se posait plein de questions. Comme si elle venait de se réveiller d'un long sommeil. »

Elle avait l'impression que plus Fred parlait, plus il transpirait. Elle remarqua alors qu'une goutte de sueur plus grosse que les autres était en train de se former. Les secondes passant, elle menaçait de se détacher de son front pour entamer une vertigineuse descente le long de son visage. Ema était à la fois fascinée et exaspérée par cet équilibre précaire.

« Tu disais ?

— En fait, c'est elle qui l'a dit. Elle a dit que ces derniers temps, elle avait l'impression de se réveiller d'un long rêve.

— Ça veut dire quoi ?

— Je sais pas. Je crois que je ne comprends pas très bien les femmes en général. Ni les hommes d'ailleurs. »

Il esquissa alors un petit mouvement de tête qui fit dangereusement trembloter la goutte.

« Abrège.

— Heu... Elle se posait des questions sur sa vie privée je crois. Et elle était préoccupée par un problème au boulot. Elle m'a posé beaucoup de questions mais franchement, j'étais un peu bourré, je me souviens plus trop. »

Au grand soulagement d'Ema, il s'épongea le front avec la manche de sa parka.

« Bein fais un effort. Et puis enlève cette putain de parka. T'arriveras jamais à te concentrer si ton corps ne pense qu'à transpirer. C'est scientifiquement prouvé.

— Ça va, je t'assure. Il fait pas si chaud que ça. Elle voulait avoir mon avis sur un truc mais elle était pas claire dans ses questions. Elle me parlait d'éthique personnelle. Elle voulait savoir pourquoi j'avais tout abandonné.

— Oui, ça on aimerait tous le savoir mais c'est pas la question.

— Je peux pas t'en dire plus. T'essaie de comprendre, c'est ça ? C'est dur hein…

— Mmm… Je sais pas… Moi, y a un truc qui me dérange là-dedans… ça lui ressemble tellement pas… Et puis ce flingue qui sort de nulle part. Ça rime à rien.

— Ce genre d'événement, ça rime jamais à rien.

— Mouais… Bein j'ai du mal à me satisfaire de ça comme réponse. »

Et dans l'ensemble, les Morues parurent plutôt d'accord avec elle. Sur le chemin du retour entre le Bottle et chez elle, Ema s'interrogeait. Avait-elle définitivement basculé du côté obscur (rappelez-vous l'option numéro un qui devait la conduire à l'hôpital psychiatrique) ou un doute était-il légitime ? Parce que si l'on suivait son raisonnement jusqu'au bout, ce que les Morues s'étaient bien gardées de faire jusqu'à présent, il fallait trouver une autre explication à la mort subite et violente de Charlotte. Et comme un accident semblait peu probable (on nettoie rarement un revolver en l'appuyant contre sa tempe) il fallait chercher un mobile. Ema frissonna.

Avec le coucher du soleil, la température avait brutalement baissé de dix degrés et le froid transperçait son maigre blouson. On était fin avril, une semaine auparavant tout le monde se trimballait en débardeur et là, il allait falloir rallumer le chauffage. Ema se demanda si ces changements climatiques pouvaient perturber les liaisons synaptiques de son cerveau. Exposer ses doutes aux Morues n'avait fait que les renforcer, comme si la verbalisation les rendait réels. Mais elle ne voyait sincèrement aucun mobile plausible. Un cambriolage ? Mais aucun vol. Tout-Mou possédé par un démon psychotique ? Mais il avait l'air sincèrement surpris. Tandis qu'elle enfonçait ses mains au fond de ses poches dans l'espoir d'y trouver un peu de chaleur, une voiture passa à côté d'elle à toute blinde. Ema eut à peine le temps d'apercevoir dans un éclair ses occupants en train de rire et l'envie de pleurer lui revint bêtement. Parce que sa copine était morte, parce qu'elle marchait seule, parce qu'il faisait froid et qu'elle n'était pas assez couverte. Peut-être aussi parce qu'elle avait trop bu, trop vite. D'ordinaire elle se serait admonestée mais à cet instant-là, elle se sentit débordée. Ema fit alors une chose inconcevable. Elle prit son téléphone pour appeler Blester. Ses doigts étaient rouges de froid.

« Je te dérange pas ?

— Non. Il avait un ton surexcité qui la déprima un peu plus. Je suis chez moi en train de finir un boulot. *Vanity Fair* se lance en France et il paraît qu'ils cherchent un graphiste alors je crois que je vais me présenter. T'en penses quoi ? Je devrais le faire ?

— Oui. C'est super…

— Mais ça me fait vachement de travail en plus si je veux présenter des trucs potables.

— …

— Ça va toi ? Ça s'est bien passé ?

— Oui. Je t'appelais juste comme ça. Je rentre chez moi.

— Ah… T'es sortie finalement…

— Vite fait oui. Je suis juste passée voir les Morues. Bon, on se voit demain de toute façon. Bonne nuit.

— Bonne nuit. »

À chier. Ils avaient la palme du coup de téléphone le plus nul du monde. Pour une fois qu'elle faisait un pas vers lui, il avait l'air de s'en foutre royalement. Certes, elle tenait Blester à distance de sa vie mais il aurait pu comprendre que c'était pas le moment pour lui exposer ses plans de carrière. Et en prime, il avait réussi à souligner le fait qu'elle avait préféré voir ses copines alors qu'il lui avait proposé de passer la soirée en amoureux. Mais les Morues, au moins, s'intéressaient à ses problèmes. Elle regarda la buée sortir de sa bouche. C'était vraiment trop compliqué et pénible ces relations de couple. Par essence, ça ne pouvait pas être simple, léger et facile. Elle avait beau lui avoir répété pendant des mois qu'ils n'étaient pas ensemble, « On n'est pas ensemble, on n'est pas un couple, d'accord ? », une inévitable régularité dans la fréquence des soirées passées ensemble s'installait et s'ensuivait un cortège de problèmes affiliés à la notion de couple. C'était exactement ce qu'elle voulait éviter, ne pas se prendre la tête sur les états d'âme que pouvait provoquer chez l'autre son emploi du temps. Les ennuis commençaient.

Le lendemain matin, avant même d'ouvrir les yeux, Ema sentit qu'il y avait un truc nouveau dans sa vie mais dont elle n'arrivait pas encore à se souvenir. Et puis tout lui revint d'un coup. La nouveauté, ce n'était pas que le jour de Noël avait été avancé de quelques mois ou qu'on lui avait offert la direction de la rubrique société à *Vanity Fair* mais bel et bien qu'elle avait enterré sa meilleure amie. Malgré la fatigue de la veille, elle retrouva brusquement l'intuition que quelque chose ne collait pas dans tout ça. Elle se leva en se répétant que le tableau était faux.

D'une main elle mit en marche la bouilloire tandis que de l'autre elle rallumait son portable. Puis elle alla pisser en priant pour que les litrons d'alcool ingurgités la veille soient tous entièrement éliminés par cette opération magique. Elle trônait sur la cuvette quand elle reçut un texto. « Veux pas faire le mec protecteur mais espère que tu vas bien. On se voit ce soir ? » Ema dissimula sa flemme de lui répondre derrière la décision de lui faire remarquer par son silence son manque de tact de la veille. Mais il était mignon quand même…

Pendant que son thé infusait, un peu en désespoir de cause, et parce qu'il fallait bien qu'elle commence par quelque chose, elle fit quelques recherches sur Google. Mis à part qu'en Chine le suicide était passible de la peine de mort, elle découvrit que les suicides en France concernaient dans 3 cas sur 4 des hommes de plus de 40 ans désocialisés. Charlotte était une femme de 30 ans parfaitement intégrée à la société. Pourquoi mais pourquoi donc aurait-elle voulu mourir ? Surtout d'une manière aussi atroce, la tête déchiquetée par une balle ? Elle avait tellement le sens des convenances que, quand bien même aurait-elle souhaité se suicider, elle aurait fait ça avec classe. C'était quand même pas son admiration juvénile pour Nirvana qui lui aurait fait choisir la manière sanglante. Non, plus Ema y pensait, moins ça collait.

Il devait bien y avoir quelque chose à faire pour confirmer ou invalider son impression. Problèmes personnels... Certes, Ema trouvait à titre personnel que le regard bovin de Tout-Mou justifiait à lui seul de se donner la mort mais ce n'était sans doute pas le cas de Charlotte. Fred avait également évoqué des soucis professionnels. Et ? Ce qu'il manquait en réalité, c'était une source d'information un peu plus sérieuse que les balbutiements de Fred. Une source d'information professionnelle... Ema but une gorgée de thé brûlant. À la fin de sa première tasse, elle fut saisie de ce qu'elle qualifia en son for intérieur de coup de génie. C'était rien, même pas une idée, juste un truc à tenter à tout hasard. Elle envoya immédiatement un mail.

La réponse ne lui parvint qu'en fin de journée tandis qu'elle se débattait pour boucler un article sur les dernières frasques de Britney Spears. Le journal où elle travaillait avait en effet une notion assez large de ce qui pouvait figurer dans le contenu d'une rubrique Culture. Autant dire que ce mail de réponse dépassa ses espérances les plus folles. Pourtant, il n'y avait rien de concret, pas d'affirmation ni de certitude. Juste un nom dont la récurrence suffit à aiguiser son attention.

De : emagiry@yahoo.fr

À : fnaquet@objectifeconomie.com

Monsieur Naquet,

Je suis au regret de vous informer que Mlle Durieux ne se trouve plus en mesure de poursuivre votre collaboration. En effet, la pauvre enfant qui comptait parmi mes amis les plus chers a décidé de nous quitter trop prématurément. Je tenais à vous en informer, la famille ayant, comme vous l'imaginez, d'autres soucis en tête.

Par ailleurs, je serais très touchée de pouvoir lire ce fameux article si vous pouviez m'en envoyer une copie. Charlotte en semblait tellement fière…

Bien à vous.

De : fnaquet@objectifeconomie.com

À : emagiry@yahoo.fr

Je ne saurais vous dire combien je suis navré de cette perte. Je me permets de vous adresser toutes mes sincères condoléances et vous remercie de m'avoir informé. Malheureusement, Charlotte, qui semblait effectivement beaucoup tenir à cet article, n'aura pas eu le temps de me le faire parvenir. Je sais pourtant combien il était important pour elle de révéler cette affaire dont elle n'a pas souhaité me préciser les détails avant d'avoir réuni toutes les informations nécessaires. Mais vous trouverez certainement dans ses affaires le dossier De Vinci qui s'y rapporte. Il s'agissait visiblement d'un projet de privatisation de grande ampleur.

Bien à vous.

Playlist :
Janis Joplin – *Cry Baby*
Elastica – *Stutter*
Pixies – *Gigantic*

Chapitre deux

Le train et le déjeuner

En regardant distraitement défiler un paysage de banlieue uniformément gris, Fred en vint à l'approximative conclusion qu'il n'était ni heureux ni malheureux. Ce qui, au demeurant, lui semblait être un bilan on ne peut plus pertinent. Cette manie humaine de distinguer le noir du blanc, la distinction par l'opposition, n'était que perversion. Derrière la vitre sale du train, des pavillons se suivaient en toute ressemblance. Un besoin frénétique d'évaluer les choses, les gens, les situations en terme de positif et de négatif, deux kilos de l'un, cinq de l'autre, trois avantages pour deux inconvénients. Ces dichotomies, bien que méthodologiquement nécessaires, n'étaient qu'appauvrissement de la pensée. Et justement, l'un des obstacles à l'intégration de Fred au sein de la grande communauté humaine, venait d'une de ces dichotomies, la plus prégnante, dictatoriale et en vogue : la dualité réussite/échec. Alors que l'absolue majorité de son entourage – allant de sa famille jusqu'à son institutrice de CP – considérait que Fred, après un certain nombre de brillantes réussites, avait définitivement sombré dans l'échec, lui-même préférait se dire que pour échouer, il aurait déjà fallu tenter quelque chose. Qu'il ait eu tous les outils pour « réussir » et qu'il ait délibérément choisi d'échouer était un scandale absolu qui faisait de lui un être à part – un paria. Fred s'étonnait encore que personne n'ait songé que le malentendu relevait peut-être de leur définition de la réussite. Pour tout un chacun « réussir » (en l'occurrence sa vie) semblait impliquer de faire « mieux » que les autres, être au-dessus. Pour Fred, « réussir sa vie », c'est-à-dire rien d'autre qu'en être satisfait, c'était avoir la même vie que tout le monde, sans rien justement qui le distinguerait. Le train ralentit et s'arrêta dans une gare RER déserte. Un vieil Africain chargé de mystérieux sacs plastique monta à bord et s'installa en face de Fred qui ôta aussitôt ses pieds de la banquette avant de se replonger dans une mensongère contemplation du paysage.

Mais par un curieux paradoxe, cette volonté d'être comme tout le monde suffisait à faire de Fred quelqu'un de marginal. Et chaque jour, il butait sur cette aporie. Bien sûr, il reconnaissait dans sa vie des éléments de satisfaction. À cette époque, il en identifiait même précisément deux presque identiques. Une paire qu'il avait eue l'occasion de voir le matin même tandis que, entièrement nue, Alexia traversait son salon. La vue de ces splendides nichons suffisait à lui faire oublier les tracas du quotidien. Cette explosion de chair rose, tendre, ferme, ces énormes nénés droits et fiers se trimballant librement de gauche à droite, Fred ne pouvait les comparer qu'à une aurore boréale. À un feu d'artifice – sexuel. À l'alpha et l'oméga de sa vie. À l'eucharistie de son être. Mais depuis quelques jours, Alexia semblait légèrement agacée par les élans lyriques de Fred concernant ses mamelles. Elle avait même abrégé ses tripotages en lui expliquant « Fred, ce sont juste des seins. Si ça peut t'aider, vois ça comme des bourrelets de peau. » S'il tentait donc, tant bien que mal, de dissimuler son impatience à la déshabiller, il n'attendait malgré tout qu'une chose : qu'elle se foute à poil. Pas tant pour la baiser que pour le simple plaisir du lever de rideau. Mais la poitrine débordante d'Alexia n'était pas son seul atout aux yeux de Fred. Il pensait, a priori, que son jeune âge l'empêcherait de juger trop sévèrement le désastre social et économique de sa vie.

Tandis que le vieil Africain farfouillait dans ses sacs, Fred se demandait ce que cette fille, cette jeune fille, avait éveillé en lui. Une chose était sûre, jusqu'à présent, personne n'avait eu le pouvoir de le mettre dans un tel état. Il en était littéralement dingue. Mais en réalité, il était plus fasciné qu'amoureux. Fasciné d'avoir accès à ce corps sublime, de pouvoir l'épier à loisir tandis qu'elle vaquait à ses occupations, d'être admis dans l'intimité de cette race d'êtres humains supérieurs constituée par la caste très fermée des filles canons. Qu'elle l'autorise à coucher avec elle ne pouvait relever que du pur miracle – ou du malentendu absolu. Depuis deux mois qu'ils sortaient ensemble, Fred était entré dans un cycle d'orgasmes d'une puissance inimaginable. Elle ne le rendait pas heureux, elle était son bonheur. Malgré l'air effaré des gens. Il ne comprenait pas leurs réactions moqueuses, ils n'avaient même pas dix ans de différence – en quoi cela pouvait-il constituer un problème ? Ou alors peut-être avait-il atteint un stade de marginalité dans l'esprit des gens qui le condamnait à être sans cesse soupçonné de vice ?

Pour en revenir à Alexia, Fred ne voyait évidemment pas du tout ce que pouvait bien lui trouver cette déesse de l'érotisme mais, franchement, il comptait bien profiter de sa veine tant qu'elle durait. Et elle avait l'air de durer. Il avait d'ailleurs posé quelques jours de congé pour l'emmener pendant les vacances scolaires dans un gîte de Bretagne. Au début, elle avait semblé réticente parce qu'elle participait aux manifs étudiantes contre le projet d'autonomie des universités et qu'elle voulait être à Paris pour poursuivre la mobilisation. Quoi de plus sexy qu'une jeune manifestante songea Fred. Mais finalement, elle avait accepté qu'ils partent ensemble quelques jours. Il pourrait alors profiter du spectacle de ses seins découverts pendant trois jours non-stop, en espérant qu'elle n'insiste pas trop pour sortir se promener.

Et puis, pensa-t-il en jetant en vain un regard indiscret vers les sacs plastique posés à ses pieds, il voyait suffisamment peu de gens pour ne pas être perturbé outre mesure par leur effarement. Finalement, ses amis les plus proches étaient son équipe de jeu vidéo et ils se foutaient royalement de sa vie privée. Tout allait bien tant qu'Antoine n'était pas au courant – ce qui, il ne se faisait aucune illusion là-dessus, n'allait pas tarder à arriver. Ils ne s'étaient pas revus depuis l'enterrement – et Fred espérait que son grand frère n'aborderait pas l'incident du t-shirt *In Utero* durant le déjeuner familial bien qu'il ait toujours eu la fâcheuse habitude de rapporter aux parents. Mais de toute façon, Fred avait décidé depuis longtemps qu'il n'en voudrait jamais à son frère de le malmener. Il comprenait à quel point avaient dû être pénibles toutes ces années passées à entendre louer la suprême intelligence de Fred. Le calvaire avait culminé l'année de terminale où ils atteignirent un point de non-retour quand Antoine rata son bac tandis que son insupportable petit frère sautait allègrement deux classes et qu'ils se retrouvèrent ainsi, malgré trois ans de différence, au même niveau. Si, en apparence, Antoine fit l'effort d'intégrer Fred parmi son groupe de potes et même, à l'occasion, lui confiait ses problèmes de cœur avec Ema, il était rétrospectivement évident que cette année-là avait achevé de briser le peu de fraternité qu'ils avaient jamais eue. Fred regrettait qu'Antoine n'ait pas compris combien il se fichait lui-même de toutes ces distinctions, qu'il aurait donné sa vie pour devenir lui aussi un mec cool et populaire. Mais quand il en fit la preuve – à quel prix –, Antoine ne cherchait plus la compagnie des mecs cool, il voulait réussir. Ils s'étaient toujours ratés.

Fred se sentait encore mortifié en repensant à son t-shirt. Et qu'Ema, le summum de la coolitude, ait remarqué sa gêne l'accentuait encore un peu plus. Pourquoi fallait-il toujours qu'il soit en décalage avec ce qu'attendaient les gens ? Ou plutôt pourquoi des conduites aussi policées étaient-elles nécessaires ?

Il baissa le volume de son mp3. Ses oreilles étaient fatiguées. Pourtant c'était le groupe de rock qu'Alexia avait créé avec des copines de fac, les Parisiennes Not in Love, parce que oui, non seulement Alexia allait à des manifs étudiantes mais en plus elle montait sur scène une fois par mois pour des concerts dans des caves pourries. Fred devait s'avouer qu'il n'était pas très sensible à leurs cris. En soupirant, il se demanda s'il n'était pas simplement un vieux cochon qui masquait sa dégueulasserie sous un flot de vocabulaire poétique. Il pouvait improviser pendant des heures des blasons sur l'eucharistie mammaire, ça n'empêchait que sa vie présente tournait autour d'un unique projet : éjaculer sur les seins d'une gamine de 19 ans.

En descendant du train à Saint-Lazare, il estima que c'était plutôt une bonne chose pour les relations sociales que l'être humain ne soit pas doué de télépathie. Il aurait fini sur un bûcher.

Chaque dimanche midi, Antoine et Fred se rendaient à tour de rôle chez leurs parents. À l'exception du premier dimanche du mois où ils se réunissaient tous les quatre – tous les quatre puisque, depuis deux ans, la femme d'Antoine préférait visiblement s'abstenir de remplir ses corvées de belle-fille.

Le déjeuner familial fut, exactement comme prévu c'est-à-dire exactement comme d'habitude, une longue série d'humiliations pour Fred. Heureusement qu'il était absolument dépourvu d'amour-propre. Et comme à l'ordinaire, tout commença par une vaine tentative de sa mère pour tenter de se rassurer sur les perspectives d'avenir de son cadet. Ce cadet dont elle ne manquait jamais de rappeler qu'il avait eu son bac à 16 ans avec les meilleures notes de l'Hexagone, ce qui lui avait valu un reportage au journal télévisé. Et ce avant même d'intégrer Polytechnique. À l'inverse, son père préférait oublier à quel brillant avenir avait été promis son fils, la présente réalité étant trop dure à admettre. Dans la réalité, Fred s'occupait du secrétariat dans une entreprise de BTP. En général, lui-même se contentait de répondre qu'il était intérimaire. Et contrairement à ses parents pour qui cela ne constituait en aucun cas une profession – surtout quand on avait été le plus brillant bachelier de France –, la plupart des gens se satisfaisaient de cette réponse. Il n'avait pas honte de son travail de secrétaire. Mais ce qualificatif de secrétaire donnait toujours lieu à un malentendu. Un homme secrétaire était forcément secrétaire aux Nations unies. Le père de Fred avait d'ailleurs parfois la faiblesse de laisser planer un doute ambigu chez son interlocuteur – « Mon fils ? Il est secrétaire. Où ça ? Tu ne pourrais pas l'imaginer... » Mais de manière générale, comme s'il avait pris acte de la décision absurde de son cadet, son père s'ingéniait à considérer Fred comme un être absolument normal. Sauf quand le douloureux sujet des tournois d'échecs revenait le tourmenter.

Heureusement, ce jour-là, il était surtout occupé à pester contre le jeune quadragénaire qui lui avait volé *Point-Virgule*, l'émission culturelle qui l'avait impitoyablement imposé durant vingt ans sur les écrans de télé.

« Si c'était pour interviewer Daniel Auteuil, j'aurais pu le faire. Tu as regardé l'émission, Antoine ? »

Antoine débouchait la bouteille de vin et ne prit pas la peine de lever la tête pour répondre.

« Non. J'ai beaucoup de boulot en ce moment. Et puis, je ne regarde plus depuis que tu n'es plus le présentateur.

— Mmmm… Attention, tu t'y prends comme un sagouin. Tu vas la bouchonner.

— Et toi, Fred ?

— Je vais pas la bouchonner. Et Fred, il regardait déjà pas avant. »

Sa mère venait à peine de se rasseoir après avoir posé au centre de la table le magret de canard sauce au miel commandé chez le traiteur.

« Antoine, passe-moi l'assiette de ton père et arrête t'embêter ton frère. »

Fred tendit son assiette.

« Non, il a raison maman. Je sais pas pourquoi, j'ai jamais réussi à m'intéresser à cette émission. Tu nous as peut-être trop obligés à regarder papa quand on était petits.

— Merci, c'est agréable. Si même mes fils en ont marre, c'était sûrement une bonne chose qu'on me mette au placard. »

Sa mère finissait de se servir quand elle se retourna vers Fred avec un regard de malice qui laissait présager du pire.

« Alors mon chéri, je te trouve très en forme… »

Flairant un piège, Fred se contenta de marmonner un « très bien » qui lui valut une réflexion cinglante d'Antoine sur ses difficultés à articuler.

« Laisse ton frère tranquille, répliqua leur mère avant de se retourner vers Fred avec le fameux sourire enjôleur qui avait fait craquer la France entière du temps de son règne de speakerine vedette. Ça ne m'étonne pas que tu ailles “très bien” vu la charmante jeune femme que j'ai croisée l'autre jour dans ton escalier. »

Fred crut qu'elle allait lui adresser un clin d'œil libidineux. Il s'attendait presque à ce qu'elle mentionne l'aurore boréale des seins d'Alexia. Sa mère dut interpréter ce silence comme une invite à développer.

« Oui, oui. Je l'ai croisée dimanche dernier en te rapportant ton linge propre. Vraiment charmante. Elle s'appelle comment ? »

Un bruit de couverts lâchés retentit du côté d'Antoine.

« Maman ? Tu peux répéter ce que tu viens de dire ? »

Fred décida d'imiter sa mère qui ignorait superbement l'intervention de son fils aîné.

« Elle s'appelle Alexia.

— Ne me dis pas que tu continues à lui laver son linge ?

— Et elle fait quoi dans la vie ?

— Mais... Antoine semblait sur le point de s'étrangler de rage. Papa, ça te choque pas ?

— Écoute, si ça fait plaisir à ta mère...

— Elle est à la fac.

— Dis Fred, tu peux pas t'acheter une machine à laver ? Ça fait trop bourgeois à tes yeux ?

— Ah ! Elle est prof ?

— Non.

— C'est ça, faites comme si vous ne m'entendiez pas. Un jour, tu t'en mordras les doigts maman.

— Chargée de TD alors ?

— Non, soupira Fred. Elle assiste à des cours.

— En thèse ?

— Non plus. Elle est en licence. »

Antoine sembla brusquement intéressé par la discussion. Il se pencha d'un air inquisiteur vers Fred pour lui demander :

« Mais elle a quel âge au juste ?

— 20 ans.

— Ah ah ! Antoine leva les mains au ciel avant de se caler d'aise dans sa chaise. Il exultait littéralement devant la mine effarée de leur mère. Tu vois ? Et ça t'étonne ? Tu lui laves encore son linge, tu t'attends à quoi ? Qu'il ait une vie amoureuse équilibrée ? »

Si elle s'était laissé désarçonner l'espace d'une seconde, sa mère reprit immédiatement le contrôle de la situation.

« Écoute, à son âge, les filles sont souvent plus matures que les garçons.

— À son âge ? Mais il a 28 ans maman ! »

Prévoyant la tournure que ne manquerait pas de prendre cette discussion, Fred décida courageusement de s'en désintéresser et de se concentrer sur le canard au miel.

« Oui mais il a toujours été très jeune. Je veux dire émotionnellement bien sûr. Pas intellectuellement. N'est-ce pas mon ange ? » lui demanda-t-elle en posant sa main sur son bras.

Fred marmonna une réponse qui, de toute façon, n'intéressait personne. Ce fut au tour de son père de donner son opinion.

« Justement, s'il avait continué les compétitions d'échecs, ça l'aurait un peu endurci.

— Pitié, soupira Antoine, vous allez pas recommencer avec ces putains d'échecs…

— Eh bien si. Si ta mère ne m'avait pas supplié pour que Fred arrête la compétition, il aurait été champion du monde junior. »

Fred n'aimait pas trop le canard au miel. Tout compte fait, il préférait le confit.

« Écoute Victor, tu sais comme moi qu'il ne pouvait pas continuer. Il faisait peur aux autres enfants. Plus personne ne voulait jouer contre lui. Même pas son entraîneur. »

Fred se souvenait de sa dernière compétition. Il devait affronter un petit Japonais mais au bout de trois coups le môme avait fondu en larmes et était parti en courant.

« Vous allez pas ressasser cette histoire d'échecs. Chaque fois, vous vous engueulez.

— Tu as raison mon chéri. Excuse ton père, il est beaucoup trop têtu. Dites-moi plutôt comment s'est passé l'enterrement de votre pauvre amie ? »

Fred lança un regard suppliant à son frère.

« Bien. Fred est juste arrivé en retard à l'église.

— Ça doit être un tel choc pour les parents... Ils doivent culpabiliser de ne pas avoir vu combien elle était en souffrance. »

Fred avait fini son assiette et il jugea que ce sujet était parfait pour s'éloigner des polémiques concernant sa vie privée.

« Mais c'est ça qui est étrange. Elle n'était pas particulièrement déprimée tu sais.

— Ah oui ? lui balança Antoine. Et comment tu sais ça ? T'étais un de ses confidents ?

— Non mais on a pas mal discuté à la soirée Kurt Cobain et je t'assure qu'elle n'était pas déprimée. »

Antoine se resservit un verre de vin avant de répondre.

« Mais arrête... Elle était très déprimée ces derniers temps. Elle allait mal. C'est le problème de tous les cadres supérieurs – mais évidemment tu peux pas comprendre le stress des postes à responsabilités... Il avala une gorgée de vin avant de poursuivre. Et puis, de toute façon, tu penses vraiment que c'est à toi qu'elle aurait décidé de se confier ? J'ai surtout l'impression que tu as parlé avec Ema...

— Ah... Ema... soupira leur père. Ils se retournèrent tous les trois vers lui d'un air étonné. Pourquoi vous faites cette tête ? Elle était... rafraîchissante, non ? Qu'est-ce qu'elle devient depuis... depuis l'agression ?

— Rien, coupa Antoine qui jouait avec son couteau. Elle s'est mis en tête de poser des questions à tout le monde sur Charlotte.

— Elle fait pas rien. Elle est journaliste au *Soir.* »

Antoine agita son couteau vers Fred.

« Mon petit frère, je te déconseille de la fréquenter. Tu es beaucoup trop influençable. J'aime beaucoup Ema mais elle n'a plus toute sa tête. Je crois que cette histoire d'agression l'a vraiment détruite. Y a qu'à voir la manière dont elle s'est comportée à l'enterrement. Un coup elle pleurait, la minute d'après elle était folle de rage. Elle est complètement instable, elle vit dans une bulle loin, très loin de la réalité. Tiens... Finalement ça ne devrait pas m'étonner que vous vous entendiez bien. N'écoute pas ses théories fumeuses sur Charlotte, ne traîne même pas avec elle, tu n'auras que des problèmes. Je sais que ça fait rabat-joie mais rappelle-toi que je parle en connaissance de cause. »

Ce soir-là, la tête appuyée sur l'accoudoir du canapé, Fred pouvait profiter en toute tranquillité du profil d'Alexia penchée sur son écran d'ordinateur. Tandis qu'elle consultait pour la trentième fois sa page Facebook, les statistiques de la page Myspace des Parisiennes Not in Love et répondait aux messages de fans, il fit un gros effort pour détacher les yeux de ses seins qui affleuraient sous son débardeur. Il décida de tenter une amorce de discussion.

« J'ai vu mon frère aujourd'hui. »

À son grand étonnement, elle hocha la tête.

« Il est persuadé que Charlotte, tu sais notre amie du lycée qui est morte, était très déprimée. Mais j'arrive pas à avoir la même impression. Plus j'y réfléchis, plus je suis de l'avis d'Ema. »

Alexia esquissa un sourire attendri.

« Tu trouves que j'ai tort de m'inquiéter comme ça ? »

Elle explosa de rire. Fred l'imita bêtement avant de lui demander :

« Mais pourquoi tu ris au juste ?

— Rien, elle hoquetait encore. C'est un des fans des Parisiennes qui m'envoie des vidéos trop bêtes ! Il est trop marrant !

— Un fan… mais tu le connais ?

— Bah on est friends quoi. Et puis il vient aux concerts.

— Ah… Et au sujet de Charlotte… »

Elle se retourna enfin vers lui, les joues roses de plaisir.

« Qui ?

— Non. Rien.

— Ah si ! Ta copine de lycée… Bein oui, ça a l'air bizarre tout ça. Tu devrais en reparler avec… heu… Ema c'est ça ? Voir ce que vous pouvez faire.

— Hein ? Pas question.

— Pourquoi ? De toute façon, tu fais rien de ta vie. T'es carrément un no-life. Tu pourrais te rendre utile pour une fois. »

C'était foutu. Même une gamine de 19 ans était capable de se rendre compte qu'il ne faisait rien de sa vie. Lui qui avait tablé sur sa générosité, sa bonté de cœur, son innocence, elle l'avait brutalement ramené à son statut de loser pathétique. La seule consolation qu'il trouva dans cette affreuse discussion était que d'une elle ne semblait pas lui tenir rigueur de son manque d'ambition et de deux qu'il avait réussi à l'intéresser même vaguement à quelque chose qui ne relevait ni de Myspace ni de Facebook. Peut-être même qu'à ses yeux ingénus cette sombre histoire de suicide par arme à feu sentait le soufre et l'aventure.

Le bureau de Fred était une immense table en imitation bois postée à l'entrée du deuxième étage d'une tour de la Défense, le premier obstacle sur lequel se portait le regard quand on sortait de l'ascenseur. Sur la table était scotchée une feuille plastifiée avec les indicatifs de chaque poste téléphonique des agents, y trônaient également un téléphone, un fax, un ordinateur, une boîte de trombones (les autres étaient enfermées à double tour dans le tiroir), trois paires de ciseaux, un pot à crayons dont tous les stylos fonctionnaient correctement, quatre blocs de Post-it® de couleurs différentes (bleu, vert, jaune, rouge), une agrafeuse, cinq bannettes à courrier entassées les unes sur les autres en fonction de la nature des documents, sans oublier les carnets de rendez-vous des cadres supérieurs.

En arrivant au travail le lundi matin, après avoir posé son blouson sur le dossier de sa chaise ergonomique, Fred traversa le couloir pour se rendre à la machine à café devant laquelle ses collègues se réunissaient tous les lundis matin pour se plaindre de cette nouvelle semaine qui commençait sous les mêmes auspices que les précédentes. Même s'il les imitait, tout au fond de lui, Fred vénérait cette permanence routinière. Ce matin-là, il trouva Christine, la nouvelle assistante du patron, et Gilbert, le comptable, en grande discussion sur la présence ou non de lait dans le chocolat préparé par la machine. Fred se glissa entre eux pour mettre ses pièces et commander son traditionnel cappuccino. Christine contempla attentivement le contenu de son gobelet avant de trancher :

« Non, c'est sûr, c'est que de l'eau avec du chocolat en poudre. Mais c'est comme pour tout dans la vie, il faut faire avec. Elle soupira un grand coup avant de gémir : C'est pas possible, on est que lundi et je suis déjà crevée ! »

Gilbert s'appuyait nonchalamment contre la machine en sirotant son thé au citron. On lui avait toujours dit que le citron était excellent pour la gorge mais il avait beau en boire des litres ça ne changeait rien à son problème. Il souffrait d'un déraillement des cordes vocales. Dès qu'il prononçait des phrases trop longues, sa voix prenait des accents suraigus d'adolescent. Il devait donc découper ses phrases en segments qui lui donnaient l'air de bredouiller :

« Tu es fatiguée… Peut-être que tu as trop. Fait la fête ce week-end. Ça fatigue de sortir, n'est-ce pas ?

— Oh non ! Elle haussa les épaules: J'ai dîné avec des amis, c'est tout. Je crois que c'est le temps qui me fatigue. Ça arrête pas de changer, un coup il fait beau, un coup il flotte. C'est fou, la nuit dernière il faisait cinq degrés alors qu'on est au mois d'avril.

— Ça c'est sûr, approuva Fred. Y a beaucoup d'études qui démontrent l'influence du climat sur le moral. On commercialise même des lampes qui imitent les cycles solaires pour lutter contre la dépression.

— Ah oui ? Je sentais bien que c'était ça ! »

Gilbert s'était redressé.

« Moi. Samedi après-midi. J'ai vu un documentaire. Sur le dérèglement du Golfstream. Et c'est pas prêt de s'arranger tout ça.

— Comment ça ? »

Devant le regard inquiet de l'assistante, Gilbert hocha la tête avec assurance. Il but une gorgée de thé avant de poursuivre.

« C'est à cause du Golfstream. Tout ça. C'est un peu compliqué. À t'expliquer mais. Retiens que ça va se réchauffer de plus en plus. Bientôt, il faudra que tu mettes. Un bikini pour venir au travail. »

Fred se balançait d'un pied sur l'autre en hésitant à intervenir. Mais il ne pouvait pas laisser se propager des âneries sans intervenir.

« Heu… Désolé Gilbert mais je ne crois pas. En fait, le climat se réchauffe à cause de l'effet de serre. Donc les glaciers fondent et se mélangent aux océans. Or c'est de l'eau douce. Et le Gulf Stream est un courant marin qui fonctionne grâce au sel contenu dans l'océan Atlantique. Si le niveau de salinité diminue, le Gulf Stream risque de s'arrêter et la conséquence serait, non pas un réchauffement mais une glaciation du climat. Donc, dans ce cas-là, ce n'est pas un bikini mais une polaire qu'il faudra mettre. Mais bon… ça risque pas d'arriver pour le moment.

— C'est incroyable tout ce que tu sais, gloussa Christine. Elle agita son index sous le nez de Fred en ajoutant : Et c'est pas la première fois que je le remarque. Je suis sûre que tu aurais pu faire de grandes études. »

Fred eut un sourire gêné. Pour se faire embaucher, il avait dû effacer tous ses diplômes de son CV, ce qui d'ailleurs lui avait procuré un certain soulagement.

« C'est rien. Il suffit d'être attentif et d'avoir de la mémoire.

— Ouais… marmonna Gilbert. En parlant de mémoire. N'oublie pas de faxer les dernières factures. Tu l'as pas fait vendredi.

— Justement, je voulais t'en parler avant. Je me suis permis de jeter un coup d'œil et je crois qu'il y a une erreur. En fait, avec les nouvelles réformes sur la TVA il faut facturer différemment. »

Il n'avait pas fini sa phrase qu'il vit avec effroi le visage de Gilbert se déformer dans une grimace de douleur suivie par un glapissement digne d'un dindon paniqué.

« Mais tu le fais exprès ! » cria-t-il d'une voix suraiguë. Il pressa son gobelet dans son poing de toutes ses forces avant de le jeter rageusement dans la poubelle et de s'éloigner au pas de course.

Fred songea que, décidément, le dérèglement climatique avait toutes sortes de conséquences inattendues.

En posant son cappuccino sur son bureau, il ressentit l'habituel plaisir de retrouver un environnement stable, permanent, inamovible. Objectivement, Fred mettait trois heures à effectuer le travail qu'on lui demandait. Malgré quelques coups de téléphone, il lui restait donc cinq heures durant lesquelles il pouvait lire discrètement ou faire des recherches sur internet. L'hiver dernier, il en avait profité pour mettre au point un logiciel de casse-tête. Mais désormais, il était surtout occupé à jouer en réseau. La matinée se passa tranquillement. L'après-midi fut particulièrement morne, ce qui lui permit de poursuivre plusieurs quêtes et de récupérer suffisamment de talismans pour acheter le bouclier magique qu'il convoitait depuis quelques semaines. Il était presque 17 heures, l'heure où les employés allaient commencer à traîner dans les couloirs pour perdre du temps, il décida donc de se déconnecter et de consulter ses mails. Il attendait le chargement de la page quand il vit apparaître un gobelet de cappuccino sur son bureau. Il leva les yeux, Gilbert était planté face à lui avec un sourire conciliant.

« C'est pour moi ? »

Gilbert hocha la tête affirmativement.

« Du cappuccino. C'est ça, n'est-ce pas ?

— Heu… Oui, merci beaucoup mais il fallait pas. »

Deux nouveaux messages non lus attirèrent son regard sur l'écran. Le premier était d'Alexia.

« C'est pour m'excuser, n'est-ce pas. Tout à l'heure. J'ai été désagréable.

— C'est rien… Fred cliqua sur le mail.

— Tu avais raison pour les factures. Je suis désolé. »

« Je trouvais ça un peu nul de casser par téléphone alors j'ai préféré t'envoyer un mail. »

« J'étais énervée parce que Christine. Tu sais. Elle me plaît beaucoup. Je ne l'ai dit à personne. Mais je suis amoureux. »

« Je pense que ce n'est pas une surprise pour toi. Je crois que je n'ai même pas besoin de t'expliquer les raisons de cette rupture. »

« Quoi ? s'exclama Fred.

— À toi aussi. Elle te plaît, c'est ça ? N'est-ce pas ? »

Fred jeta un regard ahuri à Gilbert.

« Je sais. Je n'ai aucune chance. Me regarde pas comme ça.

— Heu… Attends Gilbert, là c'est pas le bon moment, j'ai du travail. »

Gilbert leva la tête avec des yeux révulsés et un début de glapissement coincé au fond de la gorge.

« Je te fais pitié. C'est ça, n'est-ce pas ? T'es pas gentil, Fred. Pas gentil. C'est pas bien. De me traiter comme ça. »

Il balaya le bureau d'un regard furieux et finalement reprit le gobelet de cappuccino avant de disparaître.

« En tout cas, je voulais te dire que ça avait été sympa. T'es cool. À bientôt. XX Alexia »

Fred resta figé devant son écran. Il relut le message plusieurs fois mais sa consternation était telle qu'il était incapable de se concentrer. Les mots défilaient sans aucun sens, dans un ordre complètement aléatoire, avec la récurrence de nul, casser, téléphone, mail, sympa, cool, bientôt. Deux termes positifs, deux termes négatifs, mathématiquement ça s'annulait. Il savait bien qu'à la première lecture il avait compris qu'elle rompait mais en fait ce mail était beaucoup trop gentil pour signifier une rupture. Finalement, il comprit. C'était une erreur. Soit le message n'était pas d'elle, soit il n'était pas pour lui. Mais en vérifiant l'expéditeur et le destinataire, il n'y avait plus de doute possible. Il venait de se faire jeter. Après une litanie silencieuse de dix minutes énumérant tous les lieux communs (ce n'est pas possible, comment elle peut me faire ça, pourquoi elle m'a rien dit hier, etc.), Fred resta bloqué sur l'insoluble question du pourquoi. Pourquoi elle cassait précisément maintenant. Il avait dû se passer quelque chose qui lui échappait. Il avait dû dire ou faire un truc. Elle semblait faire allusion à quelque chose de précis mais quoi… Quelque chose d'évident…

Pour l'instant, il était surtout complètement abasourdi mais il sentait que se faisait jour dans sa tête la certitude de sa nullité absolue. Comme un voile qui se déchirait et laissait entrevoir que même une toute petite étincelle de bien-être et de confort, de tendresse et d'épanouissement, lui était interdite. Dans la vie, il était voué à en baver, et à en baver seul. Une image lui vint. C'était en revenant de la maison de campagne. Il devait avoir 8 ans. Alors que la voiture familiale filait à toute vitesse, il avait aperçu un labrador égaré sur le bord de l'autoroute. C'était ça, pensa Fred – il n'était plus dans la voiture. Il errerait jusqu'à la fin. Seul.

Il allait éteindre l'ordinateur quand il vit le deuxième mail. Il cliqua machinalement dessus. Il venait d'Ema.

« J'ai appris des trucs au sujet de Charlotte. Je t'expliquerai. Je sais que ta politique de je ne fais rien de ma vie et surtout pas un truc utile t'interdit de m'aider mais j'ai besoin d'un coup de main ce soir, de toute urgence. Est-ce que tu peux me retrouver à 19 h au bar en bas de chez Charlotte et Tout-Mou ? »

Ce surgissement de l'Autre au milieu de son marasme remit en marche son cerveau. Pour Fred qui ne recevait jamais de mails personnels, la concomitance de ces deux messages ne pouvait pas être un simple hasard. Ils devenaient brusquement liés comme les deux parties d'un message codé. Il avait commencé par se demander pourquoi Alexia le larguait et voilà qu'à l'instant où il renonçait à comprendre, Ema lui apportait la réponse. Le souvenir de la veille au soir lui revint d'un coup. Alexia devant l'ordinateur cherchant à le convaincre d'aider Ema et lui disant : « Tu fais rien de ta vie. » De toute façon, c'était la seule chose qu'Alexia lui ait jamais dite sur lui. C'était clair.

Il croyait même se rappeler qu'elle avait employé le mot utile – comme Ema. Un peu comme dans un jeu vidéo où nos actions sont télécommandées par le contexte, Fred décida de suivre le jeu en répondant positivement aux événements. Sur le coup, il lui sembla donc absolument inévitable de répondre oui à Ema.

Le soir même, quand Ema expliqua à Fred ce qu'elle attendait de lui, il se dit que son frère n'avait peut-être pas tort de mettre en doute sa santé mentale.

« Mais Ema, tu te rends compte que c'est absurde ? Je le connais à peine, je ne sais absolument pas ce que je vais lui raconter et de toute façon il y croira jamais. »

À la radio, Daniel Balavoine chantait qu'il voulait mourir malheureux mais son cri était étouffé par le bruit strident du percolateur. Au comptoir, des habitués s'engueulaient sur la possibilité de réformer la France tandis que la queue du tabac s'allongeait pour cause de supercagnotte du Loto. Ema avait choisi une table près de la vitre, dans un coin d'ombre qui lui permettait de scruter régulièrement la rue. Elle écarta les appréhensions de Fred d'un geste de la main.

« C'est l'affaire d'une demi-heure. Pas le bout du monde. Je t'ai jamais rien demandé, et là j'ai juste besoin d'un minuscule service. Coup d'œil dehors. Bon… Il devrait pas arriver tout de suite. Raconte-moi plutôt comment ça se passe avec ta petite amie mineure. »

Fred piqua du nez dans sa bière en marmonnant que tout allait bien.

« Attends, me dis pas que tu t'es fait larguer par une ado ? »

Il la regarda complètement ahuri.

« Pourquoi tu dis ça ?

— Je sais pas. Soit je suis vachement forte, soit tu mens super mal. Va falloir faire un effort si tu veux assurer tout à l'heure.

— Je t'ai dit que j'y arriverai pas. »

Elle agita de nouveau une main nonchalante avant de se pencher en travers de la table.

« Qu'est-ce qui s'est passé ?

— Je sais pas. Elle m'a envoyé un mail tout à l'heure pour me dire que c'était fini.

— Et pas d'explication ? Rien ?

— Non mais… je me demande si c'est pas parce qu'elle trouve que je fais rien de ma vie.

— Original… commenta Ema avec un sourire amusé avant de froncer les sourcils. En fait, c'est pour ça que t'as accepté de venir ce soir, je comprends mieux. C'est pas grave. Et toi ? Comment ça va ?

— Bof. Pas envie d'en parler. Me sens minable. Elle me manque. »

Ema se leva brusquement, se dirigea vers le comptoir et parlementa avec le serveur. Elle revint avec deux verres. Fred renifla avec méfiance le verre qu'elle lui tendait.

« C'est de la vodka ? Je peux pas boire ça, c'est trop fort.

— Ah ouais ? Et tu bois quoi quand tu te fais larguer ? Un grand bol de Nesquik ? Allez, trinque ! »

Fred avala une gorgée qui lui fit remonter l'estomac dans la gorge. Il regarda Ema qui avait repris sa surveillance du trottoir d'en face en sirotant sa vodka.

« Et toi alors ? Tu continues à papillonner ? »

Elle lui lança un regard vague et sortit une Nicorette de sa poche.

« Pas vraiment non. Mais je vais m'y remettre. En fait, je commence à avoir ce qui ressemble à une relation suivie et ça, c'est pas bon. Le problème c'est que c'est un mec du boulot. Un peu compliqué. Blester, il est adorable. Et en plus, il est aussi fou que moi niveau sexe... Je crois que... je crois qu'on s'entend vraiment bien. Bref, c'est la merde.

— Heu... Et tu veux arrêter ?

— Non mais... Disons que j'avais pas prévu que ça durerait. Là ça fait quand même quatre mois et d'expérience je sais que ça va commencer à devenir ingérable. En plus, y a un nouveau barman au Scandal... heu... Ema s'arrêta une seconde et scruta Fred avant d'expliquer : c'est un club parisien pour faire la teuf. Bref, et j'en ferais bien mon 4 heures. Du mat. »

Fred sentait que la vodka commençait à lui monter à la tête.

« Et tu crois pas que c'est à cause du... enfin, tu vois... que tu réagis comme ça. »

Elle le regarda d'abord amusée puis brusquement ses yeux se fixèrent.

« Du viol Fred. Ça s'appelle un viol. Et non, ça n'a rien à voir. Faut pas expliquer tout mon comportement par rapport à ça, c'est un peu facile. J'ai juste envie d'égoïsme. Je ne veux pas m'enfermer et penser pour deux. Je veux d'abord exister pour moi plutôt que d'exister uniquement à travers les yeux de quelqu'un d'autre. Et que ce soit un mec ou une meuf, ça change rien. Pour être honnête, là tout de suite, la conséquence la plus évidente dans ma vie de ce viol c'est que je sois installée ici ce soir. Fred fit une moue d'incompréhension. Sans ce viol, je ne me serais jamais fâchée à ce point avec Charlotte. On se serait sûrement éloignées, c'est vrai mais pas brouillées. Et donc, je ne serais pas en train de me demander ce qui est arrivé à ma meilleure amie.

— C'est pas mes affaires mais j'ai jamais compris comment vous aviez pu ne pas être d'accord sur le viol…

— C'est pas sur le viol qu'on n'était pas d'accord. C'était sur ma réaction après. Elle ne supportait pas que j'en parle à tout le monde, que je continue à sortir en minijupe et que j'aie encore une vie sexuelle. Elle pensait que c'était malsain de ma part. Et comme on s'était toujours tout raconté, elle m'a dit ce qu'elle en pensait. Elle aurait préféré que je fasse une dépression et que je porte la burqa. Elle m'a balancé des trucs très durs que j'étais incapable de lui pardonner. Elle a pas compris que quand je disais que ma vie n'était pas brisée, ça voulait pas dire que c'était pas dur à vivre.

— Et maintenant ? Tu lui as pardonné ?

— Oui. Quand j'y pense pas… Attends ! Elle mit ses mains sur la vitre pour cacher les reflets. Je crois qu'il arrive ! Vas-y Fred ! Fonce ! Et rappelle-toi, tu dois le retenir trente minutes ! »

Au moment où il se leva, Fred se sentit vaciller mais Ema lui envoya une grande claque dans le dos pour qu'il se redresse. Il enfila sa parka et sortit du café en se demandant pourquoi il faisait ça. Il remonta la rue quelques mètres jusqu'à se retrouver face à Tout-Mou qui, en le reconnaissant, eut l'air passablement étonné.

« Eh ouais… C'est moi.

— Heu, bonsoir Fred. C'est une surprise. Qu'est-ce que tu fais ici ? Tu travailles dans le quartier ?

— Non. Mais je voulais te parler. »

Tout-Mou hocha la tête dans un mouvement qui fit gondoler son début de bajoues. Fred toussota.

« On peut s'installer quelque part ?

— Oui… C'est grave ?

— Pas du tout.

— Tu veux qu'on monte chez moi ?

— Non ! Tu comprends, je ne me sens pas capable d'aller chez Charlotte. On peut aller au café en face. »

Tout-Mou le suivit sans trop de difficulté. Pour l'instant, ça allait mais qu'est-ce qu'il allait faire maintenant ? Qu'est-ce qu'il allait lui raconter ? Il compta une vingtaine de pas pour trouver une idée de génie. Avant d'entrer dans le café, il vérifia qu'Ema avait eu le temps de partir. C'est le moment ou jamais de savoir si je suis si intelligent que ça. Mais la vodka semblait complètement anesthésier les capacités inventives de son cerveau. Il garda donc le silence jusqu'à ce qu'ils se fussent installés à la même table qu'il venait de quitter mais cette fois, il choisit la place près de la vitre pour, à son tour, surveiller la rue. Tout-Mou avait gardé son manteau, signe qu'il ne comptait pas s'éterniser. Fred attendit que le serveur, qui lui adressa un sourire complice, leur amène deux cafés pour prendre la parole. C'était toujours ça de gagné.

« Alors ? Tu sors tard du travail…

— Oui. Ça me fait du bien de travailler. Et je t'avoue que je suis fatigué donc si on peut faire court… Tu voulais me dire quoi ? »

Fred toussa à nouveau et laissa un silence avant de poursuivre.

« C'est pas évident d'en parler. »

Il allait pas pouvoir continuer à noyer le poisson comme ça.

« Mais c'est à quel sujet ?

— C'est… un peu à mon sujet… Et un peu au tien aussi… Et puis Charlotte. Tout ça. Ça fait beaucoup pour moi. Je la connaissais depuis longtemps. »

À nouveau, un silence pesant. Fred évitait soigneusement le regard de Tout-Mou. Il jeta un coup d'œil par la vitre en avalant d'une traite son café. Des ombres traversaient rapidement la rue. Dans le reflet, il distinguait le profil de Tout-Mou qui touillait machinalement son café sans, visiblement, aucune intention de le boire.

« Je sais. Elle t'aimait beaucoup tu sais. Je crois même qu'elle regrettait de ne pas te voir plus souvent. »

Fred fut touché de façon inattendue par cette déclaration. Il sentit monter des larmes.

« Elle était géniale.

— Oui, approuva Tout-Mou. Il fit tinter sa cuillère contre la tasse et ajouta : mais qu'est-ce que tu voulais me dire au juste ? »

Par un mimétisme nerveux, Fred ne résista pas à l'envie de reproduire exactement le même son avec sa cuillère.

« Ah… Ça… Tu sais que je sortais avec quelqu'un ? Quelqu'un qui était très important pour moi. Il posa sa cuillère et releva brusquement la tête. Même si personne autour de moi n'avait l'air de comprendre notre amour. »

Tout-Mou le regarda avec stupéfaction.

« Quel rapport avec moi ?

— Bein… Ça nous fait des points communs. Parce que cette personne m'a quitté aujourd'hui. Je me suis fait larguer.

— Fred, ma femme est morte. Ça n'a rien à voir.

— Mais si, justement, je sens un truc entre nous ! »

Mon dieu, mais qu'est-ce que je raconte… Tout-Mou toussa pour s'éclaircir la voix avant de demander :

« Fred, excuse-moi de te poser la question comme ça, mais est-ce que tu as bu ? »

Fred se sentit totalement pris au dépourvu.

« Non… Enfin oui. Mais pour pouvoir te parler.

— Écoute, je suis désolé pour toi de cette rupture mais tu comprends bien que je ne suis pas en état d'être triste pour toi. »

Sur ce, il empoigna son attaché-case et se leva. Mû par une impulsion désespérée pour le retenir, Fred lui attrapa alors le poignet. Dans un silence de plomb, il suivit les yeux de Tout-Mou qui glissèrent jusqu'à cette main d'homme posée sur la sienne. Mais ce ne fut qu'au moment où il releva le regard vers lui que

Fred comprit ce qui lui traversait le cerveau. Il retira précipitamment sa main.

« Heu, c'est pas ce à quoi tu penses. »

Tout-Mou restait debout face à lui, comme paralysé, ne tenant visiblement pas à se rasseoir et n'osant s'éloigner.

« Je… Je ne sais pas quoi dire Fred. Je t'avoue que je ne suis pas totalement surpris. Charlotte m'avait déjà dit qu'elle pensait que tu… que tu étais… enfin tu vois… »

Fred émit un gémissement inarticulé.

« Je suis désolé, reprit Tout-Mou sur un ton un peu plus assuré. Mais cette situation est très gênante. Je ne suis pas du tout homophobe. Je sais que dans votre communauté les mœurs sont différentes mais tu devrais comprendre que le moment est mal choisi. Je suis très touché de… de ton intérêt pour moi. Vraiment, je devinais bien tes orientations mais je ne me doutais pas de tes sentiments pour moi. Mais je vais être clair : ce n'est pas du tout réciproque. Et faire ça maintenant, pendant mon deuil, je trouve ça de mauvais goût. Je suis désolé. »

Il posa un billet de 5 euros sur la table, faillit mettre sa main sur l'épaule de Fred mais avorta son geste et s'éloigna en silence.

Complètement abasourdi, Fred paniqua. Il devait prévenir Ema tout de suite. Il fouilla dans la poche de sa parka, sortit son téléphone mais l'appareil glissa entre ses doigts et atterrit avec fracas par terre. La batterie avait giclé, la carte SIM aussi. Les doigts tremblants, il tenta de la remettre dans le téléphone, emboîta la batterie et le ralluma. Évidemment, ça ne marchait pas. Il s'écroula sur sa chaise et resta immobile, la tête entre les mains. À travers ses yeux embués, il contemplait une goutte de café sur le formica de la table. Le néon du comptoir se reflétait dedans en miniature et il avait juste envie de mourir. Il venait de décevoir Ema, la seule personne qui semblait encore s'intéresser un peu à lui. Il avait essayé de ne pas se laisser abattre, de réagir et l'échec était patent. Il ne servait plus à rien de lutter.

Il ferma les yeux pour ne pas pleurer.

Alexia partie, il n'était plus rien. Il était une merde. Et il venait de se faire jeter pour la deuxième fois de la journée. Ça devenait pathétique. Tout se mélangeait dans sa tête. Bien malgré lui, il venait de se prendre un gros râteau. Même Tout-Mou ne voulait pas de lui. Il regarda le billet de banque et se sentit comme une vieille maîtresse abandonnée. Contrairement à ce qu'on avait voulu lui faire croire quand il était petit, il avait toujours su que sa vie serait merdique. C'était pas juste mais c'était mathématiquement logique. Tout le monde ne pouvait pas réussir sa vie, il fallait que certains la foirent. Est-ce que les autres avaient conscience de leur vie de chiottes ? Pourtant, il ne demandait pas grand-chose et que même ce peu lui soit refusé alimentait un sentiment d'injustice qui l'attristait encore davantage. Il lui semblait que sa tristesse serait sans fin ni fond comme s'il avait plongé dans une autre dimension. Un trou noir dont la masse de désespoir serait si dense qu'elle étoufferait tout rayonnement de bonheur ou de contentement.

Il sentit une main ébouriffer ses cheveux et rouvrit les yeux. Ema souriait. Elle s'installa face à lui.

« On t'a déjà dit que t'étais vraiment à chier comme agent secret ?

— Qu'est-ce qui s'est passé ? Comment t'as fait ?

— Heureusement, j'avais déjà quitté l'appartement. Je l'ai croisé dans l'escalier quand je redescendais. Je lui ai dit que je venais de sonner chez lui, que je voulais m'excuser pour un truc. Un truc qu'il a vu le jour de l'enterrement…

— Et il t'a crue ?

— J'en sais rien. Mais c'est sûr qu'il ne peut pas s'imaginer que je suis allée fouiller chez lui avec un double de clé volé. Ou alors, c'est qu'il a un truc à se reprocher.

— Et t'as réussi à prendre le dossier ? »

Elle fouilla dans son sac et en sortit une clé USB qu'elle agita triomphalement. Fred sourit et laissa retomber sa tête sur la table.

« Ema faut que je te pose une question.

— Oui mon chouchou.

— T'as déjà pensé que j'étais pédé ? »

Elle explosa de rire.

« Avec ta manière de mater les seins des meufs ? Non, t'es vraiment le prototype de l'hétéro de base. Pourquoi ?

— Je viens de me prendre un vent par Tout-Mou…

— Un conseil, joue pas au Loto ce soir. C'est pas ta journée. Allez, viens, tu vas me raconter tout ça ailleurs. »

Fred fit un signe de dénégation. Il préférait rentrer chez lui mais quand Ema lui demanda ce qu'il allait concrètement faire tout seul dans son « appartement merdique à Trifouillis-les-Pingouins », il n'osa pas répondre qu'il comptait tester son nouveau bouclier magique.

Fred ne savait pas trop où il s'imaginait qu'Ema l'emmènerait, peut-être dans un caveau plein de stupre et de dépravation, dans une soirée mondaine, au Scandal – la boîte de nuit dont il entendait souvent parler – mais certainement pas dans un bar quelconque d'une rue du XXe arrondissement. Elle lui tint la porte en expliquant que le lundi c'était toujours calme mais que tant mieux, c'était ce qu'il leur fallait. Effectivement, l'endroit était désert mis à part, seul à une table, un petit bonhomme flétri comme une pomme ridée. Ema se dirigea tout droit vers le bar et fit la bise à la serveuse et à une cliente perchée sur un tabouret. Quand cette cliente se retourna vers lui, Fred resta muet de stupéfaction.

Son visage était lisse et transparent comme une perle, dont il avait la jeunesse et l'eau. Le satin blanc de sa robe paraissait noir à comparaison de la neige de son beau sein. Ses lèvres étaient couleur de rubis, et ses yeux, d'un bleu céleste, si luisants qu'on eût pu difficilement juger s'ils empruntaient au soleil leur vive lumière ou si ce bel astre leur était redevable de sa clarté (Mlle de Guise décrivant la beauté de Gabrielle d'Estrées).

Il n'avait jamais rien vu d'aussi beau.

« Alors, voilà le fameux Fred, s'exclama-t-elle. Elle lui tendit la main. Enchantée, Gabrielle d'Estrées.

— Gabrielle d'Estrées comme… Gabrielle d'Estrées ?

— Enfin quelqu'un de cultivé ! »

La serveuse fit le tour pour sortir du comptoir et lui faire la bise.

« Salut, moi c'est Alice. Je sais, c'est moins classe. Bienvenu chez nous Fred ! »

Ce soir-là, dans le RER qui le ramenait chez lui, les informations, les lieux, les visages, les blagues entendues se mélangeaient dans une patouille euphorisante, un joyeux trop-plein dans son cerveau. Fred se sentait grisé par cette sensation de nouveauté et sans doute aussi par la beauté de Gabrielle. La réincarnation de Gabrielle d'Estrées. Enfin pas exactement la réincarnation évidemment. Disons une descendante qui présentait une ressemblance frappante avec la maîtresse d'Henri IV.

Interlude historique

Gabrielle d'Estrées était la favorite d'Henri IV dont elle eut trois enfants. Une histoire d'amour apparemment sincère – même si Gabrielle semblait au début assez réticente à accorder ses faveurs au roi et continua pendant quelque temps d'entretenir d'autres liaisons. Du moins, la passion était présente du côté d'Henri, hypnotisé par la plus belle femme du siècle que Voltaire devait décrire ainsi « D'Estrée étoit son nom ; la main de la nature/De ses aimables dons la combla sans mesure » (La Henriade, *chant 9, vers 165/166).*

Mais plus qu'une simple maîtresse, le roi comptait en faire son épouse une fois obtenue l'annulation de son mariage avec la reine Margot – qui s'était longtemps refusé à céder son trône à la « putain » de son mari. Malheureusement les Français détestaient la belle Gabrielle et les politiques jugeaient plus avantageux un mariage avec l'Italienne Marie de Médicis, nièce du pape Clément VIII, qui satisferait les catholiques et dont la dot permettrait de rembourser des dettes. Le roi s'engagea alors d'un côté et de l'autre. Il promit à Gabrielle, qui attendait un quatrième enfant de lui, de l'épouser. À l'occasion de la semaine sainte, le confesseur du roi, le curé Benoît, parvint à le convaincre qu'il serait plutôt bien vu de se séparer de sa maîtresse quelques jours afin de ménager une opinion catholique toujours prête à douter de la sincérité de sa conversion. Gabrielle se soumit à contrecœur, persuadée que quelque chose se tramait pour empêcher son mariage royal.

Le couple se sépare le mercredi 6 avril 1599. Le soir même, à la fin d'un dîner chez le financier italien Zamet, Gabrielle goûte un citron et se trouve prise d'atroces douleurs au ventre bientôt suivies de convul sions si violentes qu'elles lui font perdre la vue et l'ouïe. Les médecins décident de l'opérer et lui retirent son enfant « en lambeaux et lopins », en gros en pièces détachées et la saignent trois fois, manœuvre qui n'a pas dû franchement améliorer son état. Alerté le vendredi, Henri IV se met en route pour la rejoindre de toute urgence. Cette précipitation est jugée peu souhaitable par certains et on décide d'annoncer au roi la mort de sa favorite à qui il reste pourtant encore une quinzaine d'heures à vivre. Il ne viendra donc pas à son chevet et Gabrielle décédera seule le matin du samedi 10 avril 1599. Les spasmes de son agonie ont été tellement violents que son cou s'est tourné à un angle improbable par rapport au reste du corps, sa bouche est partie sur le côté de son visage et son cadavre est à tel point défiguré que ses ennemis font courir le bruit que c'est le diable lui-même qui l'a étranglée. « Elle était devenue si hideuse qu'on ne pouvait la regarder sans effroi », note Mezeray.

Si dès son premier malaise, Gabrielle pensa être victime d'empoisonnement, nombre d'historiens se disputèrent sur le sujet. Michelet accusa même Sully – que Gabrielle avait pourtant fait nommer ministre des Finances – d'avoir été au courant du complot. Soupçon en grande partie né de la phrase sibylline qu'il prononça en apprenant la mort de l'ex-future reine de France : « La corde a rompu. »

Cette ambiance de complot paranoïaque dans laquelle elle avait baigné depuis l'enfance devait certainement jouer sur notre Gabrielle d'Estrées à nous quand, ce soir-là au Bottle, elle fut la première à oser décréter plausible l'assassinat de Charlotte, répétant à l'envi sa phrase fétiche « et si la corde avait rompu ». Son intime conviction concernant l'empoisonnement de son aïeule se transférait directement à la mort de Charlotte. En verbalisant ce que chacun pensait tout bas, Gabrielle brisait un tabou qui permettait à tous de jouer enfin cartes sur table et d'avancer. Grâce à son intervention, Ema, nettement plus pragmatique, put aborder le problème du mobile. « Ok, admettons que la corde a rompu mais la question c'est pourquoi ? » Leur seule piste étant ce dossier De Vinci, il fallait l'étudier de près. Fred n'avait pas vraiment d'avis sur la question et d'ailleurs ne jugeait pas nécessaire d'en avoir un. Rompue ou pas, la corde n'était plus là. Il étudierait les éléments au fur et à mesure qu'ils se présenteraient – sans a priori.

Ce soir-là, Fred avait une nouvelle fois le visage tourné vers la vitre sale du wagon du RER mais son regard allait bien au-delà. Il revoyait ces trois femmes si différentes lui réciter à tour de rôle les articles et commandements d'une charte féministe qu'elles écrivaient à six mains. Une charte suffisamment souple et large pour répondre aux situations que chacune pouvait rencontrer. Mais plus que le corps du texte en lui-même, ce qui l'avait impressionné c'était leur capacité spontanée à mettre en accord leurs discours et leurs actes. Et en les écoutant rire entre elles, il avait eu l'intuition que sa vision et donc son comportement avec les filles dataient du Moyen Âge. Le respect qu'elles exigeaient n'avait rien à voir avec ce qu'il imaginait.

En sortant du RER, il se sentait léger. Il prit même une démarche chaloupée de cow-boy pour traverser les rues désertes de sa banlieue. Peut-être que la vie n'était pas exactement ce qu'il avait imaginé. Il entrevoyait qu'autre chose était possible, quelque chose de simple, de naturel, loin de tous les artifices du jeu social qu'il avait déserté. Mais l'exaltation de ces réflexions prit fin dès qu'il ouvrit la porte de chez lui et se retrouva face au vide. Sans allumer, il balaya l'espace d'un regard puis poussa la porte de la salle de bains. La tablette était vide. Brosse à dents, démaquillant, pyjama, Alexia avait tout emporté le matin même quand ils avaient quitté l'appartement. Comment avait-il fait pour ne pas s'en rendre compte ? Il lui avait dit de se dépêcher, il pensait qu'elle se pomponnait encore. En réalité, elle préparait sa fuite, leur rupture, pour ne plus jamais devoir le revoir. Il ne lui restait rien. Aucune trace de son passage chez lui et dans sa vie. Même pas une chaussette qu'elle aurait oubliée sous le lit. Et comme un crétin, il n'avait pris que deux photos d'elle. L'absence. Son appartement était identique mais vide. Il resta debout dans l'entrée incapable de bouger, d'effectuer les gestes mécaniques d'avant le coucher. Paralysé par le poids du rien. Les objets se découpaient dans la pénombre de plus en plus nettement tandis que ses yeux s'habituaient à l'obscurité. Le portemanteau. Le guéridon avec la soucoupe dans laquelle il posait ses clés et la petite monnaie. Ses baskets qui traînaient devant la chambre. Par l'embrasure de la porte du salon, il distinguait l'accoudoir du canapé, le coin de la table. Il était debout, encore en blouson, comme un con, devant des objets, ses objets, parfaitement inutiles, vaguement hostiles. Désintrumentalisés. Ça servait à quoi tout ça ? À créer un cadre de vie mais ça rime à quoi un cadre de vie quand on est seul avec juste un semblant d'existence. Un appartement comme un théâtre à l'abandon.

Il était toujours debout dans l'entrée, ses clés à la main, quand un bruit le fit sursauter. C'était le son de sa propre respiration. Une respiration rapide, saccadée, oppressante. Soudain, il se demanda ce qu'Alexia faisait à ce moment précis et cette question lui fit prendre conscience de la douleur qu'il ressentait sourdement. Tant qu'il n'aurait pas la réponse, il continuerait à étouffer. Encore passablement éméché, Fred eut soudain une idée toute simple pour rester en contact avec elle. À cette heure-là, elle faisait toujours la même chose. Il franchit le seuil du salon, ôta son blouson, installa son ordinateur portable sur le canapé et se connecta à internet. Mais il se rendit compte que, même s'il se créait un profil sur Facebook, elle n'allait jamais l'accepter comme ami. Il eut un instant de découragement avant de tenter autre chose. Il tapa quelques mots et quand la page Myspace des Parisiennes Not in Love s'afficha, il poussa un soupir à fendre les pierres les plus solides. Elle était « on-line ». Voilà, elle était sagement assise devant son ordinateur. Elle fumait sûrement une cigarette en jouant avec sa couverture fétiche. Il lut les commentaires qu'elle était en train d'échanger avec un de ces fans qu'il aurait volontiers défenestrés, et il eut l'impression d'avoir trouvé un fil ténu qui, s'il ne le lâchait pas, lui permettrait peut-être de survivre jusqu'au lendemain matin. Légèrement titubant, il partit chercher sa couette et s'installa sur le canapé bien décidé à s'endormir devant la lueur bleutée de cette page web.

Playlist :
Otis Redding & Carla Thomas – *Tramp*
The Zombies – *Time of the Season*
Stuck in the Sound – *Playback A.L.*

Chapitre trois

Le travail et le sexe

« Nuit effroyable où retentit comme un éclat de tonnerre cette étonnante nouvelle : Loana nous a quittés. Elle a passé du matin au soir, princesse des temps modernes, traversant la constellation de nos peoples avec la fulgurance des stars. » Ema retira ses mains du clavier, se cala dans son fauteuil et se demanda avec une certaine satisfaction si elle pouvait faire plus merdico-pompeux. Elle était au top, avec ça elle allait détrôner Bossuet et son oraison pour Henriette des manuels scolaires. Vous étudierez l'effet produit par le changement de forme verbale dans « Madame se meurt, Madame est morte ».

Suite à un problème de réveille-matin/cafetière qui déborde/grosse flemme de se lever, elle était arrivée au journal à 11 heures passées. De son entrée dans les locaux à son installation à son poste, elle avait pu sentir le regard désapprobateur du chef, debout au milieu de la salle de rédaction, la suivant avec insistance à travers l'immense open space. Flairant de potentiels ennuis, elle s'était donc mise immédiatement au travail. Quand elle éprouvait le besoin de lever les yeux du PC, elle pouvait profiter de la vue d'une trentaine de têtes courbées et d'épaules accablées tressaillant au rythme du cliquetis incessant des claviers. Depuis son instauration quelques mois auparavant, le principe convivial de l'open space avait révélé un degré de perversité bien supérieur aux pires estimations des employés – qui, déjà, étaient assez proches de l'apocalypse.

Au début, empreints d'une douce naïveté, ils avaient pensé qu'il s'agissait d'un simple système de délation où chaque salarié devait surveiller ses collègues. Et évidemment, ils se savaient tous suffisamment solidaires dans cette galère pour ne pas jouer au petit rapporteur. Mais ça, c'était parce qu'ils n'avaient lu que la moitié de *Surveiller et Punir.* Le principe de contrôle, puisqu'il s'agissait bien de ça, était en réalité nettement plus élaboré. Il fonctionnait à plein régime grâce à une intériorisation de la surveillance. Même avec des collègues respectueux les uns des autres, personne ne pouvait s'empêcher de se sentir systématiquement pris en faute. Chacun était d'avance coupable et travaillait avec dans le bide un petit lot de trouille paranoïaque, d'inquiétude, d'insécurité. La méfiance était d'autant plus présente que votre article en cours de rédaction se trouvait exposé au regard de n'importe quel quidam passant derrière vous. Les rédacteurs jetaient des regards furtifs par-dessus leurs épaules et la peur triomphait des plus paresseux. Au fur et à mesure, les sourires s'étaient crispés et teintés d'hypocrisie. Pour améliorer le panoptique de Bentham, il avait donc suffi d'enlever les murs.

Quelques tables plus loin, Ema croisa le regard de Michel, responsable de la rubrique politique, qui noua autour de son cou une corde invisible, pencha la tête et tira la langue. Le pauvre devait chaque jour relever l'incroyable défi de pondre quatre pages sur la vie politique française sans jamais aborder de *sujet* politique. Mais finalement, il s'en sortait plutôt bien, évitant soigneusement tout ce qui pouvait faire débat sur le fond des mesures pour se limiter à un commentaire de la communication gouvernementale. Il créait artificiellement des polémiques autour des « gaffes » de certains ministres (une expression malheureuse, une faute de goût vestimentaire), ce qui permettait au journal d'afficher un semblant d'indépendance et d'objectivité. Ema lui répondit d'un sourire compatissant avant de se replonger dans son écran.

Elle envoya sur l'intranet son hommage funéraire de la bimbo et rouvrit le dossier De Vinci. Au moins, ça ne ressemblait pas à une partie de spider solitaire. Avec ses graphiques dans tous les sens, ses camemberts, ses pyramides et son jargon économique, on ne pouvait pas la soupçonner de s'amuser. Le dossier en lui-même était divisé en trois parties et présentait toutes les caractéristiques d'une mine d'informations si seulement Ema avait entravé quelque chose. Comme l'avait dit le patron d'*Objectif Économie*, il s'agissait bien d'une immense entreprise de privatisation. Le problème majeur étant qu'elle ne comprenait pas ce qui devait être privatisé. Ou libéralisé d'ailleurs, elle ne saisissait pas bien la différence. Le vocabulaire techniquement ampoulé semait l'attention avant la fin de la phrase. Après relecture de la première page, Ema poussa un lourd soupir qui fit sursauter son collègue de droite. Elle s'excusa silencieusement. Il ne lui restait plus qu'à espérer que les immenses capacités intellectuelles de Fred lui permettraient de s'en sortir mieux qu'elle. Elle consulta une énième fois ses mails dans l'espoir qu'il lui ait répondu mais outre une vingtaine de spams l'enjoignant tous à venir à une soirée qui ne manquerait pas d'être l'événement incontournable de la semaine parisienne, elle n'avait qu'un message non lu de Blester.

« T'as fini ton article ? Tu peux répondre à ma question maintenant ? »

Elle tourna la tête vers le service icono du journal qui se trouvait à l'autre bout de la pièce. Blester était au téléphone, sans doute en train de négocier des droits pour une photo en même temps qu'il pianotait sur son clavier.

« Quelle question ? Tu veux quoi exactement ? »

Elle le vit appuyer sur une touche et sursauter. Il lui lança un regard amusé tout en hochant la tête à l'adresse de son interlocuteur invisible. Il se pencha sur son clavier et tapa quelques mots avant de se caler dans son fauteuil. Elle allait être concise sa réponse. Ema actualisa sa boîte. 1 message non lu.

« Je veux que t'admettes qu'on est un couple. »

On ne pouvait pas accuser ce garçon de subtile manipulation psychologique. À concision, concision et demie. Elle se contenta de répondre :

« Et moi je ne veux pas. »

Il pointa un flingue imaginaire sur sa tempe.

« Tu fais chier. »

Et merde, pensa-t-elle. Finie l'extase des premiers jours, ils entraient dans la période maudite des prises de tête. Logiquement, si tant est qu'elle avait l'endurance pour passer outre ces engueulades, s'ensuivrait le moment où elle commencerait à s'ennuyer ferme. Ça devenait désespérant de voir le même scénario se reproduire encore et encore à l'infini. Pendant des années, elle avait vu des films, lu des livres, entendu des anecdotes et autres analyses sur l'incapacité des hommes à s'engager. Elle aurait bien aimé qu'on lui dise où ils étaient passés tous ces queutards qui fuyaient l'engagement ? Encore que… On pouvait, et elle ne s'en privait pas, se demander dans quelle mesure ce n'était pas justement son propre refus de l'engagement qui incitait les hommes, un peu par défi, à vouloir la menotter.

Son voisin la regardait avec insistance. Ema mit un instant à comprendre qu'elle pianotait des doigts et que le bruit de ses ongles vernis rebondissant sur la table le gênait. Elle en avait marre de s'excuser. Elle attrapa sa veste et quitta la rédaction pour sortir fumer. L'entrée était dans une petite rue plutôt calme en comparaison de l'agitation qui régnait dans le reste du quartier. La seule source de trouble venait d'une école primaire voisine qui s'agitait aux heures de récréation. Une des distractions d'Ema – qui coïncidait peut-être avec ses périodes d'ovulation – consistait à s'installer devant l'école à 16 h 15 pour fumer avec les autres mamans qui s'en grillaient une dernière, en douce, avant l'arrivée des monstres. Mais elle s'éloignait toujours avant la sonnerie.

Elle inspira une grande bouffée et la recracha en levant la tête vers le ciel. Pas un nuage à l'horizon. Un ciel parfaitement pur et une température enfin normale. Sa robe était de saison et ses nouvelles bottines lui donnaient l'impression de conquérir le monde – impression confirmée par le passage des éboueurs qui la sifflèrent gentiment. Finalement, ses satisfactions les plus simples (je me sens jolie, il fait beau, je suis bien) tenaient à des futilités affligeantes (nouvelles chaussures, soleil, cigarette). Saloperie de société de consommation.

Plutôt que de jouer la vieille fille blasée – ce qui ne correspondait pas du tout à son humeur du jour –, Ema devait admettre que Blester n'avait pas tort. Pas complètement. Il était temps qu'elle se pose sérieusement la question : que voulait-elle ? Elle fit le vide dans son esprit en se concentrant sur le bout de ses nouvelles bottines. Selon une méthode inspirée des *Exercices spirituels* de saint Ignace de Loyola, elle parvint à enchaîner quarante secondes d'exhortation sur le thème « que veux-je ? » jusqu'à ce que son esprit s'éclaircisse et qu'un seul mot s'imposât : la paix. Elle voulait avoir la paix. Elle ne voulait ni qu'ils soient ensemble, ni qu'ils rompent. Elle voulait juste que ça reste en l'état – ce qui ne résolvait rien puisqu'en l'état actuel des choses, c'était un peu comme elle voulait quand elle voulait et que pour lui, la situation ne serait pas tenable encore longtemps. Pourquoi lorsque Blester esquissait l'idée qu'ils se mettent officiellement en couple, ça lui faisait le même effet que s'il lui avait proposé de partir élever des chèvres dans la Creuse ? La vérité, c'était qu'elle ne voulait pas avoir cette discussion. Elle songea qu'elle préférerait encore se trancher les veines avec un coupe-ongles plutôt que de se taper une interminable prise de tête sur le couple. Et puis, c'était quoi le couple ? Une aliénation consentie ? Pour le moment, sa priorité était d'une part les Morues, de l'autre Charlotte. Et certainement pas les envies de conformisme bourgeois de Blester. Elle jeta son mégot et l'écrasa du talon avec conviction. Ok, elle n'avait pas avancé d'un pouce mais elle se sentait plus légère.

À son retour, elle avait quatre mails mais aucun de Fred. Le premier venait d'Alice.

« Viens de me lever. Impression qu'on m'a arraché le foie pour le plonger dans une mare de pétrole. Sinon, ton mec qui n'est surtout pas ton mec m'a envoyé le flyer qu'il a fait pour la soirée DJ Morues – il est super (le flyer) ! Il est très doué (le mec). Je vais balancer ça partout sur le net. On devrait se faire une page Myspace pour les Morues. Je sais, tu vas dire que je devrais déscotcher des réseaux sociaux. Ça va toi ? Tu t'en sors Sherlock ? »

Ema convenait que c'était très con de sa part mais elle ne pouvait pas s'empêcher d'être un peu fière de ces compliments. Encore un problème. Ne pas – trop – materner son mec. Les trois autres mails venaient justement de monsieur l'artiste graphiste.

« Je crois que je suis malade. J'ai mal à la gorge. »

« Je m'ennuie. Raconte-moi une blague. »

« Si t'arrives à placer le mot hypostase dans ton article, je te paie le restau ce soir. »

Hypostase… C'était un truc vaguement chrétien ça… Ema chercha dans Wikipédia. « Dans la doctrine chrétienne, l'hypostase est chacune des trois personnes divines de la Trinité, chacune considérée comme distincte mais substantiellement une (*consubstantielles*). Les théologiens disent qu'il y a en Dieu trois hypostases et une seule nature dans la sainte Trinité. » Oh putain… Et comment il voulait qu'elle arrive à placer ça…

« C'est impossible à relever ton défi ! Par contre, j'ai très envie de toi. T'as pas envie qu'on se croise par hasard aux toilettes dans 15 minutes ? »

À première vue, cette approche pouvait sembler un peu cavalière mais dans leur histoire, elle faisait sens.

Pendant longtemps, Ema et Blester avaient vécu dans l'ignorance quasi complète de l'existence de l'autre. Ils se croisaient dans le couloir, se saluaient poliment mais leurs rapports se limitaient à une espèce de joute verbale, de concours de vannes qui oxygénait les réunions de rédaction. Ema disait deux, Blester répondait trois. Et puis, un matin elle avait reçu un mail : « Très jolie ta nouvelle robe. Ceci n'est pas une vanne. » S'en était suivie pendant quelques jours une montée en puissance sur le thème je te fais des compliments, on est de plus en plus gentils, on flirte, on s'allume, on se lance des défis très spirituels du genre « pas cap de me mettre une main au cul avant la réunion », « pas cap de me peloter après la réunion ». La tension sexuelle était devenue de plus en plus palpable, toujours sur un mode ludique mais générant une frustration dont Ema disait aux Morues qu'elle allait la rendre barge, qu'elle allait imploser s'ils ne couchaient pas vite ensemble et qu'en prime elle était devenue absolument incapable de travailler correctement. Elle ne s'était jamais sentie dans un tel état de manque, sans doute à la fois parce qu'on ne l'avait jamais frustrée aussi longtemps et parce que constater que Blester jouait au moins autant qu'elle à entretenir cette tension le rendait encore plus attirant. Évidemment, tout ça aurait pu finir par une nuit d'amour explosive dans des draps en soie. Mais c'était sans compter le côté insoutenable de la situation. Quand ils avaient fini par se dire que c'était trop, ils s'étaient sautés dessus dans lesdites toilettes, très tard, un soir de bouclage. Au final, ils avaient été incapables de se dire si c'était bien ou pas, tant ils étaient obsédés par le besoin d'assouvir une pulsion. Ça avait été maladroit et rapide mais Ema en était ressortie les jambes flageolantes, la tête qui tournait et des étoiles dans les yeux. Son plan bite-au-bureau aurait pu s'arrêter là mais un coup rapide dans les toilettes n'avait absolument pas suffi à calmer les semaines de frustration précédentes. C'était peut-être cette frustration qu'ils n'arrivaient pas à assouvir, même en niquant, qui les avait poussés à aller très loin dès le début. Après trois sessions dans les chiottes, où Ema se demandait comment elle pouvait passer de la rédaction de son article à une levrette sur la cuvette des toilettes en l'espace de deux minutes, Blester avait déclaré qu'il n'arriverait jamais à lui faire la démonstration de ses talents sexuels dans un espace de trois mètres carrés. Il avait alors lancé un nouveau défi particulièrement osé, « pas cap de baiser dans un lit », qui les avait inexorablement entraînés vers le « pas cap d'aller au restau pour discuter » et de fil en aiguille, la spirale infernale s'était enchaînée jusqu'à « pas cap de dormir chez moi après avoir regardé la télé ». Même s'ils avaient désormais une relation qui ressemblait fortement à celle d'un couple, et qui avait retiré à Ema toute envie d'aller voir ailleurs (malgré ses grandes déclarations sur le barman du Scandal que oui oui, la semaine prochaine, sans faute, elle le chope), le sexe restait le ciment le plus explicite et le plus simple entre eux. Sur ce sujet, au moins, ils se comprenaient sans problème, sans retenue, sans tabou.

Sauf que ce jour-là, la réponse ne fut pas exactement celle qu'attendait Ema.

« Je ne veux plus qu'on baise aux toilettes. Après, t'es moins motivée pour qu'on se voie le soir ;)

D'ailleurs pour être sûr que ça n'arrive plus et que tu ne me sautes pas dessus aux chiottes, j'ai arrêté de pisser au boulot. Je vais dans un café en face. »

En dépit du sympathique clin d'œil et des petites plaisanteries pour lui dorer la pilule, Ema se sentit immédiatement mortifiée par ce refus. Traitée et traduite par son cerveau, l'information se transforma en : « Désolé mais je ne suis pas un gros dégueulasse comme toi qui es vraiment une moule lubrique assoiffée de sperme. » Autant dire un thème qu'elle n'appréciait pas particulièrement parce qu'il la ramenait à la lancinante interrogation : avait-elle un comportement sexuellement déviant ? Le viol avait-il définitivement perverti sa sexualité ?

C'est sans aucun doute ce que lui aurait dit Charlotte mais, en toute bonne foi, Ema n'arrivait pas à comprendre certaines interdictions morales qui lui semblaient n'être que des tabous assez arbitraires. Certes, les frontières étaient nécessaires – mais principalement pour le plaisir de les transgresser. Et cet état d'esprit, Ema pensait que Blester le partageait, du moins jusqu'à présent, et qu'enfin elle avait trouvé un mec qui n'attendait pas de la femme avec qui il était qu'elle joue les vierges effarouchées mais avec qui on pouvait mimer la soumission, jouer au sadomasochisme sans oublier que tout cela n'était qu'un jeu et que, pour autant, elle n'était pas une folle du cul prête à prostituer sa grand-mère. Non seulement Blester la suivait dans ses fantasmes mais il était même le premier à surenchérir. Oui, attachons-nous, frappons-nous, insultons-nous, transformons le lit en tranchée de guerre dont on sort le corps couvert d'hématomes, de morsures, de marques de doigts autour du cou.

Dans ses pratiques sexuelles – si variées fussent-elles – Ema n'avait jamais eu l'impression de s'avilir, ni d'être réellement dominée ou dominante. Au pire, elle avait *joué* à la mauvaise fille, elle jouait à l'esclave sexuelle qu'on enchaînait mais en dehors du lit, elle ne se sentait absolument pas soumise. Le sexe était un jeu qu'elle prenait très au sérieux.

Et elle était infiniment reconnaissante à Blester de ne jamais prétendre interpréter son comportement. Il était le premier à lui dire qu'il était incapable d'avoir une analyse quelconque du viol. Il ne pouvait pas imaginer ce que c'était et encore moins ce que ça pouvait entraîner comme conséquence sur la libido, et en tout cas, il n'avait jamais semblé faire de lien avec leur sexualité parfois borderline. Il lui faisait confiance, il ne la traitait pas comme une petite chose fragile et pensait qu'elle était assez grande pour connaître ses limites et dire non s'ils allaient trop loin – ce qu'elle avait fait le jour où elle avait senti que cinq secondes de strangulation de plus et elle perdrait connaissance. Mais peut-être que c'était ça la première conséquence du viol ? Non pas la strangulation en elle-même mais ne pas comprendre que ce ne soit pas un jeu sexuel courant. L'effacement des frontières et la découverte de leur relativité.

Ema ne minorait pas non plus l'impact du traumatisme. Bien sûr il lui arrivait de penser au viol quand ils faisaient l'amour dans les chiottes. Mais de même qu'elle y repensait dans le métro ou en regardant la télé. Elle y pensait toujours mais de manière infiniment fugace. Une image qui apparaissait mais sur laquelle elle ne s'appesantissait pas, comme elle ne voulait pas que sa vie s'appesantisse dessus. S'y concentre et s'y réduise. C'était toujours là parce que c'était intégré à son être mais elle se sentait multiple, elle refusait qu'on la réduise à cet épisode, si violent soit-il.

Qu'est-ce qui constitue notre individualité ? Aux yeux d'Ema, le viol était essentiel car traumatique mais le jour de 1987 où, dans la cour de l'école, tenant dans sa main serrée la trousse dans laquelle elle rangeait ses billes les plus précieuses, un grand de CM2 l'avait poussée à terre et ses billes magiques avaient roulé dans tous les sens, s'éloignant inexorablement d'elle qui restait étendue de tout son long dans une flaque d'eau, le jour où elle avait vu les autres enfants se jeter dessus comme des rapaces, ce jour où, se relevant avec son genou écorché et son jogging trempé, aucun camarade ne lui en avait rendu une, pourquoi ce jour-là aurait-il été moins fondateur ? Il avait été, pour la gamine de 9 ans qu'elle était alors, intensément plus dramatique que ce soir de 2002 pour la jeune femme qu'elle était devenue.

Au jour le jour, elle vivait donc avec sans trop de difficulté – tant qu'elle ne pensait pas à des détails précis. Mais les soirs où une sensation, une odeur, un bruit lui revenait, elle s'effondrait. Elle ne supportait plus la vue des cacahuètes qu'il avait avalées toute la soirée. Ni les grosses chaussures noires.

Bien qu'ayant conscience qu'il s'agissait un peu d'une tarte à la crème sur le sujet, elle se demandait encore si elle n'aurait pas pu faire quelque chose, une prise de combat, se servir de son poids pour le renverser, dégager son poignet. Est-ce que, malgré tout, elle ne s'était pas un peu laissé faire en s'avouant vaincue trop vite ? Avant le soir du viol, ils avaient bossé ensemble un mois. Un job d'été. Il était plutôt mignon et elle avait quand même accepté d'aller boire un verre chez lui. D'ailleurs, quand elle s'était décidée à porter plainte, huit mois plus tard, c'est ce que l'avocate lui avait expliqué et qui l'avait dissuadée de lancer une procédure judiciaire. N'ayant fait aucun examen gynéco juste après, ni fait photographier ses blessures au cou et sur les jambes, un vrai procès était impossible. De ça aussi, elle s'en voulait. Mais elle savait que le lendemain, elle n'aurait jamais été en état de se rendre au commissariat. Le lendemain, elle l'avait passé à vomir.

Mais ce qu'elle appelait, en son for intérieur, la question de la honte allait plus loin. S'était-elle laissé faire ? Il lui avait fallu du temps pour admettre que oui. Elle s'était laissé faire malgré elle. Elle aurait pu au minimum lui enfoncer son pouce dans l'œil jusqu'à le crever. Disons que c'était dans l'ordre des possibilités. Mais elle ne l'avait pas fait, comme aucune femme ne le faisait jamais dans ces circonstances. D'abord parce que le corps humain était ainsi foutu que devant un tel traumatisme, les victimes se trouvaient en état de dissociation et de paralysie. Elle avait lu et relu des articles sur le sujet. C'était un fait scientifique. Le cerveau produisait des hormones qui donnaient cette impression d'impuissance physique, de tétanie, et permettaient au psychisme de ne pas disjoncter. Sans quoi, les circuits pourraient cramer. Mais Ema pensait aussi que l'éducation empêchait de pratiquer des actes de barbarie, et particulièrement aux femmes à qui on apprenait qu'un homme est toujours plus fort. Elles avaient été élevées comme des victimes – pas comme des bourreaux. En cas d'agression, elles réagissaient donc comme des victimes impuissantes.

Aux yeux d'Ema, le résultat était simple : on s'était servi d'elle comme d'un simple égout à foutre. Un trou à remplir. Contrairement à ce qu'elle avait d'abord cru, ce mec n'était pas un serial killer, un psychopathe ou un névropathe. Pourtant, elle avait vraiment pensé qu'il allait la violer *puis* la tuer. Ça lui paraissait logique. Quitte à commettre un crime, autant en faire deux. Mais non. Tout simplement parce que, pour lui, ce n'était pas un crime, ce n'était d'ailleurs sans doute même pas un viol. C'était rien ou pas grand-chose. Il voulait, il prenait. Tout connement la loi du plus fort. Mais il prenait quoi au juste ? Absolument rien. Il abîmait juste au passage. Ema savait qu'elle n'avait pas d'âme, que son cerveau n'était pas tapi au fond de son vagin. Le viol était par définition quelque chose d'éminemment physique, matériel, du corps à corps. Pourtant, la blessure la plus profonde, pas les petites entailles qui avaient continué à la blesser les jours suivants, était psychique. Paradoxalement, c'était cet aspect uniquement matériel qui, faisant de la victime un pur objet de plaisir, pouvait la détruire psychologiquement parce qu'il lui signifiait sa non-existence.

Parmi les pensées absurdes que lui avait inspirées son viol, Ema s'était souvent demandé ce qu'il se serait passé si elle avait porté un tampon ce jour-là. Il aurait laissé tomber ou il l'aurait enlevé ? Au moment où ils s'étaient retrouvés allongés par terre, elle avait quand même eu l'idée de lui crier qu'elle avait le sida mais il l'avait empoignée par le cou pour lui cogner le crâne contre le carrelage. C'est à ce moment-là qu'elle avait compris que c'était perdu. Elle n'avait même pas eu l'impression qu'il cherchait à lire la peur sur son visage. Son visage, il s'en foutait. D'elle, il s'en foutait. C'était tombé sur elle comme ça aurait pu être n'importe quelle autre femme. Elle ne comptait pour rien. Et puis, il s'était relevé, il avait remonté son pantalon et il était retourné dans le salon d'un pas nonchalant. Tranquillement, l'air de rien. Et le pire moment, c'était presque celui-là. Quand elle-même avait dû se lever, attraper ses affaires, le croiser, assis dans le canapé du salon, et partir. Partir en étant incapable d'articuler un mot. Incapable de verbaliser devant son agresseur ce qui s'était passé. Incapable de comprendre comment il pouvait être calmement là alors qu'il venait de perturber à jamais le reste de sa vie à elle.

Ema entamait son troisième papier sur la rupture entre deux stars de la chanson – « voici donc que se séparent ces deux êtres faits l'un pour l'autre, ces hypostases de l'amour » – quand elle reçut enfin un mail de Fred. Il avait mieux compris qu'elle la substance du dossier De Vinci mais de nombreux points restaient dans l'ombre. Le document était découpé en deux parties principales : un bilan puis un calendrier de mesures qui avaient pour objectif d'améliorer le fonctionnement des musées. Il s'agissait, dans un premier temps, de favoriser l'autonomie financière de la totalité des musées. Fred lui expliqua que « C'est un peu comme la réforme des universités. Chaque musée serait responsable de sa gestion et aurait la charge d'aller chercher des financements auprès du secteur privé. Évidemment, ce système favorise les musées les plus attractifs pour les entreprises comme le Louvre. Personne n'ira investir pour ton musée favori – le musée Gustave-Moreau (tu te souviens la sortie en terminale ?). Mais à ce stade du processus, l'État se substitue encore au privé quand aucun accord financier n'a été trouvé. Cependant, dès la deuxième étape, l'État retire officiellement sa participation, ce qui finirait par entraîner la fermeture des musées non rentables. De plus, l'application de cette mesure pourrait à terme être élargie à tous les monuments – pas seulement les musées. Par exemple, la tour Eiffel ou Notre-Dame de Paris – bref, tous ceux qui présentent un intérêt commercial.

À la fin, il y a une annexe plus idéologique. Elle fait le descriptif d'une cité idéale qui serait gérée de façon complètement immanente, naturelle, par l'économie de marché. Où disparaîtrait de soi-même tout ce qui est improductif. Selon le dogme libéral extrême, tous les services (eau, ordures, etc.) seraient ouverts à la libre concurrence. »

En se calant contre le dossier de sa chaise, Ema se demandait quand même comment Fred avait fait pour tirer toutes ces infos de ce charabia. En tout cas, ils en savaient plus. Mais étaient-ils réellement plus avancés concernant Charlotte ? Il manquait un pont. Tout en réfléchissant, elle consultait machinalement ses autres mails. Gabrielle, qui travaillait dans une agence d'hôtesses à quelques rues du journal, venait de lui écrire. « J'ai fini ma réunion. Je serai au Jap dans 15 minutes si ça te tente de déjeuner avec moi. » Ema attrapa sa veste, éteignit son ordinateur et s'éclipsa en vitesse.

En entrant dans le restau, elle surprit un homme d'affaires attablé seul en pleine contemplation des jambes de Gabrielle. Ses foutues jambes ne tenaient pas sous la table, elle devait les ranger de biais. Comparée à sa silhouette longiligne, la table paraissait faite pour une naine – ou pour Ema. Sourcils froncés, la duchesse de Beaufort était penchée sur la carte. Ema s'approcha silencieusement.

« Arrête de faire semblant ! Tu vas prendre un menu B1 ! »

Avec un sourire, Gabrielle secoua négativement la tête.

« Je n'ai pas encore choisi.

— Tu prends toujours un B1 et tu t'installes toujours à cette minuscule table du fond », ajouta Ema en s'asseyant.

Le regard enjoué de Gabrielle lui donnait raison. La duchesse avait une mystérieuse propension à créer des habitudes et rituels mais elle feignait de l'ignorer.

« J'hésite avec un B3. Et j'ai failli m'installer près de la fenêtre. »

Ema lui jeta un regard moqueur avant de se lancer à son tour dans la lecture de la carte. Au bout de quelques minutes, Gabrielle s'accouda, posa son menton dans le creux de ses mains et fit remarquer :

« Je te trouve bien silencieuse. »

Le serveur, son carnet à la main, les observait d'un air hésitant. Ema lui fit signe et il s'approcha obséquieusement.

« Bonjour. Deux menus B1 et une carafe d'eau s'il vous plaît. »

Gabrielle lui adressa un sourire ravi avant de reprendre son air sérieux.

« Tu es préoccupée ?

— Oui. On peut dire ça. Mon patron me regarde d'un sale œil, ça me donne l'impression d'être une mauvaise élève. Blester, n'en parlons pas. Non seulement, il ne veut plus qu'on baise aux toilettes mais il veut carrément qu'on se mette ensemble. Et surtout, concrètement, on n'avance pas sur le dossier De Vinci.

— Que de problèmes. Tu sais que la charte des Morues n'interdit pas de se mettre en couple. Au contraire, prends ça comme un nouveau défi. Tu as enfin rencontré un mec intéressant, drôle, gentil et en prime aussi tordu que toi sexuellement. Essaie d'arriver à l'heure au travail au moins deux semaines de suite. Elle s'interrompit pendant qu'on leur servait les soupes. C'est express, le service, aujourd'hui. Pour avoir une idée plus claire des pistes possibles, il faut faire le point régulièrement. Pour l'instant, tu sais quoi ? Fred dit quoi sur le dossier ? »

Ema avala une gorgée de soupe tiède avec un bruit de goret effrayé qui les fit glousser.

« Désolée. Il dit que c'est un plan pour l'autonomie des musées qui au final pourrait aboutir à leur privatisation. T'imagines ? Le Louvre privatisé ?

— Ça paraît déjà énorme comme affaire. Et le lien avec Charlotte ? »

Ema réfléchissait.

« Je suppose que c'est par son travail qu'elle a eu le dossier. On peut imaginer que pour mener ce genre d'opération, le ministère va demander des conseils à des sociétés spécialisées comme celle où elle travaillait. Peut-être qu'on lui a confié le dossier pour qu'elle donne son avis. Et… Et plutôt que de se contenter de faire son travail, elle a contacté un journal spécialisé dans l'économie, et plutôt de gauche, pour balancer le projet.

— Ça paraît cohérent.

— Mais on n'a pas d'autre élément. Le rédac-chef du journal qu'avait contacté Charlotte n'est au courant de rien. Et c'est pas sur Google qu'on va trouver des infos sur un dossier pareil. T'imagines ? Ministère vend charmante église en forme de H, 5 000 mètres carrés, au cœur de Paris.

— Tu sais, ça n'a pas toujours appartenu à l'État. Fut un temps où…

— Ah non ! Pas le couplet de l'aristocrate flouée par la Révolution. Merci Chateaubriand.

— Très bien. Je me tais. »

Elles mangèrent leurs brochettes dans un silence monastique. C'était souvent le cas pendant leurs déjeuners, elles faisaient des pauses qui leur permettaient de réfléchir. Cette fois, ce fut Ema qui relança la discussion.

« T'as pensé quoi de Fred ? Ça vous a pas dérangées que je l'amène ?

— Pas du tout. Je le trouve… » Elle leva sa tête de toute sa blondeur. « Terriblement touchant. Il pourrait presque être une Morue.

— Je crois que tu l'as vachement impressionné. Enfin, comme d'hab quoi.

— Il m'a beaucoup impressionnée aussi. Mais tu sais bien que je suis d'une fidélité écœurante.

— Mouais… Ema lui agita sa brochette de bœuf au fromage sous le nez. Franchement, je suis sûre que tu vas à des partouzes dans des châteaux à la campagne, des trucs de nobles décadents que tu nous caches. Au fait, on le verra un jour ton mec ?

— Mon amant. Je suis sa maîtresse donc il est mon amant. Et je ne pense pas. Vous le détesteriez et comme votre avis compte pour moi, je préfère m'épargner ça.

— Mais il a quoi de si horrible ? Même s'il égorge des vierges les nuits de pleine lune, on l'acceptera si tu tiens à lui. C'est un peu le principe des amies.

— J'attends de voir… Il fait pire. »

En sortant du restau, Ema s'accorda une nouvelle pause cigarette devant l'entrée du journal. Elle avait besoin de réfléchir tranquillement. Elle devait trouver une solution pour faire avancer l'enquête. Arrivée à ce stade des recherches, elle voyait difficilement ce qu'ils pouvaient faire de plus. Elle avait attrapé un fil au vol, tiré dessus et maintenant elle était bloquée. Pourtant, il fallait qu'elle trouve une idée. Mais quoi ? Elle avait beau tourner le problème dans tous les sens, il n'en ressortait rien. Qu'est-ce qu'ils pouvaient faire d'intelligent dans ce genre de cas ? Quand la situation semblait bouchée ?

« Morue réfléchissant au monde. Tableau numéro 2. »

Ema tourna la tête avec étonnement. Blester lui sourit gentiment. Du doigt, il désigna le café en face.

« Je vais juste pisser. Je te dérange pas.

— Tu veux pas rester un peu ?

— Non. T'as l'air en pleine réflexion. »

Elle haussa les épaules et il sortit une cigarette. Elle lui tendit son briquet et essaya d'adopter un ton conciliant.

« Alice est super contente du flyer pour la soirée.

— Je sais. »

Ema le regarda de travers.

« Elle m'a envoyé un mail pour me remercier.

— Tu veux que je t'envoie un mail pour te remercier ? »

Outch… Pour la conciliation, elle pouvait repasser. Elle se rendit compte qu'en fait elle était excessivement énervée contre lui sans trop savoir pourquoi.

« Pourquoi pas. Au fait, très jolies tes nouvelles chaussures. »

Ema marmonna un remerciement mou avant de faire remarquer qu'elle les avait déjà samedi. Blester allait porter sa cigarette à sa bouche quand son bras s'immobilisa net, comme frappé par une révélation subite.

« C'est fou… T'es incroyable… Je viens juste de comprendre. T'es désagréable parce que t'es vexée comme un pou, ou une morue, que j'aie pas voulu te baiser aux chiottes. C'est ça, hein ? »

Elle allait lui répondre mais laissa tomber. Il avait raison.

« Mon but c'est pas de t'emmerder tu sais. Mais dans une relation arrive un moment où on stagne.

On n'avance plus. Et alors la seule chose à faire c'est de provoquer un truc. Donner un coup de pied pour relancer le mouvement. Ça marche ou ça s'arrête mais il faut avancer. Je suis peut-être super con mais au bout de six mois, le trip plan cul ça me fatigue. J'ai envie d'autre chose. »

Il jeta sa cigarette et traversa la rue sans lui laisser le temps de répondre. Il y avait quelque chose dans ses paroles qui interpellait particulièrement Ema… Au moins, elle était soulagée de constater qu'il n'était pas agressif. Mais il allait falloir éclaircir la situation. C'était devenu inévitable. Pour le moment, elle préférait se concentrer sur le dossier De Vinci. Il fallait un truc qui rouvrirait l'enquête sur quelque chose. Mais rien ne se présentait spontanément. Elle s'admonesta. Si rien ne se propose spontanément, il faut… Il faut provoquer les choses. C'était ça. C'était ce que suggérait Blester. Taper dans n'importe quel coin en espérant provoquer une réaction qui relancera l'ensemble. Tenter un truc. N'importe quoi. Ce terme de « n'importe quoi » prit dans l'esprit tordu d'Ema la forme de la ministre de la Culture. Elle n'avait qu'à aller interroger la ministre directement. Après tout, elle était journaliste – enfin il paraissait. Elle pouvait donc demander une interview. Mais il lui fallait un prétexte. La place des femmes en politique par exemple. De toute façon, il y avait une telle obligation morale pour les politiques de communiquer tous azimuts qu'il était impossible que madame la ministre passe à côté d'un papier qu'elle imaginerait forcément flatteur vu la ligne éditoriale du journal. Ema s'y voyait déjà. Elle ferait une interview normale et puis en profiterait pour amener la discussion sur le projet De Vinci. Et verrait bien si ça donnait quelque chose.

Elle retourna au boulot et, tapie derrière son écran d'ordinateur, adopta la posture du redoutable félin guettant sa proie. Elle se sentait d'humeur diabolique. Elle attendit de voir Michel se diriger vers la machine à café pour lui emboîter le pas. Il était temps d'exploiter son petit faible pour elle.

Michel venait de ramasser sa cannette de Coca light dans le bac du distributeur quand elle lui mit la main sur l'épaule.

« Ça va toi ? T'avais pas l'air super content tout à l'heure… »

Il lui fit un grand sourire.

« Tu sais ce que c'est. Ta rubrique culture ou ma rubrique politique, on a les mêmes problèmes. Faut faire avec. C'est un boulot comme un autre.

— Justement, entre galériens d'infortune, j'aurais un petit service à te demander, si ça te dérange pas.

— Vas-y. De toute façon, tu sais que je te refuserai rien.

— Flatteur va. J'aimerais bien faire une interview de la ministre de la Culture. Un truc sur les femmes en politique.

— Toujours féministe ? C'est bien. Et qu'est-ce que je peux faire ?

— T'aurais pas le numéro de son attaché de presse pour que je cale ça ? C'est assez urgent.

— Si, bien sûr. Je te le donne tout à l'heure. Mais te fais pas d'illusion.

— Tu penses qu'elle va refuser ?

— Ah non ! Elle peut rien nous refuser. On fait suffisamment de propagande pour elle. Mais elle te dira rien d'intéressant. C'est un bloc de marbre cette femme. De toute façon, ce genre de sujet, il passe que si le contenu du papier est inintéressant. Si tu y mets la moindre analyse de fond, on te le supprimera. Sorti de "les femmes font de la politique, c'est extraordinaire, elles sont merveilleuses", ça sera censuré.

— C'est le comble du sexisme. Celui qui prône l'angélisme des femmes. »

À proposer au rayon des phrases proscrites de la charte. « Les femmes vont sauver la politique. » La charte des Morues ou le dictionnaire des idées reçues.

Arrivait le meilleur moment de la journée d'Ema. D'ordinaire, en échange de ses infos people à la con, elle avait droit à un vrai article culture par jour. Mais cette fois, elle avait réussi à négocier une pleine page sur les créations de Matthew Barney en faisant jouer le fait qu'il était marié à Björk. Misère – à quelle lamentable négociation elle en était réduite. Il faudrait qu'un jour elle se casse de ce boulot mais pas pour le moment. C'était quand même un excellent tremplin qu'elle devait exploiter au maximum. Ils étaient un des rares journaux papier à bien se porter.

Playlist :
The Beatles – *I Want You (She's so Heavy)*
Gnarls Barkley – *Crazy*
Does it Offend You, Yeah ? – *We are Rockstar*

Chapitre quatre

Bergman et DJ

Fred avait posé quelques jours de congé mais n'ayant plus d'adolescente nubile à dépraver dans une auberge bretonne, il avait décidé d'accompagner Ema au ministère pour sa pseudo-interview. Que Fred prenne une décision constituait en soi un événement remarquable mais encore plus étonnante avait été sa détermination. Ema lui avait pourtant expliqué qu'il ne pourrait pas assister à l'entretien, qu'il la prévenait trop tard mais il l'assura que ça ne le dérangeait pas de l'attendre à l'accueil. Autant dire qu'elle était stupéfiée par un tel esprit d'initiative et se demandait ce que ça pouvait bien cacher.

Les lambris de la République. L'expression consacrée tournait en boucle dans l'esprit d'Ema tandis qu'elle attendait dans un couloir doré son entretien avec la ministre. Michel ne lui avait pas menti – dès qu'elle avait donné le nom du journal, l'interview avait été acceptée. Elle avait eu au téléphone un attaché de presse d'un enthousiasme hystérique. Le parfait lèche-boules. Madame la ministre avait dégagé un créneau d'une demi-heure pour la recevoir, Madame la ministre était très attachée à la cause féminine,

Madame la ministre se ferait un plaisir d'apporter son témoignage de femme même si Madame la ministre était très absorbée par les responsabilités inhérentes à sa fonction de ministre – rappelons-le. Mais Madame la ministre ne voulait pas se couper des citoyens pour qui elle œuvrait chaque jour. Mais dès que la porte s'ouvrit et qu'Ema pénétra dans le bureau doré, elle comprit que Madame la ministre ne partageait pas franchement l'enthousiasme délirant de son fougueux attaché de presse. Après une poignée de main gélatineuse, elle l'invita à s'asseoir tandis qu'elle-même s'installait royalement de l'autre côté d'un immense bureau en acajou. Des piles de dossiers l'encadraient faisant comprendre au visiteur que son temps était compté. Elle regarda fixement Ema sans l'ombre d'un sourire et dans un silence absolu. Ema était un peu ébranlée par cet accueil si différent de l'euphorie de l'attaché de presse. Elle jeta un coup d'œil à ses bottines pour retrouver sa hargne. La ministre voulait jouer à la mettre mal à l'aise. Très bien. Mais elle ne se doutait pas de ce qu'Ema lui préparait.

« D'abord, je vous remercie infiniment d'avoir accepté de me recevoir. Je me doute que votre emploi du temps est très chargé.

— Effectivement. Vous doutez bien. »

Le son de sa voix était aussi chaleureux qu'un pic à glace.

« Je vais donc essayer de faire court », répondit Ema d'un ton sec.

Cette fois, elle crut percevoir une étincelle d'amusement dans le regard de la ministre. Ses yeux, qui jusqu'à présent avaient semblé passer à travers elle, s'arrêtèrent brusquement sur son visage. Ema lui rendit son regard en restant aussi impassible que possible. Les deux femmes se jaugeaient. Et Ema ne sentit pas l'ombre d'une complicité de sexe entre elles. Madame la ministre était effroyablement glaciale. Ema se rappela une phrase de Balzac « ses mains étaient aussi froides que celles d'un serpent ». Finalement, elle baissa la tête vers ses notes et crut déceler chez l'autre un soupçon de satisfaction. C'était ça qu'elle attendait. La soumission volontaire. Ema avait peut-être le regard lâchement tourné vers ses fausses questions mais en son for intérieur elle se félicitait de ne pas avoir voté pour cette salope quand elle s'était présentée aux municipales. Elle s'éclaircit la voix.

« J'aimerais commencer par une nouveauté que vous venez d'instaurer dans le ministère. Vous avez ouvert une crèche pour les employés. C'est un symbole fort. Vous pensez que c'est ce genre de détails concrets qui font la différence entre vous et les hommes politiques ?

— L'ouverture de cette crèche était nécessaire. Les employés arrivaient souvent en retard à cause de problèmes de garderie. Il s'agit avant tout d'un souci de productivité. C'est une preuve que la productivité d'une entreprise et le bien-être des employés ne sont pas incompatibles. Au contraire, ils se rejoignent. Un lieu de travail rentable est un lieu de travail où les employés se sentent bien. »

Ema était un peu désarçonnée par cette réponse.

« Mais… Aucun homme politique n'y avait pensé avant vous. Vous ne pensez pas que votre statut de femme vous donne une autre appréhension des problèmes ? Une vision plus concrète ? »

La ministre eut un curieux sourire.

« Oui… Bien sûr. Je suis plus pragmatique. Les femmes n'ont pas l'esprit d'abstraction, n'est-ce pas ? »

Son sourire n'était pas très compliqué à interpréter. Elle était juste en train de se payer sa gueule. Et elle avait raison, les questions étaient une espèce de best of des clichés misogynes. Mais, songea Ema, il fallait bien qu'elle soit crédible.

« Je voulais dire qu'en tant que femme vous comprenez les besoins des mères qui travaillent. La difficulté à allier les deux. »

Ça, c'était de la pure méchanceté. Ema savait pertinemment que la ministre n'avait pas d'enfant. Mais cette dernière ne cilla pas.

« Oui. Je comprends leurs besoins. »

Impossible de la coincer. Retranscrite, l'interview ne serait qu'un ramassis de bonnes paroles dégoulinantes et attendues. Rien qui rendrait compte de ce quelque chose de terriblement méprisant qui perçait dans sa voix. La subtilité de son ironie la rendait impossible à démasquer. Elle disait « je comprends leurs besoins » mais elle sous-entendait « leur besoin de pondre des chiards pour emplir le vide de leur existence misérable ». Elle était détestable.

L'entretien se poursuivit dans la même veine. Des questions convenues, des réponses convenues – et du mépris partout. La ministre semblait s'être désintéressée de l'interview et répondait mécaniquement ce que la journaliste voulait entendre. Ema la soupçonnait même de penser complètement à autre chose. Elle attendit d'être certaine que l'autre se laissait glisser sur la monotonie de l'interview pour se la jouer à la Columbo.

« Il reste un dernier thème que je souhaiterais aborder avec vous. Où en est le projet De Vinci ? »

Elle n'avait pas opté pour la méthode la plus fine et discrète. Mais son but était de vérifier comment la ministre réagirait à ce nom, et elle ne fut pas déçue. Brusquement, toute l'attention de la femme politique s'aiguisa et se reporta sur la jeune journaliste en face d'elle. Son interlocutrice s'était rigidifiée, complètement fermée. Mais ça ne dura que l'espace de quelques secondes. C'est avec la même voix atone qu'elle lui répondit.

« Ce n'est pas le sujet de cet entretien. »

Ema hésita mais au point où elle en était, autant continuer à bluffer.

« Bien sûr, je comprends. Mais c'est la prochaine grosse actualité du ministère. Un des grands chantiers de votre action.

— L'entretien est terminé. Bonne journée mademoiselle. »

Madame la ministre lui tendit sa main molle. Elle ne prenait même pas la peine de tenter de noyer discrètement le poisson. Ema serra sa main en slime. Tandis qu'elle la raccompagnait à la porte, Ema pensa que c'était ça le mystère des arcanes du pouvoir. Des fleuves de slime devaient dégouliner sous la rue de Valois.

Quand la ministre ouvrit la porte, Ema perçut une rumeur lointaine.

« Je vous laisse ici, j'ai quelque chose à régler. »

Ema n'eut pas le temps de la remercier de son infinie amabilité qu'elle avait déjà refermé la porte. En traversant l'interminable couloir doré, le brouhaha se fit de plus en plus précis. Dans le hall d'entrée, elle retrouva Fred, debout à côté du bureau d'accueil, en train de scruter l'agitation qui venait de l'extérieur. Tandis qu'elle le rejoignait, une clameur s'éleva qu'elle associa tout d'abord à des cris de hooligans assoiffés de sang. Fred ouvrit une bouche démesurée en tendant l'index, elle se retourna sans comprendre et vit une vingtaine d'individus cagoulés surgir dans le hall avec la discrétion d'une armée de guerriers vikings. L'un d'eux dressa le bras, prit son élan comme un athlète avant le saut à la perche aux JO et balança un truc dans l'air. Des cris retentirent. L'engin sembla traverser les airs au ralenti, tournoya sur lui-même, quelque chose s'en détacha et brusquement un jet marron se répandit dans l'espace jusqu'à asperger les murs lambrissés de la République. Une seconde plus tard, une puanteur insoutenable d'immondices macérées les prit à la gorge. Avant même que son cerveau n'identifie la nature de l'odeur nauséabonde, Ema sentit son estomac se contracter et son dernier repas lui remonter vitesse grand V, et version bile liquide, tout le long de l'œsophage jusqu'à la gorge. Elle fit un effort surhumain pour ravaler le tout.

La femme de l'accueil poussa un hurlement strident qui retentit comme un signal pour les autres cagoulés qui lancèrent leur attaque. Les mystérieux projectiles fusaient de tous côtés pendant que Fred et Ema restaient tétanisés comme deux péquenots. L'un des explosifs tomba à un mètre d'eux, Ema baissa la tête et le regarda rouler jusqu'à ses pieds. C'était une vulgaire bouteille en plastique qu'un bouchon trop fermement vissé avait empêchée d'exploser en vol. Elle se pencha un peu plus pour en examiner le contenu.

Pas de doute possible. Elle avait devant elle ce qu'il fallait bien appeler une bombe à caca. Un mélange d'urine et de merde sûrement dilué dans de l'eau. C'était ça le répugnant jus marronâtre qui recouvrait les murs. Sa première pensée fut de sauver ses magnifiques bottines qui risquaient, incessamment sous peu, de patauger dans la merde. Elle attrapa Fred par la main, enjamba l'engin et se précipita vers la sortie.

Mais l'extérieur n'était pas plus calme. Ils restèrent une seconde à regarder des cohortes de flics encercler au pas de charge l'entrée du ministère. Ils échangèrent un regard paumé mais quand le gaz de la première lacrymo les asphyxia et que les cagoulés se mirent à courir, Fred lui prit la main pour les suivre.

« Fred ! Pourquoi on court avec eux ?

— Je sais pas. Je panique. »

Effectivement, à tout prendre, Ema préférait encore les bombes à merde à la lacrymo. Elle pensa que ses bottines n'étaient pas franchement conçues pour les sprints et que les malheureuses ne sortiraient pas indemnes de cette journée. Au croisement avec la rue Saint-Honoré, ce fut la bousculade. Les cagoulés s'engouffrèrent dans des vans qui les attendaient et démarrèrent en trombe. Le feu était vert, impossible de traverser et derrière Ema et Fred, les flics chargeaient. Ils étaient comme deux cons sur le trottoir, aussi immobiles que paniqués quand Ema sentit qu'on l'attrapait par la manche. Elle se retourna et un mec avec un keffieh remonté jusqu'au nez leur fit signe de le suivre. Il les entraîna vers le café le plus proche et les fit asseoir à la terrasse. « Attendez-moi. » Fred s'écroula sur une chaise en tremblant. Valait sans doute mieux le laisser récupérer son calme. Ema décida que le meilleur moyen de reprendre son souffle était de profiter de la terrasse pour se griller une clope. À la première bouffée, elle sentit avec un délice effrayé la fumée toxique polluer ses poumons dilatés bien plus profondément que d'ordinaire. Elle inspecta ensuite l'état de ses bottines. La semelle était récupérable et il n'y avait qu'une tache sur le bout. Elle essaya d'éviter d'imaginer de quel intestin elle provenait quand elle entendit Fred marmonner. Elle se pencha vers lui. Prostré sur sa chaise, il avait l'air complètement ahuri.

« Tu dis quoi chouchou ?

— De la merde. Ils nous ont balancé de la merde. Sur nous. Des excréments.

— C'est pas très grave tu sais.

— J'ai horreur du caca. Je supporte pas ça. Ça me rend malade rien que d'y penser. Et puis, comment ils ont pu faire rentrer des crottes grosses comme ça dans des bouteilles ?

— Ouais... C'est un peu comme le mystère des crapauds morts dans les bouteilles d'alcool. »

Sur la place du Palais-Royal, dans un rayon de soleil, des flics patrouillaient, un peu hagards. Des touristes se baladaient. Ema déboutonna son gilet. Il commençait à faire chaud. Ça sentait les vacances. Ça lui rappelait les fins d'année scolaire passées à la terrasse d'un café. La majorité des flics commençaient à réintégrer le commissariat. Elle supposait que maintenant c'était les services de nettoyage qui allaient se taper la corvée de récurer la merde altermondialiste. Ils étaient complètement abrutis de s'en prendre au ministère alors que c'était évidemment blindé de flics.

Quand leur human bomb ressortit du café, il n'avait plus ni keffieh ni capuche. Juste une chemise bien propre. Il s'était passé de l'eau dans les cheveux pour les aplatir et, quand il s'assit face à eux, il arborait un large sourire avec une pointe de fierté.

« Ça va ? lui demanda-t-il avec une sollicitude moqueuse.

— Génial. Je devais justement programmer mon prochain bain de merde. Tu peux nous expliquer ? On boit un coup et après on va à un concours de vomi ?

— Mais non. J'étais un peu à la traîne pendant la fuite et ils se sont tous barrés. J'ai pas eu le temps de monter dans la voiture. Alors, si ça vous dérange pas trop, on peut rester assis là l'air de rien, le temps d'être sûrs que les keufs me lâchent la grappe. Ça vous va ? »

Il était plutôt mignon quand il souriait – avec son air de se foutre de la gueule du monde. C'est dans ce genre de circonstances qu'il devenait urgent de définir si oui ou non elle était en couple. Était-elle une femme maquée qui se contentait de mater en fantasmant secrètement ou une célibataire qui avait repéré une nouvelle proie ?

Il faisait beau, elle n'était pas pressée, Fred était incapable de se lever – en fait, il ressemblait à une grosse carpe hors de l'eau. Et puis Ema avait toujours une arrière-pensée. Qui mieux qu'un gauchiste paranoïaque pouvait être renseigné sur les affaires suspectes du ministère ?

« Ça marche. Mais tu paies le café. Ici, c'est hors de prix. Et puis tu nous trouves une justification morale à votre action. Parce que là, ça ressemble juste à un collectif anti-hall d'accueil. »

Se produisit alors une chose assez rare. La blague foireuse d'Ema rencontra un succès totalement inattendu. D'abord, son gauchiste ricana et, au fur et à mesure, son hilarité prit une ampleur de plus en plus disproportionnée par rapport à la pertinence de la blagounette. Plus il y repensait, plus il se bidonnait. Il se gondolait grave de rire. Au bout de quelques secondes, ça en devint gênant. Il était rouge cramoisi et hoquetait, les larmes aux yeux.

« Genre… Il n'arrivait plus à reprendre son souffle. Genre, on attaquerait tous les halls d'accueil du monde. Tu vois ? Genre, un groupe d'activistes pour la disparition des halls d'accueil. »

Ema lui sourit d'un air encourageant. Mais brusquement, elle se rendit compte que si elle avait envisagé de se le taper, elle avait omis de lui demander son âge. Elle le regarda plus attentivement. 20, 21 à tout casser. De toute façon, c'était typique des ados cette manie de répéter les blagues qui les font rire. Il dut percevoir sa pointe de scepticisme parce qu'il insista :

« Non mais tu vois. Genre le truc qui a trop pas de sens. À l'anglaise.

— Bein oui, je vois, c'est ma blague, coupa-t-elle un peu vexée que ce morveux lui explique son propre humour. Plus sérieusement, pourquoi vous avez fait ça ? »

Interpellé par le devoir d'expliquer la logique militante de son action, il reprit son calme.

« T'as pas l'air au courant mais la ministre c'est une grosse salope. Tu vois son dernier truc de faire des crèches pour les employés, genre elle s'intéresse à leurs conditions de travail. Eh bein c'est juste pour qu'ils restent plus longtemps au boulot.

— Oui mais ça, c'est pas un scoop. Elle est la première à le dire.

— Mais ce qu'elle dit pas, c'est qu'elle a sucré toutes les subventions des lieux alternatifs. On a dû investir des squats et on s'est fait déloger. On est tous à la rue alors qu'elle s'était engagée à nous retrouver des locaux. Et tout ça pour quoi ? Rien. Les immeubles restent vides. 2 600 000 mètres carrés de logements vides à Paris. Ça te choque pas ? »

Il avait un ton enflammé et semblait sincèrement révulsé.

« Mais vous l'avez rencontrée pour en parler ?

— Bien sûr. Elle nous a embobinés en nous racontant de la merde. Alors là, si tu veux, c'est un peu un retour à l'expéditeur. »

Ema pensait que Fred dormait à moitié. Pourtant, il avait dû suivre leur conversation car il émergea soudain de sa léthargie et se redressa suffisamment pour taper du poing sur la table, l'air furibard.

« Mais c'est du caca ! » vociféra-t-il en s'étranglant à moitié de rage. Il avait la veine du cou gonflée comme les tribuns politiques haranguant la foule depuis la tribune. « Du caca ! C'est dégueulasse de jeter du caca sur des gens !

— C'est vrai que le caca c'est pas très politique, ajouta Ema pour calmer son petit Lénine.

— Mais d'abord c'est pas dangereux. Et puis ça fait réagir. C'est symbolique. »

Ema crut l'espace d'un instant que Fred allait sauter à la gorge du terroriste et le pendre au réverbère.

Elle croisa le regard d'une grand-mère installée à la table d'à côté qui détourna immédiatement les yeux. Mais Fred semblait avoir oublié le monde extérieur.

« Et les innocents qui ont la phobie du caca ? Vous avez pensé à eux ? Non, vous arrivez et vous balancez vos excréments politiques sans faire de distinction. Moi, se rengorgea Fred, je ne suis qu'une pauvre secrétaire payée au smic et j'ai horreur de la merde. Ça me donne envie de vomir. Et vous... vous me jetez dessus votre caca que vos intestins malades ont fabriqué. Avec toutes ses bactéries. Mais c'est super violent ! C'est comme si tu m'avais chié dessus ! On m'a jamais fait ça de ma vie. Jamais... »

Il fit une pause pour reprendre son souffle. Ema se demanda s'il n'allait pas fondre en larmes. C'était la première fois qu'elle le voyait aussi révulsé par quelque chose, impliqué dans une cause. Elle l'imaginait déjà fonder des associations contre la pratique barbare du lancer de caca. L'altermondialiste écarquillait les yeux, visiblement déstabilisé par la violence de la réaction.

« Écoute mec. Je suis désolé si je t'ai heurté. Ou blessé. Sincèrement, mais c'était pas toi qui étais visé.

— Mais tu savais bien que c'est pas la ministre qui serait dans le hall d'accueil. Toute façon, c'est toujours les mêmes qui prennent... »

Ema trouvait que ça commençait à prendre une tournure un peu glauque. Elle sentait qu'aucun des deux n'avait grand-chose à ajouter et en profita pour détourner la tension vers son véritable but. Le problème étant qu'elle ne savait pas très bien comment formuler sa question.

« Tant qu'on est coincés avec toi, autant que tu te rendes utile. T'as l'air de bien connaître l'actualité du ministère. Est-ce que t'es au courant d'une grosse opération de privatisation ? »

Il sembla soulagé de pouvoir rebondir sur un sujet un peu plus normal.

« Y a tout le temps de grosses opérations. Je peux pas vraiment te renseigner. Je sais seulement qu'en ce moment le ministère et des entreprises privées se rencontrent souvent à un machin qui s'appelle le club Léonard. Une espèce de cercle de réflexion entre connards libéraux. C'est là que la plupart des opérations se prévoient. »

Ema échangea un regard avec Fred. Il pensait évidemment à la même chose. La coïncidence était trop flagrante pour être fortuite. Mais précisément, est-ce qu'elle n'était pas trop évidente, trop facile ?

« Le club Léonard… répéta-t-elle. Et c'est où ?

— Aucune idée. Impossible d'y aller de toute façon, c'est super fermé comme truc.

— Tu nous sous-estimes », affirma-t-elle.

Fred hocha la tête.

« C'est sûr. Tu la sous-estimes. »

Ema était sur le point de laisser tomber mais elle n'était pas tout à fait satisfaite de la réponse, ou de sa question.

« Et t'aurais pas des renseignements sur un truc en rapport avec les musées parisiens ? Un plan que préparerait le ministère ? »

Le petit jeune lui lança un regard stupéfait.

« Vous connaissez pas la RGPP ? Il avait l'air effaré. Mais vous étiez où ces derniers mois ? Faut arrêter de mater le journal de TF1 et s'intéresser à l'actualité un peu. »

Ema se tourna vers Fred.

« T'en as entendu parler, toi ?

— Vaguement, marmonna-t-il. Je crois que le gouvernement a fait une déclaration dessus cet été. Mais ça consiste en quoi ? C'est quoi le lien avec les musées ?

— C'est toute la litanie sur la France est ruinée, on vit à crédit. Donc le gouvernement a lancé une "Révision générale des politiques publiques". Le but c'est de réduire les coûts. Donc baisser le nombre de fonctionnaires, on remplace pas un départ à la retraite sur deux, et se débarrasser de charges qui coûtent trop cher. Par exemple, les musées, s'ils pouvaient se financer tous seuls, ça serait mieux. En gros, il faudrait qu'ils fonctionnent comme des entreprises.

— Mais comment t'es au courant de tout ça ? »

Il éclata de rire.

« L'accès à l'information, c'est pas très compliqué. Le tout c'est de faire l'effort de se renseigner. Si tu vas sur internet, tous les syndicats ne parlent que de ça. »

Le gauchiste regarda l'heure sur son téléphone.

« Là, il faut que je parte mais tu veux pas que je prenne ton numéro au cas où j'ai des infos ? »

C'était le moment crucial. Il fallait choisir entre proie et fantasme. Ema soupira.

« Désolée, je donne jamais mon numéro. Mais mon mail, si tu veux. »

Pendant qu'elle lui notait sur un bout de papier, il fit une seconde tentative.

« Ce soir, y a un concert de soutien pour les sans-papiers. Si ça te dit, on peut y aller ensemble… »

Sans même se tourner vers lui, Ema sentait le regard insistant de Fred peser sur ses épaules. Re-soupir résigné et mort dans l'âme.

« Merci mais ce soir, je peux pas. On se tient au courant. »

Elle lui fit la bise et regarda cette démoniaque tentation s'éloigner d'un pas chaloupé, ignorant les quelques flics qui traînaient encore sur la place. Et dire qu'elle ne pourrait même pas se vanter de cet épisode auprès de Blester.

Le club Léonard... Il semblait difficile de croire que ça n'avait aucun lien avec De Vinci. La coïncidence était trop grosse. Et puis, il y avait la réaction de la ministre. De Vinci/Léonard... Ça ressemblait quand même à du foutage de gueule. À une blague de potache. Ou alors ces gens-là avaient atteint un tel sommet d'impunité qu'ils se permettaient des liens grossiers. Non seulement ils n'avaient plus besoin de se cacher mais en plus ils se faisaient des blagues foireuses entre eux. Un nuage obscurcit la place. Ema ne tarda pas à frissonner et remit son gilet. C'était un temps à se choper la crève. Par contre, cette histoire de RGMACHIN la laissait songeuse. Qu'est-ce que c'était que ce truc, qu'est-ce que ça venait faire dans leur histoire et surtout pourquoi c'était pas secret...

« Fred, j'y comprends rien. C'est le bordel, tout ça, non ?

— Je vais me renseigner. D'abord sur la RGPP et ensuite, je vais étudier plus sérieusement le dossier De Vinci. »

Elle hocha la tête puis sortit son téléphone. Il fallait absolument qu'elle envoie un message à Blester.

Ils ne s'étaient pas parlé depuis leur échange minable devant le journal et elle voulait le convaincre de venir à la soirée DJ Morues.

« Ema ? »

Elle se retourna vers Fred.

« Oui chouchou.

— Il te plaît ce mec ?

— Lequel ? »

Il désigna la place déserte.

« Celui-là, le militant. »

Elle sentit qu'ils s'aventuraient sur une pente glissante et minée à la TNT.

« Non. Pas spécialement. À la limite, il est pas mal quand il sourit. »

Fred secoua la tête dans un gémissement plaintif.

« Nan. Dis pas ça, c'est dégueulasse.

— Ça va. J'ai rien dit d'atroce. C'est quoi le problème ?

— Il fait caca dans des bouteilles quand même. Ça te dérange pas ? »

Il faisait pitié, tout recroquevillé sur sa chaise. Elle se demandait si le « traumatisme des excréments » suffisait à expliquer son état végétatif. Elle lui passa la main sur l'épaule comme si elle était douée de pouvoirs thaumaturges.

« Ça va pas fort toi. Qu'est-ce qui t'arrive ? »

Il leva vers elle des yeux humides de désespoir.

« C'est Alexia. Elle est inrelationship.

— Ça a l'air vachement grave, mais ça veut dire quoi ?

— C'est sur internet ! Dans un commentaire sur Myspace, y a une copine qui lui a dit qu'il fallait qu'elle lui raconte pourquoi sur Facebook elle est in a relationship. Elle a mis qu'elle était en couple ! Ça veut dire qu'elle a trouvé quelqu'un d'autre. » Il laissa retomber sa tête, abattu par le poids de ses malheurs. « Tu crois qu'elle m'a quitté pour un mec comme ça ? »

Ema crispa sa bouche pour ne pas sourire.

« Tu veux dire un mec qui chie dans des bouteilles ? Non, si ça peut te rassurer, je ne pense pas. » Elle s'alluma une cigarette avant de se lancer dans l'interrogatoire. « Mais d'abord, tu vas m'expliquer cette histoire de Myspace. T'es allé l'espionner, c'est ça ? »

Il écarta les mains dans un geste d'impuissance.

« C'est trop brutal comme rupture. J'ai besoin de garder un contact, tu comprends. Il la regarda d'un air hésitant. Bon... Je te raconte tout. Et tu te fouteras sûrement de ma gueule. Au début, j'allais juste voir sa page pour savoir quand elle était connectée. Ça me rassurait, j'avais l'impression qu'on faisait la même chose, qu'on était reliés. Et puis, l'autre jour, j'ai vu des commentaires un peu tendancieux d'un mec. Il l'appelait Miss Jolie-Cœur et parlait de photos...

— Ah oui, quand même.

— Non, pas ce genre de photos. Des nouvelles photos qu'elle avait mises sur sa page. Je voulais aller les voir mais il faut être inscrit pour avoir accès aux albums. Du coup, je me suis inscrit. Il agita un doigt doctoral. Mais c'est pas comme si j'avais une vraie page, hein ? D'ailleurs, j'ai aucun ami. »

Les yeux d'Ema faillirent rouler hors de leur orbite tellement elle les écarquillait. Fred avait le don pour ne jamais prendre la direction attendue. Cet individu parfaitement incapable de gérer les relations sociales les plus élémentaires s'était inscrit sur un site entièrement dédié à la communication avec autrui et à l'égotisme. En même temps, il avait toujours eu le teint pâlot du nerd. Mais même si elle n'y connaissait rien, Ema se demanda si c'était pas complètement ringard de se faire un profil sur Myspace dans un internet mondial dominé par Facebook. Alice, qui était la seule des trois Morues à se passionner pour ces sites, avait bien une page Myspace mais elle l'avait ouverte cinq ans avant.

« T'as pris un pseudo, je suppose ? C'est quoi ?

— Persona. »

Elle garda une seconde de silence pour vérifier son sérieux avant d'éclater de rire. Fred, la bouche pincée, lui rétorqua sur un ton un poil vexé :

« C'est le titre d'un film de Bergman.

— Merci, je sais. Les trucs chiants avec des Suédois tristes qui regardent par la fenêtre. Ça te va tellement bien ! Et y a quoi sur ta page ?

— Pas grand-chose. J'ai mis aucune information personnelle. C'est avant tout un moyen de me rapprocher d'Alexia. Et puis là, comme je suis en vacances, ça m'occupe un peu. J'ai fait un petit blog.

— Ah ! Ça, c'est une excellente initiative ! Et y a des gens qui l'ont lu ?

— Bein non. C'est juste pour moi. Je veux pas qu'on le lise. »

Elle le regarda de travers.

« Parfois, je ne te comprends vraiment pas. Mais ça fait partie de ton charme. En gros, tu fais toujours tout à moitié. Tu fais Polytechnique mais t'en tires aucun profit après. T'espionnes ton ex mais surtout pas pour la reconquérir. Et maintenant, tu mets tes textes sur internet mais pas pour qu'on les lise. C'est bien ça ? »

Fred la regarda avec l'innocence désarmante d'une biche.

« Oui. C'est ça. C'est logique, non ? »

Le soir même c'était donc DJ Morues au Bottle. Les murs étaient délabrés, les tables bancales et les prix attractifs. Elles avaient commencé six mois auparavant, un peu par hasard. À l'époque, Ema et Gabrielle étaient encore à peu près les seuls clients du bar. Un soir où elles s'emmerdaient et pestaient contre la musique de merde, le patron les avait mises au défi de faire mieux. Ema avait branché son mp3 aux enceintes et elles avaient dansé comme des folles. Or, un axiome universel simple veut qu'une bande de filles qui dansent seules dans un bar le restent rarement. Les clients avaient donc commencé à affluer et le patron lui avait demandé de recommencer une fois par mois. C'était à la même époque que le concept des Morues avait mûri. Gabrielle ayant les plus mauvais goûts musicaux de Paris (elle les bassinait avec *Carmina Burana*), Alice et Ema étaient donc devenues les DJ Morues. Et chaque fois, elles ramenaient un peu plus de monde. Du coup, Ema avait négocié pour qu'elles touchent un pourcentage sur les consos. Ce soir-là s'annonçait comme la nuit de la consécration. Le flyer de Blester avait été balancé un peu partout sur internet. Et dès 23 heures, le bar était rempli. Ces soirées jouissaient de plusieurs avantages. D'abord le nombre de jolies filles présentes au mètre carré. De plus elles passaient de la bonne musique et surtout elles avaient une vingtaine de copines qui venaient chaque fois enflammer le dancefloor. C'était un peu de la triche, elles faisaient en quelque sorte la claque. Ema aimait bien rester derrière les platines enfin… les fausses platines, elles avaient récupéré des platines et des enceintes cassées, pas du tout pour la crédibilité mais juste pour créer un mur, une distance qui leur permettait d'être un peu peinardes.

Ce soir-là, Alice l'abandonna assez tôt pour discuter avec Fred. Quand elle revint, vingt minutes plus tard, ce fut pour supplier Ema de continuer le mix seule. Quand elle lui demanda pourquoi, Alice se contenta d'arguer que l'épanouissement de son équilibre sexuel était en jeu. Ema accepta à contrecœur et la suivit du regard se frayer un chemin dans la foule. Elle dut plisser les yeux pour reconnaître la silhouette qu'Alice avait rejointe. À son absolue horreur, c'était Gonzo. Ema ne pouvait pas expliquer pourquoi mais une chose était sûre : en les voyant ensemble, un mélange âcre de dégoût et de haine lui monta à la bouche. La violence de cette réaction restait un mystère pour elle-même. Résultat d'une attirance inavouée ? Mais dans ce cas, pour qui ? Alice ou Gonzo ? Évidemment, il y avait aussi une part de jalousie somme toute classique, jalousie qui, chez Ema, était plus exacerbée envers ses amis que ses petits amis.

Mais plus profondément, le rapprochement de ces deux personnes qui représentaient des périodes de sa vie différentes perturbait gravement les repères de son espace-temps. Des films de SF, une leçon s'imposait : si vous voyagez dans le temps, vous ne devez pas vous rencontrer. Dans chaque dimension, votre individu doit être tenu à l'écart de vos autres émanations, sinon vous risquez de provoquer un court-circuit temporel. C'est ce dysfonctionnement que provoquaient chez Ema les perspectives copulatoires de ses deux amis. Et puis, elle ne comprenait pas (et surtout elle refusait d'admettre qu'elle n'avait pas à comprendre) qu'Alice, la Reine-Morue, soit attirée par Gonzo, l'hétéro-beauf dans toute sa crasse. Ema trifouillait son mp3 d'une main et ne les lâchait pas du regard. Après une dizaine de danses langoureuses et transpirantes au milieu d'une foule qui sautait dans tous les sens, trois allers-retours au bar et deux mots chuchotés à l'oreille, ils s'éclipsèrent main dans la main.

Pendant une demi-heure, Ema dansa toute seule derrière ses platines, puis elle commença à s'emmerder fermement. Sans trop y réfléchir, elle se sentait vaguement inquiète de l'absence de Blester. Dans l'après-midi, elle lui avait envoyé plusieurs messages insistant pour qu'il vienne sans recevoir de réponse. Peut-être était-il vraiment fâché… Mais par-dessus tout, elle avait besoin de faire le point sur ce qu'elle avait appris pendant la journée. Là, elle devait bidouiller les mp3 toutes les deux minutes et, malgré la célérité de son esprit, ce laps de temps était trop court pour parvenir à la moindre conclusion.

She's a hunter you're the fox
The gentle voice that talks to you
Won't talk forever
It's a night for passion
But the morning means goodbye

Beware of what is flashing in her eyes
She's going to get you[1]

Ema décida de mettre de côté le problème RGMACHIN. Elle attendrait que Fred se soit renseigné pour se pencher dessus. Pour le reste, si elle n'avait toujours pas d'indices concrets, un lien s'établissait désormais entre Charlotte et le ministère de la Culture via le projet De Vinci. La réaction de la ministre mettait en évidence deux choses : elle connaissait ce dossier et elle ne voulait en aucun cas en parler. Et, au vu du contenu, c'était compréhensible. Ces opérations, fussent-elles parfaitement légales, ne seraient jamais acceptées par le grand public. Or les médiatiser avait précisément été l'intention de Charlotte. Ema ne yoyotait pas non plus de la touffe. Elle ne soupçonnait pas la ministre de s'être introduite chez Charlotte pour lui tirer une balle dans la bouche. Mais si certains intérêts économiques étaient en jeu…

All that she wants is another baby
She's gone tomorrow boy
All that she wants is another baby
All that she wants is another baby
She's gone tomorrow boy
All that she wants is another baby[2]

La température du bar avait augmenté de plusieurs degrés. Un bon dancefloor, c'était sans doute

1. Ace of base, *All That She Wants.*
2. Idem.

le meilleur moyen de se croire en été. À gauche, vers le bar, Gabrielle était lancée dans une discussion animée avec Fred. Elle racontait quelque chose à grand renfort de gestes de main et Fred éclata de rire. À côté d'eux, un couple s'embrassait copieusement sous le regard blasé du gros Robert qui essuyait les verres. Les yeux d'Ema longèrent le comptoir jusqu'à la porte d'entrée qui s'ouvrit au même instant. Elle s'y attarda et reconnut le bonnet pingouin de Blester. Ce bonnet était l'objet le plus ridicule qu'il lui ait été donné de contempler. Une espèce de chapka surmontée d'une énorme peluche en forme de pingouin. Blester l'avait acheté dans un parc d'attractions et laissé traîner, inutile, dans son salon jusqu'au jour où Ema avait mis la main dessus. De manière inexplicable, la seule vue de ce bonnet suffisait à la mettre en joie. Une tradition s'était alors installée. Les soirs de mauvaise humeur, pour la dérider, Blester le portait – mais toujours chez lui. C'était la première fois qu'Ema le voyait avec à l'extérieur. Elle secoua la tête tandis que, tout souriant, il fendait la foule, « Excusez-moi, attention, je passe. » Quand il la rejoignit, il avait l'air hilare, comme un môme qui a fait une sacrée bêtise.

« T'as vu ? J'ai mis mon bonnet pingouin en signe de réconciliation et d'apaisement. »

Ils étaient debout, l'un en face de l'autre et quand il hocha la tête, les bras de son pingouin s'agitèrent. Elle se sentit bêtement émue jusqu'aux larmes.

« J'avais peur que tu ne viennes pas, avoua-t-elle.

— Alice est pas avec toi ? »

Ema donna libre cours à son acrimonie contre la trahison de ses amis qui copulaient sûrement à l'instant même puis, en guise de consolation, Blester partit lui chercher à boire. Finalement, la soirée s'était considérablement améliorée. Il revint avec une vodka et une bière.

« Au fait, lui demanda-t-il en enlevant son bonnet, c'était quoi ton interview cette après-midi ?

— Rhô non ! Remets-le s'il te plaît ! Attends, voilà, elle lui enfonça jusqu'aux oreilles et le contempla avec ravissement. Je te préviens, ça va être long à raconter. C'était pas une vraie interview. Je suis partie à la pêche aux infos auprès de Madame la ministre. »

Elle lui narra ses péripéties de la journée en insistant sur l'enquête et mentionnant juste que l'homme au caca l'avait vaguement draguée et que, comme de bien entendu, elle l'avait envoyé paître. Elle finit en demandant à Blester ce qu'il pensait de la réaction de la ministre.

This style seems wild
Wait before you treat me like a stepchild
Let me tell you why they got me on file
Cause I give you what you lack[1]

« Honnêtement, je trouve que tu t'emballes un peu. Elle avait peut-être juste pas le temps de parler avec toi. De toute façon, tu l'as dit, elle a été odieuse pendant tout l'entretien.

— Certes. Mais elle a vraiment changé d'attitude quand j'ai abordé le sujet De Vinci.

1. Public Enemy, *Louder Than a Bomb*.

— Ou pas. Tu la connais pas. Ça se trouve, elle était normale.

— Écoute, j'y étais quand même. Je l'ai vue. »

Although I live the life that of a resident
But I be knowin' the scheme that of the president
Tappin' my phone whose crews abused
I stand accused of doing harm
Cause I'm louder than a bomb[1]

« T'as vu quoi exactement ? Qu'elle était tendue parce qu'elle en avait marre de te parler.

— Mais si je te le dis, crois-moi ! »

Il haussa nonchalamment les épaules.

« Si tu y tiens vraiment, je te crois, concéda-t-il avec un sourire hautement ironique.

— Mais pourquoi tu veux pas me croire ? »

D'irritation la voix d'Ema se contractait dans les aigus.

I'm called the enemy – I'll never be a friend
Of those with closed minds, don't know I'm rapid
The way that I rap it
Is makin' em tap it, yeah[2]

« Franchement, je pense que tu devrais faire ton deuil de ton amie plutôt que d'aller chercher des signes et des symboles n'importe où.

— Mais comment tu peux dire ça ?

1. Idem.
2. Idem.

— Pourquoi tu t'énerves ?

— Je m'énerve parce que c'est insupportable que tu refuses de me croire quand je t'affirme quelque chose.

— Mais c'est pas grave.

— Pour toi, c'est pas grave. Tu t'en fous complètement. Pour moi, on parle de ma meilleure amie dont la moitié du visage a été déchiquetée par une balle. »

Il posa son bonnet pingouin sur la table de mixage.

Just thinkin' I'm breakin' the beats I'm rappin' on
CIA FBI
All they tell us is lies
And when I say it they get alarmed
Cause I'm louder than a bomb[1]

« Attends. C'est toi qui me demandes mon avis. Si ce que tu veux entendre, c'est que tu as raison, va demander à n'importe quel mec dans la salle. Il sera ravi de te baratiner. Moi, je te dis sérieusement ce que j'en pense. Tu te montes la tête sur rien du tout.

— C'est quoi cette histoire de mecs ? En gros, t'es le seul mec sur terre à me prendre au sérieux, c'est ça ?

— Laisse tomber. J'ai rien dit. C'est nul comme discussion. Fais gaffe, faut que tu mettes une autre chanson.

— Ah non ! Trop facile ! » Elle trifouillait en même temps son mp3.

1. Idem.

Go away – get away, get away, get a-way,
Every wet nurse refused to feed him
Electrolyte smell like semant
I promise not to sell tour perfumed secrets[1]

« Tu peux pas me balancer n'importe quoi à la gueule et te dédouaner après.

— Mais je te balance rien ! Regarde, je t'écoute bien gentiment.

— Putain mais arrête d'être aussi méprisant !

— Tu plaisantes ? C'est moi le méprisant ? Je fais le flyer pour ta soirée sans un remerciement, je viens avec un bonnet ridicule pour te faire plaisir et maintenant tu me gueules dessus ? Tu veux que je te dise ? Tu m'emmerdes. »

Il tourna les talons et partit.

You can't fire me because I quit
Throw me in the fire and I won't throw a fit[2]

Ema était folle de rage. Sa première pensée fut qu'elle aurait mieux fait de se taper l'homme aux bombes à caca. Ça lui aurait fait les pieds. Elle faisait un effort et il ne le voyait même pas ce connard. Elle refusait de voir qu'ils s'étaient enfermés tous les deux dans la mécanique de l'engueulade.

Le lendemain, Ema arriva à une heure presque correcte au travail mais à peine s'était-elle installée devant son bureau que son téléphone fixe sonna. Elle jeta un

1. Nirvana, *Scentless Apprentice.*
2. Idem.

coup d'œil à Blester mais il avait déplacé sa chaise et lui tournait le dos.

« Allô ?

— Ema. Dans mon bureau. Tout de suite. »

Une convocation du chef c'était toujours mauvais signe. Mais en plus quand il préférait téléphoner que de traverser le couloir, ça s'annonçait vraiment très mal. En deux ans, Ema avait été convoquée trois fois. La première pour signer son CDI, la deuxième pour se faire expliquer que le compte-rendu d'une expo de Sophie Calle ne cadrait pas avec le thème rubrique culturelle et la troisième pour se faire remarquer que ses horaires de présence à la rédaction n'étaient pas aussi souples qu'elle semblait le penser.

En se levant, son cœur battait à tout rompre et ses jambes flageolaient. Elle respira un grand coup et se répéta que c'était pas son jour mais qu'il y avait sûrement pire. Certes, le patron pouvait être un peu bourru parfois mais c'était pas non plus Hitler. Il n'allait pas la bouffer toute crue. En traversant le couloir, elle essaya de visualiser l'univers, pensant qu'avec cette échelle comme comparaison, se faire passer un savon par son patron n'était rien, mais alors rien du tout. Des centaines de millions d'êtres humains depuis la nuit des temps avaient vécu des moments autrement pires. C'était pas la Saint-Barthélemy quand même. Juste un mauvais moment à passer et tout irait mieux. Avant de taper à la porte, elle se promit dans un élan de trouille de ne plus jamais arriver en retard de sa vie. Elle ne comprenait plus ce qui lui avait pris de se pointer au boulot à n'importe quelle heure. Bien sûr, ses regrets étaient aussi sincères que conjoncturels.

Le chef l'attendait, derrière son bureau, les bras croisés. Il lui fit signe de fermer la porte. Ema s'exécuta et s'installa dans le fauteuil des invités. On disait qu'une fois Nicolas Sarkozy s'était assis ici même. Le chef s'éclaircit un peu la voix, se pencha en travers de son bureau, prit son souffle puis se mit à hurler avec une puissance qui la fit sursauter.

« MAIS C'EST QUOI CE PUTAIN DE BORDEL À MERDE ? T'es pas contente ici ? C'est ça ? Ça te plaît pas ? T'AS DÉCIDÉ DE TE FAIRE VIRER ? JE DÉTESTE QU'ON VIENNE ME CASSER LES BURNES AVEC DES PUTAINS DE CONNERIES DE VENTRE À MERDE ! »

Il dut s'arrêter pour reprendre son souffle. Son visage avait viré au rouge cramoisi, on aurait dit qu'il allait exploser. Ema profita de cette pause pour se défendre.

« Je suis très contente de travailler ici. Je ne comprends pas. C'est mes retards qui te mettent dans cet état ? Je suis vraiment sincèrement désolée. Je m'excuse. Je peux t'assurer que ça n'arrivera plus.

— Ah... Tes putains de retards... MAIS JE M'EN CARRE LE CUL DE TES RETARDS !

— Bein alors, plutôt que de me beugler dessus, tu ne veux pas m'expliquer ce qu'il se passe ?

— T'expliquer ? Ah que oui je vais t'expliquer ! Ce matin même, j'ai reçu un coup de téléphone de l'attaché de presse de la ministre de la Culture. L'ATTACHÉ DE PRESSE DE MADAME LA MINISTRE DE LA CULTURE DE MES DEUX ! Et c'était pas pour me faire des compliments, je te le dis tout de suite !

— Hein ?

— Ouais. “Hein ?” C’est à peu près ce que j’ai répondu. J’avais pas l’air d’un con déjà. Depuis quand on fait un dossier spécial sur les femmes politiques ? Tu peux me montrer sur le chemin de fer pour quand c’est prévu ? Si tu te sers de tes contacts ici pour faire des articles pour d’autres journaux, ça va très mal se passer ! »

Ça faisait trop d’informations à la fois. Incapable de toutes les digérer en même temps, Ema décida de se concentrer sur sa propre défense, point par point.

« Mais pas du tout. D’abord, j’irai jamais travailler pour un autre journal sans te prévenir. Et puis, j’envisageais juste de proposer un dossier sur les femmes politiques mais je voulais d’abord voir si ça tenait la route. Pour ne pas faire ça n’importe comment. C’est tout. »

Instinctivement, elle rentrait la tête dans les épaules pour paraître plus fragile et gardait la bouche entrouverte pour se donner un air légèrement débile. Sa mère connaissait très bien cette technique qu’elle avait nommée la stratégie de la tortue étonnée. Presque à son propre insu, le patron sembla se calmer un peu. Il reprit sur le ton du ronchonnement.

« Est-ce que Michel aurait oublié de t’expliquer ? Le fond, on s’en occupe pas ! Nous, on s’intéresse au people !

— Je sais, approuva-t-elle avec moult hochements de tête. C’est exactement pour ça que je ne voulais pas faire un papier d’analyse. Elle écarquilla au maximum les yeux pour se donner un air d’innocente demeurée. Je pensais surtout faire un papier un peu people. Je pensais que ça pourrait t’intéresser. Mais je ne pouvais pas leur présenter sous cet angle au ministère. »

Il grommela et faillit esquisser un sourire.

« Ne prends plus d'initiative. Et d'ailleurs, essaie aussi de ne plus avoir d'idée. Tu fais ce que je dis. Tiens, puisque tu as du temps à perdre visiblement, c'est toi qui vas me faire le dossier sur les chiens dangereux. »

Ça, c'était la tuile. C'était le chef qui avait eu l'idée de ce dossier et tout le monde se défilait.

« Tu peux t'y mettre tout de suite. »

Elle se leva. Elle avait la main sur la poignée de la porte quand il ajouta sur un ton presque paternel :

« Je sais pas de quoi t'es allée lui parler à la ministre mais ça lui a pas plu du tout. Ça me paraît exagéré que ce soit cette affaire de femmes en politique. Y a autre chose. Tu me diras pas quoi mais moi, je te le dis, pour qu'ils appellent pour se plaindre, c'est pas rien. Je t'aime bien Ema mais je préfère être honnête : s'il y a un conflit entre le ministère et toi, je ne serai pas de ton côté. »

À la tête que faisaient ses collègues quand elle revint à sa place, Ema comprit que les hurlements enragés du patron avaient dû résonner dans tous les locaux. Elle regarda bien fixement tous ceux qui jetèrent un coup d'œil dans sa direction. Elle réintégra son poste avec un air dégagé mais quand elle voulut pianoter sur son clavier, ses doigts tremblaient. Elle se plongea alors dans une feinte lecture d'un document quelconque. Elle avait des larmes coincées dans la gorge. Pas des larmes de tristesse mais de révolte. Elle sentit une main sur son épaule. C'était Blester.

« Allez viens, je t'offre un café à la machine. »

Le soir, il accepta qu'elle passe la nuit chez lui. Pas cap de récupérer une fille dépressive chez toi. Ils ne reparlèrent pas de leur engueulade et tout se passait même remarquablement bien. Il lui prépara à dîner pendant qu'elle geignait sur le canapé, un verre de vodka à la main. Et à la fin du repas, il admit même que si la ministre réagissait aussi violemment c'était signe qu'elle avait touché à un dossier délicat. Il était en train de se lever pour débarrasser les assiettes et la félicitait en même temps de les avoir fait paniquer quand, brusquement, il changea de couleur. Il reposa les assiettes, se rassit et marmonna qu'il ne se sentait pas bien. Il était de plus en plus pâle et Ema décida de l'aider à se lever pour l'allonger dans la chambre. Il s'appuya sur elle et elle sentit qu'il était en nage. Une fois calé dans le lit, quand elle lui demanda comment il se sentait, il se plaignit d'avoir très froid et une douleur aiguë dans le bras gauche. Un peu démunie, Ema lui apporta une couverture et le borda. Au bout de deux minutes, il tremblait de plus en plus. Elle ne savait pas quoi faire. Il se redressa brusquement, lui dit d'appeler le SAMU, murmura « je t'aime » et perdit connaissance.

Playlist :
Blur – *It Could Be You*
Uffie – *Hot Chick*
The Thrills – *Saturday Night*

Chapitre cinq

Le téléphone et Myspace

Fred avait repris en main le combiné du téléphone et regardait sa partie de spider solitaire sans voir qu'il aurait suffi d'une manipulation basique pour libérer une colonne.

« Et alors ? C'est grave ? Il est…

— Tu me croiras jamais…

— Mais Ema, dis-moi !

— Mais non, il est pas mort andouille. »

Fred soupira. Soulagement. D'abord Charlotte, ensuite Blester, ça aurait commencé à faire beaucoup. Le réverbère du trottoir d'en face s'alluma et c'est seulement à cet instant-là qu'il se rendit compte que la nuit était tombée. Un courant d'air passait par la fenêtre ouverte – ces jours-ci, il faisait une chaleur trompeuse. Comme un leurre dont on ne savait pas s'il dissimulait une future canicule ou un été morose et grisâtre.

« Fred ? Tu m'écoutes ?

— Oui.

— Je te raconte dans l'ordre, reprit Ema. Le SAMU est arrivé et ils l'ont emmené à l'hôpital. Je suis montée avec eux dans l'ambulance. C'était atroce. Il était en train de claquer sous mes yeux et j'avais l'impression que c'était moi qui allais mourir. À l'hôpital, j'ai attendu un peu et un médecin est venu me voir.

— Et ?

— Eh bein là c'est la meilleure. Tiens-toi bien. Il avait rien.

— Hein ? C'était pas une crise cardiaque ou ils ont pas trouvé ce qu'il avait ?

— Non, Fred. Quand je dis qu'il avait rien, c'est vraiment qu'il avait rien. C'est même pas il a pas grand-chose, un petit truc pas grave. Le médecin m'a dit qu'il était en parfaite santé. En parfaite santé. Ils lui ont fait plein d'examens. Il se porte comme un charme. D'après eux, il a eu une simple chute de tension parce qu'il a dû se lever trop vite. »

Fred se remit à taper au hasard sur les touches du clavier et son ordinateur émit un « broin » mécontent à chaque mauvaise manipulation. Il avait besoin de se concentrer.

« Ça veut dire quoi alors ?

— Le médecin a consulté son dossier médical. Visiblement c'est pas la première fois que Blester se fait hospitaliser pour rien. Et chaque fois, il est tellement convaincu qu'il est malade qu'il développe les symptômes d'un truc grave. Donc, et c'est la conclusion du toubib lui-même, c'est pas moi qui fais de la psychologie de comptoir, Blester est hypocondriaque.

— En même temps, ça veut dire qu'il est vraiment malade, nota Fred en se levant.

— Non. Ça veut pas dire qu'il est malade, ça veut surtout dire qu'il est barge. Le pauvre garçon ondule grave de la toiture. Forcément... Il était trop parfait. À la fois gentil et sadomasochiste, drôle et dans la même boîte que moi. Fallait bien qu'il y ait une arnaque.

— Dis pas ça. C'est pas parce que les gens ont des faiblesses que ça en fait des arnaques. Ou alors on est tous des arnaques vivantes. »

Il était dans la cuisine. Il chercha un bol propre dans l'évier, n'en trouva pas et d'une seule main parvint à en rincer un en ajoutant : « Tu dis toi-même que tu te sens bien avec lui.

— Je dis aussi que je ne veux pas être en couple. Non mais tu te rends compte qu'il m'a fait appeler le SAMU pour une baisse de tension ?

— On n'est jamais trop prudent. Qu'est-ce que tu vas faire ?

— Je sais pas. »

Fred entendit d'abord le bruit du briquet puis qu'elle recrachait la fumée. Il en profita pour sortir le lait du frigo – en surveillant du coin de l'œil son bol en équilibre instable sur le bord de l'évier.

« Bizarrement, ça me rassure qu'il ait une faiblesse. Mais… avant l'hosto, il m'a dit qu'il m'aimait.

— Et toi ? T'as dit quoi ?

— Moi, j'ai attendu qu'on soit dans l'ambulance. Je trouvais ça plus mélodramatique.

— Mais c'est génial, s'exclama Fred en touillant sa mixture. Il avait pas mis assez de lait. Des bulles de cacao surnageaient.

— Non, c'est pas génial du tout. Là, je suis coincée. Je sais pas quoi faire. »

Quelque chose dans l'inflexion de la voix d'Ema fit brusquement comprendre à Fred qu'elle attendait un conseil de sa part. Comme faisaient sûrement les amis.

Il devait trouver quelque chose à dire. Il se concentra sur son bol.

« Qu'est-ce que tu risques à te mettre avec lui ? De toute façon, c'est concrètement déjà le cas. Et si ça se passe pas bien, vous cassez. C'est pas grave. Et puis vivre avec un hypocondriaque, ça peut faire de bonnes anecdotes à raconter.

— T'es sûr ?

— Oui. »

Silence réflexif des deux côtés de la ligne. Du bout du doigt, Fred éclatait les bulles de cacao contre la paroi du bol. Il y plongea sa petite cuillère et captura une grosse bulle. Quand il l'avala, il sentit avec satisfaction la poudre chocolatée se répandre contre son palais.

« T'es en train de boire quoi ?

— Un Nesquik.

— Tu t'es encore fait larguer ?

— Pfff... Moque-toi va.

— Des nouvelles d'Alexia ?

— Non. Pas trop. Pas vraiment.

— Mais elle est maquée ?

— Oui. Elle a mis des photos de son mec sur sa page Myspace.

— Et ? Il a une tête à faire caca dans des bouteilles ? »

Fred gloussa.

« Non. Il a une tête de mec de 20 ans. C'est sûrement mieux comme ça.

— Mieux comme ça ? Attends, tu m'as l'air de prendre les choses avec beaucoup trop de philosophie... T'as rencontré quelqu'un ?

— Non… Pas exactement. Enfin…

— Vas-y, crache le morceau. Tu meurs d'envie d'en parler, ça se sent à travers les kilomètres de ligne téléphonique. »

Il reposa la petite cuillère sur le bord de l'évier.

« C'est vraiment rien, hein. Mais je corresponds avec quelqu'un sur Myspace.

— Tu me rassures. Moi qui avais peur que tu t'inscrives sur Meetic… Alors, Persona est in love ? C'est qui la veinarde ? »

Il se rendit compte qu'il se balançait d'une jambe sur l'autre.

« Je sais pas grand-chose sur elle.

— Et son handicap, c'est quoi ? Bein oui, les gens qui draguent sur internet, c'est forcément qu'il y a un truc. Obèse ? Tétraplégique ? Octogénaire ?

— En tout cas, elle est sûrement pas hypocondriaque. Je te raconterai. On se voit quand ?

— Demain au Bottle. Réunion de Morues. Faut décider quelque chose pour le club Léonard.

— Je vois pas très bien ce qu'on peut décider.

— Justement. On va décider d'un moyen d'y entrer.

— Tout simplement.

— Oui. Il faut prendre les choses avec méthode. Et tu nous expliqueras ce que tu as appris sur ce truc de RGPP. »

Après avoir raccroché, Fred glissa son téléphone dans la poche de son sweat. Debout, face à la fenêtre de sa cuisine, il finit son bol dînatoire de chocolat. Il avait vue sur un champ de maisons délabrées et, au loin, des barres HLM. Il resta quelques secondes ainsi – sans rien faire. Ne réfléchissant à rien. Ne regardant rien. Laissant le temps s'effondrer silencieusement. Le bruit de la chasse d'eau des voisins du dessus le tira de son néant. Il rinça son bol et retourna dans le salon finir sa partie de spider solitaire.

Devant sa compulsion à consulter sa boîte à messages, il avait été obligé de se fixer des règles pour contenir dans des limites raisonnables le processus d'aliénation que Myspace avait déclenché chez lui. Ce soir, par exemple, il ne se connecterait pas avant d'avoir enchaîné cinq victoires consécutives de spider solitaire. (Ce qui, bien sûr, introduisait un problème d'addiction à spider.) Mais une fois son objectif atteint, la satisfaction fut de courte durée – très précisément des quelques secondes nécessaires au chargement de sa page internet. Sa boîte à messages restait désespérément vide. Il était 21 h 25. Il devait se faire une raison, « elle » ne se connecterait pas de la soirée. En général, ils s'écrivaient dans l'après-midi, ce qui laissait présager qu'elle était mariée et femme au foyer. Ou chômeuse. Sa page ne fournissait aucune information personnelle. Même les gens qui lui laissaient des commentaires ne semblaient la connaître que par le biais du net. Aucune trace de sa vie « réelle » et pourtant Fred était passé maître dans l'art de traquer des pistes et indices. Pas de portrait, pas d'âge, pas de profession indiquée. Cette absence totale de renseignements était particulièrement étonnante à un moment où, après quelques années de méfiance sur la protection des données, chacun semblait avoir décidé de se transformer en banque de données pour agence de pub. Internet était désormais un outil de promotion mais le produit à promouvoir n'était pas le fruit de son travail mais sa propre personnalité – tout aussi travaillée. Fred avait déjà remarqué cette tendance chez Alexia. Elle lui apparaissait comme le patron, l'ouvrier et le produit d'une PME qui était sa vie et dont le web était la vitrine. Il fallait donc afficher ses goûts et dégoûts, son mode de vie, ses préférences.

La rétention d'informations que pratiquait donc Nénuphar (tel était le nom qu'elle s'était choisi pour son identité virtuelle) laissait supposer que primo elle maîtrisait le net (donc moins de 45 ans) et deuzio qu'elle s'en méfiait (plus de 25).

Nénuphar avait été la première personne à lui demander d'être son ami. Pourquoi, allant à l'encontre de ses intentions initiales, avait-il accepté ? Sans doute que le silence d'Ema pendant quelques jours avait laissé la place pour une nouvelle amitié et puis, il fallait bien avouer qu'il avait été sous le charme de ce pseudonyme aquatique, fasciné par la photo qui l'illustrait – une espèce de poisson des abysses mordoré. De son côté, Nénuphar avait semblé fortement impressionnée par le blog de Fred. Malgré quelques tentatives pour le convaincre de mettre en avant ses textes qu'elle considérait comme des « perles d'intelligence et d'humour », elle respectait sa décision de garder son écriture secrète. Du moins le pensait-il, mais Fred n'était plus à une erreur près.

En quelques jours, le nombre de messages qu'ils s'échangeaient s'était multiplié de façon exponentielle. Pourtant, ils avaient commencé de façon tout à fait anecdotique, Fred lui avait demandé comment elle était tombée sur lui dans la jungle virtuelle, noyé au milieu des 140 millions d'inscrits du site. Elle lui avait expliqué que les nouveaux utilisateurs apparaissaient sur la page d'accueil en suggestion. Et puis elle l'avait taquiné sur son absence d'amis – mis à part Tom, le créateur du site qui, bien que l'ayant revendu depuis belle lurette était toujours le premier ami qu'on vous attribuait automatiquement, une sorte de parrain fantoche qui humanisait la plate-forme communautaire. Tom et la photo la plus moche du web avec son sourire irréprochablement niais, son t-shirt blanc, le bout de son ordinateur et derrière lui un tableau couvert de mots dont les deux seuls lisibles étaient « south » et « beach ». Tom qui était donc devenu une des figures les plus célèbres du web, objet d'innombrables quolibets.

Pour en revenir à Nénuphar, elle avait entrepris d'enseigner à Fred les rudiments des codes sociaux qui régissaient le site. Il fallait se méfier des pages de filles trop sexy, c'était souvent des sites de cul, ne jamais cliquer sur les commentaires en anglais qui proposaient des bons plans, il s'agissait de pirates. Quand quelqu'un vous acceptait comme ami on lui répondait « merci pour l'add », quand vous acceptiez, « merci pour la request ». Sur son site de jeux vidéo on-line, il avait déjà eu l'occasion de s'étonner de la rapidité avec laquelle quelques êtres humains réunis dans un même espace, fût-il virtuel, recréaient des codes sociaux, obligations formelles et règles. Mais la ressemblance s'arrêtait là. Tandis que ses partenaires de jeux se livraient à de constantes joutes oratoires à la recherche de la vanne qui tue, celle dont la méchanceté vous laisse inanimé par terre, sur Myspace tout était toujours formidable. À la limite super et génial mais surtout great, nice et cute. Les gens, leurs messages, leurs photos, leurs univers, leurs références. Autant dire que la page de Persona illustrée par le vide le plus absolu et son blog désenchanté tranchait au couteau de boucher avec l'enthousiasme des Bisounours alentour. Plus étonnant, les gens qui, sauf récit de science-fiction, étaient les mêmes que dans la « real life » paraissaient miraculeusement tous plus beaux, plus drôles, plus intelligents. Fred avait remarqué avec un certain scepticisme que sur Myspace Baudelaire était l'auteur préféré de 70 % des gens. L'idéalisation fantasmatique entraînait inéluctablement de dégoulinants débordements d'affection entre parfaits inconnus. L'outil informatique qui a priori semblait dépersonnalisé et froid favorisait paradoxalement les épanchements les plus intimes. Fred commençait à s'imaginer que c'était là, sur Myspace, que se cachaient ses alter ego qu'il n'avait jamais rencontrés dans la vie. Peut-être, y avait-il plein de Fred et Fredettes en puissance qui le comprendraient mieux que personne auparavant ? C'est ce principe de miroir informatique qui l'entraîna à confier à Nénuphar sa solitude, ses doutes, sa perplexité face à une société dont il ne parvenait à partager aucune valeur. Il lui semblait que Nénuphar comprenait avec une acuité particulière ses états d'âme.

Nénuphar avait donc supplanté son obsession d'Alexia. Et après une relation qui avait essentiellement été charnelle et sexuelle, il s'imaginait découvrir un rapport fait de tendresse et de douce communion des âmes et non une relation basée sur la douteuse équation sperme + seins. Ces premiers jours, Fred était donc convaincu que l'informatique désexualisait les rapports humains – ce qui, de son point de vue, constituait plutôt une bonne chose. Peut-être que si on lui coupait virtuellement la bite – il n'allait quand même pas pousser le vice jusqu'à se branler sur une photo de poisson gélatineux –, il parviendrait à poser les bases d'une relation amoureuse SAINE. Mais tout à son idéalisation, Fred refusait l'évidence. L'intimité ainsi créée avec une parfaite étrangère était éminemment sexuelle. Le flou entourant leur relation, et notamment son but, avait quelque chose de licencieux, d'interdit, d'excitant et teinté d'une dimension copulatoire tout à fait implicite. Pour deux inconnus, le simple fait de se parler sans raison particulière suffisait à tout re-sexualiser au degré maximal.

Fred aurait voulu consacrer sa soirée à *Lost Highway*, le film culte de Nénuphar qu'il venait juste de télécharger mais l'appel d'Ema lui avait donné mauvaise conscience. Il se souvenait bien de lui avoir promis de faire des recherches sur la RGPP mais il lui semblait que la nouvelle donne – autrement dit l'existence de Nénuphar – aurait dû l'en dédouaner. Cela étant, s'ils devaient se retrouver le lendemain pour parler de l'enquête, il n'avait pas trop le choix sur son programme de la soirée. Il poussa un lourd soupir et ferma sa page Myspace. Un coup d'œil à la barre des tâches lui apprit qu'il était 21 h 32. Il fronça les sourcils. Sept minutes. Il s'était écoulé seulement sept minutes. Pourtant, il avait l'impression d'être resté plongé dans ses pensées pendant plus d'une demi-heure.

Il alluma la télé comme fond sonore et opta pour un reportage sobrement intitulé « Je préfère mes tortues à ma femme ». Avec tout ça, il n'avait même pas encore testé toutes les potentialités de son bouclier magique. Il re-soupira et rapprocha sa chaise de son bureau. Google Search.

Si Fred se lança dans ses recherches avec un brin de blasitude, sa curiosité fut très vite en éveil et il diminua progressivement le volume de la télé. Après quelques clics, il découvrit que la Révision générale des politiques publiques agitait effectivement toute la fonction publique et en premier lieu le ministère de la Culture qui servait de ministère pilote. Les tracts des syndicats dont la rhétorique était habituellement guerrière prenaient cette fois des accents de sincère désespoir. Sincère et inutile puisque ce qui frappait était l'absence totale de mobilisation et de débat public. Qui semblait inversement proportionnelle à l'importance des enjeux.

Au début, le propos de la RGPP lui sembla plus que flou. Mais durant quatre heures, il se promena de site en lien et de lien en site. Quand il se redressa pour s'étirer, il commençait à avoir une vague idée du projet. Quand il éteignit son PC, il était complètement ankylosé mais pouvait tenir sur le sujet un exposé détaillé.

La France devait réduire sa dette publique. Non pas qu'elle soit si catastrophique que le disaient les politiques. Mais d'abord parce qu'il fallait respecter les engagements pris au sommet de Barcelone de 2002 vis-à-vis du Conseil européen. Et ensuite parce que pour emprunter de l'argent à un taux d'intérêt très bas, il fallait être très bien noté par les agences de notation et donc prouver que l'État faisait attention à sa gestion. Et pour cela, le plus urgent était de réformer la fonction publique. L'ensemble des réformes devait entrer en vigueur jusqu'en 2011 pour que les finances publiques reviennent à l'équilibre à l'horizon 2012. La première surprise de Fred fut de découvrir que le gouvernement avait suivi l'analyse ultralibérale selon laquelle si on avait toujours échoué à réformer la fonction publique c'est parce qu'il y existait des résistances au plus haut niveau. En somme, on ne pouvait pas compter sur le système pour se réformer lui-même de l'intérieur. Ils avaient donc retiré la réflexion stratégique aux décideurs traditionnels (haute fonction publique) pour la confier à des groupes mixtes mêlant public et privé.

Ces « groupes mixtes » étaient en fait majoritairement constitués de cabinets d'audit et de conseil privés qui, habituellement, monnayaient leurs conseils et avis auprès des entreprises qui souhaitaient restructurer leurs activités. Cette fois, c'était le gouvernement lui-même qui les payait pour qu'ils épluchent les comptes et le fonctionnement de chaque ministère ainsi que la Sécurité sociale et proposent des mesures pour rendre l'État plus efficace, rentable et moins coûteux. C'était ce processus en deux temps (bilan/proposition) qu'on appelait la RGPP. Cette démarche sous-entendait évidemment qu'un pays pouvait être géré sur le modèle de l'entreprise libérale.

Fred fit immédiatement le rapprochement avec la situation du Canada en 1995. La dette publique était énorme et le gouvernement avait redressé la barre en trois ans au prix d'une restructuration complète de l'État.

Ce qui le stupéfia vraiment fut l'étendue de cette RGPP. La quasi-totalité des mesures prises par le gouvernement jusqu'à présent et qui, relevant de ministères différents, semblaient sans lien entre elles, n'étaient en réalité que l'application des mesures préconisées dans le cadre de cette révision. Bien que Fred eût senti dans ces réformes un « esprit » commun, il était loin de s'imaginer que ce qu'il pensait être le fruit d'une philosophie globale (faire basculer les services publics en régime semi-privé avec un cadre concurrentiel) entrait explicitement dans le même train de mesures. Quand il lut les premières orientations préconisées par le comité de suivi de la RGPP, il trouva en substance la réforme de la carte judiciaire et l'autonomie des universités. La RGPP était la reforme clé qui innervait toutes les autres. Et sous son emballage technico-administratif, c'était également la plus idéologique.

En effet, cette démarche qui paraissait on ne peut plus pragmatique puisqu'elle semblait privilégier l'efficacité des réformes sur les points de vue partisans était finalement un démantèlement de l'État-providence. Cette prise de position était flagrante dans le cas du ministère de la Culture. La culture représentait à peine 1 % du budget de l'État. Les économies qui en résulteraient seraient donc ridicules alors que les conséquences pour la vie culturelle s'annonçaient catastrophiques. Mais il fallait que ce domaine, comme les autres, suive les règles de la rentabilité – c'était un parti pris plus idéologique que véritablement pragmatique. La RGPP avait un aspect séduisant mais quand on se penchait sur le détail, les mesures devenaient ridicules.

Ainsi, Fred lut un rapport sur les premières économies réalisées grâce à ces mesures. Elles touchaient la justice. Comme l'expliquait le rapport : « Chaque année, environ 150 000 mouvements de détenus sont effectués pour procéder à des auditions ou à des actes judiciaires. » Fred tiqua sur l'expression « mouvement de détenu » particulièrement malheureuse pour parler de gens qui étaient précisément dénués de liberté de mouvement. « Cela mobilise 1 200 gendarmes et policiers. Pour réduire ces déplacements, coûteux en moyens humains et parfois dangereux pour les forces de police, la généralisation de la visioconférence a été engagée : la totalité des tribunaux de grande instance est aujourd'hui équipée ainsi que 85 % des prisons. En 2009, le nombre de transferts a été réduit de 6,4 % ; cette baisse doit se poursuivre en 2010. Cela permettra de restituer 120 agents, soit l'équivalent d'un escadron de gendarmes mobiles. » 120 agents… autant dire une broutille, c'était bien la peine d'équiper toutes les prisons pour ça. Mais l'économie était encore plus misérable quand on pensait en termes humains, à savoir qu'être auditionné en visioconférence depuis la prison ou en face à face, ça n'avait évidemment rien à voir. Ni pour le juge, ni pour le détenu. Tout ça pour libérer un escadron de gendarmes mobiles… C'était paradigmatique à la fois d'une obsession de l'économie à tout prix et d'une vision des choses purement technique.

Sur le papier, le mec qui avait pensé ça devait en toute bonne foi se féliciter de son excellente idée. Il ne voyait évidemment pas que c'était désastreux à long terme. Il ne pensait qu'en terme de chiffres. L'efficacité était celle du calcul, oubliant tous les autres facteurs dont on tenait compte pour vérifier la pertinence d'une mesure. Fred était convaincu que c'était un analyste d'une société comme celle où bossait Charlotte qui avait proposé cette mesure, un homme habitué aux calculs d'entreprise. Mais pouvait-on organiser la justice comme une entreprise ?

Là où l'affaire devenait franchement ironique au goût de Fred c'est que la police elle-même était soumise à la RGPP. Ainsi de la règle du non-remplacement d'un fonctionnaire sur deux et des économies systématiques. Sauf que les alliés du gouvernement appréciaient modérément cette réduction des moyens de la part d'un parti qui tenait régulièrement un discours sécuritaire, ils réclamaient donc que les effectifs de police ne soient pas concernés par la RGPP. Et là, le gouvernement était coincé, sachant pertinemment que dans ce cas, les hôpitaux et l'Éducation nationale allaient gueuler. Il se retrouvait donc à mener un double discours pour ménager son électorat.

Muni de ces informations, Fred décida de relire tout le dossier De Vinci et brusquement comprit qu'il était passé à côté.

Le lendemain soir, la réunion des Morues débuta sous le signe d'une décadence certaine. Ema avait visiblement passé une journée de boulot épuisante et était bien décidée à la noyer sous l'alcool. Gabrielle arriva en retard, grimpa sur un tabouret en marmonnant qu'elle avait une migraine carabinée et finit sa phrase dans un murmure où l'on ne distinguait que les syllabes « vod-ka ». Dans un bâillement étouffé, Ema demanda à Fred s'il avait trouvé quelque chose concernant la RGProutProut. Vu l'état de fatigue généralisé des troupes, Fred, qui était pourtant assez excité par sa découverte, leur fit une synthèse aussi succincte que possible. Elles l'écoutèrent silencieusement. Alice attendit qu'il eût fini pour aller servir les clients de la salle. Il se tourna vers Gabrielle qui, sous ses yeux horrifiés, avala une poignée de comprimés accompagnée d'une généreuse lampée de vodka caramel. Ema, quant à elle, contemplait le fond de son verre qu'elle faisait tourner entre deux doigts sur le comptoir. Au bout de quelques secondes de silence, Fred commença à se demander si elles l'avaient vraiment entendu parler. Peut-être qu'aucun son n'était sorti de sa bouche – mais il n'avait pas le courage de leur demander. Il avala quelques pop-corn qu'Alice avait posés sur le comptoir. C'était bien les pop-corn, ça changeait des cacahuètes. Mais finalement, impatient, il craqua et répéta :

« Je sais pas si j'ai été clair mais ce qu'on a entre les mains, le dossier De Vinci, c'est le volet musées de la RGPP… C'est important quand même.

— Oui, concéda Ema. Mais je cherche le lien avec Charlotte.

— Le cabinet de Charlotte, McKenture, est une boîte privée que l'État a embauchée pour vérifier tous les comptes publics et voir où on pouvait faire des économies. Ils examinent absolument tout. Charlotte, avec une équipe je suppose, était chargée de s'occuper du ministère de la Culture. Or pour faire des économies dans le budget de l'État, il n'y a pas cinquante possibilités. Y en a même que quatre. »

Il leva le pouce pour souligner son énumération.

« 1) Supprimer tout simplement le service en question.

2) Réduire les effectifs de ce service.

3) Transférer la gestion de ce service à un organisme semi-privé qui donc le financera.

4) Transférer la gestion de ce service à une collectivité territoriale. Ça, c'est ce qu'on appelle la décentralisation. Pour faire des économies, la RGPP prévoit donc de refiler les trucs trop chers à financer aux collectivités territoriales qui devront se débrouiller. Mais là, il y aurait dû y avoir un problème constitutionnel parce que la France est une République une et indivisible. »

Il s'arrêta, perturbé par Gabrielle qui soupira ostensiblement au mot « République ». Ema la regarda en fronçant les sourcils. « Ignore la noblesse décadente et continue.

— Heu... Si chaque Région choisissait par exemple le programme scolaire dans ses écoles, comme elle voulait, on apprendrait plus les mêmes choses selon les régions et donc la République ne serait plus une et indivisible. Donc ce serait anticonstitutionnel, illégal. Mais en 2003, Raffarin a fait une révision constitutionnelle pour inscrire la décentralisation *dans* la Constitution. C'est le genre de trucs, quand c'est traité par les médias on n'y fait pas attention, ça a l'air terriblement chiant...

— Un peu comme les cours d'éducation civique, ajouta Gabrielle.

— Oui. C'est ça. Et comme les cours d'éducation civique, c'est super important. Par cette révision constitutionnelle, on a transféré plein de compétences du national au local. De mémoire, y a le développement économique, la formation professionnelle, les transports, les prestations sociales et le logement.

— Et donc ?

— Et donc c'est ça l'une des grandes idées de la RGPP. Décentraliser un maximum de services. Dans un sens, la révision constitutionnelle de 2003 préparait déjà la RGPP. »

Alice qui ne cessait de faire des allers-retours repassa derrière le comptoir pour remplir les shots.

« Y a un truc que je comprends pas Fred, si Charlotte bossait là-dessus pourquoi elle aurait voulu écrire un article pour dénoncer ça ? »

Fred avala une gorgée de bière avant de poursuivre.

« Je ne sais pas trop. Mais d'un point de vue éthique, les musées, c'est quand même le bien commun à la nation. Depuis la Révolution, le Louvre c'est à nous tous, les citoyens. C'est notre histoire. Et d'un point de vue plus politique, ce qu'on peut craindre, c'est qu'à terme on perde le contrôle total de ces biens. Même en les confiant aux collectivités territoriales parce qu'elles gardent le même budget avec plus de choses à financer. Donc il va y avoir un problème et c'est pas une augmentation des impôts locaux qui suffirait. Les finances vont être dans le rouge, les services publics, faute d'argent, vont se dégrader et on dira

“Regardez, vous voyez bien que ce n’est pas performant” et ça justifiera à terme leur privatisation.

— Bienvenue à Babylone », murmura Gabrielle.

Ils restèrent silencieux quelques minutes à méditer la situation en sirotant leurs verres avant qu’Ema lance le deuxième volet de la soirée.

« Maintenant qu’on commence à comprendre un peu mieux le fonctionnement des choses, il faut quand même qu’on rentre dans le club Léonard. Ça a forcément un lien avec le dossier et ça nous renseignera peut-être plus sur ce que Charlotte voulait dénoncer. »

Mais malgré toute sa belle conviction, Ema se heurtait à un mur infranchissable. Elle avait fait des recherches sur le club sans rien trouver. Quand Fred, qui commençait à sentir le comptoir tanguer sous ses coudes, lui fit remarquer « Donc t’as pas avancé d’une cacahuète », elle lui jeta un drôle de regard puis elle répéta avec aplomb « On va réussir à entrer dans ce club Léonard », sentence qui, proportionnellement au nombre de shots qu’elle avalait et à son avachissement sur le comptoir, dériva vers « Bordel de merde, faut qu’on entre dans ce putain de club à la con » avant de se transformer en « Et si je mettais des porte-jarretelles pour niquer du bourgeois ? » Bref, aucune idée de génie ne fusait. Alice tenta bien à plusieurs reprises de recentrer le débat en vain. Fred restait sagement assis sur son tabouret de bar et, dodelinant de la tête, songeait combien il était agréable d’écouter de jolies femmes dire des choses intelligentes. Tandis qu’Alice lui servait une énième bière ne prêtant aucune attention à ses gestes de refus, elle récapitula :

« Je comprends plus rien. C'est quoi exactement le problème pour entrer au club Léonard ? »

Gabrielle et Ema chuchotèrent une bêtise qui sembla passablement énerver Alice. Fred se décida à intervenir pour calmer les choses.

« On ne sait rien sur ce club. On ne sait pas où c'est, ni quand et même pas les conditions nécessaires pour être accepté.

— Alors la première chose à faire, c'est de trouver ces renseignements ? »

Fred approuva de la tête. Gabrielle prit la parole d'une voix légèrement pâteuse.

« Allez, détendez-vous… Je vais me renseigner si vous voulez… Moi, ce qui m'intéresse ce soir, c'est de savoir comment va Fred. Comment tu vas Fred ? »

Elles se retournèrent toutes les trois vers lui. Gabrielle et Ema avec curiosité, Alice avec un air de profonde compassion.

« T'es pas obligé de leur répondre. Elles sont insupportables quand elles sont comme ça.

— Ça va. Je… Fred cherchait désespérément quelque chose à ajouter mais rien ne lui venait. Je veux dire… Ça va bien. Je suis content d'être avec vous ce soir.

— Ah ! Ça, c'est une bonne nouvelle. Mais t'as rien à nous faire partager ? Des joies ? Des malheurs ? »

Ema pouffa de rire.

« Si, il a un truc à raconter ! »

Alice qui essuyait des verres intervint.

« Laissez-le tranquille, les commères. Vous voyez bien que ça le met mal à l'aise. Et puis, Ema, tu devrais pas trop te la ramener… »

Ema se redressa dans une tentative pour retrouver sa dignité.

« Ok Morue. J'avoue. J'ai un mec. Mais ça pourrait être pire, ajouta-t-elle en dressant l'index. D'ailleurs, je suis là ce soir. Je vous préviens qu'il est hors de question que ça change quoi que ce soit. Je vais ni arrêter de boire, ni de fumer, ni de sortir. Morue je suis, Morue je resterai. »

Gabrielle tapa un grand coup sur le comptoir.

« Hey, mais moi aussi je suis maquée et ça m'a jamais empêchée d'être une Morue ! »

Ema et Alice lui lancèrent un regard passablement dubitatif. Elle écarta les mains en signe d'incompréhension.

« Non mais toi, t'es dans le rôle de la maîtresse, expliqua Alice en passant l'éponge sur le comptoir. Forcément, c'est facile de rester féministe. Tu risques pas de faire ses lessives, il a quelqu'un d'autre pour ça.

— Mais s'il fait la vaisselle, vous pouvez faire les lessives, non ? » proposa Fred.

Ema hocha la tête.

« Il a raison.

— Non mais attendez, reprit Gabrielle. Moi, c'est peut-être facile parce que je suis la maîtresse mais pour une meuf qui materne son mec, c'est facile aussi de se dire féministe. L'égalité, c'est pas non plus infantiliser les mecs.

— On est d'accord. »

Alice profita de ce consensus pour annoncer qu'elle fermait le bar. Comme les autres s'étonnaient qu'elle range plus tôt que d'habitude, elle expliqua d'un ton dégagé qu'elle devait retrouver Gonzo chez lui. Fred coula un regard curieux vers Ema et, bien que celle-ci ne bronchât pas, il vit clairement un petit nuage noir se former au-dessus de sa tête.

La fin de soirée s'était donc passée ainsi, à coups de grandes déclarations, d'alcool et de débats stériles. Autant dire que le lendemain, en arrivant au boulot, Fred ne pensait qu'à une chose : dissoudre des comprimés de Guronsan dans un café noir. Il avait l'estomac retourné, un oreiller de plomb sur la tête et une seule envie : retourner se coucher. Il avait à peine posé sa veste sur son siège que la journée lui paraissait déjà interminable. Même la perspective de correspondre avec Nénuphar ne suffisait pas à réduire les effets de sa gueule de bois. Quand il arriva devant la machine à café ce matin-là, un attroupement s'était formé autour d'un commercial de l'étage du dessus et du syndicaliste du bout du couloir. Ils semblaient lancés dans une houleuse controverse. Fred ne les écoutait que d'une oreille, se demandant surtout comment on pouvait faire autant de bruit si tôt le matin.

« Mais du fric, l'État, il en a. Pour ça, t'inquiète pas. Juste c'est toujours les mêmes qui en profitent et c'est toujours les mêmes qui doivent payer.

— Tout le monde sait que la France est fauchée. On est en récession économique. On vit à crédit. Ce pays va mal. Les entreprises sont trop taxées, on est noyé sous les procédures administratives, même le Premier ministre l'a dit : il n'y a plus d'argent dans les caisses ! On est devenu un pays pauvre !

— Excusez-moi », murmura Fred en se glissant entre les deux adversaires pour atteindre la machine à café.

« Et toutes les entreprises qui font du bénéfice, tu crois qu'on les taxe suffisamment ?

— Mais t'es fou ou quoi ? Tu veux tuer ce pays ? On va taxer les entreprises, c'est elles qui font survivre ce pays !

— Putain mais comment tu peux dire ça ? T'es vraiment abruti, tu comprends rien. »

Christine, la nouvelle assistante, tapa dans ses mains pour capter leur attention avec un sourire d'organisatrice de colo.

« Messieurs, ne vous disputez pas. Ce n'est que de la politique tout ça. Je vous propose qu'on demande son avis à Fred. Il est toujours de bon conseil. »

Fred, qui venait d'introduire ses pièces dans la machine, leva une tête effrayée. Tous les regards étaient tournés vers lui. Non, pensa-t-il, pas ça, pas aujourd'hui. Les bribes de discours qu'il venait d'entendre lui paraissaient être un ramassis de clichés mais il se voyait mal leur expliquer que bien que chacun soit persuadé d'émettre son opinion personnelle, ils ne faisaient que ressortir des discours prémâchés entendus à la télé qu'ils avaient si bien intériorisés qu'ils n'imaginaient plus de penser en dehors de ces cadres. Il soupira en appuyant sur le bouton de commande du cappuccino.

« Je sais pas... En fait, je crois que le problème n'est pas posé dans les bons termes, avança-t-il timidement.

— Mais est-ce que la France est ruinée à ton avis ? »

Le ton du commercial était légèrement agressif. Fred soupira et se tourna vers lui.

« Posé comme ça, ça ne veut rien dire. Ça dépend des critères que tu choisis pour évaluer la situation d'un pays. On n'est pas un pays pauvre parce qu'un pays pauvre c'est pas ça. La Somalie c'est un pays pauvre. Pas la France. Ensuite, l'État français possède un certain nombre d'actifs… enfin, d'actions qui valent de l'argent et qui ne sont pas pris en compte dans le calcul de la dette. Après, il reste un déficit, c'est sûr. Mais c'est le cas de la majorité des pays occidentaux. Et puis, ça dépend de comment vous évaluez la qualité de vie d'un pays. On se réfère toujours à des chiffres, à l'argent mais on peut aussi intégrer des données comme la durée de vie moyenne d'un citoyen, la qualité des soins médicaux, de l'enseignement, l'accès à l'eau, à l'électricité, aux transports, à la culture, à la technologie, la capacité d'innovation. »

À mesure qu'il parlait, Fred sentit que l'attention des gens se détournait progressivement de lui – à part Christine qui continuait à l'écouter avec un sourire encourageant. Du coin de l'œil, il aperçut la cause du trouble. Gilbert-le-comptable se livrait à une série d'exercices. D'abord, il soupira ostensiblement, puis bâilla, s'étira et se racla la gorge avant de se plonger dans une intense contemplation de ses ongles. Ce petit numéro exaspéra Fred au plus haut point – déjà que sa patience était sérieusement mise à l'épreuve par l'étau qui lui vrillait le crâne. Il craqua et s'interrompit pour demander :

« Ça n'a pas l'air de t'intéresser Gilbert. Tu dois déjà avoir ton opinion sur le sujet… »

Gilbert sembla complètement déstabilisé par cette interpellation. Une flamme de panique s'alluma au fond de ses pupilles et Fred s'en voulut à mort de l'avoir mis en mauvaise posture.

« C'est pas grave Gilbert. Je ne voulais pas dire ça.

— Mais. Bien sûr, affirma Gilbert en secouant énergiquement la tête. J'ai une opinion. Je pense que. Que tu compliques les choses. Toujours. Alors que c'est. Simple. On a de l'argent. Ou on n'en a pas.

— Ah bein c'est beau de vivre dans un monde simple, répliqua Fred excédé.

— C'est pas. Parce que tu compliques. Tout. Que t'es plus intelligent. »

Satisfait de sa repartie, Gilbert afficha un sourire supérieur qui acheva de mettre Fred dans une humeur exécrable. Il prit son cappuccino, tourna les talons et traversa le couloir. De toute façon, ce n'était pas sa faute, il n'avait jamais voulu se mêler à cette discussion. Mais il était étonné par la réflexion de Gilbert. Si Fred était certain de ne pas compliquer les choses pour paraître plus intelligent, il se demanda si l'intelligence était forcément liée à la complexité. Les gens vraiment intelligents exposaient simplement les choses. Lui, ça faisait deux fois qu'il pataugeait dans ses explications. La veille avec les Morues et ce matin. Pourtant, ce qu'il disait lui paraissait limpide. Il posa sa veste sur sa chaise et s'installa à son bureau, vérifiant d'un regard circulaire que chaque chose était à sa place. Un élément apparaissait assez clairement : Gilbert lui en voulait. Et brusquement, Fred eut l'intuition qu'il aurait dû savoir pourquoi. Il sentait que l'information était enfouie quelque part dans son cerveau. Il se souvenait vaguement qu'il s'était passé quelque chose avec Gilbert un jour. Pas longtemps avant. Un truc auquel il n'avait pas prêté l'attention qu'il aurait dû. Il avala une gorgée de cappuccino pour se concentrer et brusquement la scène lui revint. Gilbert, debout devant lui, l'air coincé, avec un cappuccino à la main. C'était quand Alexia l'avait largué. Pendant qu'il lisait le message, Gilbert lui parlait. Ah mais oui ! Il lui avait confié qu'il était amoureux de Christine. Par contre, impossible de se rappeler ce que lui-même, Fred, avait répondu. A priori, il n'avait rien dû dire, trop occupé à lire le mail d'Alexia. C'était peut-être pour ça qu'il le détestait… Parce qu'il n'avait pas paru suffisamment intéressé par ses histoires de cœur. En même temps, il ne comprenait pas du tout pourquoi Gilbert était venu se confier à lui. Fred sentit qu'il avait dû louper un épisode. Les gens avaient beau agir le plus souvent de manière irrationnelle, cette fois il paraissait évident qu'il devait y avoir un rapport de cause à effet qui lui échappait.

En attendant que son ordinateur s'allume, il pria avec ferveur pour avoir un message de Nénuphar qui le sauverait du marasme. Elle n'était pas connectée mais effectivement elle lui avait envoyé un message pendant la nuit. « J'ai une surprise pour toi sur ma page. » Quand il cliqua sur la page de Nénuphar, il découvrit avec une horreur mélangée d'angoisse qu'elle l'avait placé en première position dans le classement de ses amis. Il resta tétanisé quelques secondes et instinctivement leva la tête pour s'assurer que personne ne l'observait. Comme si cette position publique sur Myspace risquait d'être découverte par ses collègues. Mais l'entrée du service était déserte. Il fixa la page de Nénuphar plusieurs minutes, incapable de trouver la réaction adéquate à la situation. Ce qui était certain, c'est que ça ne lui faisait pas du tout, du tout plaisir. Mais pourquoi ? Il le comprit quand il vit le dernier commentaire public sur la page de Nénuphar. Une amie avait écrit « Hey dis donc, t'as changé ton topfriend ! C'est qui ce mystérieux Persona ? Mec ou meuf ? » Il décida d'envoyer immédiatement un mail à Nénuphar pour la supplier de l'enlever de ce top qui lui donnait une visibilité dont il ne voulait pas, même s'il appréciait son geste. Malheureusement, il savait d'expérience qu'elle ne se connecterait pas avant plusieurs heures. En attendant, il tenta de se raisonner. Ça n'était pas une catastrophe – même si ses crampes d'estomac lui indiquaient le contraire. De quoi avait-il peur ? Il ne risquait rien. Il décida de se mettre au travail et de ne plus y penser. Mais une demi-heure plus tard, quand il eut fini de s'occuper du courrier et qu'il se décida à se reconnecter, il vit apparaître sur sa page une phrase inattendue. « New friendrequest. » Il cliqua dessus à contrecœur et découvrit exactement ce qu'il craignait : un parfait inconnu nommé Benoît-n'attend-que-vous demandait à être son ami. Il refusa immédiatement mais quelques minutes plus tard, il reçut un message peu aimable dudit Benoît : « Si tu veu pa d'ami, c'est pour koi faire ta page connar ? »

Il décida d'ignorer l'insulte même s'il était profondément troublé de penser qu'à cet instant même un mec dont il ne savait rien si ce n'est qu'il était quelque part à Paris lui voulait du mal. Il se déconnecta immédiatement, ce qui « in real life » devait être l'équivalent de prendre la fuite.

Pendant l'heure suivante, il se plongea dans le tri des dossiers mais quand il revint sur sa page il constata que les demandes d'amitié s'étaient dangereusement accumulées et que Nénuphar restait absente. Fermement campé sur sa position et décidé à rejeter toute autre amitié virtuelle, il prit une grande respiration et les refusa méthodiquement, cliquant chaque fois sur « deny ». Mais les propositions continuaient d'affluer. Tous les gens, et visiblement ils étaient nombreux, qui passaient sur la page de Nénuphar venaient automatiquement vers lui. Il recevait donc une nouvelle demande d'amitié de la part de parfaits inconnus à peu près toutes les demi-heures. Même si le geste de Nénuphar avait quelque chose de touchant – c'était pas rien la première position – Fred se sentait agressé par cette intrusion des autres dans sa bulle secrète. Pour définir cette expérience, il hésitait entre deux comparaisons. Soit se retrouver nu en pleine rue, soit avoir 14 ans et que sa mère découvre ses revues porno.

À 11 heures et demie, il faillit toutefois céder à une jeune femme « Sophie, 26 ans, somewhere in Lyon ». Il faut dire qu'elle le prit par les sentiments en lui laissant un commentaire plus qu'élogieux sur chacun des textes de son blog, s'extasiant chaque fois de son intelligence et de sa verve. Il découvrit ainsi que même en refusant aux gens d'être leur ami, ils avaient accès à ses textes et pouvaient poster des commentaires. Fred sentit sa force de caractère chanceler face à tant de compliments mais finalement retrouva ses esprits et refusa l'amitié – en expliquant quand même qu'il était là, sur Myspace, juste en touriste. Elle lui répondit « c'est dommage, tu es vraiment très doué... ☺ »

Ce temps qu'il consacrait à s'interroger sur son existence virtuelle, Fred savait pertinemment qu'Ema aurait préféré qu'il le passât à étudier de plus près le dossier De Vinci. Mais entre internet et le boulot, il ne lui restait que quelques minutes pour penser fugacement à l'affaire. C'est donc au moment de la pause déjeuner qu'il put y réfléchir plus posément. Il s'installa dans le snack en bas de la tour, celui où il mangeait tous les midis un sandwich thon/mayonnaise et une portion de frites. Cette fois, il demanda également à Max, le patron, un comprimé contre les migraines. Par la devanture vitrée, il observait les hommes d'affaires passer d'un pas pressé pendant que Max écoutait d'une oreille distraite une émission comique sur RTL. Puis au flash info, le journaliste parla des occupations de facs par les étudiants mobilisés contre le projet d'autonomie des universités et Fred pensa brièvement à Alexia. Ce qui retint surtout son attention ce fut une phrase du reporter, « Oui, ce projet d'autonomie des universités s'inscrit dans le cadre de la RGPP ». La réforme était donc bien lancée.

Fred n'était pas le moins du monde étonné par ce qu'il avait découvert dans le dossier. Qu'on traite un État comme une entreprise lui semblait absolument cohérent avec la logique économique du temps. Après les années de consensus droite/gauche d'après-guerre, la droite libérale et pragmatique avait décidé de briser cet accord tacite quant aux lois qui devaient régir la vie de la cité. On faisait basculer le pays dans un nouveau mode de fonctionnement où le maître mot était la dérégulation. Briser les carcans qui freinaient l'essor économique de la France. Ça rentrait tout à fait dans la ligne du discours dominant actuel. Il restait à trouver des preuves concrètes que Charlotte s'était retrouvée mêlée à ces affaires. Mais de là à penser qu'elle l'avait payé de sa vie… Fred se disait qu'il était aussi improbable qu'elle ait été assassinée qu'elle se soit suicidée. Les deux options restaient absurdes. Pourtant, l'une des deux devait être la bonne. Et dans ce cas, les deux redevenaient aussi crédibles l'une que l'autre.

Il avait l'impression qu'ils suivaient des fils sans savoir où ils allaient les mener. Par exemple, il était peu probable que le club Léonard les conduise à une piste quelconque. Finalement, ils se focalisaient dessus faute d'autre chose et se justifiaient par une concordance aussi facile que hasardeuse entre Léonard et De Vinci. Mais ils n'avaient pas vraiment le choix. Où, plus exactement, Ema ne lui laissait pas vraiment le choix. Un coup d'œil à son portable lui indiqua qu'il était temps de remonter travailler. Tandis qu'il attendait l'ascenseur, il se dit qu'il était quand même curieux de savoir comment elle allait les faire entrer à la réunion. Qu'elle y parvienne ne faisait aucun doute pour lui, la question était comment.

Malgré son impatience à avoir une réponse de Nénuphar, Fred décida de ne pas se connecter avant d'avoir fini tout son travail. Il était taraudé par la mauvaise conscience d'être venu au travail avec la gueule de bois. Pour finir d'expier sa faute, il prit la décision de rester chez lui le soir et de tester enfin son bouclier magique. Il y avait trop de changements dans sa vie, ces derniers temps. Il avait besoin de revenir à ses fondamentaux, solitude et jeux vidéo. Il travailla donc tranquillement toute l'après-midi et en fit même plus que ce qu'on lui demandait. En allant aux toilettes, il croisa Gilbert et tenta un « salut » sur un ton enjoué mais le comptable l'ignora superbement. Cette humiliation fut cependant compensée par une remarque du grand patron de l'étage. Il était au téléphone quand Fred entra discrètement pour déposer sur son bureau le bilan mensuel qu'il avait retapé. Le grand chef lui fit signe d'attendre une seconde et Fred se demanda s'il portait sur le visage de façon si évidente les stigmates de ses excès de la veille. Le chef raccrocha et se tourna vers lui avec un large sourire. « Fred, je dois avouer qu'au début j'étais assez hésitant à embaucher un homme à ce poste, n'est-ce pas. Les clients ont l'habitude d'entendre des voix féminines au standard. Mais je tenais à vous dire que je suis particulièrement satisfait de votre travail. Les dossiers et les courriers sont toujours impeccablement triés. Vous filtrez très bien les appels. Et j'ai bien remarqué que c'était vous qui corrigiez les fautes d'orthographe dans les rapports des commerciaux. Bravo, continuez comme ça. Vous pouvez y aller. »

Fred ressortit du bureau avec un sourire plus épanoui que le jour où il avait été accepté simultanément à Sciences-Po et à Polytechnique. Quoi qu'en disent les autres, il aimait son travail et son travail l'aimait et cette péréquation lui procurait une satisfaction indescriptible. Il se rassit à son poste, recentra le pot à crayons et, contemplant son plan de travail impeccable, émit un soupir de contentement. Il était 16 heures et il avait rempli tous ces objectifs. Il était temps de s'accorder une pause Myspace. Nénuphar avait enfin répondu à sa série de huit mails suppliants mais évidemment, elle s'était déjà déconnectée. À la lecture de son message, Fred sentit son enthousiasme retomber. « Si tu ne veux pas d'amis, tu n'es pas obligé de les accepter. Refuse-les. Mais moi, ça me fait plaisir de t'avoir en haut de mon top. Et puis, il faut que ton blog soit lu. Je pensais que ça te ferait quand même un peu plaisir… »

Voilà, il l'avait vexée. Bravo le champion. Elle faisait un geste d'affection vers lui et il avait le culot de s'en plaindre. Elle avait absolument raison de mal le prendre. Mais comment lui expliquer les préceptes, que certains comme Antoine appelaient politique de la lose, qui régissaient sa vie ? S'il insistait pour qu'elle l'enlève de son classement d'amis, elle risquait de le jarreter par la même occasion de sa vie. Il allait donc falloir s'habituer, chaque matin, à refuser toutes les requests.

Playlist :
Charlie Mingus – *Fables of Faubus*
The Velvet Underground and Nico – *Venus in Furs*
Hot Hot Heat – *Island of the Honest Man*

Chapitre six

Café et humiliation

Le lendemain, Fred reçut un mail qui le laissa perplexe. Alors qu'il s'attendait d'un instant à l'autre à avoir un coup de téléphone surexcité d'Ema qui lui annoncerait qu'elle avait trouvé un stratagème démoniaque pour entrer au club Léonard, du genre « et si on se déguisait en chauve-souris pour s'infiltrer par le jardin grâce à un système de câbles métalliques », il reçut en fait un message de Gabrielle avec Ema en copie. La détermination de cette dernière devait être contagieuse. Bien que sévèrement biturée lors de la dernière soirée Morues, Gabrielle avait tenu ses engagements. Son mystérieux mail les invitait quelques jours plus tard à un apéritif qui serait l'occasion de « répondre à certaines de vos questions sur le Club L. » Était jointe une adresse dans le XVIIe arrondissement. Fred se sentait très flatté d'avoir été inclus dans l'invitation mais son ton mystérieux lui déplaisait. Il n'appréciait pas franchement l'imprévu. Il téléphona à Ema pour savoir si l'adresse correspondait au domicile de Gabrielle et eut la surprise d'apprendre qu'Ema n'en savait rien. Elle n'avait jamais été conviée chez les d'Estrées mais il lui semblait tout de même que Gabrielle habitait plutôt du côté de Montmartre.

Ils décidèrent de se donner rendez-vous en bas de l'immeuble, histoire de faire leur entrée ensemble. Ce soir-là, la température était redescendue de plusieurs degrés, on s'acheminait vers un été gris et, en attendant Ema, Fred commençait à se les cailler sévère. Il ne s'était pas suffisamment couvert mais ce qui l'inquiétait le plus, c'était son allure générale. Il essaya de distinguer son reflet dans la vitrine d'une boutique fermée. À ses yeux, il n'y avait rien de choquant. Il s'était habillé comme tous les jours – jean informe, baskets dégueulasses, pull à bouloches. Il avait bien hésité avec quelque chose d'un peu plus chic mais Gabrielle ne leur avait donné aucune consigne particulière. Il espérait juste qu'il n'allait pas renouveler sa mortification de l'enterrement.

Il aperçut deux silhouettes au coin de la rue. Au bout de quelques mètres, il reconnut Ema et Blester. Il fut surpris de la voir arriver accompagnée mais Fred avait plutôt un bon a priori sur Blester. D'abord, il le trouvait assez beau. Il dégageait quelque chose qui ressemblait à l'aura du mec bien. Et puis son hypocondrie le rendait fort sympathique aux yeux de Fred. Les deux garçons se serrèrent la main avec un désir manifeste de se montrer l'un l'autre leur bonne volonté.

« Enchanté, annonça Blester d'une voix franche. Ema n'arrête pas de me parler de toi. Ça me fait plaisir de te rencontrer enfin.

— C'est pareil pour toi. Mais je crois qu'on s'était déjà croisés au DJ Morues. »

Blester eut l'air gêné.

« Heu... Oui... J'étais pas très en forme ce soir-là. Je venais de me faire martyriser par une morue. »

Ema les coupa brusquement.

« Si vous avez fini vos amabilités, on va y aller. Je suis curieuse de savoir ce que nous réserve Gabrielle. Elle n'a rien voulu m'expliquer. »

Le hall était une longue succession de miroirs où leurs trois images se reflétaient à l'infini. Fred regardait Blester qui marchait devant lui. Il observait avec soulagement qu'il était lui aussi en jean/baskets quand Ema le tira par la manche. « Ça te dérange pas chouchou que j'aie proposé à Blester de venir ? Je me dis qu'il va peut-être pouvoir nous aider. » Fred se sentit rasséréné de l'entendre encore l'appeler chouchou et l'assura qu'au contraire, ça lui faisait plaisir.

Quand Gabrielle ouvrit la porte, et malgré sa robe de soirée noire et son air de maîtresse de maison parfaitement à l'aise, Fred perçut immédiatement sa nervosité. Elle les embrassa avec un peu trop d'empressement et il l'entendit murmurer à l'oreille d'Ema : « Rappelle-toi, je fais vraiment ça pour te rendre service. » Elle eut juste une seconde de sincère surprise en voyant Blester. Elle se contenta de lui dire sur un ton énigmatique : « C'est amusant qu'on se rencontre justement ce soir », puis elle les conduisit à travers un couloir interminable jusqu'à un salon immense dans lequel on devait pouvoir mettre deux fois l'appartement de Fred. Murs blancs, quelques tableaux modernes, moulures au plafond, monumentale cheminée en marbre et un lustre en similicristal. Au milieu de ce décor digne d'un supplément déco du

Figaro, se tenait un homme en costard-cravate qui vint à leur rencontre avec un sourire… un sourire publicitaire songea Fred.

« Richard de Chassey, enchanté. »

Richard devait avoir la trentaine et une tête de premier de la classe. Ou plutôt de premier de l'ENA. Mais il dégageait surtout une fascinante impression de calme confiance en lui. Ça existait donc vraiment les gens comme ça. Paisiblement assurés de leur supériorité. Fred se sentit encore plus mal à l'aise. Gabrielle regardait ailleurs en lissant sa robe. Je n'aurais jamais dû venir, j'aurais dû laisser Ema gérer ça seule. Ema, elle, semblait parfaitement dans son élément – comme d'habitude.

« Ema Giry, ravie de vous rencontrer.

— Heu… Fred Yger.

— Le fameux… » Devant le regard interloqué de Fred, Richard s'expliqua. « Gabrielle m'a parlé de ton blog. J'y ai jeté un coup d'œil. D'une excellente facture littéraire. Sincèrement. Tellement dans l'air du temps. »

Devant l'air pétrifié de Fred, Ema lui expliqua qu'elle s'était permis d'en parler aux Morues. Mais qu'est-ce qu'elles avaient toutes avec ce blog ? Ce n'était pas le moment mais il allait devoir prendre le temps de leur expliquer qu'il ne *fallait pas en parler.* Blester, qui était resté en retrait, s'avança pour se présenter et tendit une main réticente.

Peu importe où se portait le regard de Fred, tout était dans des tons beiges avec un ameublement bourgeois et épuré. On sentait que chaque vase, chaque porcelaine, était exactement, au millimètre près, à la place que lui avait assignée le décorateur d'intérieur. Au milieu de cet espace parfaitement organisé, Fred se sentit inexplicablement sale. Comme les autocollants des Crados qu'il collectionnait quand il était môme.

Blester, Ema et Fred s'assirent en rang d'oignons sur un des deux moelleux canapés qui se faisaient face. Richard de Chassey leur proposa un apéritif. « Je vous recommande le whisky. » Ema accepta poliment et Fred sentit la panique revenir. Qu'allait-il demander à boire ? Que *fallait-il* demander à boire ? Quand Gabrielle lui posa la question, il la regarda avec affolement. C'est Blester qui vint à sa rescousse.

« C'est possible d'avoir juste un Coca ?

— Ah oui, renchérit Fred. Un Coca, c'est bien. »

Ce n'est qu'après qu'elle les eut servis et se fut rassise sur le canapé d'en face, aux côtés de Richard qui lui caressa l'épaule, que Fred comprit qu'il avait devant lui le mystérieux amant de Gabrielle. Il plissa les yeux, il avait l'étrange sensation de le connaître. Il jeta un coup d'œil à Ema pour la sonder mais elle l'ignorait complètement. Il y eut un échange d'une quarantaine de secondes sur la tranquillité du quartier avant qu'elle ne cède à sa curiosité naturelle. Elle posa son verre de whisky sur la table basse en verre – Fred ne put s'empêcher de penser que ça allait laisser une horrible trace ronde – et elle s'adressa à Gabrielle :

« C'était très mystérieux ton mail… Mais d'abord, pourquoi tu voulais qu'on se retrouve ici ? »

Gabrielle échangea un regard complice avec Richard.

« Je vous avais promis de me renseigner sur le club Léonard. Eh bien, Richard, elle posa sa main sur son genou, va pouvoir vous aider. Et c'était plus simple pour lui que vous vous rencontriez chez lui.

— Enfin... Vous aider je ne sais pas, tempéra-t-il. Mais je peux peut-être vous fournir les renseignements dont vous avez besoin. »

Fred sursauta en entendant sa voix. Il était sûr de l'avoir déjà entendue. Une belle voix de basse mélodieuse.

« Alors, qu'est-ce que c'est exactement ce club ? » attaqua Ema.

Richard s'éclaircit la voix et Fred fut sur le point de le reconnaître mais ça lui glissa entre deux neurones.

« Ce n'est pas un club au sens traditionnel du terme. Il n'y a pas de membres, donc pas de carte d'adhérent. Il s'agit en fait d'un cercle de réflexion sur l'avenir économique du pays. Un genre de think tank. Des sortes de conférences mensuelles sur des thèmes précis.

— Donc n'importe qui peut entrer ?

— En théorie, oui. Mais dans la pratique, il faut montrer patte blanche. Ceux qui y assistent sont généralement des cadres politiques du parti, des patrons de presse proches de nos idées. Il y a une très nette accointance avec la droite libérale. »

Au possessif « nos idées », Fred sentit Ema se tendre comme un ressort. Il avait presque pu entendre tous ses poils se dresser à la verticale. La recommandation préliminaire de Gabrielle, sa nervosité, son air absent prirent leur sens. Certes, elle ne sortait pas avec un mec qui faisait caca dans des bouteilles mais, et pour certains c'était pire, avec un homme de droite. Ema parut faire un effort surhumain pour ne pas marquer sa désapprobation mais elle ne put empêcher une pointe d'agressivité de se glisser dans sa voix :

« Je peux te poser une question indiscrète, Richard ? Tu es au courant de quoi au sujet du dossier De Vinci ? »

Richard restait imperturbablement souriant, ce qui accentuait sa ressemblance avec un panneau publicitaire.

« On ne peut pas suivre tous les dossiers à la fois. En toute honnêteté, je ne sais pas grand-chose. Mais la RGPP est une bonne chose. Le pays manque d'argent, doit emprunter et pour emprunter à un taux intéressant, on doit montrer qu'on a des finances publiques impeccables. Au final, c'est pour le bien des citoyens.

— Ah, oui ! Fermer des hôpitaux, des musées, des tribunaux, c'est pour le bien des citoyens. »

Gabrielle intervint.

« Il nous rend service, Ema. Tu dois te rendre compte que ce n'est pas vraiment le moment de l'agresser.

— C'est rien. Ne t'inquiète pas. » Richard se retourna calmement vers Ema. « Je ne suis pas le diable, tu sais. Le monde ne se divise pas entre les gentils et les méchants. La gauche et la droite. Il faut sortir de ce genre de clivage manichéen. Je ne suis pas une ordure capitaliste qu'il faudrait pendre par les tripes. Nous avons juste des idées différentes sur ce qu'il faut faire pour améliorer l'état du pays. »

Ema sembla hésiter une seconde. Fred lui jeta un regard suppliant pour qu'elle se taise. Intérieurement, il pria « Boucle-la, dis rien, laisse couler ».

« Non, trancha Ema. On n'a pas juste des idées différentes sur les moyens. On ne donne pas la priorité aux mêmes valeurs. Donc, on ne poursuit pas du tout les mêmes buts. »

Les yeux bleu pâle de Gabrielle virèrent au rouge incendiaire.

« Comment tu peux te permettre de juger des valeurs de quelqu'un que tu ne connais pas ?

— Si tu ne nous as pas présentés avant, c'est peut-être pas pour rien non plus…

— Oui, j'ai toujours peur des réactions des gens bornés.

— Ou alors, tu te sens un peu en contradiction avec tes grands discours. »

La tension était alors à son comble. Face à face, les deux copines se toisaient avec défi quand se produisit l'impensable et qui, dans la mythologie personnelle de Fred, hissa définitivement Blester au rang de demi-dieu, summum de l'audace et de ce qu'il fallait bien appeler la coolitude. C'est l'instant critique où la discussion allait inéluctablement dégénérer en engueulade que Blester choisit pour émettre le rot le plus sonore possible, rot dont la puissance sembla amplifiée par l'esthétique du vide de ce salon parfait. L'effet fut immédiat, tout le monde se retourna vers lui avec un regard interdit. Sans s'émouvoir, il balaya l'assemblée d'un air décontracté et ajouta :

« Désolé. Le Coca. Bon, bein je crois qu'on a tous compris qu'on n'était pas d'accord. On peut passer à autre chose. Concrètement, comment convaincre les vigiles qu'on est des requins libéraux de bonne foi et qu'ils doivent nous laisser entrer ? »

Richard ajouta dans son sourire impeccable une nuance d'amusement apparemment sincère.

« À tes souhaits. Tu as raison. Reprenons. À l'entrée, il faut présenter une carte professionnelle et une carte d'identité. Donc impossible d'usurper une identité. Qui plus est, chaque participant est noté sur une liste.

— Mais la liste est déterminée à l'avance ? demanda Ema.

— Non. On part de l'idée que si vous savez quand et où a lieu la réunion, c'est que vous en êtes.

— Pour les cartes, il ne devrait pas y avoir de souci, assura Ema. On va trouver une solution. Ce qu'il nous faut, c'est le lieu et la date… » Elle laissa planer un silence sur la fin de sa phrase, espérant sans doute que Gabrielle ou Richard la compléterait sans qu'elle soit obligée d'être plus explicite. Fred comprenait bien que, pour eux, la tentation était trop belle de la faire bisquer un peu. Il esquissa un sourire qui alla en s'accentuant à mesure que le silence se prolongeait et que le pied d'Ema frétillait d'impatience.

« Bon… Alors ? Vous avez sûrement une info là-dessus ? » finit-elle par lâcher, excédée. Gabrielle confirma d'un signe de tête sans pour autant ouvrir la bouche. Ema se contint quelques secondes avant de leur demander s'ils attendaient d'elle qu'elle rampe à leurs pieds ou fasse le poirier. Blester se pencha alors vers son oreille et lui confia qu'ils attendaient peut-être qu'elle pose aimablement la question. Quand elle l'eut fait, avec toute la mauvaise volonté qu'elle pouvait mettre dans sa voix, Gabrielle lui expliqua que la prochaine réunion du club était prévue pour le mardi suivant, dans la salle de conférence du Gritz, un prestigieux hôtel proche du Louvre.

Puis, comme il semblait peu probable que la discussion rebondisse sur un sujet plus léger et qu'Ema avait sa tête des mauvais jours, l'entretien prit fin. Les deux amies tentèrent de se saluer avec chaleur mais ne parvinrent pas à effacer une distance compassée. En leur ouvrant la porte, Richard déclara qu'il espérait sincèrement qu'ils auraient une autre occasion de discuter politique. Dans la rue, Ema proposa à Fred et Blester d'aller boire un coup. Elle ne se sentait pas de rentrer à la maison tout de suite. Ils s'installèrent à la terrasse d'un café, près du métro. Ils étaient les seuls clients à l'extérieur – mis à part, à quelques tables de la leur, une très vieille dame qui buvait un verre de vin blanc, seule, perdue dans la contemplation de la place déserte. Dans la pénombre, on distinguait quelques jappements de chiens enthousiasmés par cette dernière promenade nocturne.

Fred hésitait à enlever son blouson mais décida d'attendre un peu quand il vit qu'Ema se contentait de dérouler son interminable écharpe de son cou. Puis elle éloigna le bol de cacahuètes et se mit à tambouriner des ongles contre la table, signe chez elle d'un agacement certain. Elle attendit quand même qu'on leur serve leurs « deux demis et un chocolat chaud » annoncés d'une voix forte par le garçon de café avant de se mettre à vitupérer Gabrielle. Elle mâchonnait nerveusement une Nicorette en répétant que la pauvre fille filait un mauvais coton, que Môssieur de Chassey était certes très beau, elle en convenait, sans offense hein Blester, mais quand même on ne pouvait pas jeter aux orties toutes ses convictions pour le charme d'une paire de fesses si musclées soient-elles. Fred insinua qu'elle confondait peut-être un peu trop ses convictions et celles de Gabrielle mais c'est Blester qui trancha dans le vif.

« T'aurais pas dû l'agresser comme ça. On était chez lui. Il nous rend service en donnant des infos. Ça ne se fait pas. Du coup, j'ai dû me ridiculiser en rotant pour détourner l'attention. »

Elle se retourna vers Fred avec un air vaguement menaçant.

« Désolé mais je suis plutôt de l'avis de Blester. C'était pas vraiment le lieu ni l'endroit.

— Vous ne connaissez pas Gabrielle. Et puis pourquoi je prends une Nicorette alors qu'on est en terrasse, hein ? C'est parce que vous m'énervez. » Elle farfouilla dans son sac-besace et en sortit deux cigarettes dont une qu'elle tendit à Blester. Elle se pencha vers la flamme du briquet qu'il tenait puis releva la tête pour souffler la fumée en direction du store rouge qui les surplombait. « Gabrielle n'était pas bien ce soir, reprit-elle plus calmement. Vous avez remarqué qu'elle arrêtait pas de tripoter sa robe ? En nous présentant Richard, elle a dû se rendre compte combien sa vie était coupée en deux. C'est pas sain de mener une double vie. Peut-être que politiquement on n'a pas les mêmes opinions mais sur les rapports hommes/femmes, je vous assure qu'on se comprend. Il la traite comme un bel objet Et cette manière qu'il a eue de lui caresser l'épaule comme s'il venait de faire l'acquisition d'un nouveau lévrier…

— Et alors ? s'énerva Blester. Tu sais, c'est des trucs qui se font dans un couple. Des gestes d'affection. Peut-être qu'il est très bien pour elle, ce mec. Peut-être qu'il est gentil, qu'ils sont amoureux. De toute façon, ça aurait pu être n'importe quel mec, tu ne l'aurais pas trouvé assez bien pour elle.

— C'est faux. Tu te trompes. C'est dommage qu'Alice ne soit pas venue, je suis sûre qu'elle aurait été d'accord avec moi.

— Ça, j'en doute pas. Mais justement je suis pas sûr que ce soit un bon argument. »

Fred les écoutait s'engueuler gentiment en sirotant son chocolat. L'abat-jour chauffant au-dessus de sa tête lui brûlait le crâne tandis que sous la table ses pieds restaient congelés. Il se demanda, sans véritable intérêt, ce que faisait Alexia à cet instant. Que Nénuphar n'eut pas d'existence physique à ses yeux l'empêchait de se poser ce genre de question à son sujet. Il retourna l'addition que le serveur avait pudiquement masquée et faillit s'étrangler. 4,20 euros le chocolat chaud ?... Y avait définitivement quelque chose de pourri au royaume de Danemark. Et la RGPP allait entériner cette pourriture. Le jour où Fred avait compris que le pouvoir n'était nulle part, détenu par personne de précis mais que le monde était soumis aux variations de l'irrationnel humain, il avait décidé qu'il ne servait à rien de s'y faire une place dont l'importance n'était qu'un leurre. Il avait préféré agir et vivre comme la majorité de ses contemporains – à la différence près que chez lui cela relevait d'un choix et non d'un déterminisme – et se retirer, renoncer pour simplement subir les conséquences des vagues économiques et politiques qui agitaient le monde. Mais malgré cette démission absolue, il n'était pas indifférent. Il redoutait le vote de toutes ces lois sur lesquelles on ne reviendrait plus. Il les énumérait quand le déclic se fit.

« De Chassey, s'exclama-t-il. Comment j'ai pas fait le lien avant ! » Ema et Blester le regardèrent avec étonnement. « Pendant toute la soirée, je me suis demandé d'où je le connaissais, Richard. En fait, il a été médiatisé parce que c'était le plus jeune député de France ! Je le vois souvent sur la chaîne parlementaire. C'est le seul mec de droite qui a refusé de voter la loi pour la peine de sûreté.

— Ça suffit pas à en faire un mec bien, répliqua sèchement Ema.

— Tu regardes la chaîne parlementaire ? murmura Blester avec effroi.

— Mais je crois que sur les sujets de société, il est plutôt ouvert. C'est juste un libéral.

— Ah oui, du genre qui pense que l'économie prime tout le reste et que pour que le système fonctionne, il faut bien qu'il y ait un coût humain. Formidable, ça me rassure.

— Je voulais juste dire que c'était pas Le Pen.

— Merci, je sais. Et c'est pas Hitler non plus. Moi, ce que j'en dis c'est pour le bien de Gabrielle.

— Eh bein laisse-la tranquille, trancha Blester en écrasant sa cigarette. Elle est grande, elle fait ses choix. »

Fred décida qu'il était temps d'essayer la méthode Blester pour désamorcer les conflits. Un peu par curiosité, il voulait tester si c'était aussi facile que ça en avait l'air de détourner l'attention d'Ema. Il demanda donc innocemment :

« Et pour le club ? Maintenant qu'on sait quand a lieu la réunion, comment on fait ? »

Elle eut immédiatement les yeux brillants d'excitation. Le plus fou c'est que, de toute évidence, elle avait déjà trouvé le temps d'y réfléchir. Ce qu'il leur fallait c'était des cartes professionnelles. Avec leurs vrais noms mais de faux boulots qui justifieraient leur présence à la réunion. Elle proposait que Fred soit chargé de l'analyse des risques dans un fonds d'investissement et elle un agent de l'aménagement du territoire. Quant à la fabrication des fausses cartes, elle faisait confiance à Blester. Il lui avait raconté que durant ses études aux Beaux-Arts, il s'amusait à fabriquer de faux pass pour les concerts. Finalement, c'était la même chose, non ? Il admit que c'était tout à fait possible.

Pendant les quelques jours qui les séparaient de la réunion du club Léonard, Fred fut particulièrement occupé. D'abord il y eut le déjeuner dominical en famille durant lequel Antoine lui parut étrangement attentionné. D'ordinaire, quand son frère le questionnait sur sa vie, c'était dans le but évident d'en souligner le pathétique de chaque aspect. Mais ce dimanche-là, Antoine paraissait sincèrement préoccupé. Au moment du café, Fred racontait à leur mère comment son patron l'avait complimenté quand il se tourna vers son frère prêt à entendre l'habituelle vanne sur sa carrière. Non seulement Antoine ne fit aucune remarque acerbe mais Fred surprit même l'espace d'une seconde le regard angoissé que son frère posait sur lui. Il se sentit déstabilisé et se demanda si cette inquiétude était à mettre sur le compte de sa méfiance envers Ema. Peut-être qu'Antoine, en grand frère protecteur, redoutait vraiment l'influence qu'elle pouvait avoir sur son cadet. Puis Fred n'y pensa plus.

Une partie de ses après-midi était consacrée à Nénuphar. Les choses s'étaient arrangées et elle ne semblait plus lui tenir rigueur de son ingratitude. Leurs échanges avaient repris même s'il lui semblait sentir une indéfinissable retenue de sa part, comme si elle voulait mettre un peu de distance. Ce changement d'attitude forçait Fred à se demander ce qu'il attendait vraiment de cette relation virtuelle. Ils n'avaient jamais officiellement envisagé de se rencontrer mais passée l'excitation des premiers temps où les mails suffisaient à remplir sa vie, Fred commençait à ressentir une impression de non-sens. À quoi rimait une relation épistolaire ? Est-ce que toute leur vie, ils allaient jouer à Balzac et Mme Hanska ? En tout cas, pour le moment, elle ne laissait aucune ouverture pour qu'il lui propose de prendre un café. Même si leurs échanges connotaient une intimité particulière, il avait la sensation qu'elle verrouillait tout.

Ce qui l'amenait à la troublante question qu'il n'osait se formuler bien qu'elle le taraudât. Pourquoi Nénuphar tenait-elle à rester anonyme ? Pourquoi cachait-elle son visage ? Deux possibilités : soit elle était défigurée, soit c'était une star de cinéma super connue qui retrouvait une vie normale grâce à Myspace. Évidemment, Fred avait une nette préférence pour la seconde possibilité. Il ne se leurrait pas sur son intérêt pour la beauté intérieure. Il savait pertinemment que, pour lui, le physique était essentiel. D'ailleurs, c'était sûrement pour ça que toutes ses relations amoureuses capotaient. Il ne choisissait pas les filles selon de bons critères. Il suffisait d'une paire de fesses rebondies pour qu'il tombe amoureux – ce qui, il en avait bien conscience, ne constituait pas une base saine pour une relation amoureuse. Il s'interrogeait sur sa réaction s'il devait apprendre qu'elle était difforme mais il savait d'avance qu'il ne supporterait pas de découvrir que Nénuphar ne correspondait pas à l'image de la ravissante jeune femme qu'il s'était construite. Cependant, il y avait une tonalité dans les mails de Nénuphar qui était celle des jolies filles. Dans sa manière de s'adresser à lui, elle avait toutes les caractéristiques de la femme sûre de son pouvoir de séduction. Ça se sentait ce genre de choses. Elle n'était pas complexée par un problème physique – il en était convaincu. C'était donc forcément une star de cinéma. Peut-être même Virginie Ledoyen. Ou Éva Green.

Elle avait fermement refusé de l'enlever de son classement des amis et Fred continuait donc à rejeter une vingtaine de demandes d'amitié par jour. Mais alors qu'il pensait que le phénomène irait en s'amoindrissant, il constatait à son grand étonnement que plus les jours passaient, plus les internautes se faisaient insistants. Soit ils le prenaient par les sentiments, soit ils le menaçaient mais le fait qu'il ne conserve qu'un ami sur sa page semblait exciter leur curiosité. Parfois, il en venait à se demander s'il n'y avait pas un concours organisé pour savoir qui le ferait craquer le premier. Une conspiration mondiale pour le faire rentrer dans le droit chemin. On n'avait pas le droit d'être sur internet et, dans le même temps, de refuser toute sociabilité. C'était sacrilège.

Le deuxième phénomène inquiétant selon Fred, c'était la multiplication des commentaires sur son blog. Désormais, à peine avait-il posté un nouveau texte qu'il recevait une avalanche de messages. Et Myspace l'informant de son nombre de lecteurs par jour et par semaine, il voyait avec angoisse les chiffres augmenter sans cesse. Il affrontait du même coup une autre épineuse question : devait-il ou non remercier les personnes qui lui laissaient des messages de félicitations sur son blog ? Il demanda son avis à Nénuphar qui lui expliqua que oui, il devait les remercier, qu'il fallait ménager ses lecteurs. Fred ne désirant précisément pas avoir de lecteurs, il en conclut qu'il devait faire le mort et ne jamais répondre à aucun message des « Autres ».

Mais les « Autres » étaient partout sur sa page, l'envahissaient de plus en plus et, s'il continuait à rester connecté toute la journée, Fred risquait de se sentir débordé par l'insécurité.

Le soir de la réunion du club Léonard, Fred fut donc soulagé de sortir de chez lui et de s'éloigner de son ordinateur maléfique. Il attendait patiemment Ema à la sortie du métro et, pour changer, s'interrogeait sur la correction de sa tenue. Cette fois, Ema avait pris les devants en lui détaillant les signes distinctifs d'un employé d'un fonds d'investissement. Il avait dû emprunter un costard de marque à son frère prétextant un pot de départ à la retraite au boulot.

La température était douce et Fred observait son reflet dans la vitrine d'une boutique fermée. Il avait l'impression d'être déguisé en pingouin mais il devait bien avouer qu'il se trouvait fière allure. Occupé à reluquer le tombé de son pantalon sur ses mocassins, il ne prêta d'abord aucune attention à la bourgeoise coincée qui s'avançait vers lui dans son tailleur marine. Il fallut qu'elle s'arrête à quelques centimètres et que son visage soit éclairé par le réverbère pour qu'il reconnaisse Ema. Les escarpins changeaient sa démarche, elle s'était lissé les cheveux en un chignon un peu strict, maquillage discret, pas de décolleté – elle était absolument terne. Elle semblait assez satisfaite de son petit effet.

« Fais pas cette tête, lui lança-t-elle en lui tapant sur l'épaule.

— Ça me fait bizarre, j'ai l'impression que c'est pas vraiment toi.

— T'inquiète, j'ai mis un string quand même. Elle s'arrêta et le détailla de haut en bas avant de conclure avec satisfaction : Toi, t'es superbe comme ça ! T'as l'air plus… plus mec.

— Merci. »

Ils se regardèrent en silence pendant quelques secondes et une espèce de gêne inédite flotta entre eux. Finalement, Ema sortit une cigarette de son sac – une mallette en cuir qui changeait de ses habituelles besaces à bordel. Ils se mirent en marche vers l'hôtel de luxe où devait se tenir la réunion. Il faisait bon, l'air était doux et, en fermant les yeux, on aurait presque pu lui trouver un goût de jasmin, de lilas, d'ailleurs. Les reliefs du Louvre étaient discrètement éclairés. Ils marchaient tranquillement sous les arcades de la rue de Rivoli et le bruit de leurs pas résonnait discrètement s'amplifiant seulement quand s'y joignaient ceux des autres couples qu'ils croisaient. Dans leur costume de monsieur et madame, dans ce quartier où ils n'étaient jamais allés ensemble, un souvenir revint à Fred. Quelque chose qu'avec les années il avait complètement oublié. Cette scène, il l'avait rêvée des dizaines de fois à une autre époque. Un peu honteux de fantasmer sur la copine de son grand frère. Ce béguin-là avait dû lui durer deux mois. Deux mois où, tous les soirs en s'endormant, il s'était imaginé dix ans et vingt centimètres plus tard, se promener en tête à tête avec Ema dans un cadre romantique avec un vêtement de marque à l'élégance discrète, fantasmant alors sur l'homme qu'il serait devenu tandis qu'elle serait restée la même lycéenne enjouée. Et puis c'était passé. Ema était devenue Ema et il n'y avait plus pensé. Il se demanda s'il n'allait pas se réveiller dans sa chambre avec le duvet de ses 17 ans. Hypothèse purement spéculative. Cette fois, il sentait *pour de vrai* l'air plus lourd à respirer, les gestes moins spontanés, partout l'empreinte d'une gravité inhabituelle.

Au cours de sa désastreuse vie amoureuse, Fred avait quand même fini par apprendre à reconnaître ces moments de bascule. Et il savait combien ils étaient fragiles et éphémères. La magie d'un instant qui, si on ne le saisissait pas immédiatement pour le solidifier, le rendre permanent, c'est-à-dire concret, s'évanouirait à jamais. C'était une situation à la fois agréable et trop déroutante – ou taboue – pour qu'il s'y sente vraiment à l'aise. Heureusement, peut-être mue par le pressentiment de ce qu'entraînerait un silence prolongé, Ema ne cessait de parler. Elle lui répétait ses dernières recommandations : se faire discret, ne parler avec personne, éviter même le regard des gens.

« Pour moi, tout ça, ça va pas être très compliqué, avoua Fred. C'est plus pour toi que ça va être difficile. »

Elle s'arrêta brusquement avec une moue de gamine mécontente.

« Pourquoi tu dis ça ? »

Il lui fit face et, peut-être à cause de sa veste qui lui faisait une large carrure, il se rendit compte qu'il était nettement plus grand qu'elle.

« En général, quand tu rentres dans une pièce, on te remarque. »

Il avait essayé de mettre un maximum de légèreté dans sa phrase.

« Mouais… admit-elle en se remettant en route. Mais toi aussi, rappelle-toi l'enterrement de Charlotte. »

Il fit une grimace de dégoût.

« Non. Pitié, m'en reparle pas. Je me sentais trop mal. C'était un cauchemar. »

Ema balança son mégot dans le caniveau.

« Mais c'est quand même là qu'on s'est vraiment reparlé.

— Oui. Ça c'était bien. Mais je comprenais pas pourquoi tu venais me poser toutes ces questions. Et puis j'arrivais pas à te répondre parce que j'étouffais avec ma parka.

— J'avais remarqué… C'est quand même bizarre qu'on n'ait pas été plus amis avant. Même après le bac, on n'a fait que se croiser finalement.

— Oui… Mais je pense qu'un peu inconsciemment on gardait nos distances à cause d'Antoine. Ce qui est intéressant c'est pourquoi ça change maintenant.

— C'est simple. Moi, je me suis rendu compte qu'Antoine est un con. Je suis désolée de dire ça de ton frère. Mais il nous fait tous vivre dans une espèce de régime de la terreur insupportable. Surtout pour toi. »

Fred soupira.

« Non, c'est pas un con. C'est pas quelqu'un qui veut du mal aux gens. Je t'assure. Juste il est perpétuellement inquiet et il a besoin de tout contrôler.

— Il me déteste. D'ailleurs, c'est réciproque.

— Il te déteste pas. Il déteste que tu sois incontrôlable. »

Ils tournèrent à droite et s'arrêtèrent. Sur le trottoir d'en face, la porte tambour de l'hôtel brillait de tous ses ors soulignant la semi-pénombre dans laquelle ils étaient eux-mêmes plongés. Fred tenta de la fixer droit dans les yeux comme si c'était la dernière fois et lui demanda d'une voix plus sourde qu'il ne l'aurait voulu, si ça servait vraiment à quelque chose de venir ici. Elle resta parfaitement immobile, debout, toute petite face à lui, dans un silence tétanisé. Un silence qui durait et se prolongeait au-delà de la normale. La tension devenait trop forte, tellement insupportable qu'il en avait le souffle coupé. Cette parenthèse insoutenable, il l'aurait voulue illimitée. Il regarda les yeux d'Ema, allant de l'un à l'autre, et y décela une lueur d'affolement. Pourtant, elle ne bougeait pas, comme si elle s'en remettait à lui. Mais les quinze centimètres qui séparaient leurs visages étaient aussi indécents qu'infranchissables. Sauf s'il se décidait enfin. Pour une fois. Fred commença alors à retirer sa main de sa poche – mais pour faire quoi ? – et amorça un mouvement pour se pencher vers elle. Mais exactement au même instant – ou peut-être même quelques nanosecondes avant –, elle haussa les épaules et se décida à répondre. Il laissa choir sa main qui retomba comme un sac de plomb au fond de sa veste. La voix d'Ema trahissait son trouble.

« Je sais plus rien, Fred. Ça me fait un peu flipper. On pourrait laisser tomber et passer la soirée dans un café. Tous les deux. Mais on le regretterait. Ça, je le dois à Charlotte. C'est ma dernière folie. Si on ne découvre rien ce soir, j'arrête. Je te le promets. »

Il hocha la tête et ils traversèrent la rue déserte pour franchir la porte tambour. Le hall était baigné de lumières et de reflets qui les éblouirent un instant. « Nous en mettre plein la vue », pensa Fred. La salle de réunion était indiquée par des panneaux dorés aux lettres élégamment calligraphiées. « Club Léonard ». Il existait donc vraiment. À l'entrée de la pièce, une hôtesse au ton affable leur demanda comme prévu leur carte professionnelle et leur pièce d'identité. Ils les lui tendirent en silence. Elle recopia les informations sur une fiche et leur rendit en leur souhaitant une agréable soirée.

En entrant dans la salle, Fred sentit dans son ventre la même bouffée d'adrénaline que devant les jeux vidéo, quand il arrivait face à un nouveau boss super puissant. Des chaises étaient alignées face à une petite estrade où se dressait une table avec des micros. Il suivit Ema qui s'installa à l'extrémité d'une rangée en se demandant si elle prévoyait une fuite précipitée. Une trentaine de personnes étaient présentes. Certaines encore debout discutaient en riant, d'autres attendaient patiemment le début de la réunion. Heureusement, personne ne semblait prêter attention à eux. Mis en confiance, ils retiraient leurs manteaux quand un jeune homme très élégant s'approcha d'eux. Ils le regardèrent avec stupeur.

« Désirez-vous le compte-rendu de la dernière réunion ? »

Ema hocha la tête positivement la tête et le remercia. Elle feuilleta distraitement la brochure. Dans son petit chemisier blanc, elle paraissait beaucoup plus fragile qu'avec ses habituels décolletés plongeants. Fred se surprit à observer la ligne de sa nuque penchée. Il sursauta d'autant plus quand elle lui saisit la main. Ils se regardèrent et elle ôta précipitamment sa main. Elle était d'une pâleur fantomatique.

« Regarde », murmura-t-elle en pointant une phrase de la brochure. « Liste des intervenants de la réunion Léonard du 4 avril », Fred songea que les différentes typos Word faisaient vraiment des ravages. Il avait failli signer une pétition contre l'utilisation du Comic Sans. Ema tapota impatiemment son doigt sur le papier glacé. « Regarde merde ! » Sa voix avait pris une tonalité inhabituellement stridente. Il suivit donc son index qui descendit jusqu'à un nom en bas de page « Charlotte Durieux, société McKenture ».

Le regard qu'ils échangèrent à cet instant contenait au moins autant de stupéfaction que de trouille. Fred fut pris d'une brusque envie de déguerpir sur-le-champ. Vu le looping que firent ses intestins, il comprenait enfin ce que signifiait l'expression « avoir la peur au ventre ». Charlotte était venue ici, Charlotte était morte – c'était un très mauvais présage. Il attrapa le bras d'Ema et chuchota « On s'en va. » Il ne sut jamais si elle l'aurait suivi. À ce moment-là, trois hommes montèrent sur l'estrade et le plus âgé tapota sur le micro avant de prendre la parole.

« Mesdames et messieurs, bonsoir. Je vous remercie de venir participer à notre humble club de réflexion. » Rires amusés dans la salle.

Fred se sentait désespérément pris au piège mais la seule chose à faire c'était de se concentrer sur le discours. Ema lui saisit la main, entremêlant ses doigts aux siens mais il savait que ce geste n'était plus à mettre sur le compte d'une quelconque ambiguïté.

« Vous connaissez tous l'ambition du projet De Vinci pour faire de notre patrimoine culturel une entreprise à la gestion saine et moderne, à la compétitivité irréfutable. Je salue une nouvelle fois le courage des décideurs politiques d'avoir enclenché un processus de concertation avec des consultants du secteur privé. Les groupes de réflexion formés de hauts fonctionnaires et des membres des plus éminents cabinets d'audit marquent l'avènement d'une nouvelle vision du politique où les valeurs de l'entreprise sont enfin reconnues comme bénéfiques à l'ensemble de la société. N'oublions pas que ceci marque un big-bang administratif. Un choc politique sans précédent.

Après nous être intéressés au secteur de la culture, nous allons ce soir nous pencher sur les transports et écouter diverses propositions pour améliorer la rentabilité, parce que rentabilité et qualité vont main dans la main, des transports en Île-de-France. J'espère que cette séance sera tout aussi riche et productive, oserai-je dire rentable, que les précédentes. Mais assez de bla-bla, je laisse la parole à notre consultant économique spécialiste des transports : M. Rumilly de la société McKenture. »

Il tendit le micro à un jeune homme d'une trentaine d'années étrangement mal fagoté malgré la marque haute couture de son costard. Il s'éclaircit la voix en toussotant et marqua une pause silencieuse avant de se lancer dans une inflexible logorrhée politique. Fred y reconnut les idées générales qui innervaient déjà la RGPP et le dossier De Vinci mais l'oral y ajoutait un accent guerrier, déterminé, décomplexé. Il avait beaucoup de mal à se concentrer, son esprit restait bloqué sur l'apparition du nom de Charlotte sur la brochure. Elle était venue ici, elle avait été présente dans cette même pièce, elle avait pris la parole – comme ce jeune homme exalté par la libéralisation des transports en commun. Mais qu'avait-elle dit ? Avait-elle été plus mesurée dans ses propos ? De ce qui se disait au micro ne parvenaient à Fred que des grandes phrases à la rhétorique facile, sans aucune littérarité, dont la principale caractéristique était la pauvreté du vocabulaire. Une pensée binaire qui partait d'un constat catastrophique, passait par une énumération ternaire et anaphorique et aboutissait à un syllogisme qui permettait un transfert d'adhésion. Du Aristote de bac à sable.

« Si l'État vit au-dessus de ses moyens, la France vit en dessous de ses ressources dont certaines ne sont même pas soupçonnées.

La France est le seul pays. Voilà une exception dont nous ne voulons plus.

La vérité c'est qu'on a tout essayé sauf ce qui marche ailleurs.

Notre vision d'abord, nous devons faire en sorte qu'elle ne soit plus caricaturée.

Notre politique c'est l'investissement.

Pour les pays qui ont su s'y préparer, la mondialisation est un avantage.

Changer de méthode c'est trois choses simples, TROP SIMPLES SANS DOUTE POUR QU'ON AIT PU Y PENSER AVANT.

Première urgence, faire souffler un vent de dynamisme sur la vie des entreprises. Il ne s'agit pas de ne rien encadrer. Il s'agit de faire en sorte que dans la vie économique aussi, la liberté soit la règle et l'interdiction l'exception.

Que nous allions plus loin en mettant notre système fiscal au service de la croissance.

Nous devons passer du triangle inefficacité/injustice/complexité au triangle compétitivité/équité/simplicité. Et intégrer la dimension écologique.

Simple. Simples. Simple. Simple.

Il faut agir avec responsabilité.

Devant l'étendue de nos déficits – il n'est pas envisageable de.

On nous qualifie d'horribles ultra-libéraux.

Agir. Action. Il faut. Agir. Agir. Agir.

La question n'est pas de savoir si la mondialisation est bonne ou mauvaise. Elle est de savoir si nous y sommes préparés. Si nous nous sommes organisés pour peser sur elle. Elle est de savoir si nous voulons être du côté des gagnants ou de celui des perdants.

Nous n'acceptons pas que la mondialisation soit le nouveau nom de la fatalité.

Si la mondialisation est un fait, la subir n'est pas une fatalité.

Il est de notre responsabilité. Notre conviction.

Il n'est pas normal…

Simple.

Si l'État vit au-dessus de ses moyens, la France vit en dessous de ses ressources.

Elle a gaspillé son capital humain dans le chômage, la fuite des cerveaux et les 35 heures.

Il faut une hausse du pouvoir d'achat et non une réduction du travail.

LA FRANCE, CE N'EST PAS SEULEMENT LE PAYS DES 35 HEURES, DES CLANDESTINS, DES BUS INCENDIÉS ET DU RMI.

La France est le seul pays. Voilà une exception dont nous ne voulons plus. »

Le jeune orateur, emporté par son élan lyrique, s'arrêta pour reprendre son souffle. Il sourit de l'air de celui qui sent qu'il a su se faire comprendre. Il reprit avec un débit plus modéré. « Permettez-moi maintenant de vous faire partager une de mes idées personnelles. Je dirais presque une vision. Son audace pourrait en effrayer plus d'un mais si nous sommes réunis ici ce soir c'est que nous partageons les mêmes buts. Je sais donc que vous pourrez mesurer l'inventivité de cette proposition qui me tient particulièrement à cœur. Évidemment, il est trop tôt pour que le grand public l'accepte mais d'ici quelques années, qui sait ? »

Le ton de cette introduction réveilla Fred qui tendit une oreille inquiète. Qu'est-ce qu'ils étaient encore allés inventer ? Quelle absurdité économique leurs cerveaux malades avaient-ils pondue ? Le jeune homme reprit d'une voix de conspirateur qui alla en s'amplifiant.

« Privatiser les moyens de transport nationaux – autoroutes et trains – était essentiel. La seconde étape logique était d'appliquer les mêmes réformes aux transports urbains. Bus, métros, tramways, vélos, parking. Ce qui est bon à grande échelle l'est *logiquement* à une échelle plus petite. Mais je vous propose de voir un peu plus loin avec moi et de partager un rêve que j'ai fait.

On oublie un peu trop souvent que tous ces transports ne sont qu'une goutte d'eau dans l'océan. 74,2 % des déplacements intra-muros ne se font ni en voiture, ni en transports en commun et échappent donc à notre grand projet. Ils se font à pied. Évidemment, il est hors de question de faire des appels d'offres de pieds *(rires dans la salle).* Et puis, on connaît la réticence actuelle à breveter le vivant et à plus forte raison l'humain *(hochements de tête graves).* Si le piéton reste donc un usager intouchable, on peut tout de même intervenir sur son environnement immédiat. J'ose alors vous proposer mon idée un peu folle : ouvrir les trottoirs à la concurrence ! Voyons les choses en grand. Assurons aux trottoirs une plus grande compétitivité ! Comment ce qui est bon pour les routes empruntées par les voitures *ne le serait pas* pour les chemins traversés par les piétons ?

Nos trottoirs sont sales. *Pourquoi* les trottoirs *français* seraient-ils moins beaux, moins luxueux que ceux des autres pays ? Les piétons français ne *méritent-ils* pas eux aussi un espace agréable ? L'architecture elle-même a pourvu à la possibilité de la concurrence en mettant face à face deux trottoirs. Pourquoi emprunter le trottoir de gauche plutôt que celui de droite ? À l'heure actuelle, ce choix se fait selon des critères parfaitement irrationnels liés en grande partie à l'habitude et aux automatismes acquis par le piéton. Proposons-lui un vrai choix à ce piéton qui n'a même pas conscience qu'une alternative est possible à son sempiternel trajet.

L'entretien des trottoirs pèse trop lourdement sur le budget des villes dont les finances sont déjà en danger. Ne nous privons pas de l'aide du secteur privé. Imaginons une rue. Deux trottoirs opposés mais en jachère complète. Donnons, après un appel d'offres, la gestion de chaque trottoir à une société différente. C'est autant d'économies pour la ville.

Vous me direz que l'humanisme est une belle chose mais que pour assurer l'entretien des trottoirs les entreprises doivent y trouver un intérêt économique. Encore une fois, humanisme et économie ne s'opposent pas, ils peuvent avancer main dans la main (si je peux me permettre ce trait d'esprit). Réfléchissons ensemble. Plus un trottoir sera beau, utile et efficace, plus les piétons l'emprunteront. Et plus ils l'emprunteront, plus ils bénéficieront des panneaux publicitaires qui ornent ce trottoir. On calcule bien la part d'audience des chaînes de télé pour déterminer le prix de leur espace publicitaire. Il s'agit exactement de la même chose. L'entreprise qui, bien entendu, percevra les recettes engendrées par ces panneaux publicitaires aura donc intérêt pour gagner un maximum d'argent à faire les plus beaux trottoirs. Nos trottoirs bénéficieront de cette saine émulation et les piétons y gagneront en confort. La concurrence reste le système le plus efficace. Aucune ville n'a pour le moment pensé à exploiter ce *formidable* espace de circulation. Soyons imaginatifs. Soyons visionnaires. N'ayons aucun tabou. Aucun tabou. Aucun tabou. »

Quand l'orateur se tut, un silence flotta quelques secondes avant que les premiers applaudissements n'explosent aux quatre coins de la salle. Ema et Fred regardèrent autour d'eux bouche bée. Une femme en tailleur rose se leva et cria « Bravo ! » avec un enthousiasme qui les pétrifia. Ema chuchota « On y va, je vais craquer. » En se levant, Fred se demanda s'il ne devrait pas se taper la tête contre les murs pour se remettre les idées en place.

Ils quittèrent l'hôtel sans un mot et s'éloignèrent rapidement. Ils traversèrent les arcades de Rivoli, dépassèrent la bouche de métro et continuèrent d'avancer en silence. Au niveau de la tour Saint-Jacques Ema, qui s'allumait sa deuxième cigarette, lui demanda :

« Tu y crois ? On a vraiment entendu ce qu'on a entendu ? On s'est peut-être trompés, on était peut-être dans un asile de fous ? Ou alors c'est Richard qui nous a fait une bonne blague. »

Sa voix avait un accent de dégoût effrayé.

« Et on fait quoi maintenant ? Dans ce monde de merde ? On fait semblant ? »

Fred lui sourit tristement.

« Pour le moment, t'as pas semblé apprécier ma solution personnelle. Tu t'en es plutôt moquée.

— T'es sérieux ? Vivre en ermite ? C'est ça ta solution ?

— Pas en ermite mais limiter au maximum mes contacts et ma prise de responsabilité avec tout ce merdier absurde. »

Ema paraissait profondément déstabilisée et il semblait évident que ce n'était pas le genre de sensations dont elle avait l'habitude. Elle s'arrêta et s'agrippa aux barreaux du square qu'ils longeaient.

« Je me sens pas bien. Je crois que j'ai la gerbe. Je sais pas… J'aimerais que ce soit comme avant. »

Il comprenait. Vivre dans l'ignorance, dans l'avant de la connaissance. C'était quelque chose dont ses fameuses capacités l'avaient privé très tôt mais il enviait tous ces gens qui respiraient sans voir les conséquences de rien. Eux n'étaient pas condamnés à vivre libres. Ses parents, par exemple, tout à leur fierté d'avoir engendré un ordinateur sur pattes ne se doutaient pas qu'il vivait ces capacités comme une malédiction. Bien qu'il se sentît pour une fois plus aguerri qu'Ema, plus cynique aussi sans doute, il avait une impression nauséeuse, comme si tout le dégoûtait. Même la fraîcheur nocturne, le calme inhabituel de la rue de Rivoli, les gargouilles de la tour Saint-Jacques, le souvenir des pèlerins en partance pour Compostelle ne parvenaient pas à atténuer durablement son malaise. Ça devenait trop sérieux. Jusqu'à présent, il avait joué mais à la seconde où il avait lu le nom de Charlotte il avait été dépassé par l'ampleur de la situation. Et le discours délirant qu'ils avaient subi durant deux heures n'avait fait qu'aggraver son état. Il avait envie de lui parler du confort des dictatures, de la douceur d'une tyrannie mais il n'eut pas la force. Il avait besoin de souffler.

« Tu veux passer au Bottle ? proposa-t-il.

— Non. Je crois que je vais rentrer. Elle fit une pause. Tu sais, va falloir en parler aux autres.

— Tu veux dire aux filles ?

— Non. Aux autres. Aux vieux potes. »

« En parler aux autres » – Fred pressentait qu'il s'agissait d'une très mauvaise idée mais l'état d'Ema le dissuada de lui faire part de sa réticence. Et effectivement, il se révéla que ce fut sans aucun doute l'une des pires initiatives qu'elle prît jamais. Pourtant, les choses s'annonçaient bien. Elle proposa à la bande d'aller dîner dans un très bon restau français du Marais et tous répondirent présent. Le début de soirée fut chaleureux, le confit de canard excellent, tout le monde semblait partager la même bonne humeur, les blagues étaient faciles mais détendues. Gonzo paraissait décidé à se débarrasser de son étiquette d'hétéro-beauf, il posait des questions, s'intéressait à chacun. Même Ema lui fit remarquer qu'Alice avait apparemment une bonne influence sur lui. Gilles était particulièrement en verve et les fit rire comme ce n'était pas arrivé depuis longtemps. La seule source de tension qui inquiétait Fred fut le regard insistant de son frère tandis qu'il s'installait à côté d'Ema. Chaque fois qu'elle s'adressait à lui, avec désormais la somme d'allusions complices qu'ils partageaient, il sentait la désapprobation suspicieuse d'Antoine. Après le plat, la discussion donna des premiers signes d'essoufflement et chacun y alla de son petit commentaire sur sa digestion. Ema jugea alors le moment opportun pour leur expliquer la véritable raison de cette réunion. Combien, dès le début, elle avait trouvé ce suicide étrange si ce n'est suspect, qu'ils devaient bien être d'accord, que ça ne ressemblait pas du tout à la Charlotte qu'ils avaient connue, et puis qu'incidemment elle avait appris que Charlotte bossait sur un gros dossier nommé De Vinci, un dossier commandé par le gouvernement et qui prévoyait de rendre plus rentable le ministère de la Culture et donc les musées, et elle, Ema, soupçonnait que Charlotte comptait dénoncer cette opération à la presse par le biais d'un article quelle était en train de rédiger… Au fur et à mesure qu'elle parlait, Fred essayait en vain d'anticiper les réactions de chacun. Elle continua près d'un quart d'heure sans être interrompue et quand elle s'arrêta un silence inquiétant s'installa. Ce fut Antoine qui le brisa le premier. Il était livide dans une nuance subtile qui mêlait du blanc et du verdâtre.

« Je vais te le dire simplement Ema, et je pense que tout le monde sera d'accord avec moi : tu es folle. Tu es juste folle à lier. Et si j'étais quelqu'un de ta famille, je pense que j'userais de mon autorité pour te faire interner.

— T'exagères un peu Antoine, tempéra Gilles.

— J'exagère ? Mais j'ose même pas imaginer ce qu'elle a fait pour obtenir ces informations ! Ou plutôt ce qu'ils ont fait parce que j'ai l'impression que mon paumé de frère lui a donné un gros coup de main. »

Un serveur s'approcha alors de leur table avec la carte des desserts mais Gilles lui fit poliment signe de s'éloigner.

« Soyons rationnels, reprit Gonzo. Ema, tu te rends compte que tu n'as aucune preuve de ce que tu avances ? Même si Charlotte bossait sur un dossier délicat y a quand même une marge de là à imaginer qu'elle a été assassinée. Tu sais ça ? »

Il lui parlait calmement mais avec un ton un peu inquiet.

« Ne me parle pas comme à une demeurée. Sois honnête, toi, ça te semble crédible qu'elle se soit suicidée ? »

Il eut l'air gêné.

« Franchement, j'en sais rien. Je ne la voyais plus beaucoup ces derniers temps. Et puis j'imagine qu'on ne s'attend jamais au suicide d'un proche.

— Gilles, tu la voyais souvent ? T'en penses quoi ?

— Elle n'était pas en dépression, c'est sûr. Mais je dirais qu'il y avait quand même quelque chose qui clochait ces derniers temps.

— Mais arrêtez ! vocifèra Antoine. Arrêtez de lui parler comme si c'était crédible ! Vous allez les conforter dans leur délire paranoïaque et c'est pas leur rendre service.

— Je sais pas, avoua Gilles. Ça me paraît complètement dingue mais je sais pas quoi en penser. »

Antoine tapa violemment du poing sur la table.

« Dans le genre complètement dingue, je peux t'en raconter une belle. Tu vas voir qu'ils sont tous les deux complètement givrés », ajouta-t-il en désignant Fred et Ema du doigt. À cet instant précis, Fred eut l'intuition que son grand frère allait l'humilier profond. Il ne voyait pas quel dossier il pouvait bien lui sortir mais il ne doutait pas qu'une irrémédiable mortification s'ensuivrait. Impression qui alla en se confirmant quand Antoine lui déclara sur un ton solennel : « Je suis désolé Fred, je n'avais pas prévu d'en parler. Même pas avec toi d'ailleurs, mais là, tu m'y obliges. »

Puis il s'adressa simultanément à Gilles et Gonzo : « Vous savez, il n'y a pas longtemps, Tout-Mou m'a appelé. Le pauvre était très mal. »

Fred écarquilla les yeux. Oh non… Merde… Pas ça. Mais jusqu'à la dernière seconde, il voulut croire qu'il existait une justice dans ce bas monde et que cet épisode ne prendrait pas la tournure qu'il imaginait. Ema lui adressa un coup d'œil interrogateur avant de couper Antoine.

« Mais qu'est-ce que tu racontes ? Qu'est-ce que Tout-Mou a à voir là-dedans ?

— Tu vas comprendre, poursuivit Antoine, imperturbable tandis que Fred rentrait sa tête dans ses épaules. Ce que je vais vous dire, c'est pour vous démontrer dans quel état psychologique ils sont. Tout-Mou, qu'on ne peut pas soupçonner d'être mythomane, m'a raconté que Fred est venu l'attendre un soir, en bas de chez lui. Il ne sait même pas depuis combien de temps il était là. Il l'a entraîné presque de force dans un café et, après avoir déliré pendant dix minutes, il lui a fait… je suis gêné de dire ça mais… une déclaration d'amour. Et, d'après ce que j'ai compris, des avances assez précises. Fred a été jusqu'à lui prendre la main. »

Fred avait fermé les yeux en se répétant « Si je me concentre, je peux disparaître, c'est possible. » Le silence qui l'entourait lui laissa espérer que ses superpouvoirs s'étaient enfin révélés. Mais quand il souleva à moitié les paupières, il les vit tous tournés vers lui, attendant apparemment de sa part une réaction quelconque.

« Non mais alors, c'est pas vraiment comme ça que ça s'est passé en fait, tenta-t-il d'expliquer timidement.

— Ah ! jubila Antoine. Tu admets donc que c'est arrivé ?

— Oui. Non. » Avec un geste de désespoir, il conclut : « Enfin, c'est un malentendu. »

Ema se redressa dans une posture d'avocate de la défense.

« Et même si Fred était pédé, tu peux m'expliquer ce que ça changerait ?

— Je suis pas pédé, murmura Fred la tête baissée dans son assiette.

— Tu veux vraiment que je t'explique Ema ? J'ai toujours pensé que Fred était un peu bizarre mais là, aller draguer le mari de son amie morte, ça prouve quand même qu'il tourne pas rond. Entre lui, qui est en train de basculer du côté obscur et toi, qui ne t'es jamais remise de ton viol, je suis désolé mais ça me paraît difficile de vous voir comme des gens rationnels et sains d'esprit.

— Bel argument. Je me suis fait violer il y a huit ans donc je ne peux pas être rationnelle ? C'est fou d'être aussi limité… Rester deux ans avec un abruti comme toi ça m'a sûrement plus perturbée.

— Arrêtez, là, ça va commencer à devenir glauque, coupa Gonzo.

— Tu as raison, approuva Antoine. On va arrêter tout de suite. »

Il posa sa serviette sur la table et se leva. Après avoir enfilé sa veste, il se retourna une dernière fois vers Fred et Ema.

« Encore un conseil, vous deux. Si vous voulez jouer les pieds nickelés, c'est votre problème mais je vous déconseille fortement d'ébruiter tout ça. »

Sur ce, il quitta le restaurant sans se retourner. Le serveur en profita pour s'approcher à nouveau de leur table et leur tendre la carte. Gilles secoua négativement la tête en soupirant.

« Vous croyez qu'il va penser à payer sa part ? demanda Gonzo.

— Je suis désolée les mecs. Je ne voulais pas que ça se passe comme ça. Mais je ne laisserai pas tomber, les prévint Ema.

— Tu veux pas plutôt laisser faire la police ? proposa Gonzo. Ils sont plus expérimentés que nous. »

Le serveur avait fait le tour de la table pour tendre la carte à Ema. Elle lui commanda un chocolat liégeois et il partit, satisfait d'avoir accompli sa mission. Gilles regroupait avec son couteau les miettes de pain éparpillées sur la table.

« En fait, expliqua-t-il sans lever la tête, je pense que ça ne servirait pas à grand-chose. Ils viennent de boucler officiellement l'affaire. Ils ont conclu au suicide.

— Alors c'est réglé », trancha Gonzo.

Fred et Ema finirent la soirée seuls devant un monstrueux chocolat liégeois accompagné de deux cuillères. Elle piochait dans la glace quand elle déclara :

« Qu' est-ce que ton frère peut être con depuis qu'il a arrêté de fumer. »

Fred la regarda de travers.

« Ema… Il a arrêté de fumer y a cinq ans.

— Je sais. »

Fred ramena hors de la coupe une cuillère remplie de chantilly et demanda :

« On fait quoi maintenant ? »

Elle avala sa bouchée de chocolat avant de répondre.

« Ils ont raison. On n'a pas de preuves. On reprend tout dans l'ordre. »

Playlist :
Matthieu Boogaerts – *Dommage*
At the Drive-In – *One Armed Scissor*
Assassin – *Shoota Babylone*

SECONDE PARTIE

CHAPITRE SEPT

Le canapé et le désespoir

Une semaine avait passé depuis le dîner et Ema avait décrété que cette fois ça ne pouvait pas aller plus mal. C'était d'ailleurs la seule chose qu'elle était capable de penser. « Au moins, ça peut pas être pire. » Quoique, parfois, elle alternait avec « Je suis une grosse merde, une immonde limace lamentablement échouée sur un canapé. » Les heures et les jours passaient (trois précisément) sans qu'elle ait l'ombre d'un début d'instinct de survie qui l'aurait poussée à quitter ledit canapé. Même une fois la bouteille de vodka vide, elle ne se décida pas à se relever. C'était d'ailleurs comme ça que ça avait commencé. De désespoir, elle s'était acheté une bouteille et avait décidé de la boire seule chez elle. C'était sa première erreur. Boire seule chez soi quand on est au plus mal et qu'on a déjà le moral dans les bottines. L'alcool lui avait ôté toute velléité de sortir de chez elle. La gueule de bois du lendemain eut le même effet. Elle était de toute façon assommée par ce qui venait de lui arriver, incapable d'y réfléchir. Elle ne prit même pas la décision de rester cloîtrée, elle se laissa juste aller à l'inertie la plus complète.

Après avoir vidé le frigo, Ema ne s'alimentait plus que de croûtons de pain rassis et de Coca éventé. Pour son addiction à la nicotine, elle avait retrouvé des fonds de tabac à rouler datant de ses années d'étudiante et qui, allez savoir comment, l'avaient suivie dans ses divers déménagements. Ainsi munie de l'essentiel, elle disposa ses provisions à portée de main et s'allongea sur le canapé pour ne plus se relever. Quand elle appuya sur le bouton de la télécommande, il lui paraissait très clair qu'elle ne comptait pas éteindre la télé avant la prochaine éclipse solaire. Décision facilement confortée par la richesse inattendue des programmes. Peu importe l'heure du jour ou de la nuit, il y avait toujours une connerie devant laquelle s'abrutir. À partir de 23 heures, les chaînes du câble l'abreuvaient en télé-réalité américaine type *Relooking extrême* ou *Extreme Make-over.* Elle alternait avec des documentaires animaliers dont la gravité des voix off l'apaisait. Et au pire, vers 3 heures du matin quand, après avoir frénétiquement zappé sur toutes les chaînes, elle devait s'avouer vaincue, il restait encore les chaînes d'information en continu. Mais loin de la réconforter, les malheurs du reste du monde – crises financières, plans de licenciement, émeutes de la faim, catastrophes pseudo-naturelles, homicides – la confortaient dans l'idée que ce monde était pourri.

Elle avait évidemment éteint son portable, mis hors service son interphone et elle imaginait bien que sa boîte mail devait être saturée mais elle s'en contrefoutait comme d'une guigne. De toute façon, à l'heure actuelle, tout le monde devait être au courant et comprendre qu'elle n'avait pas envie de parler. Et puis, elle n'avait plus d'obligation d'aucune sorte.

En jargon psy, il devait exister un terme pour définir cet état. Cata quelque chose. Le premier mot qui lui venait était cata-strophique mais ce qu'elle cherchait correspondait plus à une sorte de catatonie mentale. Bref, Ema était parfaitement minable et elle le savait. Mais elle refusait d'affronter ce qui venait de lui arriver ou même de penser à cette scène abominable. À tout prendre, elle préférait encore se rappeler le soir où Antoine avait chaleureusement entrepris de lui expliquer que le viol avait stérilisé ses capacités déductives.

Ces trois journées lui permirent de renouer avec *Les Feux de l'amour*, la série par excellence des jours où, malade, elle loupait les cours. Victor, Nikki, Ashley, les Abbot, les Newman, ils étaient tous là. Enfin… les personnages étaient les mêmes mais, preuve d'une réjouissante naïveté quant aux codes dramatiques, quand un acteur quittait la série, les producteurs ne jugeaient pas utile de faire disparaître son personnage. Ils se contentaient d'embaucher un nouvel acteur que les autres personnages appelaient ostensiblement « Jack » pendant trois épisodes, histoire de bien faire comprendre que ceci était le nouveau visage de Jack. Après *Les Feux de l'amour*, Ema traversait une phase de masochisme absolue vers 14h30 avec le visionnage du « téléfilm dramatique » de TF1. Téléfilms qui poursuivaient tous le but de vous faire comprendre combien les hommes étaient des êtres ignobles, vils, volages, menteurs, manipulateurs et tous, sans exception, des violeurs en puissance. Du Musset appliqué aux banlieues américaines, songeait-elle en se remémorant le vers : *Tous les hommes sont menteurs, inconstants, faux, bavards, hypocrites, orgueilleux et lâches, méprisables et sensuels*[1]. Évidemment, les scénaristes appliquaient la suite de la citation de Musset uniquement aux maîtresses voleuses d'hommes : *Toutes les femmes sont perfides, artificieuses, vaniteuses, curieuses et dépravées* ; avec tout ça, forcément, *le monde n'est qu'un égout sans fond où les phoques les plus informes rampent et se tordent sur des montagnes de fange.*

Si elle n'avait pour le moment pas versé une larme sur sa propre déroute, elle ne se privait pas face à ces histoires de pauvres femmes courageuses luttant contre la dureté et les injustices de la vie – au choix : le harcèlement sexuel au travail, les violences conjugales ou l'incontournable kidnapping de l'enfant après un divorce. Toutes ces emmerdes étant évidemment additionnables selon leur degré de malchance. Ainsi de la maladie incurable de leur enfant, maladie génétique *mais* [attention, principe des emmerdes cumulatives] le môme est le fruit d'un viol *donc* vous entrevoyez toutes les perspectives dramatiques pour cette pauvre femme qui va devoir supplier son agresseur de donner un rein.

C'était surtout à la faveur des coupures pub que son esprit revenait à son point de départ, à un constat simple autour duquel il tournait sans jamais rien en tirer d'autre qu'une liste de synonymes. Elle avait été virée. Lourdée. Licenciée. Jetée dehors. Remer-

1. Alfred de Musset, *On ne badine pas avec l'amour*, acte II, scène V.

ciée. Enfin non, remerciée n'était pas le terme le plus adéquat. On ne pouvait pas dire que le patron l'avait remerciée. « Ema, je te remercie d'avoir foutu en l'air ta carrière. » Le premier soir, le soir de la bouteille de vodka, elle avait pourtant – mais essentiellement parce que l'inverse lui semblait inconcevable – plus ou moins eu la certitude que les choses allaient s'arranger.

Le troisième soir, elle était plongée en pleine rediffusion de *Buffy contre les vampires* quand un bruit dans l'escalier, ou plutôt un silence, la fit sursauter. La seconde d'avant, quelqu'un était en train de monter les étages mais les bruits de pas s'étaient immobilisés au niveau de son palier. La télécommande à la main, elle diminua le son de la télé. On frappait à sa porte. Au lieu de suivre son instinct qui lui dictait de courir à la cuisine se munir d'un couteau bien effilé, Ema se vit rester comme une cruche sur son canapé, le cœur sur le point d'exploser pensant « Ils viennent me descendre chez moi. Comme ils ont fait pour Charlotte. » Le son d'un trousseau de clés la décida à réagir et elle empoigna la bouteille de vodka pour la dresser vers le ciel à la manière du roi Arthur. Quand Blester entra dans le salon, elle put suivre son regard effaré faire un aller-retour entre elle, debout sur son canapé, le menaçant d'une bouteille, et les alentours dudit canapé. Les bouts de pain rassis à même le sol jonché de mouchoirs plein de morve séchée. Un tableau idyllique. Et au milieu, sa petite amie, teint cireux, peau luisante, cernes bleutés, dans un jogging dégueulasse, debout sur le canapé avec sa couette, son oreiller et son doudou. Il s'approcha à grandes enjambées, la prit dans ses bras et là, elle fondit enfin en larmes comme un gros bébé. Il détacha ses doigts de la bouteille pour la poser par terre et lui caressa le dos pendant la demi-heure suivante qu'elle passa à pleurer toutes les larmes de son corps. Il essaya de l'embrasser mais elle eut la présence d'esprit de détourner la tête. Pas si catatonique que ça finalement. Elle se rappelait bien ne pas s'être lavé les dents depuis trois jours. Quand ses sanglots commencèrent à s'espacer, il lui dit : « Tu vas aller prendre un bain bien chaud, ça va t'éclaircir les idées. Pendant ce temps, je vais ranger ta fange à cochon. »

Elle obtempéra et se dirigea vers la salle de bains en reniflant. Elle régla la température de l'eau puis s'assit sur le rebord de la baignoire, les yeux fixés sur une tache de nature inconnue au niveau de la cuisse de son jogging. Elle avait envie de retourner s'enfouir/s'enfuir sous sa couette. Malgré le sifflement du robinet et la chute d'eau qui résonnait, elle entendait Blester qui s'activait à côté. Elle ferma les yeux et revit la dureté du visage de son patron quand il l'avait lourdée. Ema soupçonnait bien que la violence particulière qu'il y avait mise, que la fermeté de son ton n'était qu'un moyen de dissimuler sa gêne et sa culpabilité. « Je t'avais prévenue. C'est la règle du jeu. » En soi, la licencier n'était pas très compliqué vu son peu de respect pour les termes du contrat qu'elle avait signé. D'ailleurs c'était la première et la seule explication officielle qu'il lui avait fournie : « Ton attitude en général et ta manière en particulier de mener certaines enquêtes m'obligent à. » De son côté, elle se disait qu'elle aurait sûrement pu aller aux prud'hommes mais elle était trop dégoûtée et abasourdie pour s'imposer ça. Heureusement, il lui avait parlé pendant la pause déjeuner, à un moment où les locaux étaient à peu près vides. Elle avait pu réunir ses affaires dans un sac plastique H&M qui traînait sous son bureau et se casser discrètement. Même si le préavis était d'un mois, elle préférait disparaître maintenant. Il s'était adressé à elle comme s'ils ne se connaissaient pas, sans aucun affect, à grand renfort de formules stéréotypées. « Je suis désolé mais me vois dans l'obligation de, inutile d'expliquer que. » Elle lui avait demandé, se sentant immédiatement très conne, s'il plaisantait – ça sortait tellement de nulle part. Un jour vous êtes convoqué chez votre patron et il vous vire sans explication. La plongée en enfer avait réellement débuté quand elle avait vu l'expression tendue de son visage. « Je ne plaisante pas avec ce genre de choses. » Elle avait l'impression de vivre un cauchemar si affreux que dans un premier temps elle ne pensa même pas à chercher une explication, à demander le pourquoi. Ce n'est qu'au bout de quinze minutes d'entretien – quinze minutes suffisaient à ruiner trois ans de travail, certes pas intensifs mais de sacrifice de son temps libre quand même – qu'il lui avait lâché la vérité off. « On s'est plaint de toi et la direction a décidé que tu avais outrepassé les limites du tolérable. Falsifier une carte professionnelle pour s'introduire quelque part est une faute grave. Je n'y peux rien. Je t'avais prévenue de ce qui allait se passer. C'est la règle du jeu. » Après quoi ils s'étaient mutuellement hurlés dessus et elle était partie en claquant la porte.

Ema se déshabilla et enjamba la baignoire. Elle souleva le loquet qui faisait passer l'eau du robinet au pommeau de douche et installa ce dernier à la bonne hauteur. Elle pataugeait à mi-mollet. Elle ne voulait pas d'un bain stagnant, elle avait surtout besoin de mouvement, de sentir l'eau balayer ses épaules. En s'immergeant sous la douche, elle fut parcourue d'un long frisson. L'eau était brûlante. Debout sous le pommeau, elle hoquetait encore un peu. Elle essaya de se concentrer sur la sensation de l'eau coulant sur sa peau et baissa la tête. Elle voyait ses doigts de pied contractés sur l'émail de la baignoire, son vernis rouge écaillé, un bleu sur son genou gauche, la cellulite qui s'accumulait sur ses cuisses, son ventre légèrement gonflé, ses seins qui s'affaissaient un peu. Pour l'instant, rien de très voyant mais un peu partout sa peau commençait à perdre de son élasticité. Des signes minuscules mais néanmoins les manifestations d'un mécanisme inéluctable. Petite, elle avait passé des heures à observer son corps et là, elle avait du mal à reconnaître qu'il s'agissait du même. Elle y retrouvait ce qui faisait sa différenciation, la forme de son nombril, sa bosse sur le pied suite à une chute de vélo mais c'était la version adulte. Elle vieillissait et les réussites personnelles qui auraient dû compenser ce délabrement commençant n'étaient pas là. Elle ne pouvait rien faire contre le passage du temps mais si son compte en banque avait été bien fourni, si elle avait eu un boulot épanouissant, si… toutes ces réussites lui auraient servi à compenser cette peur incontrôlable du vieillissement. Elle songea qu'elle était plus vieille que Kurt Cobain. Et, à part un improbable miracle spatio-temporel, ça n'allait pas aller en s'arrangeant. Elle était infiniment désolée pour elle-même.

Elle savait que la seule solution était de ne pas y penser. Plus elle allait se focaliser sur cette déchéance multiple, plus elle risquait de s'enfoncer dans la dépression. Mais elle en avait assez. Assez que tout soit si dur. Si compliqué. Si difficile. Assez des responsabilités, des décisions, des choix, des calculs. Elle aurait dû être en train de compter ses indemnités chômage. Elle aurait déjà dû activer tous ses contacts pour retrouver un boulot. Il y avait trop de choses à gérer en même temps. Charlotte, le projet De Vinci, le club Léonard, les vieux potes qui la prenaient définitivement pour une folle à lier, Gabrielle qui lui faisait la gueule, Alice et Gonzo, ses propres problèmes de couple, et maintenant son licenciement. Ça commençait à faire beaucoup pour une seule personne. Comme si les choses s'étaient précipitées vers la catastrophe. Sa catastrophe. Son naufrage, maintenant, ici, sous cette douche. Tout était trop embrouillé dans son esprit pour qu'elle ait une vision synthétique de la situation et sa raison commençait à osciller dangereusement. Rien ne semblait vouloir suivre le cours normal des choses. Quand est-ce que ça avait commencé à déconner ferme ? En réalité, c'était depuis la minute où, à l'église, elle avait aperçu le cercueil contenant le corps de Charlotte.

À force de jouer la femme rationnelle prenant les problèmes à bras-le-corps, elle avait occulté l'absurdité de tout ça. Maintenant, elle ne voulait plus qu'une chose : que tout redevienne comme avant. Elle voulait absolument appeler Charlotte pour s'expliquer avec elle, lui dire qu'elle ne lui en voulait plus de rien. Elle aurait tout donné pour se retrouver au café avec elle. Elle ne pouvait pas être morte, et encore moins de cette manière-là, comme Ema ne pouvait pas avoir été licenciée – tout ça c'était juste n'importe quoi. Lui revenaient en mémoire des bribes de cours sur Calderón de la Barca. La vie est un songe. *Matrix.* On façonnait notre réalité via le langage. Et si le monde, si notre réalité n'était qu'une illusion ? Une illusion verbale. Comment démêler le vrai du faux ? Charlotte s'était-elle vraiment suicidée ? Avait-elle été assassinée ? On lui avait enseigné que notre perception de la réalité se nommait le mondain – histoire de bien le distinguer du monde extérieur auquel personne n'avait vraiment plein accès. Dans le mondain d'Antoine, être en couple était naturel, le viol avait rendu Ema folle et Charlotte s'était suicidée. Pourquoi son mondain vaudrait-il moins que celui d'Ema où, si on résumait, on pouvait se remettre d'un viol, le couple était absolument antinaturel et Charlotte avait été assassinée par un mystérieux lobby libéral qui voulait mettre en vente Notre-Dame de Paris ? Ema se dit que tout ça n'était peut-être qu'une somme de constructions intellectuelles motivées par les angoisses de son inconscient. Elle n'avait aucune preuve de rien et retourner la question dans sa tête lui faisait perdre la raison. Et là, l'interprétation d'Antoine prenait tout son sens. Si elle était bel et bien folle ? Est-ce que, objectivement, ce n'était pas aussi plausible que sa théorie du complot ?

Elle plongea sa tête sous le flot d'eau chaude.

Avant d'essayer de trancher ces interrogations,

il fallait peut-être déjà qu'elle accepte le fait que
Charlotte soit morte.

Au milieu du marasme généralisé de son cerveau malade, Ema ne voyait aucune bonne nouvelle à laquelle elle aurait pu se raccrocher pour ne pas sombrer irrémédiablement. Pas l'ombre du début d'une raison de se réjouir, d'un espoir qui la maintiendrait à flot. La dernière en date avait été l'achat de ses bottines. Sinon, que des emmerdes – qu'elles soient réelles ou imaginaires. Pourtant elle avait eu sa dose, c'était à croire qu'il n'existait pas de principe universel équilibrant le bien et le mal pour chaque individu. Ou alors quelqu'un s'était trompé dans sa distribution du positif et du négatif. Une erreur de proportion. Que je sois folle ou non, songea-t-elle, ça ne change rien sur le fond, on m'a flouée. Une vague de tristesse l'emporta et elle se laissa glisser dans le fond de la baignoire. Elle resta longtemps paralysée et c'est Blester qui, s'inquiétant, entra dans la salle de bains et la trouva encore en sanglots. Il coupa l'eau, l'entoura d'une serviette, la porta à son lit et la borda jusqu'à ce qu'elle s'endorme au milieu de ses larmes.

Inexplicablement – ou peut-être avait-elle fait l'un de ces rêves enchanteurs qui suffisent à rendre la réalité plus légère, du type gagner au Loto, devenir comédienne, remporter l'oscar et voir son patron revenir en rampant comme une vermine pour obtenir une interview – quoi qu'il en soit, Ema se réveilla le lendemain avec une incroyable sensation de bien-être. La tête enfouie dans le moelleux de l'oreiller, elle entrouvrit les yeux pour constater qu'elle était entourée de toutes parts par les motifs soyeux de draps propres. Avec un sourire de contentement, elle décida de rester quelques minutes étendue pour profiter de cette brusque éclaircie de son moral. Au moins, pour une fois, elle n'avait pas la mauvaise conscience d'être en retard au boulot. Machinalement, elle frotta son pied contre le drap et rencontra la jambe de Blester encore endormi. Elle allait peut-être changer d'avis sur le couple. La vie avait l'air sacrément plus facile à deux. Il fallait qu'elle soit honnête avec elle-même, hypocondriaque ou pas, elle était bien avec lui. Ils ne s'étaient pas engueulés depuis plusieurs semaines et elle était vraiment touchée par ses attentions de la veille.

En se levant, elle découvrit qu'en prime il avait nettoyé tout l'appart. Le salon et la cuisine étaient impeccables – plus aucune trace de crise. Il faisait beau, un grand soleil illuminait le salon. Elle trouva son portable sur la table et le ralluma. Après avoir préparé du thé, elle s'installa à son bureau, poussa un soupir et se décida à consulter ses mails. En définitive, rien d'extraordinaire ne l'attendait. Une multitude de spams, un mail du service compta, Alice qui lui disait « Qu'ils aillent tous se faire enculer, t'es la meilleure », Fred « Hésite pas à appeler. » Le plus marquant était un silence absolu de la part de Gabrielle. Pourtant Alice avait dû la prévenir. Le paquet de Blester traînait sur la table, elle s'alluma une cigarette. Elles ne s'étaient pas revues depuis l'apéro chez Richard-son-amant-de-droite et Ema n'avait aucune idée de l'état de leur amitié. Une réunion des

Morues s'imposait. Elle envoya des mails pour signaler qu'elle avait fini sa crise et proposer une réunion au sommet.

Le lendemain, avant d'entrer dans le Bottle, Ema serra le bras de Blester. Elle lui avait demandé de l'accompagner. Elle ignorait pourquoi, alors qu'il s'agissait d'une soirée avec ses amis, elle éprouvait le besoin d'être épaulée. En regardant la devanture, elle eut l'impression de ne pas être venue depuis une éternité. Ils étaient déjà là tous les trois… enfin, tous les quatre puisqu'elle eut la désagréable surprise d'apercevoir Gonzo derrière le comptoir, un bras passé autour de la taille d'Alice. La main sur la poignée de la porte du bar, elle fut prise d'un soupçon paranoïaque. Pourquoi étaient-ils déjà tous là alors que Blester et elle étaient eux-mêmes passablement en avance sur l'heure du rencart ? Est-ce qu'ils avaient organisé une préréunion sans elle ?

Une demi-heure auparavant, Fred était justement installé au comptoir et disait à Alice :

« Ah non ! Commence pas à me servir maintenant ! Je vais encore être le premier bourré. Je prendrai un truc quand Ema sera là. »

Ema leur avait donné rendez-vous à 21 heures mais comme Gabrielle se souvenait que ça n'arrangeait pas Fred à cause de ses horaires de travail, elle lui proposa de venir directement en sortant du bureau. Il fut d'autant plus touché de cette attention que, la semaine précédente, il s'était senti très con. Alice avait convoqué une réunion extraordinaire et comme

Fred n'avait pas le temps de repasser chez lui, il avait attendu l'heure du rendez-vous dans un autre troquet de la rue. C'était Gabrielle qui, passant devant le café, l'avait aperçu. Alice lui avait alors fait promettre de ne plus attendre tout seul mais « Même si t'as quarante-huit heures d'avance tu viens t'installer au Bottle avec moi. » Il commençait à sentir que les Morues l'intégraient au groupe, impression confirmée par le fait que même en l'absence d'Ema, elles l'avaient appelé. Au cours de cette réunion pour le moins houleuse, il s'était même senti suffisamment en confiance pour prendre la parole et défendre Ema à qui Gabrielle ne pardonnait pas son attitude chez Richard et il avait constaté avec étonnement qu'elles écoutaient attentivement son avis. De quoi compenser tous les problèmes que lui causait sa vie sur internet. Il demanda à Alice un jus d'ananas. Gabrielle s'assit sur le tabouret voisin et lui dit avec un clin d'œil :

« Dis donc, ton blog marche du tonnerre de dieu. T'as de plus en plus de commentaires… »

Fred soupira.

« Oui. Mais c'est pas exactement ce que je voulais. Enfin… Je me dis que ça va se tasser. À force de pas répondre aux messages, les gens vont se lasser.

— N'en sois pas si sûr. Le refus, ça a toujours excité les foules. »

La porte grinça et ils se retournèrent. Gonzo entra avec un large sourire, s'avança jusqu'au comptoir et se pencha pour embrasser Alice. Elle se tourna vers eux pour leur dire « Pas de commentaire s'il vous plaît ». Ça, pensa Fred, je suis pas sûr que ça va faire plaisir à Ema mais à sa grande surprise cette dernière arriva accompagnée de Blester. Fred put alors constater une réaction en chaîne de mécontentement. Ema fronça les sourcils en voyant Gonzo, bien que ce dernier ait anticipé toute critique en lui disant « Je voulais prendre de tes nouvelles, tu nous as inquiétés » et à la vision des deux couples, les pupilles de Gabrielle se rétrécirent jusqu'à prendre la forme de meurtrières. D'ailleurs, elle ne se priva de remarquer à voix haute « À ce compte-là, j'aurais pu inviter Richard aussi. » Et elle n'avait pas tort. Sans même se concerter, elles avaient toutes les deux ramené leurs mecs alors qu'elles ne cessaient de proclamer haut et fort leur indépendance. Gabrielle était la seule à se considérer officiellement en couple et jamais, il commençait à connaître son respect de leurs traditions, elle n'aurait invité Richard. Et elle n'aurait d'ailleurs même pas envisagé de le proposer. Ema se mordit les lèvres mais ne répondit pas.

Tout le monde était un peu mal à l'aise mais heureusement Ema se décida à faire le premier pas.

« Je suis désolée d'avoir fait la morte mais c'était pas la grande forme.

— T'inquiète pas, on comprend », la rassura Alice.

Un blanc. Ils la regardèrent tous, attendant visiblement quelque chose mais Ema ne semblait pas du tout comprendre. Finalement, Alice se décida.

« Tu veux peut-être pas en parler mais… Qu'est-ce qui s'est passé ? C'est à cause de tes retards au travail qu'ils t'ont licenciée ? »

Ema leur lança un regard stupéfait puis se tourna vers Blester pour partager son étonnement. Mais Blester avait le même air interrogateur que les autres.

« Attendez, vous savez pas pourquoi j'ai été lourdée ? Ils secouèrent tous la tête. Mais toi, Blester, tu dois le savoir ?

— Bein non. Tu m'as rien expliqué. Et au boulot, personne n'a compris ce qui s'était passé. On nous a juste dit que tu avais posé des congés pour quelque temps. Comme t'étais pas joignable et que j'y croyais moyen à cette histoire de congé, j'ai fini par aller voir le boss. Il m'a dit qu'il avait été obligé de te licencier pour faute grave. »

Elle resta bouche bée plusieurs secondes et Gonzo s'impatienta.

« Alors ? Pourquoi tu t'es fait lourder ? »

Ema se retourna vers Fred.

« T'as eu aucun problème au boulot, toi ?

— Non.

— T'as de la chance. Parce que moi, on m'a virée à cause de notre promenade au club Léonard. Visiblement, ils ont grillé que j'y avais été et ça n'a pas plu du tout.

— Mais comment ils ont pu savoir que tu y étais ? » demanda Gabrielle qui, pour la première fois, lui adressait directement la parole.

« La pièce d'identité. Comme ils les vérifiaient, on a gardé nos vrais noms, on avait juste de fausses cartes professionnelles. Et, à l'entrée, ils notaient le nom et l'activité de tout le monde.

— Mais pourquoi Fred n'a pas eu de problème alors ?

— Ça veut juste dire qu'ils ne vérifient pas toutes les identités après la réunion. Mais après ma discussion agitée avec la ministre, on s'était déjà plaint de moi au journal. Et j'avais nommément parlé du dossier De Vinci à la ministre. Donc, je suppose que j'étais sur leur black-list. Quand ils ont découvert que j'avais poussé la curiosité jusqu'à m'infiltrer dans leur réunion, ils ont mis la pression à la direction du journal. »

Ils restèrent tous pétrifiés, comme frappés par la foudre.

« Putain mais c'est super grave, murmura Gonzo.

— Les fils de pute, ça me dégoûte, lâcha Blester.

— C'est clair, c'est un scandale, confirma Alice.

— Certes, approuva Ema. Mais je ne peux rien y faire. »

Il y eut un long silence avant que Fred demande :

« Et maintenant ?

— Maintenant… répéta Ema avant de lever les mains au ciel. Rien. Qu'est-ce que tu veux que je fasse ? Si je veux avoir une chance de trouver un autre boulot, vaut mieux que j'arrête de me foutre dans la merde. De toute façon, je passais mon temps à me plaindre de ce job.

— Tu prends les choses avec philosophie…

— Pas vraiment… C'est juste une apparence. »

Ensuite, la discussion roula sur les dernières nouvelles qu'Ema avait ratées – à savoir pas grand-chose. Elle chopa le regard de Fred et lui désigna discrètement Gabrielle. Fred hocha la tête, il avait en effet remarqué que la belle d'Estrées était particulièrement distante. Ema se rapprocha de lui et lui demanda en murmurant s'il pensait que c'était à cause de Blester. Elle lui expliqua qu'elle était prise entre deux chaises. Si elle suggérait à Blester de la laisser, elle aurait vraiment l'air de s'être servie de lui quand ça n'allait pas. De surcroît, elle était heureuse qu'il assiste à une soirée Morues, elle avait envie de lui faire partager ça. D'ailleurs, Fred et lui s'entendaient bien, non ? Entendant son nom, Blester les rejoignit. « Alors les deux super-amis, on dit du mal de moi ? » Puis, se pen chant d'un air de conspirateur, il leur fit remarquer « Elle fait pas un peu la gueule Gabrielle ? » Ema, un peu gênée, lui expliqua que oui, elle prenait mal que chacune ait ramené son mec. « Tu veux que je vous laisse ?

— Non, ça change rien. De toute façon, y a Gonzo qui est collé à Alice. »

Il dit qu'il prenait les choses en main et alla taper sur le dos de Gonzo.

« Alors mon gars, il paraît que t'as un scooter ? Tu voudrais pas me raccompagner chez moi ?

— Heu… C'est pas vraiment toi que j'ai prévu de raccompagner ce soir.

— Je m'en doute mais peut-être qu'on devrait laisser les filles un peu entre elles, tu crois pas ?

— Non », répondit Gonzo en toute sincérité. Mais après avoir capté le regard insistant de Blester, il se rattrapa. « Enfin, si, bien sûr. On va les laisser parler escarpins et faux ongles. »

Pendant qu'ils disaient au revoir, Fred murmura :

« Moi aussi, je vais y aller.

— Non, trancha Gabrielle. J'aimerais bien que tu restes. »

Un large sourire éclaira son visage. Une fois les mecs partis, Alice jugea que c'était le moment opportun pour sortir les shots de vodka. Gabrielle lui demanda une cuillère, ce qui étonna un peu jusqu'à ce que, après s'être levée de son tabouret, elle s'en serve pour faire tinter son verre.

« Je ne sais pas si c'est le meilleur soir pour ça… mais j'ai une annonce à faire. Une annonce solennelle. » Sa voix tremblait légèrement. Elle dut s'en rendre compte et avala son shot d'une traite avant de poursuivre. « Richard m'a demandée en mariage. »

Alice, Fred et Ema échangèrent un regard interloqué.

« Quoi ? s'étrangla Alice. Tu peux répéter ?

— Demander en mariage.

— Mais… t'as répondu quoi… » demanda Ema avec une pointe d'angoisse.

Gabrielle lui adressa un sourire mystérieux.

« La seule chose concevable à répondre dans ce genre de circonstances.

— Vas-y ! Crache le truc, s'impatienta Alice.

— J'ai dit que j'allais y réfléchir. »

Ema ne put s'empêcher de pousser un soupir de soulagement.

« Et… Tu y as réfléchi ? » hasarda Fred. Il avait l'air aussi paniqué que les filles.

« Évidemment mais ce n'est pas une décision qui se prend à la légère. Je ne sais pas…

— Mais, t'étais pas sa maîtresse ? Je suis nulle en vocabulaire mais ça veut pas dire qu'il a une autre meuf ?

— Tu n'es pas nulle en vocabulaire. Il avait quelqu'un d'autre avec qui il a rompu avant de me proposer le mariage. J'ai besoin de vos conseils les filles. Et Fred. Je ne sais pas quoi faire.

— Tu peux pas lui dire peut-être un jour mais pas pour le moment ?

— Non. Il lui faut une réponse claire. Pas un peut-être.

— Attends, je comprends pas. Pourquoi maintenant ? Qu'est-ce qu'il y a de si urgent ? »

Gabrielle eut brusquement l'air mal à l'aise.

« Parce qu'il y a une échéance, insinua Fred.

— Comment ça ? demanda Alice. T'es au courant de quelque chose ?

— Non, juste, notre petit Fred est décidément très fort », commenta Gabrielle.

Il rougit légèrement.

« Il suffit juste de se tenir au courant. Explique-leur.

— Non. Elles vont s'énerver.

— Là, par contre, on va s'énerver si vous continuez vos sous-entendus. »

Gabrielle attrapa le verre de Fred et l'avala.

« Vous promettez de ne pas vous énerver ? Surtout toi, Ema ?

— Promis. Tu sais moi, en ce moment…

— Richard va se représenter aux élections législatives. Sa carrière est en plein essor. Il profite du renouvellement de la classe politique.

— Et alors ? Il a pas besoin d'une femme pour ça, trancha Alice.

— Si, justement. Il veut mettre au clair sa vie privée. Savoir qu'il peut compter sur quelqu'un à ses côtés avant le combat électoral. »

Il fut évident, à leurs mines concentrées, qu'à ce moment-là Alice et Ema faisaient un immense effort pour comprendre cet impérieux besoin de mariage.

« Mais vous comprendrez que j'ai une petite réticence. L'union avec un politique, ça n'a pas trop réussi à mon aïeule. »

En général, Fred n'aimait du tout sentir des tensions entre les gens et encore moins entre des amies comme Ema et Gabrielle. Il fut donc très soulagé qu'au moment de partir Ema fasse remarquer à Gabrielle « T'as vu ? Je ne me suis pas énervée… » Gabrielle la prit par le bras pour une accolade – alors que d'ordinaire elle évitait toujours les contacts physiques. Elle ne faisait même pas la bise aux Morues. Et elle ajouta : « Je suis désolée de ce qui t'est arrivé, Ema. Je suis toujours là, tu sais. »

Après la réunion des Morues, Fred ne se sentait pas peu fier. Il se surprit même à penser « Ça y est, moi aussi, je suis une Morue. » Que Gabrielle insiste pour qu'il reste l'avait définitivement fait passer du clan des mecs à celui des Morues. Ah non, rectifia-t-il. Une Morue n'oppose pas les hommes et les meufs. Bien sûr, ça pouvait tout aussi bien signifier qu'il avait développé l'atroce complexe de « la bonne copine ». Mais, d'un point de vue pragmatique, comme aucune de ces trois femmes ne voudrait jamais de lui – il était même inconcevable que l'idée puisse leur traverser l'esprit – il n'avait rien à regretter et son statut de Morue toute fraîche ne lui faisait rater aucune opportunité sexuelle. Il se demandait même comment, à la soirée Léonard, il avait pu imaginer sentir une quelconque ambiguïté entre Ema et lui. Il mettait cet épisode sur le compte de leurs déguisements et du jeu de rôles qu'ils engendraient. Si ambiguïté il y avait eue, ce qui restait à démontrer, ce n'était pas avec lui, Fred, mais avec l'homme au costard. Parfois, il ne comprenait pas l'acharnement dont elle faisait preuve uniquement pour être son amie. Il sentait bien qu'il ne s'agissait pas de pitié mais plutôt d'une espèce de rapport maternel. Ou plus exactement, un rapport de grande sœur. Elle était déjà comme ça avec lui au lycée, quand elle sortait avec Antoine. Charlotte aussi, d'ailleurs. C'était sûrement son introversion et son allure frêle qui engendraient chez ses contemporaines l'envie de le prendre sous leurs ailes.

Une fois rentré chez lui, Fred alluma son PC et ne put s'empêcher de repenser à ce que lui avait dit Gabrielle. Il avait vraiment compté sur la lassitude des internautes pour que son blog soit oublié et retombe dans l'anonymat dont il n'aurait jamais dû être tiré. Pourtant, Gabrielle d'Estrées, avec sa haute connaissance de l'âme humaine, ou du moins celle que lui prêtait Fred en raison de ses historiques origines, comme si celles-ci, par une mystérieuse transmission de génération en génération et de siècle en siècle, lui conféraient de facto un savoir particulier, Gabrielle d'Estrées donc ne semblait absolument pas convaincue par l'efficacité de sa technique « Je fais le mort, on m'oublie. » Et si elle avait raison ? Outre les commentaires sur ses textes, Fred recevait de plus en plus de messages privés. Mais il ne les ouvrait jamais et n'avait aucune idée de leur contenu. En gros, il faisait comme s'il ne se passait rien, la tête bien enfoncée dans le sable frais. Son utilisation de Myspace se limitait à poster des textes de temps à autre et à répondre aux messages de Nénuphar avec qui les choses s'étaient pacifiées. Elle semblait d'ailleurs commencer à s'inquiéter autant que lui de l'ampleur que prenait cette affaire de blog. Elle lui avait dit que, depuis peu, elle recevait des messages d'inconnus qui lui demandaient pourquoi elle était sa seule amie, comment elle avait fait, si elle le connaissait « pour de vrai ». Prise de panique, elle avait accepté de le retirer de son top ami, apparemment avec un soupçon de culpabilité. Convaincu que les visiteurs venaient forcément de chez Nénuphar, il avait pensé que la différence se ressentirait dès le lendemain. Mais en fait, ça n'avait rien changé du tout. Une semaine après qu'elle l'eut enlevé de son top, il avait toujours autant, si ce n'est plus, de visites, de lectures, de commentaires et de messages. Il y avait là-dedans quelque chose qui le dépassait.

Ce soir-là, il se décida à lire un des messages privés qui saturaient sa boîte. Il le choisit au hasard.

« Hello !

Je t'ai déjà envoyé trois messages mais je me permets d'insister en pensant que peut-être je vais t'avoir à l'usure. Ma proposition tient toujours. D'ailleurs, même si tu refuses l'interview (qui pourtant aurait été un moment charmant...) je compte bien faire un article sur toi. Évidemment, je mettrai le lien vers ton blog.

Cordialement.

Sarah »

C'était mille fois pire que ce qu'aurait pu imaginer Fred dans ses délires paranoïaques. Il referma promptement sa boîte mail et se refusa à réfléchir au contenu de ce message. Sa technique de l'autruche était définitivement la meilleure, c'est-à-dire la plus à même de lui procurer une certaine tranquillité d'esprit. Il se déconnecta, éteignit son ordinateur et alla se coucher en se jurant de ne plus jamais lire un message étranger. Tout ça n'existait pas vraiment, la preuve, c'était sur internet.

Mais le lendemain, au boulot, les coudes sur son bureau et le visage humide de sueur entre les mains, Fred regardait tristement le couloir désert. Il n'était pas seulement oppressé par la chaleur. Il commençait à se rendre compte qu'il ne pouvait pas indéfiniment continuer à nier le phénomène. Pas à ce stade. Une journaliste voulait l'interviewer. Faire un article sur lui. Les choses étaient de pire en pire. Il allait peut-être falloir affronter tout ça. Et déjà, dans un premier temps, déterminer l'ampleur exacte de la catastrophe. Certes, mais il n'allait pas non plus lire tous les messages privés qu'il recevait. Il voulait avoir une vue des choses plus synthétique, moins éclatée. Fred n'avait jamais pensé à se googler et encore moins à googler son pseudo. Mais ce jour-là, cela lui parut être la seule solution pour mesurer l'ampleur de la situation. C'était une après-midi particulièrement calme au boulot. Comme si la chaleur qui venait de s'abattre sur la ville avait terrassé tous les employés. Pas un bruit alentour. Fred lança donc Google pressentant que ce jour marquait la fin de sa tranquillité. Quand la page de résultats s'afficha, malgré le calme et le silence absolu qui régnait à l'étage, il crut que l'immeuble était ébranlé par un tremblement de terre, un vacarme assourdissant, une tempête qui faisait éclater les vitres.

En tapant Persona dans Google, Fred découvrit que son blog arrivait avant le film de Bergman.

Ses textes avaient été copiés/recopiés/cités dans d'autres blogs. Une multitude de liens ramenaient vers sa page Myspace. C'est pour ça que disparaître du top de Nénuphar n'avait rien changé. C'était trop tard. Le lien vers sa page s'affichait sur des dizaines de sites. Il découvrit avec stupéfaction que plusieurs webzines lui avaient déjà consacré des articles. Il les lut avec un sentiment d'inquiétante étrangeté. On y louait ses qualités d'écriture, sa maîtrise parfaite de la syntaxe et de l'ironie, ses innovations linguistiques, ses néologismes mais par-dessus tout on lui reconnaissait une « intelligence de notre temps » hors du commun. Ce qui rassura Fred fut que cette déferlante de louanges était centralisée dans un petit milieu intello-indé assez fermé. Mais, visiblement, dans ce milieu, il était une espèce de minicélébrité du net. Il fut aussi étonné de constater qu'un des adjectifs qui revenaient le plus souvent pour le définir était « dépressif ». Fred se considérait plutôt comme quelqu'un de joyeux. Dans un article intitulé « Persona ou la dépression du geek », un journaliste poussait son analyse des textes plus loin que les autres et allait jusqu'à théoriser les indices trouvés sur la page de Fred.

« On nous avait promis monts et merveilles au sujet de la révolution du net mais jusqu'à présent la production artistique et subversive qui en était sortie n'était pas à la hauteur de nos espérances. Jusqu'à ce jour de mai où un/une (?) inconnu(e) a jeté sur la Toile, telle une bombe à défragmentation, un blog dont l'intelligence, la finesse et la sincérité sont très au-dessus de la majorité de la production papier.

[...]

Évidemment, le choix de ce pseudo Persona est tout sauf innocent. Dans le film de Bergman, le titre *Persona* et le prénom de l'infirmière Alma sont une allusion au conflit entre le persona (le masque social) et l'aima (le subconscient), conflit dont vient la souffrance humaine selon Jung.

[...]

On ressent ici dès le premier abord ce qui fait finalement la trame de fond la plus forte de ses textes, le leitmotiv incessant et insidieux qu'il (ou elle) ne cesse de dénoncer avec une subtilité d'où est exclue toute explicitation trop abrupte. Persona, dans son nom même ou plutôt dans sa non-identité, vous met en garde contre le terrible anonymat, vécu à l'heure de la *Star'Ac* et autre, comme une malédiction des temps modernes. [...]

Mais cet anonymat ne se limite pas à une critique d'un système médiatique qui cherche chaque jour sa "Nouvelle star" pour l'ingérer et la rejeter la semaine suivante. Persona va plus loin en pointant notre non-identité. Notre non-existence loin des autres. L'enfer c'est les autres nous dit Persona mais la solitude est comme l'enfer du laïque – le néant. Ainsi, sa page sur laquelle n'apparaît qu'une amie (et encore, dont le pseudo, Nénuphar, laisse penser qu'il ne s'agit pas d'un humain) apparaît comme la critique la plus forte de la virtualité des liens affectifs. Ou de l'affectivité, forcément trompeuse, de la virtualité. »

-_-'

Voilà, à peu près, tout ce qui passait dans l'esprit de Fred tandis qu'il lisait ces exégèses de son blog.

Au bout d'une heure de recherches et lectures, il dut admettre que Gabrielle avait sans doute raison de se montrer dubitative quant à sa théorie du « ça-va-se-tasser ». Fred n'avait jamais pensé à évaluer la qualité de son blog et même face à ce déferlement de louanges, la question, à ses yeux, ne se posait pas. Plus qu'à la qualité intrinsèque et a-temporelle d'une œuvre, il croyait à une conjonction plus ou moins miraculeuse mais profondément temporelle, à la rencontre à un moment *x* entre un public et une œuvre dans laquelle ce dernier puisse s'identifier et reconnaître ses aspirations et ses dégoûts. Et la forme même du blog se prêtait plus que toute autre à ce processus d'appropriation.

Il n'en tirait donc aucun mérite personnel. C'était juste la preuve qu'il était le produit de son époque et un produit suffisamment vague pour que les autres puissent y distinguer leur reflet en écho.

Mais que cela lui arrive à lui qui n'avait rien fait pour – et pur paradoxe, c'était précisément cela qui semblait plaire – le laissait complètement abasourdi. Il envoya un mail à Nénuphar pour lui expliquer la situation. Elle lui répondit immédiatement en s'excusant mille fois, disant que tout ça était sa faute, qu'elle se sentait terriblement coupable de lui avoir offert une exposition dont il l'avait pourtant prévenue depuis le départ qu'il ne voulait pas.

Ema était en train de traîner au lit chez Blester qui, lui, était parti au travail depuis belle lurette. Il faisait tellement chaud qu'elle avait repoussé les draps et sentait une flaque de transpiration entre son ventre et le lit. Elle se retourna sur le dos pour observer le plafond zébré d'ombre et de lumière. Elle avait la sensation d'être une lycéenne en grandes vacances sans aucune obligation et un champ de liberté infini. Elle soupira de plaisir. Enfin elle n'avait plus dès son réveil à sauter du lit cheveux en pétard, yeux bouffis et au ventre la peur panique (dans son cas plutôt la certitude) d'être en retard au boulot. Les premiers jours, elle éprouvait encore une légère culpabilité à glander comme ça. Mais désormais elle se sentait justifiée par la première décision qu'elle avait prise au cours de ces trois semaines de chômage. Elle allait devenir « normale ». Ce qui, pour sa part, demandait un effort tel que quelques grasses matinées n'étaient pas de trop pour s'en remettre.

Elle soupira de contentement. Par moments, la chaleur frisait la canicule. Comme elle l'avait annoncé à la dernière réunion des Morues, Ema avait laissé tomber ses théories du complot. Elle n'adhérait pas pour autant à l'explication du suicide de Charlotte, elle cessait juste de se poser la question. Quand elle voyait les Morues, c'était pour raconter des conneries et se foutre de la gueule de son mec à qui, pourtant, elle préparait amoureusement le dîner. Pratiquement, ils vivaient désormais ensemble. Ils ne se demandaient plus chaque matin s'ils se retrouvaient le soir. Évidemment, c'était en partie le fruit de la crise d'Ema qui ne se sentait pas capable de rester seule. Elle acceptait de laisser Blester s'occuper d'elle. Certes, l'inconvénient de vivre ensemble c'était qu'ils ne faisaient plus l'amour trois fois par nuit mais comme désormais ils passaient toutes les nuits ensemble, la moyenne hebdomadaire restait stable. Mais il y avait eu un autre changement. Elle avait remarqué qu'ils étaient moins sauvages, moins violents dans leurs rapports sexuels. Elle se disait que c'était peut-être parce qu'il pensait qu'elle était encore fragile. En plus, il faisait trop chaud pour jouer à se défier. Sodomie et canicule ne faisaient pas bon ménage. Et puis, c'était pas mal de faire semblant d'avoir la sexualité de Monsieur Tout-le-monde, ça la changeait, elle se disait que finalement, c'était un jeu sexuel comme les autres. Tant que ça ne durait pas trop longtemps.

Ema avait donc passé ses premiers jours de chômeuse à faire des choses « normales » comme régulariser sa situation de demandeuse d'emploi, ce qui avait été l'occasion pour elle de découvrir que la normalité était chose compliquée. Si elle, avec son DEA, n'arrivait pas à comprendre comment on s'inscrivait, elle ne voyait pas comment un jeune de 17 ans qui préparait les frites chez McDo pouvait réussir à toucher son chômage. Il faut dire qu'elle tombait en pleine restructuration. ANPE et Assedic venaient de fusionner, ce qui, a priori, aurait dû simplifier les démarches. A priori.

Première étape du parcours du combattant, Ema avait passé une journée entière à tenter de s'inscrire sur le site de Pôle Emploi avant de s'avouer lamentablement vaincue. Elle avait retenté le lendemain avec plus de succès et un mail l'avait informé qu'elle serait incessamment sous peu convoquée pour un entretien avec un conseiller. Ensuite, elle avait attendu. Comme elle se doutait qu'à ce rythme elle ne toucherait jamais ses indemnités qui devaient être calculées avec le fameux conseiller fantôme, elle avait fini par téléphoner pour obtenir directement un rendez-vous. Au premier appel, elle dut appuyer huit fois sur « la touche étoile de votre clavier » pour finalement être mise en attente pendant six minutes au terme desquelles le répondeur était programmé pour raccrocher. Légèrement agacée, elle avait recommencé et directement tapé huit fois de suite sur *, là encore le répondeur finit par l'envoyer chier. Au total, il lui avait fallu quatre appels pour réussir à « être mise en relation ». Quand elle eut enfin un être humain au bout du fil, elle était bien décidée à ne pas le lâcher. Du coup, elle mit quelques minutes à comprendre qu'elle ne parlait pas à un conseiller d'une agence de Pôle Emploi mais à quelqu'un d'une plate-forme téléphonique qui visiblement n'avait pas été formé pour répondre à ses questions. La fille au bout du fil lui précisa quand même que oui, elle avait été formée pendant trois jours et quand Ema, dans un accès de fureur, lui demanda « Mais putain pourquoi j'ai l'impression d'être en train d'appeler mon fournisseur internet de merde qui répond jamais ? » la fille avait avoué que justement, l'année précédente, elle s'occupait de l'assistance téléphonique de Free. Finalement, elle avait admis qu'il y avait peut-être un retard problématique dans le traitement du dossier d'Ema et quand celle-ci demanda un rendez-vous ce fut pour apprendre que son dossier serait peut-être sous-traité à un organisme privé.

Ema avait failli s'étrangler de rage. Elle pensait naïvement qu'ils ne devaient pas être si nombreux à mettre autant d'énergie à voir quelqu'un de Pôle Emploi et donc que ça aurait presque dû être un honneur pour eux. Mais de toute évidence, le système ne partageait pas ce point de vue. Au final, parce qu'elle était née chieuse et que ce léger défaut aux yeux de son entourage se révélait parfois un atout, Ema réussit à obtenir un rendez-vous. Et c'était précisément ce jour-là.

Elle tentait donc de s'y préparer psychologiquement en traînant au lit. Si elle y allait en grande partie pour obtenir enfin ses allocations chômage, elle n'était pas contre un coup de main pour retrouver un emploi. Voire pour devenir normale. Parce que finalement, qui mieux qu'un conseiller Pôle Emploi pouvait la cadrer dans le chemin de la normalité ? Elle en était là de ses réflexions quand son téléphone, en mode vibreur, s'affola secouant toute la structure de la table de nuit Ikea. Le numéro affiché sur l'écran de son portable était vaguement familier mais Ema ne le resituait pas. Malgré une hésitation, elle décrocha et entendit une voix de femme mûre.

« Allô ? Ema ?

— Oui…

— Bonjour, ici Brigitte. La maman de Charlotte. J'espère que je ne te dérange pas ? »

Elle se redressa brusquement et attrapa le drap pour couvrir ses seins nus.

« Heu… Non. Bien sûr que non.

— Tu vas bien ?

— Oui… Et vous ?

— Oh… Tu sais, ça dépend des jours… Ça doit t'étonner que je t'appelle ?

— Oui, un peu.

— En fait, je me suis décidée à ranger les affaires de Charlotte qu'elle a laissées chez nous. Tu sais, toutes ses affaires de petite fille et de jeune fille. Et j'ai trouvé quelques petites choses qui, je pense, devraient te revenir.

— …

— Tu peux passer les chercher quand tu veux. »

Pfff… Ça l'angoissait déjà mais elle savait que si elle repoussait, elle n'aurait jamais le courage d'aller les récupérer.

« En fait, je ne suis pas exactement débordée ces derniers temps. Je peux même passer aujourd'hui si ça te va.

— Parfait ! Ça me fait très plaisir de te voir, tu sais. Tu connais toujours l'adresse n'est-ce pas ?

— Bien sûr. Je serai là vers 16 heures. »

Voilà une journée qui s'annonçait éprouvante.

Quelques heures plus tard, Ema rencontra Emmanuelle Blanc qui avait le même âge qu'elle et qui se trouvait être sa conseillère. Immédiatement, Ema se sentit en confiance, pensant que sa presque homonyme serait forcément compétente. Si elle avait imaginé de possibles difficultés pendant cet entretien, elle ne pensait pas que le problème commencerait avant le rendez-vous. Emmanuelle lui annonça d'une voix clairement au bord de la crise de nerfs : « Je suis désolée mais il faut que je trouve un bureau pour vous recevoir.

— Vous n'avez pas de bureau ? répéta bêtement Ema.

— Nooon. On n'a pas de bureau attitré, avec la fusion tout ça vous savez. Normalement, on arrive à s'arranger mais aujourd'hui non. Puisque clairement quelqu'un s'est cru autorisé à s'installer au bureau que j'avais réservé. »

Ema suivit donc Emmanuelle à travers l'agence, à la recherche d'une table. Au bout d'un quart d'heure, alors qu'Ema hésitait à lui proposer d'aller au café d'en face mais craignait que ça ne rentre pas dans le cadre de la normalité, quelqu'un qu'Ema supposa être la secrétaire craqua et leur laissa son bureau « mais pas pour trop longtemps hein Emmanuelle ».

Une fois installées, Emmanuelle s'excusa pour le retard. Visiblement, il y avait eu un souci avec le dossier. Mais il ne fallait pas s'inquiéter parce que c'était de plus en plus fréquent.

« Ah… Bah je suis rassurée alors. Mais pourquoi c'est de plus en plus fréquent ? »

Emmanuelle soupira.

« La fusion a tout désorganisé. C'est le bordel. Franchement, on est tous au bord du suicide. On devait avoir 60 dossiers à traiter par agent et vous savez combien j'en ai personnellement ? Vous savez ?

— Non.

— 200. Ça en fait 140 de plus que ce qu'on nous avait promis. Comment vous voulez qu'on arrive à tout traiter ? Du coup, forcément, y a des erreurs. Je connais quelqu'un qui la semaine dernière a perdu un dossier. Et c'est quelqu'un à qui ça n'était jamais arrivé. Jamais.

— Ah… Et c'est quoi cette histoire que mon dossier serait peut-être sous-traité ? »

Emmanuelle leva les mains au ciel.

« AH. ÇA. Vous me croirez jamais.

— Essayez quand même.

— Eh bien figurez-vous que comme on est débordés. Évidemment on n'est pas assez nombreux. Deux cents dossiers, je vous ai dit. Eh bien on doit refiler les dossiers à des boîtes privées comme

Adecco ou Manpower. Et vous savez le pire ? Eh bien les mecs qui bossent dans ces cabinets privés, ils sont payés 3000 euros par chômeur casé. Vous imaginez ce que ça va coûter à l'État ? Hein ? Eh bien je vais vous dire. Sur deux ans, ça devrait coûter 450 millions d'euros à l'État. C'est une honte. Après, on nous dit qu'on n'a pas d'argent pour recruter des conseillers Pôle Emploi. C'est le serpent qui se mord la queue. »

Ema ne put s'empêcher de réfléchir à haute voix.

« Donc on vous fait travailler dans des conditions où forcément vous merdez, ensuite soi-disant pour vous aider on fait appel à des boîtes privées. Et à terme, je suppose qu'ils vont vous dire “Vous voyez bien Pôle Emploi ça ne marche pas, on n'a qu'à tout privatiser”. La fusion ANPE-Assedic, ça serait pas une partie de la RGPP par hasard ? »

Aussitôt Ema regretta d'avoir mentionné la RGPP. Pourquoi elle faisait ça ? Elle n'en avait plus rien à foutre de ces réformes. Emmanuelle sembla un peu déstabilisée.

« Heu… Oui, il me semble que c'est ce que j'ai lu sur des tracts. Mais passons. Je suis désolée de vous importuner avec tout ça alors que vous êtes vous-même dans une situation délicate. Vous exerciez quel type d'emploi ?

— Journaliste. »

Cette fois, Emmanuelle s'arrêta, terrorisée.

« Vous êtes venue pour me faire parler, c'est ça ? Vous allez citer mon nom ?

— Mais pas du tout ! Je viens de me faire licencier. »

À cet instant, Ema surprit le regard d'Emmanuelle couler vers sa besace qu'elle avait posée sur la chaise à côté d'elle. Emmanuelle reprit la parole sur un ton plus machinal mais surtout en regardant fixement le sac d'Ema.

« Vous savez, j'ai tendance à exagérer. En fait, cette fusion est plutôt une bonne chose. L'ancien système n'avait pas de sens. Là, il faut juste un peu de temps pour ajuster tout ça. Mais dans l'ensemble on est très satisfaits. »

Ema fronça un sourcil, tenta de capter le regard de sa conseillère, en vain, avant de lui demander très calmement :

« Excusez-moi ? Mais est-ce que vous êtes en train de parler à mon sac à main ? »

Emmanuelle partit d'un rire joyeux en s'esclaffant « ahahah… quelle idée… », ce qui aurait pu être crédible si elle n'avait tenté un discret clin d'œil à l'intention de la besace. Puis elle reprit plus sérieusement.

« Eh bien, je crois qu'on a fait le tour.

— Ah bon ? Mais pour mes allocations ?

— Il n'y aura plus aucun problème. D'ailleurs, on ne peut pas vraiment dire qu'il y a eu un problème, n'est-ce pas ? »

Elle s'était levée. Ema l'imita, remit sa besace en bandoulière. Sa conseillère s'apprêtait à la raccompagner quand Ema lui demanda :

« Et pour ma recherche d'emploi ? »

Emmanuelle adressa un sourire charmeur au sac d'Ema et lui répondit, audit sac : « Eh bien, je ne m'inquiète pas trop, je suis certaine que vous allez trouver. »

En sortant, Ema était un peu dépitée. Elle avait tout fait pour être normale mais elle voyait bien qu'elle n'avait pas eu droit à un vrai entretien. Elle jouait de malchance. Blester l'appela à ce moment pour savoir comment ça s'était passé.

« Bien. Enfin, je crois. Elle est plutôt sympa ma conseillère.

— Mmm… Pourquoi t'as cette voix-là ? Qu'est-ce que t'as fait ?

— Mais rien. C'est pas moi. En fait, je crois qu'elle m'a prise pour une journaliste infiltrée qui faisait un reportage en caméra cachée.

— Arrête ta parano. N'importe quoi.

— Si si. Du moment où j'ai dit que j'étais journaliste, elle s'est mise à parler à mon sac.

— Non mais EMA. Qu'est-ce que t'as foutu encore ? Tu lui as fait peur, c'est ça ? »

Ema n'eut pas le temps de se sentir vraiment vexée par la remarque de Blester. Elle était déjà en retard pour aller chez Charlotte. Quarante minutes plus tard, elle était plantée depuis dix minutes devant le portail de cette maison où elle avait passé des années. Elle se demandait, avec un scepticisme certain quant à la réponse, si ce genre de démarches était vraiment propre à la ramener à la normalité à laquelle elle aspirait. Elle se décida malgré tout à appuyer sur le bouton de l'interphone. À travers la grille du portail, elle vit aussitôt Brigitte sortir de la maison et traverser la cour. Avec l'âge, elle gardait la même élégance qu'Ema lui avait toujours connue. Quelques mèches s'échappaient de son chignon et elle portait un costume d'homme dont la sobriété révélait une marque de grand couturier. Elles se firent une bise appuyée.

« Entre, Gérard est là, il prépare du café. Tu prendras bien une tasse avec nous ? »

Ema hocha la tête et franchit le seuil de la maison en inspirant une grande bouffée d'oxygène. À l'intérieur, elle ne remarqua pas de changement majeur.

« Ça fait longtemps que tu n'es pas venue, n'est-ce pas ? »

Gérard la salua depuis le comptoir de leur cuisine américaine. Une bouteille d'eau à la main, il remplissait le réservoir de la cafetière. Il avait l'air fatigué.

« Je crois que la dernière fois, c'était pour la fête des 25 ans de Charlotte.

— Oh oui… Dans quel état vous nous aviez mis la maison… Maintenant, avec le recul, c'est le genre de choses qu'on est vraiment contents d'avoir fait. Je m'en voudrais presque d'avoir hésité. Elle passa une main devant ses yeux. Tu veux peut-être monter prendre d'abord les affaires ?

— Je ne sais pas. Qu'est-ce que je suis censée prendre exactement ? »

Ils échangèrent un regard complice.

« Monte dans sa chambre, je pense que tu comprendras ce qui te revient. On attendait que tu sois passée les prendre avant d'appeler notre gendre.

— Très bien. Je ne comprends pas exactement mais c'est pas grave. »

Ema se sentait terriblement nerveuse en montant l'escalier qui menait à la chambre de Charlotte. La seule explication de cette peur c'était la perspective de se retrouver, pour la première fois finalement puisqu'elle avait refusé d'assister à la mise en bière et que l'appartement de Charlotte et Tout-Mou ne lui évoquait rien, se retrouver donc pour la première fois face à elle. Ou face à son absence.

La porte de la chambre était ouverte. À l'intérieur, c'était un peu le bazar, des cartons traînaient partout mais le lit et le bureau étaient à la même place. Sur les étagères, elle reconnut immédiatement tous les dos des livres, elle aurait pu les réciter dans l'ordre et énumérer chaque babiole qui traînait, chaque boucle d'oreille dépareillée.

On aurait dit la chambre de quelqu'un qui s'apprêtait à déménager.

Ema comprit qu'elle allait encore pleurer et qu'il lui fallait une cigarette mais elle avait laissé son sac en bas. Sans trop d'espoir, elle se dirigea vers le range-CD, compta trois étages en partant du bas et glissa sa main derrière. Incroyable, il était encore là. Le fameux paquet de dépannage. Un paquet mou de Lucky Strike. Ce n'était sans doute pas une bonne idée de fumer ces cigarettes qui lui évoquaient trop Charlotte mais bon… C'était le moment ou jamais. Il était déjà à moitié entamé. Elle ne put s'empêcher de se demander quand elle les avait fumées. Charlotte était sans doute ici seulement quelques semaines auparavant. Elle était venue faire le tri dans ses affaires et avait eu envie de s'en griller une dans la chambre de son adolescence. Elle l'avait allumée, elle avait ouvert la fenêtre, comme Ema maintenant, et s'était accoudée. Mais qu'avait-elle dans l'esprit à ce moment-là ? À quoi avait-elle pensé ? Ema était certaine qu'elle avait songé à toutes leurs soirées passées ici à gémir, à se plaindre de leurs parents, à espérer que la vie tiendrait ses promesses. Peut-être avait-elle même failli prendre son portable pour appeler sa vieille amie et lui dire « Salut, c'est moi. Je suis dans ma chambre. Je voulais savoir si tu te souvenais du nom du mec super collant avec qui j'étais sortie à la colo de 4e et qui m'avait peloté les seins ? » Mais non, Ema n'arrivait plus à se rappeler son nom. Mais non, Charlotte ne l'avait pas appelée. Et quoi d'autre ? Avait-elle fait le point sur ce dossier De Vinci qu'on lui avait mis entre les mains ? Avait-elle alors décidé de rendre publiques ces informations ? Peut-être que c'est à ce moment-là qu'elle avait failli l'appeler ? « Salut, c'est moi. Je sais qu'on est fâchées mais il faut absolument que je te parle de quelque chose. J'ai besoin d'un sérieux coup de main. » Mais non, elle ne l'avait appelée. Putain, mais pourquoi ne l'avait-elle pas appelée ? Que ce soit pour le dossier De Vinci ou juste pour lui dire que ça n'allait pas, qu'elle perdait pied, qu'elle avait envie de tout arrêter ? S'était-elle demandée si épouser Tout-Mou était une erreur ?

La corde avait-elle rompu ? Et si oui, à quel niveau était le point de rupture ?

Être dans sa chambre n'apportait pas plus de réponse. Du regard, Ema fit le tour de la pièce. Elle remarqua alors un carton ouvert sur le côté duquel était inscrit au marqueur « E-ma-poulette ». C'était ça, c'était ça qu'elle lui avait laissé. Donc elle lui avait laissé quelque chose. Elle ne l'avait pas oubliée. Ema s'alluma une deuxième cigarette pour se donner du courage et s'installa en tailleur par terre, devant le carton. C'était comme si elles avaient rendez-vous une dernière fois. Juste toutes les deux. Quand elle vit la couverture de l'album qui était sur le dessus, elle comprit le sourire complice qu'avaient échangé les parents et elle se sentit mortifiée. Ils l'avaient forcément vu. Ils avaient trouvé cet objet qu'elles avaient soigneusement gardé secret toutes ces années. Ils avaient mis la main sur leur album à queues.

L'expression les faisait pouffer de rire mais elle était un peu présomptueuse : la première page datait de 1989 avec non pas une photo et encore moins d'une queue mais le dessin assez approximatif de Jimmy, leur premier amoureux. Oui, à l'école primaire, les meilleures amies pouvaient se payer le luxe de partager leurs amoureux comme elles avaient la même couleur préférée ou le même dessin animé fétiche. Ema savait que Jimmy était amoureux de Charlotte mais que cette dernière avait préféré l'ignorer et se languir avec sa copine pour ne pas briser leur pacte implicite. S'ensuivait des pages de lamentations maladroites et à quatre mains sur le beau Jimmy. Ema tournait les pages, ils étaient tous là, tous ces visages de garçons oubliés pour lesquels elles seraient mortes d'amour. Elle tomba sur la page de Cédric. Celui qui avait peloté Charlotte pour la première fois. Avec les années, les pages alternaient les amours de l'une et de l'autre. Et puis, 1997, la première photo de queue. Prise en douce, de loin, floue, comme un trophée. Et ce n'était pas Ema, c'était Charlotte qui avait eu cette idée. Elle était toute rouge en lui racontant et elles étaient allées ensemble faire développer la pellicule en gloussant devant le mec de Photo Station.

Elle passa directement à la dernière page remplie.

Elle eut alors une sacrée surprise. Ce n'était pas la photo qu'elle attendait. Charlotte avait ajouté un cliché. Une énorme bite en érection, un machin d'une taille inhumaine. La légende indiquait « Qui l'eût cru ?… mai 2007. » Ema resta stupéfaite. C'était donc ça le secret du charme de Tout-Mou… Elle éclata de rire.

Quand elle redescendit, Gérard était dans la cuisine plongé dans la lecture du *Monde* – comme elle l'avait toujours connu. Même quand ils passaient leurs vacances dans le trou-du-cul de la Turquie, il parvenait à en dénicher un exemplaire. Elle posa son carton dans l'entrée. Brigitte était dans le salon, assise sur le canapé, les yeux dans le vide. Pour Ema, son inexpressivité était la plus grande marque possible de douleur. Une douleur qui ne trouverait jamais d'échappatoire. Elle accentua le bruit de ses talons cognant le parquet pour signaler son arrivée. Brigitte leva vers elle un sourire doux.

« Ça va ? Tu as trouvé ? »

Elle hocha la tête.

« Oui, je crois que j'ai trouvé ce dont vous parliez… Elle se sentait bêtement prise en faute.

— Bien sûr, vous avez toujours réussi à m'étonner toutes les deux. Tu as le temps pour un café ? Il est encore chaud.

— Avec plaisir. »

Ema s'installa à côté d'elle, un peu nerveuse.

« Tu sais, tu peux fumer.

— Je crois que ça m'a fait du bien, de retourner dans sa chambre.

— Oui. Je t'ai entendue rire. »

Dans le regard que Brigitte lui adressa alors, il y avait tout. Elle comprenait exactement ce qu'Ema voulait dire, elle savait, elle semblait dotée d'une omniscience divine.

« Et toi ? Comment vas-tu, Ema ? demanda-t-elle en lui tendant une tasse de café.

— Ça va... Je... Je suis un peu dans un entre-deux professionnel en fait.

— Ah oui ?

— Oui. J'ai eu quelques désaccords avec mon patron. Ça arrive souvent dans le milieu du journalisme. Et du coup, on a décidé de cesser notre collaboration.

— Mais tu as un autre emploi ?

— Pas encore. C'est tout frais. Et c'était un peu inattendu. Mais je ne suis pas trop inquiète. Je vais retrouver quelque chose, j'ai plusieurs pistes. Et puis j'ai quelques mois d'indemnités devant moi.

— C'est bien que tu ne sois pas inquiète mais tout de même, j'ai l'impression que c'est beaucoup plus dur pour vous que ça ne l'a été pour nous. Les licenciements, le chômage, la pression au travail... J'ai vu ça avec Charlotte. Elle travaillait énormément. Elle avait des horaires pas possibles. Même le week-end. Et malgré tous ses sacrifices, elle avait un gros problème avec sa direction.

— Comment ça un gros problème ?

— Eh bien... Elle ne voulait pas nous en parler clairement mais récemment elle avait craqué. Elle nous en a touché deux mots lors d'un des derniers dîners. Et, si je peux te donner le fond de ma pensée, je ne peux pas m'empêcher de voir un lien entre cette énorme pression au travail et son geste.

— Mais elle ne vous a rien dit de plus au sujet de ce problème ?

— Elle parlait d'un problème moral. Elle aussi avait eu un désaccord avec ses supérieurs et ils avaient fait pression sur elle. On ne saura jamais comment ça aurait fini. Mais la dernière fois que je l'ai vue, elle semblait rassurée. Même légèrement exaltée. Je me suis demandé si elle n'avait pas trouvé un nouvel emploi.

— Je ne savais pas tout ça.

— Elle n'en a parlé à personne je crois. Et puis, vous ne vous voyiez plus beaucoup... Mais elle tenait énormément à toi. Elle se tenait au courant de ta vie et ensuite, elle me donnait de tes nouvelles.

— Ça ne m'étonne pas. Je faisais la même chose. »

Elle la raccompagna jusqu'à la grille et lui dit « N'hésite pas à passer quand tu veux, tu seras toujours la bienvenue. Mais ne te sens pas obligée non plus. Je ne veux pas faire peser ça sur toi. » Ema attendit d'être dans le métro pour essuyer ses larmes.

Playlist :
Feist – *My Moon, My Man (Boyz Noize remix)*
Of Montreal – *The Past is a Grotesque Animal*
dEUS – *The Ideal Crash*

CHAPITRE HUIT

Pyjama et vodka

Une fois rentrée chez elle, Ema se prépara un café taille XL dans une tasse déjà sale et s'installa en tailleur devant son ordinateur. Elle avait besoin de faire le point. En levant les yeux vers son salon vide et écrasé de soleil, elle se rendit compte combien il était étrange d'être seule chez soi en pleine semaine. Immobile devant son PC, une bouffée de chaleur l'étouffa. Elle commençait même à transpirer et le café brûlant n'arrangeait rien. Elle se releva pour ouvrir la fenêtre et, quelques secondes plus tard, une dizaine de mouches tournaient en rond au centre de la pièce. Elle décréta que ce n'était pas si mal comme compagnie. Mais assez vite leur bourdonnement ne fit que mettre en relief le silence de ce milieu de semaine. Le calme alentour avait une tonalité suffisamment angoissante pour qu'elle décide de mettre de la musique. Sur Deezer, elle choisit un vieil album de Tom Waits qui lui paraissait capable de remplir l'espace du salon.

Elle lança le traitement de texte et commença à taper une synthèse la plus objective possible sur la mort de Charlotte. Malgré sa résolution de (re)venir à la normalité, elle ne pouvait pas faire comme si

Brigitte ne lui avait rien dit. La mention d'un problème qu'aurait rencontré Charlotte au boulot cadrait trop bien avec ce qu'Ema avait déjà appris. Non seulement elle savait comment vérifier cette histoire mais en outre elle avait du temps libre devant elle et plus grand-chose à perdre. Une toute petite dernière enquête ne pouvait pas avoir de graves conséquences. Et cette fois, elle s'y prendrait différemment. Au cas où elle serait véritablement folle (hypothèse que par souci d'honnêteté intellectuelle elle n'excluait toujours pas), il ne servait à rien d'entraîner les Morues et Fred dans ses délires paranoïaques. Du moins, pas tant qu'elle n'aurait rien découvert de nouveau.

Restait le problème Blester. Dans la mesure où c'était la personne qu'elle fréquentait le plus, il paraissait difficilement imaginable de ne rien lui dire. Mais après toutes les emmerdes qu'elle venait de traverser et après avoir juré ses grands dieux qu'elle ne se mêlerait plus de la vie ou de la mort de Charlotte, elle se voyait difficilement lui annoncer qu'au final elle avait encore quelques anodines vérifications à faire. Même si elle se trouvait minable de lui mentir, elle préférait cette solution à un inévitable sermon sur sa propension à se foutre dans la merde.

Décidée à tout mettre au clair le plus rapidement possible, elle alla fouiller dans son armoire ce qui suffit à la mettre en nage. Son débardeur collait à son dos – elle détestait cette sensation. Par un incroyable coup de bol, elle n'avait pas retouché à la veste qu'elle portait à l'enterrement et elle trouva tout de suite la carte de visite de « Fabrice Saulnier – consultant à McKenture » dans la poche où elle l'avait glissée. Elle resta un instant hésitante, pliant et dépliant machinalement le bristol. Évidemment, le fait que cette vérification l'oblige à dîner avec un mec dont l'objectif avoué était de la sauter posait problème. Mais Blester n'avait vraiment aucun besoin de le savoir. Elle avait déjà fait suffisamment de concessions pour devenir une chouette petite amie, elle avait encore le droit à un minimum d'intimité. Convaincue qu'elle n'avait pas d'autre choix et que la fin justifiait les moyens, ça ne l'effleura pas un instant qu'elle était en train d'enfreindre pour la première fois un des axiomes essentiels de la charte des Morues : assumer tous ses actes, ne pas tomber dans l'hypocrisie propre au couple traditionnel. Dans son esprit, les choses étaient simples. Si elle voulait en savoir plus sur le travail de Charlotte, elle devait bien s'adresser à un de ses collègues. À partir de ce postulat, il devenait facile de transiger avec ses principes de Morues (ne pas cacher quelque chose à son mec par crainte de sa réaction). Mais plus tard, elle se dirait que le pire, c'est qu'elle n'avait même pas eu conscience de cette abdication.

À son grand étonnement, ledit Fabrice décrocha immédiatement. Il était bien sûr ravi, quoique surpris, d'avoir de ses nouvelles. Et évidemment, il se faisait un plaisir de dîner en sa charmante compagnie. Ema se sentit quand même un peu à l'étroit avec sa conscience quand elle annonça à Blester qu'ils ne pouvaient pas se voir parce qu'elle prenait un pot avec une amie et que, avant d'entrer dans le restau, elle éteignit son portable.

Dans un cadre lounge qu'il devait s'imaginer être le comble du chic, Ema passa le dîner à tenter de tempérer les ardeurs de Fabrice. Elle nota qu'il avait sensiblement changé de ton. Il la prenait presque de haut ce grand con. Sûr de lui, de son charme, ou plus exactement du charme de son compte en banque. Il transpirait le sperme moisi et desséché. Inutilisé et inutilisable. Le fait que ce soit elle qui l'appelle devait signifier pour son ego surdimensionné qu'elle était en position de demande. Donc de faiblesse. Elle l'entendait presque penser « encore une qui ne résiste pas à l'attrait du pouvoir ». Et qu'elle passe le repas à l'interroger sur son travail (elle commença léger avec des questions sur l'ambiance avant de passer à des problématiques de fond) le confortait dans cette posture. Malheureusement, pendant les croustillants de légumières et merveilles des océans servis en entrée, il se contenta de lui répondre que ces affaires étaient très compliquées – comprenez « trop » complexes pour une cruchasse comme Ema. Au moment du hamburger à la sauce caviar, il esquiva encore avec un ton supra confidentiel comme s'il s'était agit de secrets d'État qu'il ne pouvait évidemment pas lui révéler. Le mille-feuille au chocolat fut l'occasion d'orienter la discussion sur Charlotte – « Tu sais qu'elle faisait des tartes excellentes et tiens, puisqu'on en parle, au travail, elle se comportait comment ? » – mais dans un premier temps tout ce qu'il fut capable de répondre c'était que ce travail était très dur pour les femmes. La pression, les responsabilités, tout ça. Et puis, ça prend beaucoup de temps, ça demande des sacrifices et les femmes ne sont pas vraiment carriéristes par nature. Finalement, c'était pas très étonnant qu'elle se fût suicidée, il faut avoir les épaules pour ce genre de boulot. Et côté carrure, on aura beau dire… Enfin… ils ne travaillaient pas dans le même groupe mais il voyait bien qu'elle se donnait du mal la pauvre. Ema commençait à fouiller nerveusement dans son sac à la recherche désespérée d'une Nicorette pour se calmer. Mais bon, il devait bien avouer que Charlotte s'était fait recadrer plusieurs fois. Dans le groupe de travail où elle était, l'ambiance était devenue détestable. Elle s'était permise de mettre en doute certaines méthodes, et même d'accuser les chefs de ne pas être clairs dans leurs objectifs. Incroyable, non ? Ema ne put se retenir plus longtemps : « En même temps, vouloir transformer l'État français en entreprise, ça paraît absurde. » Fabrice secoua la tête.

« Ce n'est pas parce que c'est un État qu'il ne faut pas qu'il maîtrise sa gestion. On apporte des solutions adaptées.

— Des solutions qui ne tiennent compte que des chiffres. Un État ça s'occupe de social, et le social, ça se calcule pas avec des chiffres.

— Et pourquoi pas ? Y a des réalités. Par exemple, même pour un État, dépenser plus d'argent qu'il n'en a ça mène à la faillite. D'ailleurs, c'est bien pour ça que le ministre du Budget, qui franchement tu pourras pas dire le contraire est un mec super, vient du privé. Mieux d'ailleurs, il vient de chez nous. C'est un ancien associé. »

Ema faillit s'étrangler. Le ministre du Budget, dont elle n'aurait eu aucun mal à dire que non c'était pas franchement un mec super, était surtout le rapporteur général de la RGPP. Il avait donc filé à son ancienne boîte le marché d'audit le plus juteux du moment.

« Mais justement. Qu'il vous file la réforme des politiques publiques, ça te choque pas ?

— Non. On est l'un des quatre meilleurs cabinets d'audit du monde. Et les trois autres travaillent aussi pour l'État français. Ça aurait été absurde qu'il ne nous embauche pas simplement parce qu'il avait travaillé chez nous. Tu sais, on n'est pas des monstres. Faut arrêter de dire que l'entreprise c'est le mal. On fait gagner de l'argent et c'est cet argent qui permet d'améliorer la qualité de la vie de tout le monde. Tu vois, simple exemple, McKenture, on est mécène du Louvre. On est même membre fondateur du cercle Louvre Entreprise. »

Cette fois, Ema s'arrêta net. Ce crétin venait de lui fournir l'information qu'elle attendait depuis des semaines. Le cabinet d'audit, soi-disant objectif, qui proposait ce qu'on devait faire des musées, avait une part dans ces mêmes musées. Là, on était au minimum face à un conflit d'intérêts majeur. Voire pire. C'était typiquement le genre de choses qui aurait choqué Charlotte. Elle était certes libérale mais elle tenait à des principes qui selon elle permettaient au système de fonctionner correctement. Ema s'était plantée depuis le début. Charlotte n'avait pas voulu dénoncer la RGPP, une politique qu'en soi elle approuvait. Elle avait découvert un énorme conflit d'intérêts.

Malheureusement, Fabrice n'alla pas plus loin. Il reprit sa litanie sexiste sur les « métiers de femme ». Son niveau de connerie olympique accentuait encore la culpabilité d'Ema envers Blester. Par un étrange tour de passe-passe psychologique, mentir pour aller dîner avec un mec bien lui aurait semblé moins grave que mentir pour aller bouffer avec un con. Elle se consolait en pensant qu'elle avait commandé les plats les plus chers, ce qui n'avait pas été très compliqué puisque pour l'épater il avait choisi un restau hors de prix – fallait bien que la misogynie ait un avantage. Au moment de régler, il lui adressa un sourire charmeur. « Je t'inviterais avec plaisir mais bon… avec vous, les nouvelles femmes, c'est mal vu. Tu prendrais ça pour un signe de sexisme. Il faut savoir être de son temps, n'est-ce pas ?

— Non, ça va aller tu peux m'inviter, je le vivrai bien, le rassura-t-elle immédiatement.

— Allons, non. Je ne veux pas t'aliéner comme vous dites. Sois un peu émancipée ! »

Il ponctua sa réflexion d'un ricanement de babouin assez déplaisant.

Ce soir-là, son émancipation coûta à Ema la modique somme de 69,50 euros, ce qui tombait assez mal. Mais c'était aussi le prix de l'information. Elle donna rendez-vous à Fred dès le lendemain.

Elle hésitait un peu à l'inviter chez elle. Même s'ils s'étaient vus plusieurs fois depuis sans l'ombre d'une ambiguïté et bien qu'elle y mît toute son énergie, Ema ne parvenait pas à occulter le souvenir de leur soirée au club Léonard. Ces quelques minutes où elle avait eu la sensation qu'ils n'étaient pas loin du couple, ces quelques secondes où l'impensable était devenu tangible. Fred et elle… L'horreur… Elle pouvait difficilement imaginer plus mal assortis. D'ailleurs, la question ne se posait même pas réellement – elle était avec Blester et pire, il fallait bien l'admettre, elle était amoureuse de lui. Même si pendant cette soirée avec

Fred, ils avaient frôlé le dérapage – l'image qui lui venait était précisément celle d'une voiture s'encastrant dans un tronc d'arbre –, ça n'avait été qu'un moment d'égarement.

Elle trouvait très déplaisant d'y repenser. Ça la mettait mal à l'aise et elle savait pertinemment que ce malaise n'était pas du dégoût mais au contraire la preuve d'une certaine attirance qu'elle avait honte de s'avouer. Même sous la torture, elle aurait nié de toutes ses forces et, heureusement pour elle, Fred n'était pas exactement du genre à insister pour relancer les choses. Mais elle se connaissait – et même sans cela, certains rêves étaient assez explicites – et elle savait qu'elle nourrissait une espèce d'attirance/répulsion pour le petit Fred. Elle louait le ciel qu'il fut à ce point dépourvu de sagacité, il était à mille lieues de s'en douter et elle faisait tout (sauf, justement, ce soir-là) pour qu'il reste dans l'ignorance. C'était une attirance assez malsaine. Fred, pour Ema, était à mi-chemin entre le petit frère et la bonne copine et elle se doutait que ce n'était pas en dépit de cela qu'il l'attirait mais justement pour cette raison même, la triade super sexy du : interdit/tabou/inceste. Avec les Morues, elles avaient tant et si bien désexualisé le malheureux que reconnaître qu'il restait un mec avec une bite (qui plus est passablement obsédé par les nanas) avait quelque chose d'atrocement excitant. Elle se demandait si Gabrielle et Alice éprouvaient le même trouble mais elle penchait plutôt pour l'hypothèse selon laquelle elle était une malade mentale et qu'elle devait cesser d'imaginer que les neurones de la terre entière baignaient dans la même boue que son cerveau. Exception faite d'Alice qui, pour se taper Gonzo, ne devait quand même pas être d'une santé mentale parfaitement saine.

Elle se demandait aussi si cette attirance malsaine pour Fred n'était pas le contrecoup de sa situation de couple. Maintenant qu'elle était maquée, qu'ils faisaient l'amour avec une certaine tendresse, il fallait bien que sa perversité prenne une autre forme. Elle était heureuse avec Blester et le cul était bien mais elle sentait au fond d'elle que son côté obscur était toujours là. Ce n'est pas parce qu'elle était amoureuse que sa sexualité profonde avait changé. Ses fantasmes restaient les mêmes, et si, jusqu'à présent, elle avait pu les exprimer avec Blester, elle sentait que les scénarios bondage étaient moins d'actualité. Elle allait devoir lui en parler avant que la frustration ne commence à la faire fantasmer sur les types les plus improbables. Elle avait déjà vécu ça auparavant et la seule chose qui l'avait fait tenir dans ces situations de couple, ça avait été de se dédoubler carrément. Elle prenait des amants avec qui elle pouvait assouvir ses fantasmes SM et paradoxalement, ces infidélités permettaient de sauver ses couples. Sauf qu'avec Blester, ça n'aurait pas de sens de faire ça. Ils avaient une relation de confiance et surtout, le sexe avait précisément été leur point d'accord numéro un. C'était le premier avec qui, dans ce domaine, elle n'avait pas à faire semblant. Elle savait qu'elle allait donc devoir aborder le sujet de ses frustrations avec lui. Pourtant, même si elle y pensait depuis quelques jours, elle n'avait toujours pas amorcé la discussion.

Bref, sa politique vis-à-vis de Fred était donc d'éviter toute situation prêtant à ambiguïté – comme par exemple l'inviter chez elle pour un tête-à-tête, ce qu'elle s'apprêtait justement à faire. Mais elle savait qu'il était trop nul en relations humaines pour y voir quoi que ce soit de licencieux. C'est donc sur un ton tout naturel qu'elle lui proposa de passer.

Ce soir-là, avant que Fred arrive, elle se changea pour enfiler son pyjama le plus dégueulasse et informe alors que le temps se prêtait davantage aux nuisettes sexy. Mais dès qu'il eut franchi le seuil de la porte, Ema comprit que le pauvre chou avait d'autres problèmes en tête que leur avenir conjugal. Il s'affala sur le canapé comme s'il portait toute la misère du monde sur ses frêles épaules et la regarda d'un air souffreteux. Debout face à lui, elle croisa les bras.

« Laisse-moi deviner… Encore un problème de meuf ? Nénuphar est un homme ? »

Il secoua négativement la tête.

« Qu'est-ce qui se passe alors ?

— Nan… marmonna-t-il. Tu comprendrais pas…

— Sympa, commenta-t-elle. Laisse-moi deviner. Tu viens de découvrir qu'aucun principe de physique quantique ne tenait la route ? »

Il esquissa un sourire triste. Un peu inquiète, elle se dirigea vers la cuisine. Elle disposa tous les ingrédients indispensables sur un plateau, revint dans le salon et posa le tout sur la table basse avant de s'asseoir sur un coussin face à un Fred plus apathique que jamais. Il regarda le contenu du plateau avec une mine triste à pleurer. Elle avait pourtant sorti le grand jeu : vodka carambar, lait, Nesquik, Curly.

« C'est mon blog. C'est devenu un cauchemar. »

Elle l'encouragea à continuer d'un signe de tête. D'un geste las, il désigna son ordinateur portable. Elle lui passa. Il tapota quelques secondes avant de le lui rendre. En le prenant, elle reconnut sur l'écran sa page Myspace qu'elle était allée visiter une fois par curiosité. Le compteur d'amis était toujours bloqué à « Persona has 2 friends », un simple point d'interrogation faisait office de photo, aucune rubrique n'avait été remplie, la page restait blanche avec les bordures bleues. Une friche virtuelle inhospitalière. Une forme d'impolitesse qui frisait l'insulte.

« Clique sur le blog », lui dit Fred d'une voix atone.

Elle obtempéra. Elle vit d'abord le corps du texte puis, en déroulant la page, des commentaires. Des dizaines de commentaires. Elle continua à descendre et rectifia sa première impression. Pas des dizaines mais des centaines de commentaires à la suite les uns des autres. Ça n'en finissait pas. En bout de page, elle découvrit que les commentaires continuaient sur d'autres pages. La moitié de la France semblait éprouver le besoin néphrétique de donner son avis sur le blog de Fred. Si certains se contentaient d'un « Bravo ! », « Génial », « Excellent !!! », d'autres don naient dans la tartine de trente lignes pour exposer toutes les nuances de leur pensée. Le ratio général devait être d'une insulte (qui tournait autour de la notion générale d'imposture) pour trois dithyrambes. Il paraissait assez clair que Persona était devenu une star du web. Par curiosité, elle revint sur Google et tapa « Persona ». Les trente premières réponses ramenaient toutes à Fred et aucune au film. Il avait supplanté Ingmar Bergman. Et ça, c'était la preuve indubitable qu'il y avait un problème. Elle reposa l'ordi à côté d'elle et déclara très sérieusement :

« Si tu te sens vraiment mal, supprime ta page. »

Il leva une tête affolée.

« Mais… j'ai pas envie d'effacer ma page. D'abord y a Nénuphar. Et puis même… Pourquoi j'aurais pas le droit d'avoir une page Myspace comme tout le monde, comme 150 millions de personnes ? Pourquoi j'ai pas le droit à la tranquillité ? J'ai rien fait pour ça.

— Justement, je croyais que t'avais tout fait pour être tranquille. Qu'est-ce qui s'est passé ? Y a plein de gens qui essaient en vain de créer des buzz sur internet et toi, on dirait que ça te tombe du ciel. T'as forcément fait quelque chose.

— Mais j'ai rien fait ! C'est Nénuphar. Elle m'a mis dans son top d'amis. Alors les gens sont allés voir sur ma page par curiosité. Et puis ils ont commencé à en parler à leurs amis…

— Oui mais là, ça fait beaucoup d'amis…

— C'est mathématique en fait… »

Ema sentit qu'il allait se lancer dans une explication théorique mais il referma la bouche, laissant sa phrase en suspens, abattu. Vu son teint verdâtre et sa voix gémissante, elle décida qu'il valait mieux sauter l'étape Nesquik et passer directement à la vodka. Il y trempa le bout de ses lèvres sans conviction et reposa son verre en tremblant.

« Ça va pas Ema. Je veux vivre comme tout le monde. Tranquillement. C'est ce que j'ai toujours voulu. J'ai jamais rien demandé d'autre. T'es témoin ?

Polytechnique, tout ça, je m'en foutais. Au lycée, moi, j'aurais voulu être comme Antoine. Et maintenant, j'aimerais avoir une relation normale avec une fille normale. J'ai essayé de choisir un boulot normal. Je me suis dit secrétaire, c'est bien. C'est normal. Et en fait tout le monde a l'air de trouver que c'est super étrange.

— En même temps, un garçon secrétaire, c'est pas courant. T'aurais dû choisir manutentionnaire.

— J'y ai pensé mais ça avait l'air trop fatigant. Et puis, ça me plaisait vraiment secrétaire. Il poussa un soupir à fendre les pierres. Je veux juste être normal. »

Ema ne put s'empêcher de penser que se choisir une meilleure amie psychotique n'était pas le meilleur début pour vivre normalement. Elle se leva pour ouvrir la fenêtre. Chaud. Il faisait définitivement chaud. C'était ça, l'été. Siroter de la vodka à la fenêtre la nuit en écoutant les bruits de la rue – rires isolés, scooter, talons qui résonnent. Elle retourna s'asseoir face à Fred au visage défait de tristesse.

« Je te comprends, approuva-t-elle. C'est ce que je me dis aussi ces derniers temps. Aussi différents qu'on soit tous les deux, je crois qu'au fond, on veut la même chose. J'aimerais bien être dans la normalité. Ça a l'air cool. Finalement. »

Il esquissa un sourire.

« Être au chômage, c'est un bon début.

— Tu deviens taquin. Elle alluma une cigarette. Franchement Fred, je suis sûrement la personne la plus mal placée au monde pour expliquer comment on devient normal. Je suis même pas certaine que ça existe, la normalité. Mais il ne faut pas que tu généralises trop vite comme si soudain tu avais tout raté. C'est comme ça qu'on entre en période de déprime. Concentre-toi sur le problème précis du blog. Elle se redressa pour attraper un cendrier et chercher l'inspiration. Je sais, tu vas faire une chose simple. Sur ta page, à la place des infos personnelles, tu vas écrire un petit texte pour expliquer que tu ne cherches aucune notoriété, que tu veux juste qu'on te foute la paix, que si ton blog plaît tant pis/tant mieux, que de toute façon tu ne répondras à aucun message, aucune question. Point barre. Un truc clair, net et précis. Ça devrait suffire pour que ce cirque s'arrête. La capacité d'attention des gens n'est pas illimitée.

Il approuva d'un hochement de tête convaincu et se pencha vers la table basse pour préparer un chocolat.

« T'as eu des nouvelles d'Antoine ? lui demanda-t-elle.

— Non. Aucune. Et je ne préfère pas. Il marqua une pause. Ils sont vraiment ensemble Alice et Gonzo ? »

Ema haussa les épaules.

« J'en sais rien et je ne veux pas savoir. C'est pour ça qu'Alice m'en parle pas. Tu vois, on a chacun nos sujets tabous. »

Elle écrasa sa cigarette avant de poursuivre.

« J'ai un dernier conseil à te donner si tu veux bien, ajouta-t-elle. Ça me regarde pas mais quand même fais gaffe à Nénuphar. Je sais pas pourquoi, je la sens pas cette meuf. C'est trop bizarre qu'elle te propose pas que vous vous rencontriez. Y a une merdouille derrière. Elle cache forcément quelque chose. J'ai pas envie que tu t'emballes et qu'après tu sois déçu.

— Merci de t'inquiéter. Je sais que ça a l'air d'une histoire toute nulle mais je t'assure qu'il y a un truc qui passe entre nous. Je le sens. Quelque chose de vraiment particulier. C'est pas du tout comme avec Alexia. Mais on verra bien, peut-être que tu auras encore raison... Et toi ? Quoi de neuf chômeuse ? »

Elle lui fit un résumé de ses aventures des derniers jours. Le coup de téléphone de la mère de Charlotte, sa discussion avec elle, le dîner avec Fabrice et l'implication du cabinet dans le Louvre. Il l'écouta attentivement et, à la fin, lui dit que ça concordait avec les conclusions auxquelles il était récemment parvenu. Quand elle lui demanda de quelles conclusions il parlait, ses yeux s'animèrent pour la première fois de la soirée. « Tout est une question de réflexion logique, lui expliqua-t-il, l'index doctoralement dressé. Il faut toujours garder une vision d'ensemble des choses, du problème qu'on veut résoudre, et penser en termes de lien cohérent. Depuis le début, il y a quelque chose de pas logique dans cette histoire, comme si pendant l'enquête, on avait brûlé des étapes. Avec le dossier De Vinci, et encore plus après la réunion Léonard, on a été tellement choqués par ce qu'on a entendu qu'on est tombés dans du pur affectif, de l'irrationnel. Mais soyons réalistes deux minutes : on n'a pas découvert le plus gros scandale politico-économique du siècle. La RGPP – et surtout ses applications – peut nous paraître scandaleuse mais il y a une différence plus que sémantique entre scandaleux et scandale. On a fait de ce qui nous scandalise – à titre personnel – un scandale. Grosse erreur parce qu'en l'occurrence tout est parfaitement transparent et légal. »

Il avala une gorgée de chocolat.

« À mon avis, on est partis sur une mauvaise voie en plongeant tout de suite dans la théorie du complot politique. On regarde peut-être trop de films, que sais-je. Mais la réalité, c'est qu'on n'est pas en Russie. On vit dans une démocratie. Quoi qu'on en dise. Regarde, il m'a suffi de quelques recherches sur internet pour être renseigné sur la RGPP. Et les infos, je les ai pas trouvées sur des sites d'espions anarchistes. C'était sur les sites officiels des ministères. Alors on peut se plaindre que les journalistes ne s'y intéressent pas, que les potins people soient utilisés pour détourner l'attention, que le nom même de RGPP ait été choisi pour rebuter les plus curieux mais souviens-toi de l'homme au caca. Il avait raison. Si on veut, on peut s'informer. C'est une question de choix.

La mort de Charlotte n'est pas liée à la RGPP. On peut dire de façon plus ou moins métaphorique que le système libéral broie les individus et les tue. Mais en France, ça reste par des voies détournées, les conséquences de la marginalisation, de la détresse, etc. Pas par un acte aussi évident, explicite, direct qu'un tir d'arme à feu.

— Donc ? Donc t'es en train de me dire quelle s'est suicidée à cause du stress de la vie des cadres sup ?

— Non. Je te dis qu'il faut arrêter de s'imaginer que des forces démoniaques qui contrôleraient le monde auraient lancé une fatwa contre elle. Il y a d'autres hypothèses possibles. Par exemple, l'article qu'elle voulait faire ne concernait peut-être pas la RGPP en général mais une magouille qu'elle a découverte à cette occasion. Et imaginons qu'elle ait découvert quelque chose de louche, comme le lien entre sa boîte et le Louvre, c'est à son patron qu'elle en aurait parlé.

— Donc elle aurait voulu dénoncer l'absence d'objectivité du cabinet dans la question des musées ?

— Peut-être. Encore une fois, ce que tu me racontes est choquant. Ces cabinets qui devraient être parfaitement neutres, et se présentent comme tels, ne le sont évidemment pas. Pour autant, ça ne constitue pas un délit d'initié, ni aucun délit d'ailleurs. Moralement c'est choquant mais ça reste légal. Si Charlotte comptait faire un article pour dénoncer ça, ce qui est probable, ça ne faisait pas non plus courir de véritable risque à ses patrons. Mais peut-être que derrière tout ça, elle avait démasqué une véritable magouille. Qui sait…

— Et mon licenciement ?

— Eh bein… Ça va sûrement pas te plaire que je te dise ça… Mais le fait que tu te fasses une fausse identité pour rentrer au club Léonard me paraît effectivement une raison suffisante pour te virer. »

Ema resta silencieuse, le visage tourné vers la fenêtre. Le calme alentour fut une nouvelle fois rompu par un scooter pétaradant dans une rue voisine. L'exposé de Fred était convaincant. Pour la première fois depuis longtemps, elle avait l'impression de sortir – un peu – du brouillard. Elle qui s'était tellement moquée des paranoïaques avec leur perpétuelle théorie du complot, elle se rendait compte qu'elle était aussi tombée dedans.

« Tu penses que je suis folle ? »

La question était sortie toute seule – sans préméditation. Et Ema n'attendait évidemment pas de réponse. Il était impossible de répondre à ça. Pourtant, Fred parut se concentrer comme si elle lui posait une équation à résoudre.

« Non. J'en suis sûr. Mais tu l'as dit toi-même, personne n'est vraiment normal. Et tu ne devrais pas faire attention à ce que dit Antoine. Sur cette histoire de RGPP et de complot, on a réagi exactement de la même manière et je pense que c'était une réaction normale. Quand on se mêle de ce genre d'affaires, on en sort forcément déstabilisé. Quant à Charlotte, se demander si elle s'est suicidée et si elle a été assassinée peut passer pour une préoccupation méthodologique de base. On n'écarte aucune hypothèse. Antoine a écarté l'hypothèse du meurtre. Ne faisons pas la même erreur et n'oublions pas que c'est peut-être un suicide et qu'il est probable qu'on n'aura jamais les réponses qu'on attend. C'est normal. Dans la vie, on a beaucoup de questions – qu'on ne devrait d'ailleurs même pas se poser parce que les réponses, si elles existent, sont inaccessibles.

— Je comprends mieux pourquoi ton blog cartonne, monsieur le philosophe. Donc, tu penses que je peux continuer à enquêter du côté de son boulot ?

— Pourquoi pas. Mais je vois pas trop ce que tu vas pouvoir faire. On a épuisé toutes nos cartouches. »

Elle avala cul sec le fond de son verre de vodka.

« T'inquiète pas pour ça. Des idées à la con, j'en ai à la pelle.

— C'est une contrepèterie ? »

Cette nuit-là, en fermant les yeux pour s'endormir, Ema sentit que la pièce valsait légèrement. Elle sourit de contentement et s'assoupit en se jurant en son for intérieur qu'elle n'irait pas farfouiller dans les histoires de boulot de Charlotte avant d'avoir des pistes de taf un tant soit peu concrètes. Parce que le chômage c'était sympa mais, après avoir testé toutes les vitesses de son vibro, elle décida qu'il était temps de chercher un nouvel emploi. Et en quelques années de journalisme, elle avait appris une chose : dans ce milieu tout n'était qu'une question de relations. Dans cette logique du réseautage, la première étape pour retrouver un emploi était donc de s'inscrire sur Facebook. Dès le lendemain, elle se leva mue par une belle motivation. Cette journée serait sienne. Fini les vacances, elle reprenait en main les rênes de sa vie, elle cravachait vers la réussite. En entrant dans la cuisine, première déception : la température avait chuté de quinze degrés depuis la veille et un ciel blanc sale crachotait à la gueule des Parisiens une pluie insidieuse. Elle retourna aussitôt dans sa chambre enfiler un bas de jogging et un gros pull à bouloches. Puis, munie de son litre de thé bouillant, elle s'installa à son ordinateur. Elle dut d'abord chercher une photo potable pour son profil et au passage s'étonna de remarquer que sur toutes les photos elle exhibait ses seins. Finalement, elle en trouva une où elle était suffisamment habillée pour ne pas passer pour une call-girl au chômage. Elle remplit les renseignements nécessaires et, une fois son profil en ligne, partit à la recherche de la page de tous les journaleux qu'elle avait croisés dans sa brève existence. Elle passa une partie de l'après-midi à leur envoyer des demandes d'amitié virtuelle suivies de messages expliquant qu'un plan boulot serait le bienvenu. Quand elle eut contacté une trentaine de personnes et que ses yeux commencèrent à fatiguer, elle s'accorda une pause. Ne restait plus qu'à attendre des réponses. Elle se prépara quatre tartines de Nutella et les engloutit devant un téléfilm policier. Une heure plus tard, persuadée que ses messages n'avaient pas manqué de porter leurs fruits et que de toute façon, l'assassin était l'ex-mari, elle se reconnecta. La majorité des gens lui avait effectivement répondu. Négativement. Elle n'avait aucun résultat probant à part de vagues promesses du style « Je te tiens au courant si j'entends parler d'un truc. Trop cooool que tu sois sur Facebook. On se prend un verre bientôt », pas mal de « Et qu'est-ce que tu deviens ? » et quelques « Toujours aussi sexy ». Mais aucun « Justement, on cherche une journaliste pour la rubrique culture, passe cet aprèm signer ton contrat. » Ema eut la très désagréable sensation qu'elle venait de brûler toutes ses cartouches d'un seul coup. Refusant obstinément d'y penser, elle se lança dans la série des tests idiots proposés par Facebook. À 18 heures, elle était très occupée à répondre au questionnaire « Dis-moi comment tu fais l'amour, je te dirai quel philosophe autrichien tu es. »

C'est donc avec une petite boule d'angoisse clapotante au creux du ventre qu'elle partit ce soir-là chez Blester. Ils passaient souvent la soirée et la nuit dans son appart, c'était plus pratique pour lui vu qu'il travaillait… Assise dans le bus, le front appuyé contre la vitre rayée, Ema regardait le défilé des rues parisiennes.

Devant la mairie du XIe, place Voltaire, les piétons sortaient de la bouche de métro d'un pas rapide, pressés de s'éloigner du travail pour rentrer chez eux. Les jolies filles qui n'avaient pas écouté la météo grelottaient en débardeur. Les femmes plus âgées avaient emporté une laine dans leur sac. Des enfants criaient en faisant de la trottinette. Des hommes en costume marchaient vite en pensant à autre chose. Et elle se sentit plus éloignée de la grande communauté humaine qu'elle ne l'avait jamais été. Elle regardait ses jolies bottines appuyées contre le rebord, son jean bien coupé qui tombait impeccablement dessus. Elle était ridicule. Ridicule à en pleurer. Ça l'avançait à quoi de bien s'habiller, de s'oindre de toutes les crèmes antirides du marché – elle n'avait pas de boulot. Pas d'existence sociale. L'absurdité de sa vie devenait une réalité tangible. Peut-être que ça servait à ça, le travail ? Se donner l'illusion que les choses avaient un sens. Le bus s'arrêta à un feu rouge, et elle contempla un arbre au tronc noir de pollution, aux branches couvertes de feuilles vertes. Roquentin. Elle était Antoine Roquentin dans *La Nausée.* Brusquement incapable de se projeter dans le futur, engluée dans l'instant présent. Elle avait du mal à respirer et plus elle se concentrait sur cet arbre, absurde trace de nature au milieu de la cité, plus un poids l'oppressait. Le bus redémarra et ses pensées purent reprendre leur cours. Tant qu'elle n'avait pas cherché de poste, elle avait pu vivre avec l'illusion qu'il serait facile d'en trouver. Mais face à la réalité, elle sentait monter l'angoisse. Et si elle ne trouvait rien ? Et si elle devait changer d'orientation professionnelle ? Et si elle ne trouvait rien avant la fin de ses indemnités ? Elle ne basculerait même pas sur le RMI, la RGPP l'avait supprimé. Elle finirait dans la rue. Ou alors elle se prostituerait. Elle se sentit vaguement rassérénée par l'idée qu'elle pourrait toujours compter sur les frustrations masculines pour gagner du sou.

Avant de sonner chez Blester, Ema faillit se composer un visage. Un visage de femme forte, épanouie, bien dans ses bottines. Et puis non. Il était temps d'admettre que ça n'allait pas si bien que ça. Elle décida donc de laisser le fond de tristesse qu'elle avait dans les yeux. Mais quand il ouvrit la porte, Blester n'y prêta pas attention. Il avait un drôle de sourire, un mélange de béatitude et d'euphorie et c'est sur un ton surexcité qu'il lui annonça « On sort, on va dîner au restau, j'ai une super nouvelle à t'annoncer. » Elle eut beau lui rappeler qu'elle avait horreur des surprises et que ce n'était pas exactement le bon soir pour elle, il balaya son refus d'un joyeux revers de la main. L'espace d'une seconde, à la vue de sa mine supra réjouie, elle se demanda si elle n'avait pas oublié son propre anniversaire, si elle n'allait pas se retrouver à une fête surprise. Mais non, pas de ribambelles d'amis cachés dans le noir au restau où il l'emmena, une sorte de faux bistrot qui misait sur la qualité de la bouffe plutôt que sur le décor – elle espérait quand même qu'il allait l'inviter parce qu'elle en avait assez de payer son indépendance féministe. En attendant les plats, il lui déclara « J'ai passé une excellente journée.

— Oui, ça a l'air. Pas moi. J'ai passé une journée de merde. »

Il prit un air contrit qui n'était pas vraiment convaincant aux yeux d'Ema.

« Qu'est-ce que t'as fait ?

— J'ai cherché du travail. Et j'en ai pas trouvé. C'est fou, tout est bouché. Y a absolument aucun magazine qui embauche. C'est la merde.

— Tu vas finir par trouver. »

Il avait toujours son sourire bizarre scotché sur les lèvres.

« Ou pas, répondit-elle dans un élan dépressif.

— Mais si ! Quand on a du mérite, quand on fait bien son travail… Enfin… quand on est vraiment bon dans son boulot, c'est toujours reconnu. C'est un tout petit milieu les journaux à Paris. Les gens finissent par connaître ton travail.

— Heu… Faut que je comprenne que si on ne me propose pas de taf c'est que je ne suis pas la meilleure, c'est ça ? Pas sûr que ça me remonte le moral comme discours.

— Mais non. »

Une fois leurs plats engloutis, il la poussa à prendre un dessert. « Vas-y, fais-toi plaisir, c'est moi qui régale. » Elle lui trouvait l'air particulièrement niais. Mais elle commençait à se demander si la surprise n'avait pas quelque chose à voir avec son chômage. Et s'il lui avait trouvé un plan taf ? Le miracle. Le soulagement de sa vie. Là, elle s'engageait à l'épouser immédiatement. Elle attendit que la serveuse pose devant elle un fondant au chocolat avant de craquer et de lui demander :

« Alors ? C'est quoi ta bonne nouvelle ?

— Tu vas être contente. Tu vas même être fière de moi. Je quitte le journal. J'ai posé ma démission cette après-midi. »

Elle écarquilla les yeux de stupéfaction. Il allait venir la rejoindre dans la galère du chômage et elle devait trouver ça génial ? Ema posa calmement ses mains à plat sur la table et se pencha pour expliquer :

« Non mais Blester... En fait, le chômage, c'est horrible tu sais. J'imagine bien que c'est pas facile pour toi de bosser pour le connard qui m'a foutue à la porte mais attention, tu risques de faire une énorme connerie que tu vas regretter. »

Le sourire de Blester s'élargit encore un peu plus.

« Ah mais non ! T'inquiète pas. Je suis pas au chômage. En fait, on m'a proposé un autre poste. Payé trois fois mieux et surtout... c'est... pour *Vanity Fair* ! Tu te rends compte ? Je vais être embauché à *Vanity Fair* ! »

Ema resta pétrifiée, sa cuillère dans la main arrêtée à mi-chemin entre son assiette et sa bouche et des filets de chocolat dégoulinants partout.

« Hein ? articula-t-elle d'une voix atone.

— Tu sais, je t'avais dit qu'ils allaient sortir une version en France et qu'ils cherchaient des graphistes. Je leur ai envoyé des maquettes et ils m'ont appelé pour me dire que c'était bon. Même mieux que ça. Ils me veulent absolument.

— Génial. Formidable. Je suis tellement heureuse pour toi. »

Elle avait envie de disparaître. Elle ne savait pas où elle puisa la force d'esquisser un sourire enthousiaste.

« Je sais pas quoi dire. Tellement c'est extraordinaire.

— T'es heureuse pour moi ? »

Elle déglutit péniblement.

« Oui. »

Elle voulait mourir. C'était un cauchemar. Elle vivait l'instant le plus humiliant de sa vie.

« J'arrive pas à y croire. Je commence la semaine prochaine. Franchement, avoir ça à mon âge, c'est incroyable. Et puis avec l'argent, je vais pouvoir t'aider si t'as besoin. »

Elle hocha la tête en émettant une suite de « Mmmm… » qui pouvait aussi bien passer pour une expression de délice que de torture.

« Je ne sais pas quoi dire. C'est heu… tellement de bonheur… Ça me remplit de joie pour toi. Tu le mérites. T'es le meilleur graphiste de Paris.

— Merci. C'est gentil, mais fais attention, je vais finir par le croire ! Tu termines pas ton fondant ? »

Elle jeta un regard torve à sa crotte au chocolat écroulée dans sa mare de crème anglaise. Elle fit une moue de dégoût mais attrapa sa cuillère d'une main décidée et l'enfonça dans sa crotte pour en sortir une cuillerée gargantuesque et l'enfourner d'un seul coup. En quatre allers-retours, elle finit d'engloutir son dessert en y mettant ce qu'il fallait bien qualifier d'énergie du désespoir. Après ce geste de suicide par chocolat, elle trouva la force de parler plus sereinement avec Blester. Pour rien au monde, elle ne voulait lui gâcher son bonheur surtout pas à cause de sa propre déprime et son amertume qui n'étaient peut-être après tout que le fruit d'un dérèglement hormonal. C'était un moment trop important dont il fallait qu'il profite pleinement. Il le méritait. Elle fit l'effort de le féliciter, de lui poser des questions, d'imaginer la suite de sa brillante carrière. Elle arborait un sourire hypocrite mais sa mare d'angoisse s'était transformée en immense haut-le-cœur, un tsunami de gerbe qui lui agitait le bide.

Elle passa la fin de soirée à se convaincre que non seulement c'était formidable mais qu'elle était sincèrement ravie pour lui – ce qu'elle devait bien être au fond d'elle, tout au fond. Mais elle avait quand même hâte de se retrouver seule pour faire le point sur les sentiments contradictoires qui l'agitaient. Ce fut le cas vers une du mat, quand Blester s'endormit et que, étendue dans l'obscurité de sa chambre, elle fixait le plafond les yeux grands ouverts. Elle devait l'admettre : ils venaient d'avoir leur baise la plus désastreuse. Mais elle savait qu'il ne pouvait pas en être autrement et que c'était sa faute à elle. La seule chose qui aurait pu lui faire atteindre l'orgasme ce soir-là aurait été d'attacher Blester et de le frapper jusqu'au sang tellement elle mourait de jalousie. À la place, elle lui avait juste enfoncé les ongles un chouïa trop fort dans le dos et il avait crié « Aïe… fais gaffe, tu fais mal. » Évidemment qu'elle faisait mal, elle voulait qu'il meure. Mais elle avait bien senti que ce n'était pas la réponse appropriée, elle s'était donc contentée de ronger son frein en attendant que ça finisse. Elle, Ema, avait attendu sur le dos que son mec finisse par jouir. Encore pire, elle avait été vaguement écœurée et énervée par l'insistance de Blester à vouloir l'embrasser sur la bouche, à être tendre, à la regarder avec affection pendant qu'ils faisaient l'amour. Elle avait bien tenté de l'amener à la levrette, position qui lui aurait permis d'éviter toutes ces démonstrations d'affection, mais en vain. À un moment, elle avait même pensé que si ça durait une minute de plus, elle allait le gifler pour qu'il dégage.

Dans ce genre de situations, les situations sur lesquelles on n'a de toute façon aucune prise, on se dit que ça va passer. C'est donc ce qu'Ema se disait, étendue dans le lit pendant que Blester ronflait. Ça va passer. Je suis sous le choc mais d'ici demain matin, je n'en aurai plus rien à fichtre. Elle n'allait quand même pas comparer sa carrière professionnelle et celle de Blester sous prétexte qu'ils bossaient dans la même branche, dans le même journal dont elle avait été virée comme une malpropre avec personne derrière qui souhaitait l'embaucher alors qu'il était parti la tête haute parce qu'il avait été débauché par le journal référence du monde entier. Ça aurait été absurde. Mais tout de même l'intuition qui l'avait traversée quand elle avait pleuré sous la douche à la fin de ses trois jours de réclusion, intuition qui consistait en substance à soupçonner que sa vie n'était qu'un long cauchemar se confirmait. Et elle revenait à la conviction qu'il y avait quelque chose qui déconnait. Grave. Pendant plusieurs années, tout allait bien, ça roulait comme on dit. Elle avait eu la certitude de faire les bons choix, que les choses s'agençaient parfaitement et là, brusquement, tout déraillait. Elle avait perdu ses bonnes vibrations. Mais où ? Quand ? Pourquoi ? Il fallait peut-être qu'elle cesse de penser que tout ça était la faute de Charlotte. Elle ressassait les événements des dernières semaines, des derniers mois, retraçait le fil de sa vie pour démêler où exactement elle avait merdé, histoire de faire mieux si, par hasard, lui était un jour offerte la possibilité de tout recommencer. Voilà, c'était peut-être ça, peut-être que Blester en était à sa quinzième vie tandis que Fred et elle n'en étaient qu'à la deuxième. Ils étaient des novices de la réincarnation.

Elle se rappelait bien que dans un premier temps elle avait essayé de se convaincre que son licenciement était une bonne chose, une vraie opportunité pour renouveler, relancer sa carrière. Pfff… Bullshit. D'énervement, elle se tourna sur le flanc et Blester grogna. Elle fixa le voyant rouge du réveil. Il indiquait 1 h 57. Peut-être qu'elle était une mauvaise journaliste, peut-être qu'elle écrivait comme on tartine de la merde mais de toute façon, ce n'était pas avec son ancien poste qu'on aurait pu en juger. Il fallait être méthodique. Il n'y avait pas de proposition d'emploi. Ok. Il fallait donc jouer la candidature spontanée. Mais pour ça, il aurait fallu qu'elle ait quelque chose à proposer. Immobile dans le lit, elle retournait le problème dans tous les sens – sans résultat. De lassitude, ses constats réalistes de la situation se transformèrent peu à peu, dérivèrent vers une succession d'images fantasmatiques. Elle ferma les yeux et s'imagina embauchée au *Vogue* US (évidemment, dans ce scénario elle se réveillait brusquement bilingue). Elle se voyait quitter de bon matin son loft new-yorkais, marcher dans des rues ensoleillées vêtue d'une veste Yves Saint Laurent et d'un jean bleu délavé, son mac dans un sac en cuir véritable. En arrivant dans les locaux de *Vogue*, tout le monde la saluait avec bonne humeur et à son bureau, Alice l'attendait avec des sushis. Ema l'avait fait embaucher. Elle lui racontait ses vacances aux îles Fidji avec Gabrielle. L'ambiance générale était à la fois détendue et pétillante. Elle s'apprêtait à descendre au spa installé au sous-sol de l'immeuble quand un tremblement de terre la réveilla. Elle rouvrit un œil embué, la table de chevet était agitée de soubresauts. Elle tendit la main vers son téléphone. L'écran affichait « Gabrielle Portable ». Pour ne pas réveiller Blester, Ema se leva et attendit d'être dans le couloir pour décrocher.

« Allô ?

— Ema ?

— Oui.

— C'est Gabrielle. Tu peux venir me rejoindre ?

— … Il est quelle heure ?

— 3 heures. Tu viens ? J'ai trop envie de te voir.

— Mais t'es où ? T'es bourrée ?

— Non. Je suis dans un bar, à Grands Boulevards. Celui qui fait l'angle à la sortie du métro. J'ai plus de batterie. Je t'attends. À tout. »

Elle avait déjà raccroché. Évidemment, la première intention d'Ema fut de se recoucher et reprendre ses rêveries. Pourtant, elle resta debout devant la salle de bains. Elle avait sommeil mais c'était la première fois que Gabrielle l'appelait au milieu de la nuit. Et dans sa voix, il y avait quelque chose de nouveau. D'étranger. Ema frissonna. Elle rentra dans la chambre décidée à se rendormir mais après une hésitation elle ramassa ses fringues et revint dans la salle de bains. Un coup d'œil au miroir. Elle avait le visage bouffi de sommeil façon boxeur fin de championnat. Elle devait être profondément endormie quand Gabrielle avait appelé. Allez, soupira-t-elle. De toute façon, elle était au chômage et elle n'avait rien à faire le lendemain à part gémir sur son triste sort. Et elle ne pourrait jamais se rendormir sans avoir vérifié que la duchesse allait bien. Elle s'habilla et laissa un mot à Blester. Dehors, il faisait de nouveau doux. Elle enleva son blouson et le passa dans la sangle de son sac. Elle ne comprenait rien à ce temps. À peine quelques heures plus tôt, elle avait vu les passants grelotter. À l'inverse de ce qu'on attendait, la température semblait remonter durant la nuit. Elle fit signe à un taxi et s'installa douillettement à l'intérieur. Les grands boulevards étaient comme toujours agités – peu importe l'heure. Quand le taxi ralentit à l'angle du boulevard, elle aperçut Gabrielle installée à la terrasse d'un grand café – attablée avec trois jeunes mecs qui la dévoraient des yeux tandis qu'elle pérorait. Même à cette distance, à travers la vitre, un seul coup d'œil suffisait pour comprendre qu'elle était ivre morte. Ema paya et descendit. En l'apercevant, Gabrielle hurla « Ah voilà Ema ! Ema, je parlais de toi, et ils voulaient absolument te rencontrer. » Ema fit un signe de tête à son public au chibre dressé et s'assit à côté de son amie. La voix suraiguë, le mascara qui avait coulé, les fringues moins impeccables que d'habitude.

« Tu décuves un peu et je te raccompagne, annonça-t-elle d'un ton d'autorité.

— Non ! Je finis mon verre ! »

Ema s'alluma une clope. Gabrielle se lança dans un panégyrique énumérant ses qualités « Ema est une femme incroyable. C'est la meilleure journaliste au monde. Elle est intelligente, fine, drôle, bon… elle est aussi complètement psychorigide. »

Ema se demandait ce qu'elle faisait là au lieu d'être tranquillement allongée dans le lit avec Blester. Gabrielle n'avait visiblement aucune intention de rentrer chez elle. Elle ne put s'empêcher de penser que si Richard la voyait dans cet état, en public, il ferait sacrément la gueule. Pas bon pour son image tout ça. Finalement, Ema en eut assez des regards concupiscents des trois puceaux et les vira poliment :

« Bon, messieurs, je crois qu'il est temps que vous nous laissiez entre femmes. »

Elle s'attendait à ce que Gabrielle proteste mais elle avait la tête levée vers le store, les yeux fermés et souriait béatement. Quand ils furent partis, Ema lui secoua légèrement l'épaule. « Gabrielle, ça va ? Tu dors ? » Elle rouvrit les yeux et lui sourit.

« Ça va. Ça va très bien. Et toi ? Pas trop déprimée ?

— Heu… Non. Pourquoi tu m'as demandé de venir ? »

Gabrielle se pencha vers elle, son visage à quelques centimètres du sien. Ema pouvait sentir son haleine, un mélange de vanille et de vin. Elle essaya de planter son regard vacillant dans le sien et murmura :

« J'ai quelque chose à t'avouer. Quelque chose de terrible. »

Gabrielle s'arrêta et continua de la regarder en silence.

« Oui ?

— Ema… Elle avait un air de conspiratrice à la Mata Hari. Ema, répéta-t-elle, je suis Gabrielle d'Estrées.

— Gabrielle, reprit Ema sur le même ton, je sais. »

Gabrielle se pencha encore un peu plus, moitié par volonté, moitié parce qu'elle était trop ivre pour tenir sa position. Ema crut qu'elle allait finir par l'embrasser et posa sa main sur son épaule pour la maintenir à distance.

« Tu comprends pas. Je suis vraiment Gabrielle d'Estrées. Je suis toujours la même Gabrielle d'Estrées. Je me souviens de tout. Enfin… pas tout mais, tu vois, la nuit je rêve d'Henri.

— Henri ?

— Oui… Henri IV. C'est bien la preuve. »

Bien sûr, pensa Ema. En même temps, chacun son trip sur les vies antérieures. Brusquement, Gabrielle lui attrapa la main et la serra de toutes ses forces. Sa peau était glacée. « Viens, il faut que je t'emmène au Refuge. » Ema était rodée à ces nuits qu'elles passaient à écumer les bars les uns après les autres sans rien faire de plus extraordinaire dans l'un que dans l'autre à part augmenter leur degré d'alcoolémie avant de finir piteusement dans un club. En général, elles atterrissaient au Scandal mais elle n'était peut-être pas au fait des dernières tendances en matière de sexodromes parisiens. Le Refuge, le Scandal, ça semblait dans la même lignée. De la musique très forte, de l'alcool trop cher et de la baise facile. Mais il était très tard, Ema était fatiguée, elle avait envie de rejoindre Blester. Elle n'avait pas du tout prévu de sortir cette nuit. Elle fit donc son maximum pour convaincre Gabrielle de rentrer chez elle, en vain. Elle eut beau essayer de la dissuader, la duchesse se leva, refusant clairement de l'écouter. Quand Ema lui dit qu'il fallait peut-être payer les consommations avant de partir, elle éclata de rire et lui expliqua : « Ils me connaissent bien ! J'ai une sacrée ardoise tu sais. » Et elle s'éloigna, perchée sur ses talons hauts. Comme Ema s'y attendait, Gabrielle fit quelques pas vacillants avant de s'effondrer. Ema se précipita pour l'aider à se remettre debout. Dans sa chute, elle avait filé son collant du genou jusqu'en haut de la cuisse. « Accompagne-moi », la supplia-t-elle.

Ce fut un véritable miracle qu'elles parviennent saines et sauves au « refuge ». La porte d'entrée entourée de néons rouges, la vitrine masquée par de vieux rideaux en velours bordeaux, ça aurait pu ressembler au Scandal mais Ema comprit immédiatement qu'il s'agissait d'un authentique bar à putes. Elle attrapa Gabrielle par l'épaule pour la retenir. « On va pas entrer ici ? » Gabrielle se dégagea et ouvrit la porte. Ema n'avait plus le choix, elle lui emboîta le pas. À l'intérieur, ses yeux durent s'habituer à l'obscurité. Elle soupçonna immédiatement l'éclairage tamisé d'être là moins par pudeur que pour masquer la mauvaise qualité des filles. Gabrielle s'installa au comptoir sur lequel trônait une coupe remplie de préservatifs et de boîtes d'allumettes. Avec ses immenses jambes, son collant filé, son maquillage qui se faisait la malle, elle ressemblait à une vamp déchue. De l'autre côté du comptoir, une espèce de matrone qui devait peser dans les cent vingt kilos l'apostropha d'un sourire édenté. Ema avait l'impression de nager en plein cliché.

« Salut Duchesse. Ça fait un bail. Un gin tonic ? Et pour ton amie ? »

Ema la regarda avec stupéfaction avant de bredouiller « Un Coca. » Gabrielle s'alluma une cigarette et la matrone capta le regard étonné d'Ema. Elle lui expliqua : « Pas d'inquiétude, tu peux fumer aussi. C'est pas un traitement de faveur pour Duchesse. On est un club privé. Ici, tout est permis. » Elle partit d'un éclat de rire gras qui dégénéra en quinte de toux. Ema prit une boîte d'allumettes sur laquelle était discrètement écrit *Le Refuge* et s'alluma une clope à son tour. Le bar était désert, à l'exception de trois prostituées fatiguées qui jouaient aux cartes en chuchotant. Au-dessus de leurs têtes, des gravures de mauvais goût exhibaient des scènes orgiaques et ridicules. Au fond de la pièce, derrière des tentures rouges, on distinguait des escaliers. Assise sur un tabouret, Ema sirotait son Coca en silence, observant le profil parfait de Gabrielle en attendant qu'elle lui explique. Elle ne pouvait pas s'empêcher de penser aux parties de sexe qui avaient dû se dérouler ici, sans doute quelques heures avant. L'air sentait le renfermé, la poussière et quelque chose qui devait être un reste de phéromones saturait l'espace. Quand Gabrielle se tourna vers elle, ses yeux verts étaient embués de larmes. « Je sais que tu n'aimes pas Richard. Je ne sais pas si je vais l'épouser mais si c'est le cas, il faudra que tu sois gentille avec lui. Il faudra que tu me soutiennes parce que t'es mon amie Ema. Et les amis, ça fait ça, ça se soutient. Mais… Regarde autour de toi, tu comprends ? »

Ema secoua négativement la tête. Une seule phrase tournait dans son esprit. La corde a rompu. Gabrielle était en train de rompre sa corde et elle devait rester là pour la rattraper.

Gabrielle reprit sur un ton suppliant.

« Regarde autour de toi et tu comprendras que je ne peux pas l'épouser. Je ne peux pas lui faire ça. Je ne peux pas lui parler de tout ça et lui demander de m'épouser quand même. Ça ne marche pas comme ça. »

Une larme au mascara coula sur sa joue, laissant une marque noire qui lui barrait la joue à la verticale. Elle n'avait jamais été aussi belle.

« J'ai vu trop de choses. Beaucoup trop. J'ai vu des choses horribles. Je ne parle pas de la Saint-Barthélemy, hein, je n'étais pas née bien sûr. Mais tout le reste… Je ne vais pas t'apprendre ça, à toi. T'as eu ton lot d'épreuves. Tu sais… Quand je vous ai rencontrées, Alice et toi, vous ne m'avez posé aucune question. Vous ne m'avez jamais demandé ce que je faisais ce soir-là, dans ce bar, à picoler toute seule. Vous ne m'avez jamais demandé d'où je venais exactement. Rien. Vous m'avez acceptée, et vous m'avez respectée, et ça, c'est rare. C'est infiniment rare. Je serai toujours là pour toi, tu sais. Je ne vous ai jamais vraiment menti. Ni à Richard. Mais je ne peux pas toujours faire autrement. »

Ema n'était pas sûre du sens à donner à ces sous-entendus, du sens à donner à leur présence dans ce bar à putes, et pourquoi la patronne connaissait Gabrielle. Est-ce qu'elle venait de temps à autre pour s'encanailler ou avait-elle travaillé ici ? Tout ça paraissait trop en décalage avec la réalité. Et puis, elle était épuisée. Mais surtout elle restait fascinée par l'aura tragique qui se dégageait de Gabrielle. Un magnétisme désespéré. Son extrême pâleur contrastait avec ses lèvres trop rouges, colorées par le vin. Ses yeux presque transparents paraissaient immenses, cernés par le rimmel dégoulinant. Pour la première fois, Ema lui trouvait quelque chose d'une fille des rues, d'une toxico qui touche au sublime avant de s'écraser. Elle n'avait jamais vu ça avant. Ou peut-être chez de grandes actrices. Gabrielle lui parlait et Ema revoyait la robe virginale maculée du sang des protestants que portait Isabelle Adjani sur l'affiche de *La Reine Margot*. Qu'est-ce que Gabrielle essayait de lui dire ? Et même voulait-elle vraiment lui faire comprendre quelque chose ? N'était-elle pas juste submergée par un trop-plein d'existence, de vie, de passé auquel elle avait besoin de se laisser abandonner quelques heures, certaine que son amie serait là pour s'occuper d'elle. À la fin, Gabrielle prit ses mains entre les siennes toujours aussi glacées et lui fit promettre quelque chose. « Promets-moi que tu oublieras tout ce que je t'ai dit cette nuit. » Ema lui promit.

Quand Ema se réveilla le lendemain matin, sa promesse était effective. Elle était persuadée qu'elle avait rêvé. Et que cette histoire soit ou non sortie de son imagination qui, décidément, se révélait sans limites, elle avait juré de tout oublier. Le seul moyen de ne pas appréhender de revoir Gabrielle était de ne plus jamais penser à cette nuit, de ne jamais chercher à en tirer des conclusions quelconques.

La dépression de Fred qui, au téléphone, répondait qu'il n'avait pas très envie de sortir, la nuit irréaliste avec Gabrielle/Nadja, Alice qui passait son temps avec Gonzo, le cul-de-sac où elle était elle-même professionnellement embourbée, Ema pensait que tout ça était suffisant pour une seule personne. Mais son véritable calvaire c'était l'ascension sociale de Blester. Bien sûr, elle continuait à faire bonne figure. Pour rien au monde elle n'aurait failli à ce qu'elle considérait rationnellement comme la meilleure attitude à adopter. Parce que Ema se targuait d'être une femme rationnelle – quoique peut-être folle et sans doute pour ça ayant d'autant plus besoin de se raccrocher à des garde-... fous. Elle n'allait quand même pas se laisser aller à des élans irraisonnés. Qui plus est, tout se passait parfaitement bien avec Blester – c'était même le seul champ de sa vie qui lui apportait bien-être et réconfort. Alors qu'elle passait ses journées à déprimer comme une chômeuse, les soirées en amoureux suffisaient à lui remonter le moral. Une nuit, après avoir fait l'amour (parce que désormais, clairement, ils faisaient l'amour) Blester lui murmura même « Je n'ai jamais été aussi heureux. » Et elle aussi, en un sens, était heureuse. Elle vivait une belle histoire et il était absolument hors de question que des soucis matériels et de la jalousie mal placée viennent lui pourrir sa jolie histoire. Et puis, Blester était tout simplement parfait. Comment aurait-elle pu lui faire le moindre reproche ? Gentil, prévenant, compréhensif, la soutenant, drôle, légèrement excentrique. Plus tard, Ema s'étonnerait de son propre manque de lucidité. Il fallait vraiment qu'elle ait sciemment décidé que tout allait bien pour ne pas voir qu'elle s'enfermait peu à peu dans une situation intenable. Elle n'anticipait pas que sa recherche de rationalité excessive allait lui pourrir le cerveau jusqu'à la blesser dans un masochisme complet. Par exemple, se rentrer dans le crâne à coup de massue rhétorique la conviction que « c'est formidable, je suis tellement heureuse pour lui, il mérite ce poste » supposait que le talent était récompensé et conséquemment qu'elle méritait sa situation merdique. Sophisme psychologisant. Même l'indice le plus fort qu'elle avait constamment sous les yeux, à savoir qu'ils faisaient désormais l'amour et que leurs séances de SM étaient bien loin mais surtout qu'elle n'osait pas lui dire que ça lui manquait et qu'elle se sentait frustrée, même donc cette préoccupation sexuelle si importante pour elle, elle la refoulait. Évidemment, elle avait remarqué qu'elle regardait des pornos de plus en plus trash, qu'elle cherchait dans les films de boules ce qui lui manquait dans sa vie mais elle refusait d'y voir un échec de son couple. Ce couple, c'était tout ce qui lui restait. Admettre qu'il n'était pas aussi parfait qu'elle le disait, c'était capituler sa vie entière. S'il suffisait qu'elle se masturbe plus souvent devant du bondage sadomasochiste pour sauver les apparences, elle était prête à le faire.

Sa belle magnanimité chancela quand même le soir du pot de départ de Blester. Ema n'y alla pas – elle se sentait incapable d'affronter son ancien patron et toute l'équipe qu'elle n'avait pas revue depuis son licenciement. Elle attendait donc Blester chez lui et pour contrer son mauvais esprit, sans doute aussi par culpabilité de sentir que tout au fond, elle ne prenait pas les choses si bien que ça, elle se lança dans la préparation d'un repas. Pendant que le repas était au four, elle décida de faire un brin de ménage histoire de s'occuper. Mais quand Blester rentra et lui montra son cadeau de départ, elle sentit son esprit dérailler sous un flot d'amertume et de jalousie. Ils s'étaient tous cotisés pour lui offrir la dernière invention d'Apple. Le genre de gadget dont le montant dérisoire de ses indemnités Assedic la tenait définitivement éloignée. Elle fut incapable de se contrôler et, après une remarque aigrie du type « encore un truc fabriqué par des enfants chinois », elle se lança dans un grand discours sur cette foutue société de consommation dans laquelle les gens ne se définissaient plus que par leur possession. Mais au-delà de ses grandes convictions politiques, elle avait une boule de larmes coincée au fond de la gorge.

Le ver était là même si en apparence il n'entamait rien. Leur histoire d'amour restait une pomme rouge et belle, ronde, appétissante, juteuse, brillante. Mais l'infime larve, sombre et rampante, grandissait en se nourrissant des moindres pourritures qu'ils laissaient traîner. Malentendus, non-dits, maladresses, omissions. C'est à ce moment-là qu'eut lieu la soirée qui, a posteriori certes, sembla à Ema avoir été le moment clé. Le moment à partir duquel tout s'était accéléré. L'instant où elle décida de se jeter à corps perdu dans un processus qui ne pouvait manquer de mener à une catastrophe alors que, jusqu'à présent, elle n'y avait engagé que la moitié d'une main. Ce soir-là, Blester l'emmenait à une fête chez un de ses collègues. Il était tout excité de lui présenter ses nouveaux amis et Ema s'était faite belle pour l'honorer, c'est-à-dire qu'elle avait mis son décolleté le plus plongeant. Ils allèrent donc à cette petite sauterie qui, si elle y avait réfléchi une minute, s'annonçait forcément comme un sommet d'humiliation. Mais ce n'était pas vraiment un sentiment dont elle avait l'habitude, en tout cas pas suffisamment pour l'anticiper.

Grand appartement dans un quartier faussement prolo, musique un peu pointue mais à la mode, toutes les fenêtres ouvertes pour essayer de créer un léger courant d'air. Il faisait chaque jour un peu plus chaud et, désormais, la tombée de la nuit n'apportait plus la moindre fraîcheur. En prononçant en cœur un joyeux « bonsoir » aux premiers invités qu'ils croisèrent dans l'entrée, Ema se dit tout de même que « Putain… c'est une vraie sortie en couple… » mais n'approfondit pas cette pertinente réflexion. Par réflexe, elle balaya la pièce des yeux à la recherche du buffet et d'une bouteille de vodka. Heureusement, elle était là, gentiment posée, l'attendant, à moitié pleine. Elle passa la demi-heure suivante à écouter Blester parler boulot avec deux de ses collègues, debout en sirotant son verre. Elle tenta quelques blagues mais qui ne rencontrèrent pas le succès espéré. Finalement, elle devait avoir un humour d'altermondialiste. Au bout d'une demi-heure, elle prit le prétexte du verre vide de Blester pour retourner faire le plein. « Oh mon chéri, ton verre est vide. Tu en veux un autre ? » Arrivée devant le buffet, Ema se versa une généreuse rasade de vodka quand une voix masculine lui lança :

« Faites attention mademoiselle, ça va vous monter à la tête. »

Elle leva les yeux vers un vieux beau – cheveux gris, yeux bleus mais dont les pupilles entourées d'une couleur jaunâtre laissaient deviner qu'il en connaissait un rayon sur le sujet. Elle le regarda droit dans les yeux et quand elle eut acquis la conviction qu'il était sérieux, elle éclata de rire avant de lui répondre :

« Au moins, moi, ça m'empêchera pas de bander. »

Elle retourna retrouver Blester, toujours en grande discussion, et elle allait lui raconter ce que le vieux crétin lui avait dit à elle, dont la réputation d'alcoolique n'était plus à faire, mais elle n'eut pas le temps de commencer qu'un des collègues la voyant approcher avec les verres remplis lui lança :

« Ah bah dis donc, on aime bien la vodka hein ? Faut faire attention. »

Cette fois, Ema leva les yeux au ciel d'exaspération.

« Mais c'est fou ça… Oui, on aime bien la vodka. Et puis on est une femme mais en fait on a l'habitude de se bourrer la gueule. Malheureusement, l'alcoolisme n'est pas l'apanage des hommes. »

Sa réplique jeta un léger froid mais le collègue décida de lui venir en aide.

« C'est vrai. On a tendance à oublier le problème de l'alcoolisme des femmes. Et alors Ema, tu fais quoi dans la vie ? »

Argh… C'était à peu près LA question qu'elle voulait éviter ce soir. Avec Alice et ses potes barmen, Gabrielle et ses polytechniciens, Fred et son boulot de secrétaire, ça ne lui posait pas – trop – de problème de dire qu'elle était journaliste au chômage. Mais dans une soirée blindée de journalistes-pas-au-chômage, elle ne voulait pas. Sans même y réfléchir, elle opta pour la stratégie de l'autodénigrement.

« Rien. Dans la vie en ce moment, je ne fais rien. Je savoure les joies du chômage, d'où peut-être mon problème d'alcoolisme.

— Elle ment, rectifia Blester. C'est une super journaliste. Spécialisée en culture.

— C'est gentil, mais là, je fais rien. Je travaille pas.

— Mais si ! Il se retourna vers ses collègues. En ce moment, elle est DJ. Et ça cartonne. Elle organise de super soirées avec ses copines. »

Ema le regarda avec horreur la trahir. DJ. Super soirée. Copines. Mais qu'est-ce qu'il lui faisait là ? Elle commença à rétorquer « Merci pour cette présentation mais c'est pas vraiment mon métier tu sais… » quand elle resta interdite face au son de sa propre voix. Elle débordait d'agressivité avec une pointe d'arrogance, quelque chose de cassant et de détestable, comme du papier de verre, qui n'avait pas échappé à ses interlocuteurs qui semblaient légèrement mal à l'aise. Ema balbutia une excuse, l'intemporel prétexte des toilettes, pour s'éloigner. Elle n'était pas sympa et elle s'en voulait. Elle entendait dans sa voix, dans ses intonations, dans le choix de ses mots une aigreur un peu dure, piquante, acide. Elle allait à coup sûr passer pour la meuf désagréable de Blester. Elle entendait déjà le débriefing des collègues après leur départ. « Une espèce d'hystéro-frigide, c'est dommage pour lui, il est tellement cool. Ça doit pas être facile tous les jours, elle doit lui en faire baver. Oh… ça durera pas, il va se trouver quelqu'un de mieux. » Elle se réfugia dans un coin de la pièce et s'adossa au mur pour écouter une discussion d'une oreille distraite. Une discussion entre gens sympas. Un couple et des amies. Ils se charriaient sur leurs compétences culinaires respectives. Ils avaient l'air heureux de passer une bonne soirée tous ensemble. Comme elle aurait dû l'être avec Blester. Mais qu'est-ce qui déconnait chez elle ?

Ils parlaient de sujets quelconques d'une manière quelconque. Riaient de bon cœur à des plaisanteries anodines et des jeux de mots faciles. Ils parlaient, ils riaient, ils s'exprimaient tous d'une manière policée et le pire, c'est qu'ils semblaient en jouir. Les éclats de rire n'étaient pas forcés. Même Blester. De son poste d'observation, Ema le voyait se mouvoir avec aisance dans cette normalité qu'elle avait à tel point rejetée qu'elle se sentait désormais incapable d'en mimer les usages, d'en revêtir le costume. En les regardant effectuer ces gestes simples, répondre à ces codes qui, après tout, étaient là pour faciliter l'interaction sociale, elle fut prise d'une peur irrationnelle. En même temps que les battements de son cœur s'amplifiaient, s'énonçait dans son esprit la conviction simple qu'elle était en voie de marginalisation.

Elle essuya ses mains moites sur son jean.

Elle, elle était amie avec Gabrielle d'Estrées, célèbre maîtresse d'Henri IV récemment réincarnée en pute de bas étage. Dans ces circonstances, peut-être qu'il n'était pas si étonnant qu'elle ne trouve pas de travail, pas de choses normales comme un CDI.

Elle écouta les gens pour comprendre comment ils faisaient.

Parler de culture comme si la vie n'en dépendait pas.
Se gargariser de l'écume.

Se croire intelligent quand on se contente
de l'apparence des choses.

Internet est un formidable outil de communication mais c'est vrai que les gens sont tellement seuls dans les grandes villes.

Survoler tous les sujets avec inconscience.

La télé, ça abrutit les enfants. Les miens, je leur interdis. Là, je bosse sur la nouvelle campagne de pub coca – tu sais, celle avec les ours bancs – bref, je suis pas souvent à la maison, mais j'ai été très clair avec leur baby-sitter : pas de télé.

Ne pas penser en dehors de sa classe sociale.

J'ai participé à la fête de quartier pour la régularisation de la petite Makoutouma. C'est vrai qu'on ne peut pas accueillir toute la misère du monde chez nous mais elle, elle mérite ses papiers, elle est tellement mignonne.

Ne pas penser que nos désirs ont été élaborés
en amont pour s'assurer de notre perpétuelle
insatisfaction consumériste.

Excusez-moi les filles, vous les avez achetées où vos robes ? C'est exactement celle que je veux !

Parler de la pluie et du beau temps et ne rien comprendre à rien.

Il fait de plus en plus chaud. C'est vraiment l'été. Ou la pollution. C'est terrible la pollution. Attendez, je viens d'acheter un brumisateur d'eau minérale, vous voulez essayer ?

Des gens qui ne doutaient pas. Pour eux, le monde était simple parce que les idées qu'ils s'en faisaient l'étaient. Le règne de l'univoque.

Antoine avait raison. Il avait fait le bon choix.

Et désormais, c'était ce vers quoi elle tendrait. C'était à ça qu'elle aspirait.

Playlist :
Daniel Balavoine – *La vie ne m'apprend rien*
The Presets – *My People*
I am un chien ! ! – *Grunge*

Chapitre neuf

Personne et une fille

Malgré la chaleur écrasante, Fred faisait les cent pas dans son salon, jetant parfois un coup d'œil à la dérobée, par-dessus son épaule, en direction de son ordinateur. Cet assemblage de plastique noir et de composants divers ne lui avait jamais paru aussi hostile. Il reprit sa marche. Il était partagé entre l'envie de se connecter et le dégoût. Que devait-il faire ? La seule solution possible lui semblait être de suivre le conseil d'Ema et d'écrire un texte pour expliquer qu'il voulait qu'on lui fiche la paix. Il s'arrêta devant sa bibliothèque et soupira. Il devait s'y mettre. Il retardait ce moment depuis plus d'une semaine. C'était aujourd'hui ou jamais. Il le sentait. Il allait tout régler. De toute façon, il n'avait pas le choix. Il craquait complètement. Soit il écrivait ce texte, soit il balançait son ordinateur par la fenêtre. Mais avant, il allait se donner du courage avec un Nesquik. Il reprit sa marche jusqu'à la cuisine puis, muni de son bol comme d'une arme de défense, s'installa enfin face à son PC.

Il avala son Nesquik d'une traite malgré son mal de ventre. Il avait mal au ventre parce qu'il culpabilisait d'avoir annulé le déjeuner chez ses parents. « Je suis fatigué, je crois que je couve quelque chose. » Mais il savait très bien ce qu'il couvait. Il couvait surtout une sacrée engueulade avec son frère. Il n'avait toujours pas eu de nouvelles d'Antoine depuis le restau et aucune envie de l'affronter autour du poulet dominical. Si Antoine voulait tout raconter à leurs parents, très bien. Mais hors de question que Fred subisse cette nouvelle humiliation en direct. La situation était à la fois simple et impossible. S'il voyait Antoine, soit il continuait à encaisser ses brimades et ses méchancetés, ce qui en l'état actuel des choses était impossible. Même lui, Fred, ne pouvait pas continuer à se taire dans ces circonstances. Soit il ouvrait sa gueule et s'embrouillait avec son grand frère, chose qu'il n'avait jamais faite et dont il ne se sentait pas encore capable. La solution s'imposait donc d'elle-même : il ne devait pas voir Antoine.

Pourquoi cette fois-ci précisément craquait-il ? Antoine était allé beaucoup plus loin que d'ordinaire. Mais en d'autres temps, Fred aurait encaissé l'humiliation. Non, c'était surtout tombé à un moment où la fréquentation des Morues lui donnait davantage confiance en lui et où, peut-être, le spectacle des coups de gueule d'Ema lui faisait comprendre qu'il n'était pas impossible de craquer. Il se sentait réellement énervé contre son grand frère – sensation nouvelle pour lui. Même si Antoine l'avait toujours brimé, s'était foutu de lui publiquement à chaque occasion, il avait accepté ce rapport de domination comme un contrepoids à la position privilégiée qu'il occupait, bien malgré lui, dans le cercle familial. Mais cette fois, il devait admettre qu'il en voulait à Antoine. La brimade était allée trop loin. Il lui en voulait de l'avoir humilié gratuitement mais, plus que tout, il le détestait d'avoir traité Ema comme une hystérique. Que quelques jours auparavant, elle lui ait demandé si elle était folle lui avait fait comprendre combien les propos d'Antoine avaient pu l'ébranler et ça, c'était inacceptable à ses yeux. Se servir de son traumatisme, se servir d'un événement comme le viol pour le retourner contre elle lui paraissait être un procédé absolument abject. Chez Antoine, la frontière entre l'inquiétude et la méchanceté se révélait étonnamment étanche.

Sans même s'en rendre compte, Fred s'était relevé et avait repris sa longue marche dans le salon. Les trente degrés ambiants ne suffisaient pas à le terrasser. Dès qu'il pensait à Antoine, il avait besoin de se mettre en mouvement. Peut-être pour la première fois de sa vie, Fred était en colère. Il se sentait animé d'une rage bouillonnante. Il avait presque l'impression que si Antoine se trouvait face à lui, il aurait pu le frapper. Lever le poing et l'abattre de toutes ses forces en plein milieu de la gueule de son frère. Il secoua la tête. Dans l'immédiat, il avait un autre problème à régler.

Il se rassit et se connecta sur Myspace. Il avait découvert un certain nombre d'options qui limitaient un peu son inconfort. Il avait par exemple activé celle qui masquait le fait qu'il soit en ligne. Il avait bloqué l'affichage automatique des commentaires qu'on lui envoyait. Il devait donner son accord avant qu'ils apparaissent sur son profil. Évidemment, il les refusait tous. Il avait également compris qu'il ne devait jamais, au grand jamais, lire les messages qu'on lui envoyait sinon son correspondant en était informé. Mais il était temps d'employer les grands moyens.

Il resta quelques secondes indécis devant la rubrique « Qui suis-je » qu'il avait jusqu'à présent laissée vierge. Il commença à taper.

« Qui suis-je... Quelqu'un qui voudrait simplement qu'on lui foute la paix. Quelqu'un qui ne cherche aucune reconnaissance artistique ou sociale. Parce que votre reconnaissance ne vaut rien. Quelqu'un qui aspire à la tranquillité et à l'anonymat le plus complet. Quelqu'un qui voudrait qu'on l'oublie un peu. Quelqu'un qui n'est pas obligé de répondre à vos messages. Quelqu'un qui ne compte pas vous remercier de vos compliments et flatteries. Quelqu'un qui ne trouve pas que la vie est formidable et le monde magique. Quelqu'un qui préfère encore sa solitude à vos rapports factices. Quelqu'un qui n'a pas une vie intéressante. Quelqu'un qui ne veut pas faire partie des vôtres. Quelqu'un qu'il vaut mieux ignorer. Quelqu'un qui sait n'être là pour rien. Et se sent parfois écrasé par cette inutilité. Quelqu'un de transparent. Translucide. Et qui ne veut même pas vivre dans vos regards. Quelqu'un qui mourra un jour et dont personne ne se souviendra.

Quelqu'un comme vous. C'est-à-dire personne. »

Sans même se relire, Fred cliqua sur OK et mit en ligne sa courte explication. Elle était beaucoup plus misanthrope qu'il s'y attendait mais bon... C'était sorti comme ça. Et c'était d'ailleurs sur le même principe de non-relecture qu'il avait écrit tous ces textes devant lesquels les gens se pâmaient. Finalement, ses textes n'étaient qu'une suite d'interrogations sur l'intérêt réel de se lever le matin. Le genre de choses simples auxquelles les gens évitaient de penser.

Maintenant, il ne lui restait plus qu'une chose à faire. Il cliqua sur la page de Nénuphar. Encore une fois, il composa son message sans réfléchir. « Je crois qu'il faut qu'on se voie. » Il vérifia qu'elle n'était pas en ligne et n'allait pas lui répondre dans l'immédiat, se déconnecta et décida qu'il était grand temps de se branler – pour de vrai cette fois.

Quand il se reconnecta, son compteur de visites avait évidemment explosé. Mais qu'avaient donc tous ces gens ? Ils n'attendaient que ça ? Qu'on leur crache du venin en pleine face pour s'en barbouiller avec délectation ? Ou alors chacun pensait-il que les propos de Persona ne concernaient que les autres, incapable de se percevoir comme l'altérité d'autrui ?

Il ne fallut pas longtemps à Fred pour comprendre que le conseil d'Ema n'avait non seulement pas l'effet escompté mais pire qu'il avait largement aggravé la situation. Ce que Fred avait pensé être un message assez clair du type « foutez-moi la paix » était perçu comme un véritable coup d'éclat. C'est justement Ema qui l'appela en panique un matin. Elle venait d'acheter les *Inrockuptibles.* « Je cherche des moyens de me recycler professionnellement », lui expliqua-t-elle. Elle le feuilletait dans le métro quand elle était tombée sur une pleine page consacrée au mystérieux Persona. « C'est de la folie Fred ! Attends, je te le lis... Ils parlent de la célébrité de l'anonyme, ils disent qu'au-delà de ton attitude subversive – subversive Fred ! Ils te trouvent subversif ! – on ne peut nier le talent stylistique de l'auteur et... bla-bla-bla... en espérant qu'il ne s'agisse pas d'un coup médiatique d'une maison d'édition pour lancer la carrière d'un jeune auteur mais il semble improbable qu'un marketing aussi rodé soit le fait d'un individu isolé. L'histoire est belle, presque trop pour qu'on y croie. »

Quelques jours plus tard, Fred était lui-même dans le métro assailli par un début de crise d'angoisse. La chaleur rendait les transports en commun asphyxiants. Il tentait de se concentrer sur sa respiration et d'écarter de son esprit toutes les pensées ô combien stressantes qui l'agitaient. La veille, il avait fait des recherches sur les moyens de combattre l'angoisse et il avait lu qu'il était recommandé de se concentrer bêtement sur le monde extérieur. Regarder sans penser à rien. Ce qui tombait plutôt bien vu qu'il avait en face de lui une charmante jeune femme. Dans les 30 ans, tenue soigneusement négligée, elle était perdue dans sa lecture de *Libé*. Elle parcourait les pages centrales quand le regard de Fred fut attiré par la quatrième. Il ne savait pas sur qui portait le fameux portrait de *Libé* mais l'illustration accrochait l'œil : un immense point d'interrogation. Un peu le même que sur Myspace. Non, exactement le même que sur Myspace. Pris d'un doute, il se pencha discrètement pour lire le titre de l'article : « Persona, le blogeur sans visage ». Il en eut le souffle coupé. Impossible. C'était impossible. Ça devait être quelqu'un d'autre.

« Vous voulez regarder ? »

Il releva les yeux complètement paniqué. La jeune femme lui faisait un grand sourire. « Vous voulez lire le portrait ?

— Heu non… Merci.

— J'insiste. Moi, c'est bon. C'est ce que j'ai lu en premier. Je sais pas si vous connaissez ce blogueur mais vous devriez aller lire, c'est vraiment extraordinaire. C'est une histoire de dingue. Personne ne sait qui c'est.

— Ah oui ? Mais… vous avez lu son blog ?

— Bien sûr ! J'en ai entendu parler d'abord par des amis et après dans les journaux. C'est étonnant. Mais bon… j'ai vraiment peur que ce soit encore un coup marketing. Si c'est le cas, c'est le plus fort de l'année. Et je m'y connais. Je travaille dans la com.

— Mais… Vous pensez pas que ça puisse être quelqu'un de sincère ? Qui veut juste qu'on le laisse tranquille ? »

Elle éclata de rire.

« Donc vous l'avez lu aussi ! Sérieusement, si c'est pas une agence qui a monté ça, si c'est juste un mec tout seul, ou une femme d'ailleurs. Moi j'ai l'impression que c'est une femme, peut-être même Christine Angot. Ou Amélie Nothomb. C'est ce qu'ils disent d'ailleurs. Bref, de toute façon, que ce soit quelqu'un de déjà connu ou pas, ce n'est certainement pas pour rester anonyme. Je prends le pari, dans un mois, tout le monde connaîtra son identité. Tenez, je vous le laisse, je descends ici. »

Elle lui fourra le journal entre les mains et s'éclipsa avec un sourire. La toute première pensée de Fred fut : si elle avait su qui j'étais, elle aurait accepté de coucher avec moi. Si toutes les femmes de Paris savaient que je suis Persona, je pourrais coucher avec une femme différente tous les soirs. Peut-être même deux. En même temps.

Il défroissa le journal et lut son portrait. Le journaliste s'excusait d'abord de faire le portrait de quelqu'un qu'il n'avait pas pu rencontrer. Malgré de nombreuses sollicitations, il avouait n'avoir jamais eu le début d'une réponse de la part de Persona. Puis il expliquait que l'intérêt n'était justement pas la véritable identité du blogueur mais l'image qui se dessinait à partir de cet anonymat. En conséquence, il avait demandé à plusieurs personnalités du monde des lettres de répondre à un questionnaire comme s'ils étaient Persona. S'ensuivaient les réponses de Christine Angot (qui jouait fort bien le jeu), Beigbeder (qui se foutait ouvertement de la gueule de Persona) et Jean d'Ormesson qui parlait de Dieu et d'internet…

Fred sut qu'il était fait comme un rat et réduit à la dernière extrémité. La seule solution dans ce genre de situation désespérée, une chose qu'il n'avait jamais faite auparavant : convoquer en urgence une réunion des Morues. Elles répondirent toutes présentes et ils se retrouvèrent le soir même au Bottle. Il se sentait déjà réconforté de savoir qu'il pouvait compter sur elles. Il n'était plus seul face aux aléas malheureux de ce qu'il appelait bêtement la vie, à défaut de trouver un terme plus adéquat mais peut-être qu'il n'y en avait pas. Ça le touchait vraiment de penser que ce soir-là, les trois Morues allaient lui consacrer du temps à lui, le minable Fred, plutôt qu'à de folles activités.

D'entrée de jeu, il fut un peu déçu de constater qu'Ema était venue avec Blester. En soi, il n'y voyait pas d'inconvénient mais outre qu'il redoutait que cela mette Gabrielle de mauvaise humeur, il aurait préféré que pour sa « première convocation », ils se retrouvent entre Morues. Fred scruta la salle – vide. À la nuit tombée, les Parisiens cherchaient un peu de fraîcheur aux terrasses, aucun n'aurait eu l'idée saugrenue de s'enfermer « en salle ». Pour que la réunion se déroule dans des conditions à peu près humaines, Alice avait sorti un vieux ventilateur qu'elle avait posé sur le comptoir. Avec un air de conspirateur, Fred leur tendit l'exemplaire de *Libé* qu'il avait caché dans son sac à dos. Elles écarquillèrent les yeux et Ema balança « Pff... tu me dégoûtes. » Devant le regard réprobateur de Gabrielle, elle haussa les épaules. « Excuse-moi mais c'est dégueulasse. Moi, je rêverais que ça m'arrive, et il faut que ça tombe sur la seule personne au monde pour qui c'est une catastrophe. Ça me dégoûte. Je maintiens.

— En attendant, tes conseils n'ont fait qu'aggraver les choses, remarqua Fred en avalant une gorgée de bière fraîche.

— T'aurais mieux fait de nous demander, rétorqua Gabrielle. Moi, je t'aurais dit que c'était la dernière chose à faire. Maintenant, c'est un peu tard pour se concerter. »

Fred prit un air penaud et la duchesse s'adoucit. « Non, mais on va t'aider.

— Arrête, reprit Ema. Il adore quand tu l'engueules. Je crois que ça l'excite. C'est son côté roturier.

— Je fais quoi alors ?

— Tu veux toujours pas faire fortune avec ton... attends, Ema attrapa le journal et lut “incroyable talent littéraire qui fait preuve d'une maturité et d'une lucidité peu communes” ?

— Nan. Je veux qu'on m'oublie. Persona je vous rappelle.

— C'est simple. » Ils sursautèrent. C'était la première fois qu'Alice prenait la parole. Elle venait d'orienter le ventilo vers eux mais il ne brassait qu'un air désespérément brûlant « Tu laisses tomber ton blog. Tu fermes ton compte Myspace.

— Il veut pas. Il veut continuer à draguer la fleur aquatique.

— Je lui ai proposé qu'on se voie. Mais elle n'a pas encore répondu.

— Ah ! C'est beaucoup plus simple alors. Si elle dit oui, tant mieux. Si elle refuse, tu laisses tomber. Dans tous les cas, tu fermes ton blog. »

Fred approuva d'un air convaincu.

« Bon, c'était pas si compliqué finalement. Si tous les problèmes pouvaient se résoudre aussi facilement », soupira Ema.

Fred hochait la tête mais Gabrielle répondit sur un ton mystérieux.

« Chacun a ses problèmes à son échelle tu sais Ema.

— Ah oui, tiens, répondit Ema. Parlons-en. Tu vas te marier alors ?

— Je n'ai pas encore pris ma décision. Mais je t'en informerai en temps voulu. Et puis là, on a peut-être trouvé une solution matérielle au problème de Fred mais l'important, c'est de savoir comment il se sent, comment il arrive à gérer la situation.

— Heu... Oui... Bien sûr, bredouilla Ema visiblement décontenancée. Alors Fred ? Heu... Comment tu te sens ?

— Pas bien. J'ai trop mal au ventre. Je… Ça vous ennuie pas que je vous raconte ça ? Vous êtes sûres ?

— Mais bien sûr que non, répondit vivement Alice. On est là pour ça. On est là pour toi ce soir. »

Il était un peu gêné par la présence de Blester, c'était pas pareil de se confier à une assemblée de filles. Qu'un homme assiste à ça, c'était comme s'il y avait un témoin à sa trahison de la confrérie masculine. Mais il décida de passer outre ces problèmes d'ego viril, il avait vraiment besoin de parler.

« J'ai l'impression d'être cerné par des ennemis invisibles. C'est irrationnel mais j'ai trop peur que quelqu'un me reconnaisse. Ça serait une catastrophe. Je sais pas si vous pouvez comprendre mais ça serait vraiment la fin du monde pour moi. Si mes parents le savaient, ou pire Antoine, ou mes collègues… Je préfère même pas y penser, ça me fout des crampes d'estomac.

— Y a aucune raison que quelqu'un découvre que c'est toi, le rassura Ema. J'ai lu ton blog, il n'y a aucun indice sur ton identité. Rien du tout.

— Ok, il soupira. L'autre problème, c'est Nénuphar. Je… je suis vraiment déçu. Même si je l'ai jamais rencontrée, je sens qu'il y a un truc particulier entre nous, quelque chose de naturel, de spontané. Et là, j'ai l'impression que si elle avait voulu me rencontrer, ça se serait déjà passé. Et je comprends pas pourquoi. Je vois pas où est le problème. Je lui demande pas un rendez-vous sexuel. Juste la rencontrer. Prendre un café. Je me suis vachement confié à elle, et là je sens qu'elle devient de plus en plus distante.

— Je vois qu'un type d'explication, commença Ema mais Fred lui coupa la parole.

— Je sais, tu vas me répéter qu'elle est handicapée. Mais non. Je suis sûr que c'est pas ça.

— D'abord, c'est pas forcément ce que j'allais dire. Ensuite, si c'est pas ça, y a qu'une hypothèse possible. Elle a déjà un mec et elle sait que si elle te voit, elle va se retrouver dans la merde.

— Mais pourquoi ? C'est juste un café.

— Ça, ça existe pas. Soit vous arrêtez votre relation, soit vous allez plus loin. Et peut-être qu'elle a décidé de préserver son couple, sa situation actuelle.

— Insiste, trancha Gabrielle. Si tu veux vraiment la voir, mets-lui la pression. Tu lui expliques que c'est juste une fois, un café, qu'après tu disparais. Elle te doit au moins ça. Sans elle, tu serais resté anonyme je te rappelle. »

Fred se retourna vers Ema d'un air interrogateur. Elle fit une moue de la bouche. « Je suis pas convaincue. Si elle ne veut pas, il faut la laisser tranquille. » Gabrielle fronça le nez, ce que Fred avait cru remarquer être un signe d'énervement. Il aimait bien noter chez chacun les symptômes physiques que prenaient les sentiments.

« Il faut tenter des choses dans la vie. Sinon, c'est pas vraiment la vie. » L'exaspération perçait dans le ton de Gabrielle. « Et je te signale que c'est aussi l'esprit qui anime la charte des Morues, si tu t'en souviens encore.

— Merci du rappel. Je me souviens aussi que la charte a été élaborée pour améliorer les rapports hommes/femmes, pas comme prétexte pour détruire un couple. Et puis regarde où ça m'a menée de "tenter des choses".

— Merci, commenta Blester.

— Mais non mon cœur, je parle pas de toi.

— Détruire un couple, préserver un couple. Mais ça veut dire quoi tout ça ? Si ton couple est solide, ce n'est pas un café avec Fred qui va tout remettre en question. L'esprit de la charte, c'est justement que chacun des membres du couple préserve son indépendance. Et pas juste l'homme.

— Évidemment. Mais un couple, ça demande aussi des efforts, des concessions, des…

— Vas-y ! Gabrielle jubilait Vas-y, dis-le. Je sais que t'allais le dire.

— Non ! s'énerva Ema. C'est pas du tout ce que j'allais dire.

— Si, Gabrielle agitait nerveusement la tête. Si, tu allais le dire. Des efforts, des concessions, des…

— Sacrifices ? tenta Fred. Mais aussitôt Ema le fusilla du regard tandis que Gabrielle applaudissait.

— Ah ah ! Tu vois !

— Mais arrête Gab, c'est pas moi qui l'ai dit. C'est Fred.

— Non, non, il a juste fini logiquement ta phrase. T'allais dire "des sacrifices". Un couple, ça demande des sacrifices. »

Fred et Blester lancèrent un regard interrogateur à Alice qui soupira et répondit d'une voix lasse.

« C'est l'article numéro deux de la charte. Un couple, ça demande des sacrifices, c'est typiquement une phrase de femme. Une phrase qui mène à la soumission volontaire, à l'aliénation consentie. Il faut cesser de voir le couple comme un espace où l'on doit se sacrifier, sacrifier ses envies et ses libertés à la divinité du couple. Mais, les Morues, je vous signale que vous parlez d'un couple qui n'existe peut-être même pas. Enfin… Alice sembla s'embrouiller. Ça dépend de qui on parle bien sûr. Mais pour Nénuphar, arrêtez d'imaginer tous ces trucs alors qu'on ne sait rien.

— Fred, tu vas faire quoi ? » demanda Gabrielle.

Fred se sentit aussitôt pris au piège, coincé entre les feux de deux camps militaires. Il était incapable de faire un pas, les tranchées lui paraissaient trop lointaines. Finalement, c'est Ema qui le sortit de l'embarras.

« T'as le temps d'y réfléchir. Et pour ce soir, je crois qu'on a fait le tour, trancha-t-elle. Je suis désolée mais il faut qu'on parte. On avait un dîner ce soir. On pouvait vraiment pas annuler donc on a dit qu'on arriverait pour le dessert. Là, faut vraiment qu'on y aille. »

La soirée ne s'était pas exactement déroulée comme Fred l'espérait. Ce qui devait être un moment consacré à ses terribles problèmes existentiels s'était transformé en pugilat moruesque. Seule Alice était restée en retrait au milieu de la bataille, refusant fermement de prendre parti et tentant désespérément de ramener le débat sur les « terribles problèmes existentiels » de Fred. Bien sûr, Ema avait été gentille avec lui, attentionnée, prévenante comme à son habitude, elle avait réglé son problème avec une solution radicale – tout arrêter – mais elle était quand même venue avec Blester et ils étaient partis tôt laissant Fred à son triste et terrible sort.

La fin du dîner avec les nouveaux amis de Blester se passa remarquablement bien. Au milieu des éclats de rire, Ema avait enfin l'impression de s'intégrer. Mais derrière la routine mécanique du « small talk », elle ne cessait de repenser aux sous-entendus de Gabrielle. Elle souriait aimablement, hochait la tête, glissait une plaisanterie en se resservant de la crème glacée mais au fond elle était en pleine cogitation. Elle trouvait que Gabrielle avait un culot monstre de remettre en doute son intégrité de Morue. Tout ça parce que madame sortait avec un con alors que Blester était adoré par tout le monde. De la jalousie pure et simple, corsée de mauvaise foi – c'était quand même pas à Ema que Gabrielle allait apprendre comment vivre pleinement sa vie de Morue. Sur le chemin du retour, tandis qu'ils marchaient d'un pas ralenti par la digestion et la chaleur, Blester lui demanda du feu. Ema chercha dans son sac à bordel et en extirpa une boîte d'allumettes. Quand il lui fit remarquer, penché sur le graphisme, « Mais c'est quoi Le Refuge ? », elle éluda. Mais brusquement tout prit sens. L'agressivité de Gabrielle à son égard ne pouvait être que le contrecoup de leur excursion là-bas. Peut-être lui en voulait-elle de ses confidences.

Si Ema était rassérénée d'avoir élaboré une théorie qui ne la mettait absolument pas en cause, expliquant toutes les tensions par le comportement trouble de l'autre – bien pratique la psychologie de comptoir appliquée aux amis pour se dédouaner de ses propres manquement – elle était encore mal à l'aise. Pour la plus mauvaise raison : il lui semblait impossible de se défendre face aux attaques de Gabrielle sans évoquer leur soirée au Refuge – or ça, elle s'y refusait catégoriquement. D'abord, elle n'était toujours pas, et ne serait sans doute jamais, certaine du sens à donner aux propos tenus cette nuit-là. Elle savait Gabrielle capable de pousser ses délires très loin. Mais avec elle, le délire pouvait aussi bien être celui d'une ex-prostituée s'inventant duchesse de Beaufort que d'une duchesse s'imaginant avoir été prostituée. Et de toute façon, se servir de ses confidences aurait été agir avec elle comme Antoine le faisait avec Ema par rapport au viol.

En conséquence de quoi, quand le lendemain matin, Ema reçut un mail d'Alice les reconvoquant pour le soir même, et après avoir vérifié que Gabrielle faisait partie des destinataires, elle ne se sentit pas franchement débordée d'enthousiasme. D'autant que Fred ne semblait pas invité, ce qui laissait présager qu'Alice souhaitait les pousser la duchesse et elle à régler leurs problèmes. Elle avait quand même précisé qu'elle souhaitait qu'elles se retrouvent « juste toutes les trois » – ce qu'Ema comprenait comme une invitation à ne pas ramener Blester et la confortait dans l'idée d'une grande séance de réconciliation.

Mais quand elle arriva au Bottle, Alice n'aborda pas le sujet de leurs désaccords. À vrai dire, elle transpirait la nervosité comme si elle allait passer l'épreuve de philo du bac. Elle avait des gestes saccadés, se passait la main dans les cheveux, tirait sur son t-shirt, se mordillait la lèvre supérieure et recommençait – un festival de tics. En leur servant les shots de vodka, elle leur demanda comment s'étaient passées leurs journées mais ni Gabrielle ni Ema n'avaient grand-chose à répondre. Incapable de supporter plus longtemps cette démonstration de comportement névrotique, Ema finit par lâcher : « Alors ? Pourquoi tu voulais nous voir ? »

Alice soupira et marmonna : « On a un problème les filles. Un sérieux problème. J'ai un sérieux problème mais je préférerais que vous buviez avant que je vous explique. »

Ema échangea un regard avec Gabrielle et elles avalèrent leurs shots cul sec. Alice les resservit aussitôt. Re-coup d'œil circonspect, re-cul sec. Ces derniers temps, l'alcool présentait un nouvel avantage, c'était le moyen le plus efficace d'oublier la canicule.

Au bout de cinq shots avalés coup sur coup sans un mot, Ema sentit que le comptoir commençait à tanguer dangereusement. Gabrielle bredouilla « Ça va aller là, Alice, hein ? On est assez bourrées pour que tu nous expliques, non ? »

Alice se servit un dernier verre. Quand elle le reposa, elle prit une grande respiration.

« Promettez-moi que vous n'allez pas me détester. Jurez-le. Bon… Si vous n'étiez pas déjà complètement barges tous les deux, vous me prendriez pour une folle. Je suis dans la merde. Grave.

— Mais par rapport à quoi ? »

Elle se mordilla la lèvre plus violemment avant de répondre.

« Fred. Je suis dans la merde par rapport à Fred.

— Qu'est-ce que t'as fait Morue ?

— Heu… Putain, je ne veux pas que vous m'en vouliez, je sais que j'ai merdé.

— Tu lui as fait quoi ? »

Ema commençait à être vraiment inquiète. Fred allait assez mal comme ça, il n'avait pas besoin d'être trahi par l'une d'entre elles.

« Je… Bon… Bein, c'est moi quoi. »

Elle resta debout face aux deux autres, dans l'attente du verdict. Mais l'enchaînement des verres avait dû ravager toutes leurs capacités déductives. Elles écartèrent les mains en signe d'incompréhension et Alice leva les yeux au ciel d'exaspération.

« Nénuphar. C'est moi. »

En y repensant, Ema regretta toujours qu'elles n'aient pas été filmées à cet instant-là. Elle avait seulement le souvenir de sentir son visage s'allonger indéfiniment, les yeux ronds et la bouche béante.

« Pitié ! implora Alice. Me regardez pas comme ça. Comme si j'étais un monstre.

— Non mais… Je n'arrive pas à trouver les mots… C'est pas possible que ce soit toi. Depuis le début. Enfin… pourquoi t'aurais fait un truc aussi… aussi moche ?

— Ça y est, vous me prenez pour un monstre.

— Non, trancha Gabrielle. Mais explique-nous. T'as piraté le compte Myspace de Nénuphar, c'est ça ? Pour envoyer un message à Fred ?

— Non. Depuis le début, Nénuphar c'est mon pseudo Myspace. Je suis Nénuphar. Je vous explique. Ema, quand tu m'as dit que Fred faisait un blog sur Myspace, j'ai voulu aller voir. Et j'ai trouvé ça hyper bien ce qu'il écrivait. Mais ça m'énervait qu'il reste comme ça, sans ami, ni rien. Donc je l'ai demandé en ami. On s'est envoyé quelques messages et, comme je voulais l'encourager à continuer son blog, j'ai pensé que ça aurait plus de poids si je ne lui disais pas qui j'étais. Les compliments, ça fait toujours plus plaisir quand ça vient d'inconnus. Quand c'est les amis, on sent que c'est par gentillesse. Et d'ailleurs, je n'aurais pas connu Fred, j'aurais été aussi épatée par ses textes. Et puis, les choses sont allées super vite. C'est comme ça sur internet. Du moment où il a commencé à se confier à moi, c'était devenu impossible de lui dire qui j'étais.

— Oh my god… souffla Gabrielle. Mais comment t'as pu lui faire ça ? Elle secoua la tête. Je suis désolée, je ne veux pas t'enfoncer, je vois bien que tu te sens mal, mais c'est atroce ce que tu lui as fait.

— Je sais pas. Je me suis prise au jeu et après j'ai été coincée. Vous savez pas comment ça marche ces trucs… Tout est facile, c'est pas juste on se parle, très vite on se confie et on flirte. C'est comme si c'était sans conséquence.

— Mais c'est Fred ! s'écria Ema. Elle essaya de poursuivre sur un ton plus calme. Je veux dire, c'est pas un inconnu, tu ne pouvais pas penser qu'il n'y aurait pas de conséquences.

— Ça avait l'air de lui faire du bien notre correspondance. Il me le disait même. Et à moi aussi, d'ailleurs, ça me faisait du bien.

— Et pendant ce temps-là, tu te tapais Gonzo…

— Arrêtez. Je me sens trop mal. Je vais vomir. »

Ema mit ses mains à plat sur le comptoir, qui tanguait de plus en plus, avant de lui poser la seule question qui importait vraiment. La question qui pouvait tout résoudre. « Alice, commença-t-elle solennellement, est-ce que Fred te plaît ? Qu'est-ce que tu ressens pour lui ? » Elle priait intérieurement pour qu'Alice réponde oui. Dans ce cas-là, tout s'arrangerait merveilleusement bien. Ils se mettraient ensemble et ça rattraperait cet infâme bordel.

« Mais non, s'exclama-t-elle. Enfin… Je vais être honnête. Sur internet oui, il me plaît. Mais c'est pas le même que dans la vraie vie. Il est beaucoup plus sûr de lui, plus viril, plus drôle. Bref, c'est pas Fred quoi. C'est Persona. Dans la vraie vie, ça ne pourrait pas marcher entre nous. Je le sais d'avance. C'était atroce pour moi, la soirée d'hier. L'entendre parler de moi… Je vous demande deux choses les Morues. D'une, ne pas m'en vouloir. De deux, me dire ce que je dois faire maintenant. »

Ema la regarda d'un air soupçonneux.

« On a dit hier ce que tu devais faire. Tu vas refuser de le rencontrer. Lui dire qu'il est merveilleux mais que tu n'es pas libre. Que tu es désolée. Et répéter qu'il est formidable. »

Gabrielle tapa du poing sur le comptoir.

« Mais arrête, Ema ! Tu fais exactement comme Alice. Tu le traites comme un gamin dans le dos de qui on peut tout manigancer. Comme si on pouvait décider de sa vie sans le consulter. Arrêtez de l'infantiliser comme ça ! Elle se tourna vers Alice. Il faut que tu lui dises la vérité.

— Ça va pas ! s'écria Ema. T'as pété une durite ma pauvre. Ça va le bouleverser. Il a pas besoin de ça en ce moment. Il va se sentir trahi, il va penser qu'on s'est foutues de sa gueule. Non, à ce point-là, il faut aller au bout du mensonge. Déconne pas Alice.

— Mais vous voyez pas que c'est à cause de ce genre de comportements qu'il va mal ? Laissez-le libre. C'est à lui de décider s'il veut nous faire la gueule ou pas.

— Je sais pas… gémit Alice. Tu te rends pas compte Gabrielle. C'est vraiment atroce ce que je lui ai fait. Il m'a confié plein de choses. Il m'a fait des déclarations, je ne peux pas lui avouer la vérité.

— D'autant que ça ne servirait à rien, ajouta Ema.

— De toute façon, toi, en ce moment, t'as décidé de transiger, lui lança Gabrielle.

— Ah ouais ? Vas-y développe.

— Non, c'est à toi d'y réfléchir quand tu seras en état.

— MERDE ! Le cri d'Alice les fit sursauter. Vous allez pas recommencer comme hier ! Hier, Fred allait mal, il voulait nous parler et vous avez monopolisé la parole pour vos règlements de comptes. Je vous préviens, vous allez pas me faire le coup aujourd'hui. Je viens de vous annoncer que j'étais Nénuphar. C'est quand même la nouvelle la plus importante du mois, non ? »

Elles acquiescèrent mais du coin de l'œil échangèrent un regard qui remettait seulement à plus tard leur engueulade. Ema répéta une nouvelle fois « Ne lui dis rien, enterre cette histoire et dans deux mois, ce sera oublié. Regarde, il ne parle déjà plus de… heu… bein j'ai oublié son nom. L'étudiante avec qui il sortait. » Gabrielle haussait ostensiblement les sourcils d'un air mi-affligé, mi-exaspéré qui donna envie à Ema de lui écraser son verre sur le nez. Elle allait lui faire remarquer qu'elle avait compris qu'elle n'était pas d'accord, inutile de faire toutes ces simagrées quand elle sentit vibrer le dossier de son tabouret. Elle attrapa son sac qui s'agitait et fouilla à la recherche de son téléphone. Évidemment, elle avait loupé l'appel et s'aperçut que ça faisait quatre fois que Blester essayait de la joindre. Elle s'excusa auprès des filles, prit une cigarette et sortit le rappeler.

« Allô ? Ça va ?

— Ça fait dix fois que je t'appelle et tu réponds pas. »

Il avait la voix tremblante de panique.

« Quatre fois seulement. Je suis désolée mais il est en vibreur. Ça va ?

— Non. Je me sens pas bien.

— Qu'est-ce qui se passe ?

— J'arrive pas à respirer.

— C'est le stress. Calme-toi.

— Faut m'emmener à l'hôpital.

— Non, Blest. Pas encore.

— PUTAIN MAIS... tu comprends pas. JE SUIS VRAIMENT MAL, LÀ.

— Mais c'est dans ta tête ! Il suffit que tu te calmes, tu respires, tu bois une tisane et ça va passer tout seul. T'as rien de grave.

— Ouais, c'est ça, c'est dans ma tête et ça se trouve c'est un cancer du cerveau avec plein de larves et toi tu me dis de boire de l'eau chaude.

— T'es en plein épisode délirant. Calme-toi. *Tu sais* que tu n'as rien.

— Delirium tremens. C'est le symptôme de plein d'infections mortelles. Oh putain... Elle l'entendit chouiner à l'autre bout. Ema... Je crois que je vais mourir...

— Respire. Je rentre dans une heure et je m'occupe de toi.

— Une heure ? Putain mais... une heure... Mais t'es dégueulasse, t'es une pourriture sans âme. À ton avis y a combien d'embolies cérébrales *par heure* dans le monde ?

— Je fais aussi vite que possible. »

Il lui avait raccroché au nez – signe qu'il était vraiment au plus mal. Ema avala une bouffée de fumée toxique en levant les yeux vers le ciel. Le ciel parisien était désespérément clair. Même en pleine nuit, pas une étoile en vue. Un voile perpétuel était dressé au-dessus de leurs têtes folles. Gabrielle était une ancienne pute, Alice était Nénuphar, Fred était une star et Blester avait des larves dans le cerveau. Finalement, elle était peut-être la plus équilibrée au milieu de ce bordel généralisé. Bordel dont elle rirait certainement dans quelques années. Elle jeta son mégot et rappela Blester.

« Ne bouge pas. J'arrive dans un quart d'heure. À tout. »

Après être passée récupérer Blester chez lui, elle l'emmena à l'hosto qui, par chance, se trouvait à côté – ou peut-être qu'il avait choisi cet appart exprès, on ne savait jamais jusqu'où pouvaient aller les hypocondriaques. Au bout de plus d'une heure d'attente dans un couloir où la canicule amplifiait les odeurs malsaines de l'hôpital avec un SDF qui hurlait à intervalles réguliers, une heure qu'Ema passa à tenter de rassurer Blester qui alternait semi-évanouissement et pétage de plombs, elle retourna voir le mec de l'accueil, passablement sur les nerfs. Il lui rétorqua qu'il n'y était pour rien. Qu'elle n'avait qu'à aller se plaindre de la réduction du budget alloué à cet hôpital auprès du ministre et que tiens, les gens comme elle, on les voyait jamais venir soutenir les urgentistes pendant les manifs. Elle comprit que lui aussi passait une nuit difficile et retourna s'asseoir un peu piteuse. Elle se demandait si cette réforme avait également un lien avec la RGPP. D'après ce qu'elle avait compris des explications de Fred, c'était sûrement le cas. Elle était un peu troublée. Elle avait oublié que ce n'était pas parce qu'elle ne pensait plus à la RGPP, à tous ces discours politiques délirants, que ça n'existait plus. Les réformes se poursuivaient et même si elles lui apparaissaient fort lointaines, elles avaient des conséquences immédiates sur son quotidien. Comme le fait d'attendre toute une nuit aux urgences – avec un petit ami fou.

Finalement, un vrai médecin, dont Ema remarqua immédiatement les cernes inquiétants, les reçut et réussit à calmer ledit petit ami fou en lui faisant passer un examen qui prouvait qu'il n'avait rien. Une demi-heure plus tard, ils étaient donc assis sur un banc à cent mètres de l'hôpital en train de fumer. Blester avait eu besoin de faire une pause. La chaleur écrasante rendait impossible tout effort physique. Une nouvelle fois, Ema constatait que la nuit parisienne était masquée par un voile rosâtre. Avec la canicule, les records de pollution se succédaient.

Perdu dans la contemplation de ses chaussures, Blester lui dit :

« Je suis désolé. T'es pas un monstre sans cœur. Je ne le pensais pas.

— Une pourriture sans âme, rectifia-t-elle.

— Ça non plus. Tu m'en veux ? »

Pour toute réponse, elle se blottit dans ses bras, le nez enfoui dans son cou. Évidemment, elle ne lui en voulait pas. Elle commençait à s'habituer à ses crises d'hypocondrie, elle apprenait à faire avec. Ce qui la préoccupait vraiment, c'était d'avoir lâché les Morues. Si, à son grand étonnement, Gabrielle n'avait fait aucune remarque sur son départ précipité, par contre, Alice avait l'air vraiment déçue. Ema avait eu un pincement au cœur en partant, elle s'était excusée platement à plusieurs reprises, mais elle était partie quand même.

Plus tôt dans la soirée, précisément à l'instant où Ema cherchait le prénom de l'adolescente à forte poitrine, Fred rabattait sa capuche sur sa tête. Pourtant, il n'était pas dehors et de toute façon, la chaleur était insupportable. Fred était recroquevillé sur sa chaise devant son ordi. Nu comme un ver, nonobstant la capuche de son sweat. Il cherchait un peu de fraîcheur mais la simple vision de ses propres poils lui donnait un coup de chaud. Il n'arrivait pas à se décider à se connecter à son Myspace, comme si le PC risquait de lui imploser en pleine gueule. C'est pour cette raison qu'il avait mis sa capuche. Il se sentait plus fort, protégé. Une amulette de superhéros. Quand il se lança, il dut faire des pauses pour se concentrer sur sa respiration et éviter la crise d'angoisse. En parcourant sa boîte mail, il fut déçu de constater que Nénuphar ne lui avait pas encore répondu. Mais ça voulait peut-être dire qu'elle envisageait sérieusement sa proposition d'aller boire un café ensemble. Si elle prenait le temps d'y réfléchir, c'est que la réponse n'était pas immédiatement négative. Ni positive d'ailleurs. Si Nénuphar ne lui avait pas encore répondu, une autre conquête de Fred faisait son grand retour – celle dont justement Ema cherchait à se rappeler le nom. Persona avait reçu un message d'Alexia. Fred fut stupéfait. Alexia pouvait-elle être une des fans de Persona ? Cette hypothèse ne manquait pas de saveur. Il hésita à lire son mail mais la curiosité l'emporta.

« Salut ! Je voulais te dire que j'aime beaucoup ton blog mais tout le monde doit te dire la même chose. Tu dois en avoir marre à la fin ;)

Et aussi, je voulais te demander quelque chose, ça va te paraître bizarre mais : Fred, est-ce que c'est toi ? Je suis sûre que c'est toi ! Un truc aussi dépressif, c'est forcément toi ! En plus, j'ai un mouchard sur ma page et je sais que Persona est venu sur mon profil plusieurs fois ! Ça me ferait très plaisir d'avoir de tes nouvelles maintenant que t'es une star. De mon côté, tout va bien. T'as peut-être entendu aux infos, on a arrêté la grève à la fac, ça servait à rien. Du coup, je vais sûrement changer de fac l'année prochaine, j'ai peur que le diplôme ici ne vale rien.

XO

PS : si tu n'es pas Fred, je suis désolée !!! »

Fred se sentit rougir bêtement. Il fallait avouer qu'elle l'avait un peu épaté sur ce coup-là. C'était quand même la seule personne de son entourage à l'avoir démasqué alors qu'Ema elle-même affirmait qu'il était impossible de remonter jusqu'à lui. Il se mordit la lèvre. C'était aussi le signe qu'il était *possible* de remonter jusqu'à lui. Si Alexia avait réussi, d'autres pouvaient aussi le faire. Le danger se rapprochait dangereusement et le nombre croissant de gens qui s'intéressaient à Persona devenait une menace pour la tranquillité de Fred. Pour mieux cerner ses ennemis, il lança une recherche Google manitou.

Le net français était en pleine spéculation quant à l'identité de Persona. C'était, semblait-il, le dernier jeu à la mode. Un peu partout sur des blogs, dans des forums, la question revenait et chacun y allait de son pronostic. Cet aspect ludique n'avait pas échappé à des petits malins qui avaient monté un site entièrement consacré à la recherche d'indices et surtout à un système de paris. Les gens pariaient du vrai argent, chacun misait sur un nom et pouvait justifier son choix. Les hypothèses les plus populaires étaient Christine Angot et Amélie Nothomb. Deux styles somme toute très différents. Venait ensuite l'idée que Persona était Nénuphar – ce qui n'avançait pas à grand-chose dans la mesure où personne ne savait qui se cachait vraiment derrière ce surnom. Quelques allumés étaient également persuadés d'avoir reconnu le style d'un membre de leur famille disparu depuis une vingtaine d'années. Des élèves soupçonnaient leur prof.

Fred découvrit également que sur Myspace, une deuxième page Persona avait été ouverte. L'auteur s'y présentait comme un fan de la première heure, un fan qui, bien que respectant le désir d'anonymat et le refus de communiquer du vrai Persona, avait souhaité offrir un espace d'expression aux lecteurs maintenant que Fred avait fermé les commentaires. Il avait donc reproduit la page de Fred à l'identique (même déco, chaque texte du blog avait été copié) à la différence près que n'importe qui pouvait laisser un commentaire et donner son avis. Pour autant, la page de Fred continuait à enregistrer des records de visites – comme si l'authenticité, même vide de sens, primait.

Au bout de trois heures de lectures éperdues, de pauses angoissées, de parties de spider solitaire pour s'en remettre, Fred se rendit compte qu'il avait reçu un mail de Gabrielle. Il fut suffisamment intrigué pour oublier son anxiété pendant quelques minutes. Gabrielle d'Estrées (@gmail.com) lui demandait un conseil.

« Fred, tu sais combien j'ai confiance en ton jugement. Je n'ai pas l'habitude d'étaler mes problèmes mais je souhaiterais sincèrement avoir ton avis. Je ne sais pas quoi répondre à la demande de mariage de Richard. Pour t'exposer clairement les faits : je tiens vraiment à lui, j'ai envie de l'épouser mais j'ai l'impression que c'est la mauvaise décision. Je sais que les autres rient de mes histoires de réincarnation mais il faut bien tirer des leçons du passé et je ne peux pas m'empêcher de voir le parallèle avec mon aïeule comme un mauvais présage. »

Si le fait que Gabrielle le consulte sur un sujet aussi important flattait Fred, il se rendit compte aussi que ça le rendait triste. Au fond, il n'avait aucune envie que Gabrielle épouse Richard. Il aurait voulu qu'elle reste la mystérieuse Gabrielle d'Estrées, pas une Mme comme une autre. Mais il savait aussi qu'en tant qu'ami il devait la conseiller dans son intérêt à elle. Il lui envoya donc une réponse rassurante (dans laquelle il tentait de la raisonner sur ses peurs superstitieuses) et se sentit profondément déprimé d'agir ainsi.

Quand il revint enfin sur sa page Myspace, il découvrit que Nénuphar lui avait répondu. Avant même de cliquer pour accéder au contenu du message, il pensa que ce n'était rien de bon. Il retira sa capuche et, nu, se rendit à la salle de bains pour se passer de l'eau fraîche sur le visage. Mais bien qu'il laissât le robinet d'eau froide ouvert plusieurs minutes, il ne parvint qu'à récupérer de l'eau tiédasse. De retour devant son ordinateur, il resta immobile à fixer l'écran. Des râteaux, Fred s'en était ramassé un bon paquet dans sa vie. Et il s'en était toujours remis. Mais la situation était différente dans la mesure où il était convaincu que ça pourrait marcher entre Nénuphar et lui. Aurait pu. Pourrait. Eût pu. Mais ce n'était jamais à lui que ça arrivait les histoires simples et cool. On se rencontre, on accroche bien, on s'échange les numéros, on se revoit, on couche ensemble, on se rappelle deux jours plus tard, etc. Non, pour Fred, y avait toujours, systématiquement, un truc qui merdait. Est-ce que Nénuphar allait déroger à la règle ? Il cliqua avec un soupir de résignation.

Ce n'est qu'en finissant la lecture du mail de Nénuphar, surtout à partir du paragraphe « je suis sincèrement désolée », que Fred se rendit compte qu'il avait espéré jusqu'au bout. Espéré que pour une fois ça allait marcher, pour une fois une fille le choisirait. Il passa sa main devant ses yeux, écrasé par la triste réalité. Contrairement au mail de rupture d'Alexia, il ne prit pas la peine de relire le message cinquante fois. C'était inutile. Il avait bien saisi le contenu. Il était merveilleux, formidable, c'était elle qui avait un problème, elle s'en excusait mais ils ne pouvaient pas se rencontrer, il valait mieux en rester là. Ça lui faisait une belle paire de couilles à Fred d'être formidable si au final elle le jetait quand même. Alexia lui avait dit qu'il était un no-life, elle l'avait jeté. Nénuphar lui disait qu'il était merveilleux, elle le jetait. Il avait l'impression que se dessinait comme une certaine récurrence dans sa vie. Et cette fois, inutile d'arguer un problème de référentiel quant aux notions de succès ou d'échec. C'était bel et bien un échec patent. Total. Complet.

Du revers de la main, il essuya son front – il était à nouveau en nage. Il se leva et s'accouda au rebord de la fenêtre dans l'espoir de sentir un souffle de vent. Le quartier était calme comme si la canicule avait abattu tous les habitants – seul lui parvenait le brouhaha du périph au loin. Dans l'immeuble d'en face, trois fenêtres, à des étages différents, étaient éclairées par les teintes bleutées d'écrans de télé encore allumés. Brusquement, Fred comprit qu'il n'aurait plus jamais de nouvelles de Nénuphar. Ce n'était pas une simple bâche, c'était la fin de toute leur relation. Ema s'éloignait de lui, Nénuphar disparaissait, il ne lui restait plus grand-chose. Le come-back d'Alexia aurait pu le remplir de félicité mais l'idée qu'il ne le devait qu'à sa nouvelle notoriété le dégoûtait. Il n'avait aucune envie d'en tirer profit. Elle aurait dû venir prendre de ses nouvelles bien avant. Là, ses motivations étaient transparentes. Médiatisé, Fred devenait quelqu'un d'intéressant.

Il se sentait triste mais calme. Une seule question le préoccupait réellement. Pourquoi continuer comme ça ? Pourquoi s'obstiner dans cette vie merdique ? Il n'avait plus aucune raison de continuer. Plus rien ne le retenait dans cet espace. Même pas une amitié ou un espoir. Il était temps. Il retourna à son bureau. Sa page Myspace était toujours affichée. Il se rendit dans les options et sans aucune hésitation cliqua sur « Supprimer mon compte ».

Il pouvait aller dormir. La corde était rompue. C'en était fini de Persona.

En se levant le lendemain, en buvant son chocolat, mais aussi sur le quai en attendant le RER, et dans l'ascenseur qui le menait à son étage, et même à la machine à café, puis en s'installant à son bureau, en entrant dans les toilettes deux heures plus tard, en traversant la place pour aller déjeuner, en longeant le couloir pour déposer le courrier, en franchissant le tourniquet du métro, en regardant par la vitre, en consultant l'écran de son téléphone portable, en allumant la télé le soir, Fred se sentit perdu. Il avait la sensation de chercher en l'évitant une chose qu'il ignorait. Il essayait tant bien que mal d'écarter cette sensation, de ne pas s'y attarder. Il se plongeait dans le travail pour contrer l'automatisme qui voulait qu'il se connecte sur internet pour lire des messages de Nénuphar. Sa vie était redevenue comme avant. Il ne reçut aucun mail ce jour-là – comme si les Morues n'avaient jamais existé. Comme si rien n'avait jamais existé, comme si sa vie se résumait à n'être qu'un pion dans le mécanisme bien huilé d'un système économique qui le dépassait. Il n'était là que pour accomplir des tâches au sein d'une entreprise. Entre ces journées de travail, le système lui laissait quelques heures pour rentrer à son terrier se reposer, s'alimenter afin de reprendre les forces nécessaires pour poursuivre le lendemain sa suite de tâches. Et cela allait durer encore quarante longues années. Sa vie pour rien. Dans une répétition incessante des mêmes choses, des mêmes paroles, des mêmes activités.

Il fallut attendre le lendemain et la pause déjeuner, le sandwich avalé seul dans le snack habituel, toujours RTL en fond sonore, pour que Fred comprenne que c'était impossible. Il mâchait son sandwich caoutchouteux, demandant un effort considérable à ses mâchoires pour broyer les aliments afin d'en faire une pâte qui serait facilement assimilable par son organisme. En même temps, il regardait le défilé quotidien des costumes-cravates-attachés-cases qui traversaient l'esplanade de la Défense. Il essayait de ne penser à rien mais se demandait vaguement quand est-ce qu'il serait obligé de revoir Antoine, sans doute au prochain déjeuner dominical, et se doutait déjà qu'il ne lui dirait rien de spécial, se dégonflerait et agirait comme s'il ne s'était rien passé d'irréversible entre eux. Il sentit une bouffée de colère remonter quand le souvenir des propos de son frère ressurgit mais il écarta tout ça en se concentrant sur la radio. Pendant le flash info, fut diffusée une déclaration du ministre de la Santé qui affirmait que la réforme des services hospitaliers serait menée jusqu'à son terme dans le respect et la concertation. Fred se rappela qu'en faisant ses recherches sur la RGPP, il avait également lu les recommandations qui concernaient l'hôpital. Et brusquement, le sourire de Charlotte lui revint en mémoire. Il n'avait pas revu son visage depuis très longtemps et cette soudaine résurgence le paralysa. Pendant une seconde, son image fut parfaitement nette, d'une netteté douloureuse. Mais elle se brouilla presque immédiatement. Charlotte ne serait pas contente, pensa-t-il. Elle ne serait pas contente de ce que je fais de ma vie. Elle s'inquiétait toujours pour moi. Il secoua la tête. Qu'allait-il regarder à la télé ce soir ? Voilà le genre de questions qui devaient désormais être prioritaires. Il ramenait son sandwich vers sa bouche quand il s'immobilisa. Brusquement, il se vit attablé dans le coin près de la fenêtre, il entendit ses pensées mêlées au déferlement de pub radiophoniques et il se rendit compte qu'avec tous les efforts du monde, il ne pouvait plus revenir en arrière. Il était devenu incapable de retrouver son néant existentiel d'avant. Il ne pouvait pas arrêter de vivre pour se transformer en petit automate. Il était toujours rempli de colère envers son frère. Il avait envie de voir les Morues. Et il avait encore envie de croire qu'il rencontrerait un jour une fille à qui il pourrait se confier et sur les seins de laquelle il pourrait éjaculer.

Tout ça avait commencé avec la mort de Charlotte. Avec quelque chose qu'ils n'avaient pas fini. Chacun avait été happé par des préoccupations personnelles qui s'étaient tout de même résumées à un gros tas d'emmerdes et au final, ils n'avaient toujours pas clos le dossier Charlotte. Ils avaient abandonné leur enquête en plein milieu. De retour à son bureau, il envoya un mail à Ema qui lui répondit dans l'instant. Elle était chez elle en train de faire le ménage et parut passablement étonnée que Fred la relance sur l'enquête. « Tu dois aller fouiller du côté du travail de Charlotte », lui écrit-il.

Ema avait bien trouvé une solution, foireuse bien sûr c'était quand même sa marque de fabrique, pour aller se renseigner sur le travail de Charlotte. Mais elle avait fini par se lasser elle-même de son acharnement paranoïaque. Il fallut vraiment que Fred lui écrive sur un ton presque suppliant pour qu'elle sente qu'elle devait le faire – au moins pour lui. Elle ne comprenait pas très bien ce qu'il y avait en jeu pour lui mais elle saisit qu'il en avait besoin.

L'idée d'Ema était clairement inspirée par tous les téléfilms merdiques dont TF1 abreuvait les retraités isolés et les chômeurs dépressifs dans l'après-midi. Le jour où elle reçut le mail de Fred, elle appela le patron de Charlotte pour prendre rendez-vous. À son grand étonnement, il goba son histoire – Ema souhaitait réaliser une vidéo en mémoire de Charlotte et serait très touchée s'il acceptait d'y participer et de dire deux mots au sujet de son employée. Il lui proposa de passer deux jours plus tard – au moment de sa pause déjeuner. À croire que la mort était un argument auquel on ne pouvait résister.

Dans leur boîte, l'heure du déjeuner ne semblait pas vraiment être un moment privilégié. Ema aperçut dans une immense salle tous les employés en plein travail face à leur ordinateur, mâchouillant vaguement un sandwich. Le patron de Charlotte n'accorda pas un regard à son décolleté pourtant plongeant. C'était un homme d'une quarantaine d'années qui donnait l'impression d'être né en costume cravate. À la fois distant et aimable, il souffrait de légers tocs qu'elle remarqua assez vite. Ema était assise dans son bureau, face à lui, depuis moins de cinq minutes et il avait déjà remis trois fois en place son stylo, redressé le clavier de son ordinateur, réajusté la pile de dossiers de droite. Après chacun de ces gestes compulsifs, il relevait la tête et lui adressait un petit sourire absent. Ils échangèrent quelques banalités sur la mort et la morte.

« Vraiment, je ne m'y attendais pas, lui expliqua-t-il. Ça a été un tel choc. (Petit geste pour réorienter l'écran de l'ordinateur suivi du petit sourire gêné.) Pourtant, nous sommes formés pour détecter les signes de détresse chez nos employés. Le stress est tellement important dans notre métier. Beaucoup craquent. »

Ema en profita pour embrayer.

« Charlotte vous paraissait stressée alors ? Elle avait eu des problèmes dans son travail ?

— Non. Pas du tout. Charlotte était un membre efficace de l'équipe. Si ça ne vous dérange pas, nous allons passer à la vidéo, je n'ai malheureusement qu'une vingtaine de minutes de libre. »

Ema acquiesça et sortit le matériel emprunté à Blester. Elle alluma la caméra et la régla pendant qu'il appelait sa secrétaire : « Sandrine, apportez-moi la fiche concernant Mlle Durieux s'il vous plaît. » Évidemment, il avait laissé à sa secrétaire, une grande blonde pas très jolie, le soin de rédiger son petit speech…

Une fois sa précieuse fiche bristol entre les mains, il se lissa les cheveux, releva la tête vers l'objectif avec un sourire contrit et demanda « C'est bon ? Ça enregistre ? J'y vais ? » Elle lui fit signe que oui et se pencha sur l'écran de la caméra. Quand il commença son allocution, Ema comprit qu'elle allait devoir fournir un effort surhumain pour ne pas se rouler par terre de rire. C'était sans doute la personne la plus mal à l'aise du monde devant un objectif. Il avait une expression de visage qui exprimait quelque chose entre la terreur et la constipation. Et la canicule n'arrangeait rien, il avait la fameuse « zone T » (front, nez, menton) luisante de sueur. D'une voix tremblante, il enfila les clichés de circonstance, jetant des coups d'œil discrets à sa fiche. « Charlotte était un élément essentiel de notre équipe et son départ est une perte irréparable pour ses amis et collègues. D'elle, nous garderons le souvenir d'une femme belle, brillante, toujours à l'écoute des autres. » Ema tiqua légèrement sur cette qualité. Belle et brillante pourquoi pas mais quand Charlotte daignait écouter les autres, c'était inévitablement pour ensuite leur tomber dessus comme un petit juge de moralité.

Tandis qu'elle rangeait son matériel, Ema en profita pour demander l'air de rien. « Je crois quand même que Charlotte était stressée par son travail. Elle me parlait beaucoup du dossier De Vinci. Je me demandais s'il serait possible de récupérer un exemplaire de ses conclusions ? »

Alors que selon la fréquence de son toc, il aurait dû déplacer nerveusement son presse-papiers, il ne fit rien. Il resta pour la première fois complètement immobile.

« Non. Je suis désolé. Nous ne donnons jamais de copie des documents de travail par discrétion envers nos clients. »

La secrétaire entra, jeta un regard à Ema et déposa un dossier sur le bureau en chuchotant « Votre rendez-vous vous attend ». Il fallait qu'Ema fasse vite.

« Je comprends mais rassurez-vous, ce n'est pas pour le rendre public C'est par respect pour le travail de Charlotte. Le rapport sur l'affaire De Vinci lui tenait très à cœur, et je suis sûre, elle insista lourdement sur ce mot, qu'elle aurait préféré que je l'aie en ma possession.

— Je dois malheureusement réitérer mon refus. Sandrine, raccompagnez madame. Il lui tendit la main. Je suis très touché d'avoir pu participer à cet hommage. Au revoir. »

Ema sortit un peu dépitée mais néanmoins la conscience tranquille. Elle avait fait tout ce qui était en son pouvoir pour élucider cette histoire.

Playlist :
System of a Down – *Chop suey !*
Dave Brubeck – *Blue Rondo Turk*
The Smiths – *Panic*

Chapitre dix

Le gigot et l'abyme

Si Blester n'était pas au courant des dernières tentatives d'Ema pour élucider l'affaire Charlotte, il avait bien remarqué que ce n'était pas la farandole de l'amitié entre les Morues. Il décida donc d'organiser un dîner avec tout le monde, insistant auprès d'Ema « tout le monde, y compris Richard ». Son appart avait une grande terrasse, ils pourraient bouffer dehors. Ema n'était pas très emballée mais le cachet « truc que font les gens normaux » suffit à la convaincre.

Pour l'occasion, elle avait pris la ferme décision d'être sympa. Donc quand tout le monde fut arrivé, à l'exception de Fred, elle demanda à Alice pourquoi elle n'était pas venue avec Gonzo.

« D'abord, j'allais pas venir avec lui et laisser Fred être le seul en solo. Et puis... On s'est un peu engueulés. »

Comme de toute façon, il n'y avait pas d'autre sujet de discussion en vue et qu'en outre Ema était ravie à l'idée d'entendre Alice se plaindre de Gonzo, elle insista.

« Ah oui ? Ah bah qu'est-ce qui s'est passé ?

— Vas-y, jubile ma Morue. Eh bien figure-toi que Gonzo est quand même un gros misogyne. Oui, Ema, prends cet air faussement étonné. Pour autant, moi, je reste une Morue. Donc on s'engueule. Le problème, c'est que… » Alice s'arrêta et jeta un coup d'œil à Blester et Richard. « Ça vous dérange pas qu'on parle comme d'habitude hein ? On va pas changer parce que vous êtes là ? » Ils hochèrent la tête. « Le problème donc, c'est que… » Elle fut interrompue par la sonnerie de l'appart. Ema se leva avec précipitation. Elle n'en pouvait plus de curiosité, elle voulait connaître le problème, s'en délecter, voire se rouler dedans si elle avait pu. Elle ouvrit, poussa Fred à l'intérieur. « Viens, on est sur la terrasse. »

Une fois que Fred eut fait un salut général, elle demanda : « Alors ? Tu disais, le problème ?

— Ah oui. Alice but une gorgée de vodka. Le problème, c'est que c'est justement parce qu'il est misogyne qu'il me plaît. »

Gabrielle se pencha pour expliquer à Fred « On parle de Gonzo.

— C'est son côté beauf et misogyne qui me fait rire. Et puis, il y a pire dans la catégorie. Sauf que sur le long terme, c'est ingérable parce que, pour autant, moi, je ne change pas. Et on est incompatibles. On n'est d'accord sur rien dans nos visions du couple, des rapports hommes/femmes. Même si on arrivait à dépasser nos engueulades, y a un truc dans le fond qui fait que ça ne marcherait jamais. En gros, il me plaît vraiment mais je ne veux pas de cette relation. »

Ema se demanda si Blester et elle avaient le même point de vue sur les rapports hommes/femmes. Il ne remettait jamais en question la charte des Morues mais on ne pouvait pas non plus dire que ça le passionnait.

Mais il acceptait bien ses convictions. En même temps, elle ne les imposait pas trop. D'ailleurs, ces derniers temps, elle ne lui imposait plus grand-chose. Ok, au début, il en avait bavé avec son refus d'être en couple mais depuis… bah depuis, la situation s'était plutôt renversée. Ema pencha la tête de stupeur. Elle devait aller au bout de ce que son cerveau tentait de lui faire comprendre. Les autres s'étaient lancés dans une discussion politique qui parasitait sa concentration. Elle faisait semblant de les écouter mais elle sentait que quelque chose allait s'éclairer dans son esprit. Et là, le sujet qu'Ema tentait d'étouffer depuis des semaines s'imposa. Leur vie sexuelle était en désaccord total avec la charte. La charte n'interdisait évidemment pas de simuler – la charte tenait à rester réaliste – mais il fallait être honnête : leur sexualité actuelle ne satisfaisait pas du tout Ema. Pire, elle le savait et ne disait rien, prétextant que ça allait changer tout seul. Mais évidemment, si elle ne prenait pas les choses en main, ça resterait comme ça. Toute sa vie. Ema fut parcourue d'un frisson.

« T'as froid ? s'étonna Blester.

— Non. »

Mais ça n'avait pas toujours été comme ça avec Blester. Au début, ils niquaient n'importe comment. C'était même un des arguments des Morues pour conseiller à Ema d'accepter de se mettre en couple avec lui. Est-ce que, si elles savaient comment ça se passait maintenant, elles lui diraient la même chose ? Certainement pas. Ema fut prise d'une envie irrésistible d'en parler avec ses amies. Qu'est-ce qui s'était passé pour que le sexe change à ce point ? C'était vraiment ça, s'endormir ? Elle devait faire comme ces témoignages de femmes dans les magazines féminins ? Réveiller leur vie sexuelle ?

Mais non. Elle savait qu'en parlant de sexualité routinière, elle se mentait. C'était ce qu'elle se racontait depuis des semaines. Les démonstrations d'affection de Blester gênaient Ema parce qu'elles trahissaient autre chose. Elles montraient qu'elle était devenue à ses yeux sa femme, celle qu'il respectait et qu'il n'avait plus envie d'avilir – même en jeu. Et s'il avait été violent au début, ce n'était pas du tout, contrairement à ce qu'Ema avait pensé, parce qu'il était libéré mais simplement parce qu'il n'était pas amoureux. Elle était passée de la putain à la maman.

Perdue dans ses réflexions, Ema avait loupé la discussion en cours. Mais elle remarqua que Gabrielle s'était figée, son verre à la main. Richard était en train d'expliquer qu'il participait à une commission pour élaborer une loi antiprostitution.

« On ne peut pas, au XXIe siècle, continuer d'accepter la marchandisation du corps des femmes. C'est une pratique moyenâgeuse. »

Alice hocha la tête.

« Pour une fois, je suis d'accord avec toi Richard. C'est vraiment continuer à considérer les femmes avant tout comme des objets sexuels qu'on peut acheter. »

Ema ne fut pas très étonnée de ce consensus. Gauche et droite se rejoignaient pour faire du corps des femmes un temple, pour le sanctifier. Surtout, elle n'osait plus regarder Gabrielle mais elle sentait son silence, son immobilité parfaite. Elle comprenait, quand quelqu'un blessait vraiment Gabrielle au plus profond d'elle-même, elle n'attaquait pas, elle ne se défendait pas, elle se figeait. Et brusquement, pour la première fois depuis très longtemps, peut-être même la première fois tout court, Ema se sentit aussi proche de Gabrielle qu'elle pouvait l'être. Elle fut coupée dans ses réflexions par Blester.

« Alors la reine des Morues féministes n'a rien à dire sur le sujet ? »

Dans son champ de vision latéral, Ema aperçut Gabrielle attraper la bouteille de vodka. Pour ou contre, pfff, elle n'en savait rien… Les quelques propos antiprostitution qu'elle avait tenus elle savait bien que, dans le fond, ils n'étaient motivés que par la peur de la prostituée. La peur de celle qui est prête à offrir du plaisir, qui plus est du plaisir de professionnelle, du plaisir de celle qui sait comment faire jouir parfaitement un homme, offrir donc ça si facilement contre de l'argent à n'importe quel mec. Y compris au sien. La prostituée, sur le grand marché de la compétition sexuelle, de la concurrence acharnée entre femmes pour obtenir le statut d'unique et meilleure, la prostituée était une dangereuse concurrente. Une concurrente déloyale. La prostituée ramenait les autres femmes à leurs peurs et à leurs complexes. Elles ne pouvaient donc que la haïr ou la victimiser.

En regardant la main de Gabrielle reposer la bouteille, Ema comprit que ce qui l'avait mise mal à l'aise par rapport à son amie ça avait été de découvrir qu'elle avait fait quelque chose qu'elle-même, Ema, n'aurait jamais osé faire. Outre le sentiment stupide de trahison en se découvrant différentes, Ema avait alors eu la sensation que Gabrielle avait implicitement une liberté sexuelle supérieure à la sienne, et donc devenait dangereuse et la ramenait à ses trouilles d'ado. La prostituée était la femme. L'autre était l'enfant. Comme ces femmes qui disaient avec mépris « Moi, je ne pourrais pas faire ça » là où il fallait entendre « Pourquoi est-ce que moi je me sens trop faible et complexée pour le faire ? »

Évidemment, Ema savait aussi qu'objectivement les prostituées n'étaient pas des femmes libres et libérées. Mais ce qu'on disait d'elles n'était guidé que par une somme de fantasmes et si elle n'en savait pas plus sur le sujet, elle sentait désormais l'ampleur de ces craintes enfouies qui s'exprimaient chez chacun dans un discours policé et rationnel sur le sujet. Ce débat était tout sauf objectif. Chacun y défendait son intérêt.

« Alors, t'as bien un avis sur la question ? »

Elle se tourna vers Blester.

« Je ne vais pas parler pour elles. Je n'ai pas d'avis pour ces femmes, sur ces femmes. Je ne sais pas ce que c'est la prostitution. Je n'ai aucune idée de ce qu'on ressent. Ce que je sais, c'est que les anti reprennent tous un discours de sacralisation du corps féminin – et pas du corps masculin. La chatte comme un temple à sanctifier. Et ça, ça me dérange. Pourquoi ça serait dégradant de vendre son corps ? Depuis Marx on sait que les ouvriers vendent leur force de travail. On vend notre temps, notre énergie, notre concentration, notre esprit, nos corps. On est payés pour rester assis immobile pendant huit heures d'affilée, ou pour rester debout à courir dans tous les sens pendant dix heures, elle jeta un regard à Alice.

— Tiens… Ça m'étonne de toi…

— On évolue. Elle hésita une seconde avant d'ajouter : J'apprends. »

Gabrielle se retourna vers elle, un verre de vodka à la main et lui tendit. Ema la remercia. Son amie la regarda très sérieusement avant de répondre « de rien » sur un ton qui voulait dire merci. Malheureusement, Richard enchaîna :

« Mais Ema, la marchandisation du corps, ça ne te choque pas ? Toi qui es de gauche, là c'est le capitalisme qui touche à l'intime ! »

Ema se retourna vers lui. Cette fois, elle savait qu'elle avait implicitement l'autorisation de Gabrielle pour lui rentrer dans le lard. Et elle n'allait pas s'en priver.

Finalement, ce soir-là, Ema découvrit qu'il était possible de contredire quelqu'un sans essayer de l'assassiner verbalement. Et l'air de rien, c'était une sacrée découverte. Richard s'était très bien défendu, ils s'étaient livrés à une joute verbale qui avait fini en concours de shots. Et au moment de partir, il lui avait même glissé qu'elle devrait sérieusement songer à se lancer en politique. Ce qui, de sa part, devait être une forme de compliment.

Après avoir remercié tous leurs invités, Blester et Ema retournèrent sur la terrasse.

« Tu vois Morue, ça s'est bien passé. »

Ema empilait les assiettes et les verres avec la flemme de les rapporter dans la cuisine. Elle s'arrêta et vint se coller contre lui. « Oui, tu avais raison, tu es le plus fort. » Ils s'embrassèrent et quand les mains de Blester se posèrent sur ses fesses, Ema considéra que c'était le signal qu'elle attendait. Elle continua de l'embrasser en commençant à défaire la braguette du jean de Blester mais il l'arrêta. « Viens, on va dans la chambre. » Elle s'agrippa un peu plus à ladite braguette pour répondre « Non. Maintenant, sur la terrasse.

— Tous les voisins peuvent nous voir. »

Elle le regarda très franchement avant de répondre : « Justement. » Dans le scénario idéal d'Ema, Blester aurait alors dû chuchoter « Très bien » avant de poser sa main sur sa tête pour l'inciter à s'agenouiller devant lui. Dans la réalité, elle sentit surtout que sa réponse le mettait véritablement mal à l'aise. Mais elle décida que cette réticence n'était qu'une gêne passagère qu'elle allait s'empresser de faire disparaître. Elle s'agenouilla donc d'elle-même devant lui tout en continuant de défaire sa braguette. Elle avançait sa bouche quand se produisit l'impensable. L'horreur. Blester se dégagea d'un mouvement un peu trop violent et lui dit « Arrête, j'aime pas quand t'es comme ça. »

La première pulsion d'Ema l'incitait à casser un verre, en prendre un éclat et trancher la carotide de Blester avec. Pas pour lui faire mal, juste pour qu'il disparaisse définitivement et que ce moment, l'un des plus humiliants de sa vie, n'existe pas. Finalement, c'est à équidistance de la rage et de la honte qu'elle se releva en criant.

« Comme ça ? Ça veut dire quoi "comme ça" ? Comme une pute ? Parce que je te signale que c'est aussi moi et que ça serait pas mal que t'en tiennes compte de temps en temps !

— Excuse-moi de pas avoir envie que tu joues à la femme soumise ! Et en plus devant tous les voisins !

— C'est pas la femme soumise qui te dérange. Ce qui te fait peur c'est la meuf qui a envie de te sucer devant les voisins.

— J'invite tes potes, je prépare tout, on passe une bonne soirée et maintenant tu vas me casser les couilles parce que j'ai envie qu'on fasse l'amour dans le lit ? Tu m'emmerdes ! Tu comprends ? J'EN AI RAS LE BOL. »

Il rentra dans l'appartement et se dirigea vers la chambre. Ema lui demanda ce qu'il faisait et il ne se retourna même pas pour lui répondre. « Je vais me coucher parce qu'il est tard et que, figure-toi, je travaille demain matin. »

Soufflée par la colère, Ema passa dans le salon récupérer son sac et partit en claquant la porte.

Le lendemain, quand elle ouvrit la porte du four, une bouffée de chaleur monta au visage d'Ema. L'odeur mêlée de la viande d'agneau et des herbes. À l'aide d'une cuillère, elle arrosa le gigot avec le jus qui s'accumulait au fond du plat. Tout était en ordre. Elle referma et leva la tête vers la fenêtre. Il faisait terriblement sombre. Depuis quelques heures, le ciel avait basculé dans les ténèbres, la température avait brutalement chuté. Elle retourna s'installer devant la télé. Elle se sentait bien. Enfin elle croyait. Au psy, elle raconterait qu'elle se souvenait qu'elle ne suivait l'émission de télé que d'un œil. De l'autre, elle vérifiait l'état du salon. Tout était parfait. Sa robe était parfaite. L'impatience rendait ses mains moites. Blester allait rentrer d'ici une demi-heure et il aurait la surprise de la trouver chez lui. C'était en se levant le matin qu'elle avait eu cette idée. Le fait qu'ils ne s'étaient pas donné de nouvelles depuis leur engueulade de la veille avait fait flipper Ema. Elle se rendait compte de tous les efforts qu'avait faits Blester, notamment en organisant la soirée, et ses revendications sexuelles lui avaient brusquement paru dérisoires. Quelques heures auparavant, elle se retournait dans son lit, incapable de s'endormir, pleine de rage, tout lui paraissait limpide, l'attitude de Blester, les dysfonctionnements de leur couple, le fait que ça ne pouvait pas continuer comme ça. Et puis, le lendemain, en se levant, il ne restait plus que la peur de le perdre. Ema avait donc décidé de faire un geste pour lui, de lui préparer un vrai repas, de le dorloter pendant une soirée et d'occulter tous les problèmes.

S'il y avait un vrai problème dans sa vie, c'était le travail. Pas Blester. Elle aurait aimé, elle aussi, rentrer d'une journée de boulot épuisante mais pour le moment, elle n'avait toujours pas l'ombre du début d'une piste. Elle avait pourtant tenté plusieurs stratégies : l'approche classique (CV + lettre de motivation), l'approche friendly (message Facebook), et l'infinie variation entre ces deux extrêmes. Mais rien à faire, on était dans une période de crise. Les ventes des journaux papier étaient en chute libre et pour ceux qui arrivaient à se maintenir l'humeur n'était pas à l'embauche. Et tout ça, c'était évidemment la faute au vilain Internet. Ema était donc allée prospecter de ce côté-là, persuadée d'y trouver une véritable manne. Mais là encore, tout semblait bouché puisque les annonceurs n'osaient pas encore investir sur de la pub virtuelle et que les sites fonctionnaient quasiment bénévolement – ou alors en faisant travailler à cadence double les « employés papier ». Bref, ça n'embauchait pas. Lui restait donc largement le temps de préparer des gigots d'agneau pour son homme. À ses yeux, le gigot d'agneau représentait le stade ultime de la normalité. Je gigote donc je suis. Le second avantage, c'était qu'entre chercher la recette sur un site de marmitons, sortir acheter ledit gigot, rentrer, relire les conseils de préparation, ressortir parce qu'on a oublié un ingrédient, se mettre enfin à la cuisine, ça vous occupait une journée vite fait.

Ce fut d'ailleurs la première réflexion qu'elle se fit. Je viens quand même de perdre une journée de mon existence à faire la bouffe. Mais elle ne s'y arrêta pas. Ce n'était pas vraiment une journée de perdue, il fallait voir ça comme un investissement pour l'avenir, un investissement dans son couple, un investissement pour l'avenir de son couple. De toute façon, elle n'aurait pas plus trouvé de travail aujourd'hui qu'hier et entre préparer un gigot et s'abrutir devant la télé, elle n'était pas certaine que la perte de temps soit forcément du côté de la cuisine. Au moins, là, elle faisait plaisir à quelqu'un. En réalité, sa mauvaise conscience venait davantage du fait que les Morues lui avaient proposé de passer au Bottle ce soir-là et qu'elle avait refusé. Même si elle avait vraiment envie et besoin de les voir, la priorité était de calmer les choses avec Blester. Évidemment, elle s'était bien gardée de leur expliquer pourquoi elle déclinait l'invitation mais même à travers l'écran de l'ordi, leurs mails suintaient la déception. Et même elle se sentait déçue. La veille, elle avait justement tellement eu envie de se retrouver avec les Morues pour leur parler de ce qui merdait dans sa vie sexuelle… La soirée de la veille aurait justement été le prétexte parfait pour un débrief ce soir. Ema savait bien qu'elle déconnait par rapport aux amis ces derniers temps. Elle n'était pas assez présente et elle frémissait d'angoisse à l'idée qu'Alice se range aux conseils de Gabrielle et avoue à Fred son imposture – et au passage qu'elle était au courant donc complice. Mais elle devait avant tout arranger les choses avec Blester. Grâce à son gigot.

Elle se souvint qu'il y eut un instant « avant » où elle s'était sentie incroyablement bien – comme l'océan qui se retire pour précéder le tsunami. Ça aurait dû l'alerter une telle sensation de sérénité, de plénitude. Mais sur le moment, elle se demanda seulement si c'était ça qu'éprouvaient les gens normaux. Elle en était pétrifiée de tranquillité. Pétrifiée au point qu'elle cessa de respirer quelques secondes et c'est là que ça commença à merder grave. Quand elle voulut reprendre son souffle, elle en fut incapable. Elle n'arrivait plus à respirer. Et son bien-être, si palpable quelques minutes auparavant, se refroidit brusquement d'une vingtaine de degrés et entoura son thorax pour le comprimer comme un étau de glace ou un boa constrictor cherchant à étouffer sa proie. Elle commença à paniquer. Elle regarda l'appartement propre, trop propre, chaque objet devenant une source de malveillance. La télé la regardait, les singeries du couple d'animateurs l'agressaient. Et elle comprit assez vite que le moment qu'elle avait redouté ces derniers mois était en train d'arriver : elle perdait la tête. Depuis des années, elle entendait régulièrement parler autour d'elle de gens « normaux » qui un jour avaient craqué une durite et qu'il avait fallu interner pour plusieurs semaines. Comme si leur vernis social s'était fissuré révélant la tempête de malaise qui les habitait. C'était l'image la plus juste. En apparence tout semblait paisible mais en souterrain, dans un patient travail de sape, une tempête psychologique se préparait, pendant des années, jusqu'au jour où elle prenait suffisamment de force, aidée par des éléments extérieurs, pour exploser et emporter tout lambeau de raison sur son passage. Ema essaya de se contrôler. C'était sûrement un petit pic d'angoisse qui allait disparaître dans quelques instants. Mais les sensations qu'elle éprouvait étaient insupportables et par-dessus tout, elle redoutait qu'elles aillent en s'amplifiant.

SA CORDE AVAIT ROMPU.

Et puis il lui parut clair que si elle restait dans cet appart malfaisant, elle était foutue. Il fallait absolument qu'elle parvienne à se lever pour en sortir. Retrouver l'air extérieur.

Comme dans un cauchemar, l'idée d'appeler les amis ne lui vint pas une seconde à l'esprit. Elle ne sut jamais déterminer combien de temps elle mit à quitter l'appart. Mais elle avait l'impression qu'elle allait s'atomiser, exploser en mille morceaux, se liquéfier sur le sol, prendre feu, même pas mourir la seconde suivante, elle était déjà en train d'y passer. Elle crevait sur place. Elle comprenait enfin les descriptions partielles que certains lui avaient faites de leur crise d'angoisse. Des moments de mort. Les mots tournant autour de l'ineffable. Elle ne sentait plus ni ses jambes, ni ses bras, ni son visage – elle sortait d'une anesthésie. Ou elle était encore au bloc opératoire. Il lui fallut une force surhumaine, une captation de la moindre parcelle d'énergie cachée dans ses muscles pour ramper jusqu'à la porte, la claquer, dégringoler l'escalier, et se retrouver enfin dans la rue. Il faisait sombre et frais. Elle ne chercha même pas un semblant de direction. Elle devait d'abord s'étendre quelque part, vite, très vite. Elle tituba lamentablement jusqu'au premier banc public et s'allongea. Après une seconde de répit, le tsunami reprit. Il fallait l'ignorer. Les yeux fermés, le bruit de la circulation. Elle n'imaginait pas qu'un jour elle puisse de nouveau être capable de se remettre debout. Impossible. Plus rien n'existait. Les souvenirs, le passé, les projections futures, les projets, tout était annihilé à jamais. Il n'y aurait plus que perpétuellement ce moment infernal – hors du temps et de l'espace.

Quelqu'un vint lui demander si elle avait besoin d'aide. Elle ne souleva même pas les paupières, se contenta de marmonner « Non, non, merci ». Elle se concentrait sur les sensations immédiates qui revenaient peu à peu. Le bois trop dur qui lui blessait les omoplates. Ses jambes qui pendaient en travers du banc. Un vent brûlant se levait qui ramena ses joues à la vie. Elle respirait un peu mieux. Maintenant, il fallait attendre. Attendre que ça s'éloigne. Quand elle entendit le tonnerre, elle ne réagit pas mais, brusquement, des litres d'eau lui tombèrent sur le visage. Un quart de seconde, elle crut qu'un môme lui avait balancé un seau d'eau en pleine gueule. Mais les litres ne s'arrêtaient pas. Elle fut immédiatement trempée des pieds à la tête. On aurait cru qu'elle venait de plonger avec sa robe dans une rivière. Elle se souvint de Virginia Woolf. Sa robe aussi mais lestée de pierres dans les poches. Elle avait de nouveau du mal à respirer mais cette fois c'était à cause de cette pluie torrentielle qui l'inondait. Et elle sourit. Le vacarme que faisait l'orage, le tonnerre, la pluie tombant partout remplissaient sa tête. Elle se redressa et rouvrit les yeux. Tous les passants s'étaient agglutinés contre les devantures des magasins pour se mettre à l'abri comme si cette eau sauvage était dangereuse, comme s'il fallait à tout prix éviter son contact mortel. Ils observaient le déluge d'un air stupéfait. Interdit. Et Ema restait assise sur son banc En se levant, elle remarqua que sa robe imbibée lui collait outrageusement au corps. Elle se dirigea vers le premier bistrot à proximité et s'installa près de la fenêtre pour profiter du spectacle. Elle était épuisée. Le serveur lui fit remarquer « On est bien mouillée dites donc, ça devait arriver avec cette canicule, vous voulez une serviette ? » Elle accepta et commanda au passage une vodka pomme.

Elle la sirotait en regardant les égouts déborder. Un opaque rideau de pluie masquait l'autre côté de la rue et personne n'osait s'aventurer hors des abris. À chaque hectolitre d'eau qui dégringolait, son malaise s'allégeait en proportion. Tant qu'il pleuvra, ça ira pensa-t-elle. Que ce déluge se déclenche au moment même où son corps et son esprit étaient emportés par un autre genre de tempête lui donnait l'impression d'être en communication directe avec le ciel, de n'être elle aussi qu'un des éléments de ce système. C'était l'eau qui l'avait sauvée.

Au bout d'un moment, il fallut bien gérer a minima les obligations quotidiennes. Elle envoya donc un texto à Blester pour lui dire qu'elle ne le verrait pas ce soir-là. Qu'elle n'était pas en forme. Mensonge éhonté – elle se sentait revivre. L'orage se calmait peu à peu et finalement laissa place à une pluie fine et régulière qui semblait ne jamais devoir s'arrêter. Sans même se dire qu'il fallait qu'elle réfléchisse à cette crise d'angoisse, les pensées se bousculaient dans son cerveau et très vite, il lui apparut clair qu'il n'y avait pas de retour en arrière possible. Malgré tous ses efforts pour s'intégrer à la normalité, son corps s'y refusait obstinément et ça ne servait à rien de le forcer, de mimer des gestes, d'endosser des habitus qui n'étaient pas les siens. Le sexe n'était finalement qu'un exemple de tout ça. Elle avait voulu faire semblant d'avoir une sexualité qui n'était pas la sienne – pour faire plaisir à Blester, pour rentrer dans la case qu'il attendait. Ce qu'elle ne comprenait pas, c'était comment, en partant d'une relation où Blester était plutôt en position de demande et où elle-même ne demandait rien, ils avaient pu arriver à une configuration où elle l'attendait chez lui en préparant un gigot au lieu de se bourrer la gueule avec ses amies. Où est-ce que ça avait foiré ? Elle pouvait repérer des moments pivots : son licenciement l'avait fragilisée, en parallèle la promotion de Blester l'avait écrasée. Le fait d'être au chômage avait évidemment joué un rôle dans son aliénation volontaire – il fallait bien dire le mot – mais ce n'était pas la cause. Tout juste un accélérateur. Comme l'hypocondrie de Blester qui les avait conduits dans ce schéma d'un classicisme à se pendre. Mais est-ce que ça suffisait à expliquer un tel désastre ? Est-ce qu'il n'y avait pas simplement, au fond, quelque chose de pourri, une tendance naturelle chez lui comme chez elle à rentrer dans une répartition des rôles traditionnelle ? Bien sûr, il y avait le facteur « on est amoureux » qui déjà, à la base, foutait tout en l'air. On est amoureux donc on veut passer tout notre temps ensemble, donc on néglige nos vies individuelles au profit de l'entité couple. Mais cet argument ne tenait qu'à moitié parce que, aussi amoureux l'un que l'autre, c'était elle qui avait sacrifié ses amies et son mode de vie. Blester, lui, l'amour ça l'avait pas empêché de bosser quinze heures par jour et de se consacrer à ses propres intérêts. Putain d'enfoiré de mec. Enculade de couple. Même avec la meilleure volonté du monde, ça ne marchait pas cette saloperie. Et pire, ça ne se contentait pas d'être un échec. Non. C'était un échec au détriment d'elles, on, les femmes, elle Ema. C'était désespérant.

Comment avait-elle pu espérer trouver enfin un équilibre que personne n'avait été foutu d'acquérir depuis des millénaires. Pourtant, elle y avait cru. Elle y avait cru à l'aide de théories mathématiques. « Si dans toutes les relations, il y a un dominant et un dominé, il suffit que les deux rôles s'inversent régulièrement pour que l'inégalité s'efface. » Mais non, cette putain de vie à deux c'était le combat à mort de deux ego, c'était au mieux une lutte perpétuelle, au pire une défaite perpétuelle d'un des deux. Un bain de sang masqué par des sourires et des mots doux. Tout n'était que duel, piques, chantage, viens, ne viens pas, occupe-toi de moi, oui, non, pas maintenant, plus tard, je veux. La modernité et Freud avaient juste offert des armes supplémentaires. Tu réagis comme ça parce que ceci. Mais rien n'était honnête. Tout n'était que non-dits, tabous, insinuations, pressions dissimulées. Et elles, elles les connes, elles étaient là avec leurs grandes idées de « il faut parler, communiquons mon amour ». Idées fausses, elles se servaient de la communication pour essayer d'obtenir ce qu'elles voulaient. Elles n'étaient ni mieux ni pires qu'eux. Juste dominées. Parce que leurs armes, elles étaient foireuses. « Faut qu'on parle. Pourquoi tu passes autant de temps avec tes amis ? Tu t'ennuies avec moi ? Il faut qu'on en discute. Ça ne peut pas durer. Il y a un problème. » Il y a un problème, dans la bouche d'une femme, toujours comprendre « TU as un problème alors que moi je fais tout comme il faut ». Mais une guerre ça ne se gagnait pas à coups de pourparlers. Et ça, eux, ils l'avaient très bien compris. Ils attendaient que les discussions passent et hop, derrière ils contre-attaquaient dans une offensive autrement plus concrète. Ils allaient voir leurs amis. Et profitaient d'une bonne soirée. Pendant qu'elles cherchaient lamentablement une congénère femelle avec qui passer la soirée à déblatérer sur le dos de cet enculé qui ne fait aucun effort. Il faisait juste au mieux pour lui.

Leurs armes étaient trop inégales. Ils avaient des siècles d'entraînement

Bien sûr, elles arrivaient à combattre quelque temps. Parce qu'elles commençaient tout juste à s'y attacher à cette liberté nouvelle. Cette fameuse indépendance pour laquelle leurs mères avaient lutté. Mais elles n'étaient pas suffisamment aguerries. Elles se ramollissaient vite. Elles concédaient. Elles rêvaient de couple traditionnel, de calme. Repos, sécurité, domination. De la servilité volontaire. C'était Fénelon. C'était l'*Histoire d'O* aussi. Le bonheur d'abandonner les armes, les responsabilités, la liberté, pour s'en remettre à un maître. Le bonheur aussi de pouvoir ensuite lui reprocher de les priver de cette liberté qu'elles avaient déposée à ses pieds.

Blester n'y était pour rien. Elle n'y était pour rien. C'était inéluctable et ça aurait pu ne pas être grave si elle n'avait pas pris goût à la liberté. Si elle n'avait pas conscience de ce qu'elle perdait dans ce contrat tacite. Si elle n'avait pas eu la prétention de valoir autant que lui et de mériter les mêmes honneurs. Elles avaient les revendications mais pas le mode d'emploi pour les réformes. Et c'était à ça que devait leur servir la charte des Morues. Une charte dont Ema avait consciencieusement bafoué tous les articles. Elle avait honte. Elle avait menti à son mec pour ne pas l'énerver (le dîner avec l'abruti), menti à ses amies pour éviter leur jugement, fait passer les envies de son mec avant les siennes et celles de son entourage.

Si elle avait eu un travail, tout aurait été différent. Quand elle avait un travail, tout *était* différent. Un travail c'était la base de l'indépendance.

Elle avait eu beau jeu de cracher sur Charlotte et Tout-Mou. Sous le couvert d'être un couple de bobos trentenaires cool et sympas, Blester et elle reproduisaient les mêmes rapports.

Mais pourquoi ? Ils ne les aimaient pas moins qu'elles. Même si c'était ce dont elles les accusaient sans cesse. Juste ils avaient appris, ils avaient été conditionnés pour faire passer leurs besoins en priorité. Pas elles. Elles n'osaient pas encore. Elles se traînaient des siècles de culpabilisation. Eux, ils avaient trente ans de revendication féminine dans les dents et on avait déjà l'impression que ça les écrasait, que c'était trop lourd pour leurs viriles épaules.

Et maintenant ?

Ema n'était pas dans un état idéal pour prendre une décision rationnelle. Elle finissait sa énième vodka, elle fulminait intérieurement et elle était toujours aussi proche de l'internement psychiatrique. Elle paya en carte bleue sans même vérifier le montant. Elle avait éteint son portable et dut demander l'heure au serveur. 22 heures. À cette heure-là, en dehors des Morues et de Blester, elle n'avait qu'un endroit où aller. Ignorant la pluie, elle sauta dans un taxi et donna l'adresse du Scandal.

Dès l'escalier de verre qui menait dans une pièce sombre et rouge, elle entendit le son du DJ, les infrabasses trop fortes, les hurlements de la foule. Elle s'arrêta au niveau du vestiaire pour les observer. La même foule de nocturnes paumés et désaxés. On aurait pu craindre que l'endroit concentre le pire du parisianisme. Et c'était le cas. À l'apparition de chaque nouvel arrivant, tous les regards détaillaient sa tenue, repéraient ses fautes de goût et audaces intéressantes. Complètement ringarde cette coupe de cheveux, par contre pas mal les bottes en fourrure mais ça irait mieux avec une jupe taille haute. Fait remarquable il n'y avait pas de processus d'exclusion, chacun étant le bourreau et la victime, l'enclume et le marteau, la joue et le soufflet des autres. Pour un anthropologue, le lieu serait sûrement apparu comme un moyen de faciliter la copulation entre membres d'une même tribu.

Une main sur son épaule fit sursauter Ema. C'était Sarah, la fille du vestiaire qui lui étreignit le cou avec un cri strident. « Hey ! Mais qu'est-ce que tu fais là ? Ça fait des siècles que t'es pas venue ! C'est 2 Many DJ's qui mixent ce soir !! Les Morues sont pas avec toi ? » Voilà, c'était de ça qu'elle avait besoin. Cette voix hystérique, cette surexcitation, ce côté trop, too much. Trop affectueux, trop enthousiaste. Trop lookée. Trop sexy.

Ses vodkas précédentes l'avaient déjà bien éméchée mais les suivantes eurent raison d'Ema. Elle racontait son licenciement – sur la piste de danse, en hurlant pour couvrir la musique – elle se fit offrir des verres par ces gens qu'elle croisait depuis des années en soirées, avec qui une sorte d'intimité s'était créée à la faveur de l'alcool, parce qu'ils s'étaient tous vus dans des états pas possibles, parce qu'ils se connaissaient sans se connaître :

« T'ES TOUJOURS JOURNALISTE ?

— NON, JE ME SUIS FAIT VIRER.

— AH MERDE…

— OUAIS.

— VOUS DITES QUOI ?

— ELLE S'EST FAIT VIRER.

— AH MERDE. TU VEUX UNE VODKA ? »

Mais Ema s'en foutait de son licenciement. Elle s'en contrefoutait d'à peu près tout à ce moment-là. Elle ne voulait plus penser à rien et évidemment, le meilleur moyen pour ça était de 1) boire, 2) jouir. Elle avait besoin de s'abrutir de sexe, de sexe puant et sale pour une nuit, s'abrutir parce que c'était du sexe sauvage qui anesthésiait tout en même temps qu'il la rendait vivante, du sexe où rien d'autre ne comptait, un jeu où tout était permis. Et il se trouve que boire et jouir étaient deux besoins que pouvait assouvir le même homme – le barman du Scandal. Ça faisait suffisamment longtemps qu'ils se tournaient autour et s'il n'y avait pas eu Blester, Ema lui aurait sauté dessus depuis des mois. Ledit jeune homme comprit assez vite que c'était son soir. Et c'est comme ça, assez simplement au final, qu'à 6 heures du mat, Ema se retrouva en train de baiser dans tous les sens dans un studio inconnu. Elle était saoule comme une barrique, ce qui avait l'avantage de l'autoriser à hurler à pleins poumons, et lui n'était pas bourré, ce qui avait l'avantage qu'il conserve toutes ses facultés physiques. Deux heures plus tard, elle tâtonnait dans le noir à la recherche de sa robe. Robe qui avait dû rétrécir avec l'averse. Elle jeta un dernier coup d'œil à son partenaire de jeu qui ronflait paisiblement et partit en essayant de ne pas claquer la porte trop fort. Dehors elle grelotta, il faisait une quinzaine de degrés, elle portait seulement sa robe chiffonnée qui ressemblait désormais plus à une nuisette. Heureusement, elle trouva un taxi qui la déposa chez elle dix minutes plus tard et elle s'écroula en travers de son lit, incapable de retirer une nouvelle fois cette foutue robe.

Autant être honnête, quand elle émergea le lendemain, aux alentours de 14 heures, Ema n'était pas franchement rongée par la culpabilité. Elle était surtout rongée par une migraine infecte. Elle enleva enfin sa robe qui visiblement n'avait pas survécu à ses périples nocturnes, elle goba tous les comprimés d'ibuprofène qui traînaient chez elle, se prépara un litre de café bien noir pour faire passer le tout et s'affala sur le canapé en jogging. Elle ralluma son téléphone et devant la dizaine de messages affolés de Blester elle eut un regain de mal-être. Pas du tout pour avoir baisé ailleurs. Juste parce qu'il s'était inquiété toute la nuit par sa faute et que ça, c'était pas sympa. Elle soupira. Elle était incapable de lui parler, son cerveau ne fonctionnait plus du tout. Le voir encore moins, surtout avec les bleus qu'elle avait aux bras et la trace de morsure au cou. Juste impensable. Elle avait la bouche pâteuse et un arrière-goût de vomi lui faisait se demander si elle n'avait pas gerbé dans les toilettes du Scandal. Une vague réminiscence. Il fallait trancher. Un texto alors. Non. Un texto, c'était pas suffisant. Un mail. Un mail c'était mieux, c'était plus long. Elle se connecta et lui envoya le pire mail de la jeune histoire du web. « Désolée de ne pas avoir donné de nouvelles. Je ne me sentais pas bien. Je ne sais pas où j'en suis. Je ne suis pas en état de te parler pour le moment. J'ai besoin de voir mes amies. Je t'appelle demain. »

Voir les Morues. C'était pas une mauvaise idée. Elle les appela et parvint péniblement à leur fixer rendez-vous dans un café (mais pas le Bottle, au cas où Blester débarque). Puis elle somnola. Une douche froide lui fit du bien. Ema se sentait mieux quand elle arriva à la terrasse du café. Mais le premier truc que lui dit Alice fut :

« Putain… Tu t'es fait agresser ? Qui t'a fait ça ? Je vais le défoncer !

— Non. Pourquoi tu dis ça ?

— Bah… Ta tête et puis… Alice se pencha un peu vers Ema. Et ce bleu, là, sur ton cou. »

Gabrielle s'était également penchée vers le cou d'Ema et rectifia.

« Je crois pas que ce soit un bleu. On dirait plus une morsure. En tout cas, c'est vrai que tu fais peur. Elle fronça les sourcils avant d'ajouter : et je suis désolée mais tu pues l'alcool, c'est une vraie infection.

— Ah non ! s'écria Ema. C'est pas possible, j'ai pris une douche.

— C'est pire, commenta Alice. Ça veut dire que ton organisme transpire de l'alcool. On peut savoir ce que t'as fait hier ? »

Elle était sur le point de leur raconter quand Fred arriva. Elle attendit qu'il s'installe avec un geste de la tête désolé pour entamer un rapide résumé des événements.

« Hier j'étais chez Blester, je préparais un gigot, je sais je vous ai menti, je me suis sentie super mal. Je suis sortie. J'ai bu de la vodka dans un bar. Et il pleuvait partout et… c'était tellement beau. Et puis j'ai compris que j'avais tout foiré. Alors après je suis allée au Scandal. J'ai rebu de la vodka. J'ai fini dans le pieu du barman, à force on était devenus assez proches hein, et je suis rentrée chez moi ce matin. »

L'effort qu'ils firent pour suivre ce résumé décousu était touchant. Ema avait de nouveau une casquette de plomb sur la tête et décida de poser ses coudes sur la table pour y soutenir son crâne de trente tonnes. Elle finit en marmonnant :

« Les hommes c'est tous des enculés. Sans offense Fred.

— Mon dieu… » murmura Gabrielle tandis qu'Alice hochait négativement la tête.

Ema parvint à leur lancer un borborygme qui pouvait vouloir dire « bah quoi ? »

« Déjà, ma chérie, tu vas arrêter de bafouer la charte. Les hommes tous des… c'est une phrase interdite et tu le sais. »

Ema se sentit prise en faute et eut envie de pleurer. Elle couina que non, elle ne voulait plus bafouer la charte.

« Non mais Alice… Comment tu fais avec Gonzo ? Comment tu fais pour réussir à être en couple et en plus avec un putain de misogyne comme lui ? »

Alice parut bizarrement mal à l'aise, bafouilla qu'Ema n'avait pas besoin de prendre exemple sur ses copines pour gérer sa vie, avant de lâcher « Ça tombe mal que tu te décides à me parler de ça aujourd'hui… c'est fini avec Gonzo.

— Et toi Gabrielle ? Comment tu fais avec Richard ? Tu penses même à l'épouser. C'est que ça doit bien se passer.

— Oui. Mais je ne sais pas si je vais accepter et… ne le prenez pas mal les Morues mais ce n'est pas vraiment à vous que j'ai envie de demander conseil pour cette décision. »

Ema plongea sa tête entre ses mains en gémissant « Mais qu'est-ce que je vais faire… » Alice déplaça sa chaise à côté de la sienne et la prit dans ses bras en lui disant « Ne t'inquiète pas, ça va s'arranger.

— NOOON, hulula-t-elle. Ça ne va pas s'arranger. Ma carrière professionnelle est foutue et ma vie amoureuse aussi. Comment ça pourrait s'arranger… »

Fred avait été profondément affecté par la scène de la veille. Voir Ema dans un tel état était une catastrophe. Il ne cessait de repenser à son visage effondré, incapable de se concentrer sur les menues tâches de sa matinée de travail. Il regarda sa boîte mail et tapa sur « Écrire un message ». Il n'avait pas assuré la veille, il avait eu beau chercher les mots justes, il n'avait pas su quoi dire pour aider Ema. À défaut de pouvoir l'aider concrètement, il voulait au moins lui envoyer un mail pour l'assurer de son soutien.

Il cherchait encore comment commencer son message quand François, un des cadres du bout du couloir, s'arrêta devant son bureau et, Fred en fut convaincu, jeta un coup d'œil indiscret à son écran d'ordinateur.

« Bonjour, lança Fred.

— Bonjour. Tu pourrais photocopier et relier en cinq exemplaires le dossier Bagnolet ? *Si ça ne te dérange pas…*

— Bien sûr. »

Il se passait quelque chose ce matin. Fred le sentait. Ses collègues le regardaient bizarrement. *Si ça ne te dérange pas*, c'était une phrase inhabituelle qui avait été dite sur un ton étrange. Il abandonna son mail. Il ne se sentait pas en état de l'écrire, il était légèrement angoissé. Quelque chose ne tournait pas rond. Il partit faire les photocopies et les reliures et, vingt minutes plus tard, revint à son poste. Il avait besoin de vérifier quelque chose. Il se reconnecta sur internet et chercha les dernières actualités concernant Persona. Comme il s'y attendait, la suppression de son compte Myspace avait créé un miniséisme dans la blogosphère, durcissant les positions des anti et des pro. Ses partisans y voyaient le signe d'une honnêteté intellectuelle qui frisait la pureté ontologique. « Vous voyez bien, Persona ne cherchait pas la célébrité, il ne va pas monétiser son audience. » Ses détracteurs affirmaient qu'il s'agissait encore d'une technique pour créer du buzz et qu'il allait rouvrir son blog sur un autre serveur. Mais ce qui fascina véritablement Fred fut la réactivité de l'université de la Sorbonne au sein de laquelle devait se dérouler deux semaines plus tard une série de conférences sur le thème « Persona : la mort de l'Auteur. » Les plus grands spécialistes devaient y prendre part de M. Georges Molinié à M. Antoine Compagnon. Cette fois, Fred sentit tout de même que ses chevilles enflaient un peu. « Alors que le petit monde des médias s'interroge passionnément sur l'identité civile de Persona, il est amusant pour le milieu universitaire de constater que ces questions ne sont qu'une vague résurgence des polémiques théoriques des années 60 et 70. Nous assistons à un nouvel affrontement de Roland Barthes et Raymond Picard. Prenant prétexte de cet engouement médiatique pour un inconnu, un cycle de conférences sur le thème de la mort de l'Auteur est donc présenté en Sorbonne ce mois-ci.

Conférence n° 1 : Si ce texte n'a pas d'auteur, comment en dégager le sens puisque traditionnellement le sens d'un texte est attaché à l'intention de son auteur ? Sans auteur, c'est donc le lecteur qui fait le texte. On s'intéressera au statut particulier d'un texte sans auteur identifié, aux problèmes d'interprétation qui sont dès lors posés et à la capacité des internautes à s'emparer d'une œuvre pour la faire leur.

Conférence n° 2 : Persona a-t-il accompli ce que demandait Mallarmé, "la disparition élocutoire du poète qui cède l'initiative aux mots" ? Ou marque-t-il, à travers la disparition de la notion de droits d'auteur sur le web, un retour à une pratique artistique et narrative plus proche de celle du Moyen Âge ?

Conférence n° 3 : Persona n'existe évidemment pas. Il est scripteur, un être de papier (ou d'écran), et non une personne au sens biographique ou psychologique. De l'usage des pseudos sur internet.

Conférence n° 4 : L'auteur ne disparaît pourtant pas. Son texte reste l'actualisation de la conscience d'un auteur (sans rapport avec l'identité civile, biographique ou psychologique) mais d'un auteur en tant que structure profonde d'une conscience au monde, caractérisée par des thèmes que nous étudierons (notamment celui du rapport à l'altérité). Persona ou la "pensée indéterminée" de Poulet. »

À la différence du gloubi-boulga journalistique, les chercheurs universitaires se fichaient comme d'une guigne des intentions réelles et conscientes de Persona. Persona était avant tout un objet d'études qui, selon eux, en disait long sur la notion d'Auteur telle qu'elle apparaissait et fonctionnait quarante ans après son enterrement par Roland Barthes. Et leur analyse semblait particulièrement pertinente aux yeux de Fred. La manière dont il avait géré cette double identité était révélatrice d'une signification latente. Il était même l'archétype d'un non-auteur dépassé par ses écrits dont des lecteurs s'étaient saisis malgré lui pour les transformer en une autre œuvre.

Fred en était là de ses réflexions théoriques quand son poste sonna. Un coup d'œil à l'écran lui suffit à voir que l'appel ne venait pas de l'extérieur mais du chef lui-même.

« Allô ?

— Bonjour Fred. Est-ce que vous pourriez passer immédiatement dans mon bureau ?

— Oui monsieur. »

Fred raccrocha le combiné en tremblant. Convoqué chez le patron, c'était toujours mauvais signe. La dernière personne qu'il connaissait à qui c'était arrivé, c'était Ema pour se faire lourder. Il se déconnecta de sa boîte mail, se dirigea vers le bureau du chef et, avant de toquer à la porte, essuya ses mains moites sur son jean. Le grand patron trônait derrière son bureau et, exceptionnellement, n'était pas en train de faire trois choses en même temps. Il avait les bras croisés et observait Fred.

« Asseyez-vous. Et fermez la porte. »

Le cœur de Fred eut un sursaut d'activité totalement arythmique par rapport à son battement habituel. Il se racla nerveusement la gorge en s'asseyant.

« Fred, je ne vais pas y aller par quatre chemins. Nous avons un gros gros problème. Votre poste, même si aux yeux de certains, il peut s'agir d'un emploi peu qualifié, est un maillon essentiel dans le bon fonctionnement de l'entreprise. Vous êtes l'image heu… vocale de la société auprès de nos clients. Ils connaissent tous votre voix et votre voix doit être celle de la confiance. Et de la discrétion. Et jusqu'à présent, je dois avouer que vous étiez parfait pour cette fonction. Mais… »

Il poussa un soupir à fendre les pierres avant de poursuivre.

« … mais vous avez trahi cette confiance Fred. Vous m'avez trahi et vous avez trahi toute l'entreprise. Fred, c'est très grave et je pèse mes mots. Si cela venait à se savoir… Fred, il m'a été rapporté d'une source dont je ne peux remettre en question le désintéressement, une source qui aurait vu à plusieurs reprises des choses qui prouveraient que vous tenez un blog depuis votre lieu de travail. »

Il laissa flotter un silence dont Fred s'empara immédiatement pour se défendre.

« Non mais Monsieur, je vous assure que je n'ai jamais écrit de blog pendant mes heures de travail. Je ne me serais jamais permis…

— Donc vous admettez que vous avez bien un blog. Et que ce blog se trouve être celui dont parle toute la presse sous le nom de Persona, n'est-ce pas ? »

Fred ne disposait que de quelques secondes pour réfléchir à la meilleure attitude possible. Devait-il nier ? Pour cela, il aurait fallu connaître l'informateur secret du patron. Dans le doute, il choisit d'admettre la vérité en la minimisant. Il hocha donc la tête.

« Oui, c'est vrai. Mais j'ai arrêté ce blog Monsieur. Je ne pensais absolument pas que ça prendrait de telles proportions. Et je n'ai jamais voulu nuire à l'entreprise. Et de toute façon, personne ne sait qui je suis. Si la personne qui vous en a informé se tait, tout cela tombera dans l'oubli… Je… J'aime vraiment mon travail Monsieur. Et je fais du mieux possible. Je crois que vous n'avez jamais eu à vous en plaindre.

— C'est exact. Vous êtes un employé efficace et je n'ai rien contre vous Fred, malgré… vos petites excentricités. Mais vous comprenez bien que tout cela va finir par se savoir. Et le jour où nos clients découvriront que le standardiste qu'ils ont régulièrement au téléphone est Persona, ils se sentiront trahis. Je suis désolé Fred, mais il est impossible de continuer comme ça. Je dois agir. Qui plus est Fred, vous m'avez menti sur autre chose encore. »

Là, Fred ne voyait vraiment pas de quoi il pouvait s'agir.

« Après avoir été informé de votre activité littéraire, j'ai dû me renseigner sur vous. Et Fred, il se pencha soudain en travers de son bureau et se mit à articuler tous les mots comme s'il parlait à un demeuré, *vous pouvez m'expliquer pourquoi un type qui a réussi Sciences-Po et Polytechnique est secrétaire*? Je veux bien que le marché du travail soit difficile mais tout de même. »

Le patron se renfonça dans son fauteuil.

« En découvrant votre véritable CV, j'ai évidemment pensé que vous étiez ici pour faire de l'espionnage industriel à la solde de nos concurrents. Alors imaginez ma tête quand j'ai découvert que ce n'était même pas le cas… Je ne vous comprends pas Fred. Mais vous devez bien comprendre que je ne peux pas vous garder comme secrétaire. Je suis désolé. Mais comme il serait fort dommage que notre entreprise se prive d'un talent comme le vôtre, je vous nomme responsable des expertises Île-de-France. Alors, qu'en dites-vous ? »

Il lui adressa un large sourire.

Fred était effondré. Une promotion, c'était la pire chose qui pouvait lui arriver.

« Je… Je ne sais pas quoi dire… J'aime mon travail de secrétaire. Ce n'est pas par défaut. J'ai choisi de faire ça. Ça me va très bien. »

Le chef tapa du poing sur la table.

« Écoutez Fred, ce n'est pas compliqué. Soit vous acceptez cette promotion, soit c'est la porte. Je vous laisse jusqu'à la fin du mois pour décider. »

Fred sortit la tête basse.

C'était une catastrophe.

Il retourna s'asseoir à son bureau. Une catastrophe. Totale. Si pour le reste de ses contemporains, la catastrophe eût été de rétrograder dans la hiérarchie de l'entreprise, pour Fred une promotion était au moins aussi douloureuse. Il avait tout fait, vraiment tout, pour échapper aux responsabilités et voilà qu'elles le rattrapaient. Il était maudit. Il avait l'emploi parfait à ses yeux, il s'y sentait à l'aise, il aimait son travail, on était satisfait de lui et voilà qu'on lui interdisait de continuer. C'était quoi cette punition à la con ? Tout ça à cause de Persona. Ce blog ne lui avait apporté que des emmerdes. D'abord il s'était fait briser le cœur par Nénuphar, ensuite on lui avait volé sa tranquillité et maintenant il perdait son boulot. Mais pourquoi s'était-il inscrit sur Myspace ?

Et maintenant, il allait passer pour un menteur aux yeux de toute l'entreprise. Parce que tout le monde était au courant, c'était évident. Ça expliquait le comportement étrange de François tout à l'heure. Et Fred savait que tout ce qui était un peu exceptionnel, extraordinaire, attisait la jalousie des autres. Mais comment avaient-ils su ? Fred était certain de ne pas être identifiable sur le blog lui-même. Quelque chose d'autre l'avait trahi. Et si ce n'était pas du côté de Persona qu'il fallait chercher, c'était forcément du côté de Fred. Le patron pensait qu'il tenait son blog depuis son poste de travail. Donc, ça ne pouvait signifier qu'une chose : quelqu'un de l'entreprise l'avait vu connecté sous le nom de Persona. Fred avait pourtant toujours été très vigilant mais avec son bureau au milieu du couloir, ouvert aux quatre vents et à tous les regards... Il laissait en général la fenêtre Myspace ouverte dans la barre de tâche de l'ordinateur, il avait suffi qu'il se lève pour partir faire une photocopie et un petit malin était venu fouiller. Mais pourquoi ? Pourquoi aurait-on fait ça ? Pourquoi se serait-on intéressé aux activités de Fred jusqu'à aller le dénoncer au patron ?

Un sifflement joyeux le tira de ses réflexions. Il releva la tête et vit passer un Gilbert sautillant qui sifflotait gaiement un air de victoire.

Fred écarquilla les yeux de stupéfaction mêlée de haine. Cet enfoiré de comptable... Forcément. C'était la seule personne au monde à détester suffisamment Fred pour avoir envie de lui pourrir la vie.

Le seul point positif de cette affaire, c'est qu'il avait désormais une solution pour aider Ema.

Le matin en se levant, Ema allumait immédiatement la radio pour s'assurer de ne pas se rendormir. C'était le seul moyen de tenir sa décision de se lever à 8 heures, mettre les voix des journalistes de France Inter à fond dans les enceintes. Elle avait un peu l'impression de se réveiller avec Thomas Legrand dans son lit mais le concept marchait bien depuis une semaine qu'elle avait décidé de se reprendre en main. Elle se levait, préparait son traditionnel litre de thé. Elle avait même acheté du thé Mariage pour inaugurer ce nouveau rythme de vie. En attendant que son eau à l'herbe refroidisse, elle allumait l'ordinateur et se mettait au travail. Elle commençait par répondre à ses mails puis passait à l'étape relance/harcèlement de tous les rédac-chefs de Paris. Mais cette fois, il ne s'agissait plus de les supplier de l'embaucher. Elle avait bien compris qu'un CDI était une idée totalement tombée en désuétude dans le milieu. En conséquence, elle s'était habituée à l'idée que la précarité serait son nouveau mode de vie, son étendard, son drapeau, son sacerdoce. Elle serait pigiste ou ne serait pas. Elle ne vendait plus son temps (avec des horaires fixes et imposés) mais directement le résultat de son travail. Évidemment, l'opération se révélait nettement moins avantageuse du point de vue financier. D'autant que la vente et le paiement d'un article lui prenaient à peu près autant de temps que sa rédaction. Elle proposait des sujets, on ne lui répondait pas, elle harcelait, on finissait par lui répondre. Ce petit jeu occupait donc largement ses matinées. Et puis, en tant que pigiste, il fallait qu'elle se tienne constamment au courant de… eh bien, à peu près tout. Et là, elle en avait pour plus de deux heures à parcourir tous les sites qui constituaient sa veille sur internet.

Mais depuis trois jours, la tonalité des mails qu'elle recevait avait considérablement changé. Depuis l'idée de génie, le cadeau sublime de Fred. Ema ne se contentait plus de proposer des sujets d'articles, désormais elle avait un scoop à proposer et la donne n'était plus la même. Elle avait en sa possession la première et la seule interview de Persona. Elle comptait évidemment en tirer le meilleur prix possible mais également conclure le deal avec un magazine dans lequel elle aurait l'assurance de repiger plus tard. C'était non seulement Fred qui lui avait proposé cette exclusivité pour la sortir de sa panade professionnelle mais en plus il lui avait laissé toute latitude pour gérer l'affaire. Sa seule restriction concernait son nom de famille qui devait rester secret – mais Ema avait l'essentiel dans la mesure où il avait accepté de poser pour une photo. On pouvait dire qu'en allant dénoncer Fred, le comptable de sa boîte avait fait un cadeau inespéré à Ema. Le rapport de force avec les rédac-chefs s'était ainsi inversé et elle faisait monter les enchères depuis trois jours. Un scoop comme celui-là, ça ne lui arriverait pas souvent mais c'était idéal pour commencer et asseoir sa carrière de pigiste.

Se remplir la tête de préoccupations professionnelles lui évitait en outre de trop penser à Blester. Après le café avec les Morues, il avait bien fallu qu'elle l'appelle. La discussion avait été facilitée par l'état de colère dans lequel il était. Il lui avait d'abord répété « T'es folle, folle, folle ». Mais quand elle était passée à la phase du « Je crois qu'il vaut mieux qu'on fasse une pause, je ne suis pas en état de continuer, j'ai besoin de m'occuper de moi », il s'était brusquement calmé et lui avait enfin demandé une explication rationnelle. Elle avait alors tenté de lui exposer le problème sous l'angle du gigot. « J'étais en train de te préparer un gigot *au lieu* d'être avec mes amis. » À quoi il lui avait prosaïquement répondu « Mais je ne t'ai jamais demandé de me préparer un gigot.

— Mais c'est encore pire ! T'as même pas eu besoin de me le demander…

— On va pas se séparer pour une histoire de gigot quand même ? »

Elle avait conclu en lui demandant de lui laisser un peu de temps. Elle savait qu'avant toute chose, il fallait qu'elle règle le problème de sa non-activité professionnelle. Il fallait qu'elle soit un minimum fière de ce qu'elle faisait, ce qui, selon une logique assez implacable, impliquait en premier lieu de *faire* quelque chose. Qui plus est, privée de la sécurité de son couple, elle se révélait autrement plus productive. La première semaine, elle avait déjà deux projets d'articles acceptés. Sa récompense pour chaque journée de travail était de retrouver les Morues pour dîner, elles l'épaulaient comme si Ema avait été en pleine convalescence.

Ce jour-là, vers midi, elle décida de descendre chercher son courrier. Dans le fond de la boîte gisait une grosse enveloppe kraft. Elle la regarda quelques secondes en pensant de manière absurde que c'était trop épais pour être une proposition de travail. En la retournant, elle constata que l'écriture lui était inconnue. Elle attrapa au passage les deux factures du jour et remonta chez elle. Quand elle ouvrit l'enveloppe, une feuille manuscrite glissa par terre. Le contenu restant était un dossier imprimé d'une trentaine de pages. Ema regarda le titre sans comprendre. « Note de synthèse et conclusion sur l'opération De Vinci ».

Elle ramassa la feuille manuscrite et s'assit pour lire.

« Mademoiselle Giry,

Je me permets de vous écrire pour vous faire parvenir un document qui semblait vous intéresser. Si je prends cette initiative, c'est pour honorer la mémoire de Mlle Durieux dont vous étiez, si j'ai bien compris, une amie proche. Mais je vous demanderai de ne pas rendre ce document public et surtout pas la source dont vous le tenez.

Je vous remercie pour votre discrétion. »

C'était donc la secrétaire du patron, Sandrine, cette grande blonde au visage ingrat qui lui envoyait la synthèse de Charlotte. Mais pourquoi ? Ema ouvrit la fenêtre et s'accouda au rebord pour fumer une cigarette. Il faisait frais, le ciel était d'un blanc un peu sale qui reposait ses yeux après des semaines d'un soleil éblouissant. Pourquoi cette femme lui envoyait ce document dans le dos de son patron, sans la connaître ? Pourquoi lui faire confiance alors quelle risquait sûrement sa place ? Sa demande de ne pas le rendre public produisait évidemment l'effet inverse. Et si Ema faisait un papier sur le sujet... Imaginons que la synthèse de Charlotte soit réellement explosive... Un seul moyen de le savoir. Elle referma la fenêtre, ramassa le document et s'installa sur le canapé pour commencer sa lecture.

Il lui fallut plusieurs heures pour en venir à bout, certaines explications demandaient des compétences économiques qui la dépassaient et elle devait relire chaque phrase pour ne pas perdre le fil. À la fin, elle reposa le tout sur le sol et s'allongea pour observer le plafond du salon. Comme prévu, Charlotte avait rédigé ce mémo pour démontrer tous les travers du dossier De Vinci. Elle ne remettait pas en cause la RGPP, ni le libéralisme, mais seulement leur application à certains biens communs comme la culture. Elle expliquait par exemple que transférer la propriété des monuments nationaux aux collectivités territoriales était une mesure anticonstitutionnelle parce qu'elle allait à l'encontre de l'accès démocratique des citoyens à la culture. Certaines collectivités plus pauvres que d'autres n'auraient pas les moyens financiers d'ouvrir les musées toute l'année et donc les citoyens, selon les régions de France où ils habitaient, seraient défavorisés.

Elle soulignait ensuite le cas de conscience que lui posait la position de son entreprise en tant que mécène du Louvre alors qu'on lui demandait de proposer un nouveau statut pour le musée, un statut qui précisément le rendait encore plus dépendant des financements privés. Elle soulignait que les déductions d'impôts dont bénéficiaient déjà les mécènes (à hauteur de deux tiers du don, un soutien de 64 000 euros après réduction fiscale ne coûtait plus que 25 600 euros à l'entreprise) représentaient des sommes qui, fiscalisées, auraient pu être employées directement par l'État pour le musée, sauvegardant ainsi une véritable politique culturelle indépendante. À la place, on lui demandait de rendre un rapport qui préconisait de baisser les subventions octroyées aux musées.

La dernière partie était particulièrement intrigante où elle expliquait que, de surcroît, ce genre d'opération était très souvent l'occasion pour certains de spéculer et multipliait le risque de fraudes telles que le délit d'initié. Pourquoi parlait-elle de cela ? Pourquoi anticiper à ce point de possibles abus ? Ema était convaincue que si Charlotte les mentionnait c'est parce qu'elle avait déjà eu vent de fraudes. Pour tous ceux qui étaient au courant de l'opération De Vinci, il était évidemment fort tentant de prendre dès à présent des parts dans les entreprises dont eux seuls savaient qu'elles allaient bientôt multiplier leurs bénéfices en obtenant la gestion de biens publics.

Malheureusement, Charlotte ne mentionnait personne. Elle restait assez évasive sur le sujet, parlant seulement de « risque » ou « éventualité ». Si elle avait identifié des personnes ou des entreprises, Ema aurait alors tenu un sujet d'article en or avec la possibilité de s'appuyer sur son travail pour dénoncer des pratiques illégales. Mais là, objectivement, elle n'avait rien de suffisamment tangible pour le rendre public.

Alors quoi ? Tout ce qu'elle pouvait faire, c'était apporter ce dossier aux flics. Parce que, au moins, il prouvait que Charlotte était en désaccord complet avec sa hiérarchie. Et eux sauraient sans doute mieux qu'Ema exploiter ces informations et où aller enquêter. Gilles et Gonzo avaient raison, il était temps qu'elle agisse en citoyenne confiante.

Il fut assez compliqué de trouver où aller et à qui s'adresser. Finalement, c'est Gilles qui, un peu à contrecœur, lui donna le nom du flic qui gérait l'affaire. Elle obtint un rendez-vous dès le lendemain matin et c'est avec un sourire pas peu fier qu'elle déposa ledit dossier sur le bureau du policier. Il avait une cinquantaine d'années, une ride de la taille d'un fossé lui barrait horizontalement le front. Il la regarda avec un amusement fatigué.

« C'est quoi ça ? » lui demanda-t-il.

Ema entreprit de lui expliquer ses hypothèses quant au travail de Charlotte et conclut par « C'est peut-être une donnée de sa vie que vous avez un peu négligée et qui pourrait vous être utile pour relancer l'enquête. »

Il hocha la tête.

« C'est très aimable à vous, mais vous savez l'enquête est bouclée. Selon toute probabilité, votre amie s'est donné la mort.

— Oui mais justement cet élément permet d'apporter un nouvel éclairage sur les circonstances de sa mort, non ? »

Il parut un peu gêné. Il feuilleta le dossier sans lire une ligne et finalement le referma. Il prit un air à la fois distant et désolé pour lui parler.

« Je comprends très bien combien les circonstances sont difficiles pour vous. Ce dossier est sûrement très intéressant, et peut-être même que vous avez raison, qu'il cache des choses pas nettes sur le travail de Mlle Durieux. Au mieux, cela peut expliquer les raisons de son acte mais ça ne justifie nullement de rouvrir l'enquête. Je ne tenais pas à vous donner plus d'informations mais peut-être que cela peut vous aider à accepter la réalité si je vous dis que nous avons des preuves irréfutables que votre amie s'est suicidée. »

Ema le regarda sans y croire une seconde.

« Excusez-moi d'insister. Je sais que vous devez vous dire "Encore une qui regarde trop de séries télé, qui voit des complots partout" mais, chaque fois que j'ai creusé dans le sens de ce dossier, j'ai trouvé des éléments de plus en plus troublants. »

La voix du flic se fit encore plus douce.

« Je vous assure, nous n'avons aucun doute sur cette affaire. Mlle Durieux n'a pas été assassinée. Je… il se racla la gorge… Je vous le dis à titre privé pour que vous cessiez de vous tourmenter avec ça, mais nous avons la preuve que votre amie a acheté l'arme avec laquelle elle s'est donné la mort. Nous avons retrouvé dans ses affaires la preuve d'achat de cette arme qui date d'une semaine avant son décès. »

Ema resta tétanisée sur sa chaise. À partir de là, elle ne parvint plus à l'écouter. Bien sûr, elle faillit lui répondre que justement, Charlotte avait pu acheter un flingue pour se protéger parce qu'elle se savait en danger. Elle aurait pu lui dire que pour se suicider, Charlotte n'aurait jamais choisi une méthode aussi violente (même si la proximité de l'anniversaire de la mort de Kurt Cobain contredisait peut-être cette affirmation). Mais au fond, Ema sentit immédiatement qu'une seule certitude s'imposait dans son esprit – était-ce à cause de cette « preuve d'achat » ou de cette voix posée qui sonnait comme celle de la sagesse, ou juste de la fatigue d'une quête impossible qui l'obsédait depuis des mois – mais à cet instant elle sentit que meurtre ou suicide, elle abandonnait tout espoir de réussir un jour à trancher. Cette fois, c'était bel et bien fini.

En sortant de l'entretien, elle se retrouva à déambuler sur les quais de Seine sous un léger crachin. Elle était triste et soulagée mais elle n'était plus perdue. Elle s'arrêta devant les bouquinistes. Elle avait envie de s'acheter un livre. N'importe lequel, un petit livre de poche aux pages décollées, à la tranche qui craquerait quand elle l'ouvrirait. Ils avaient essentiellement de gros ouvrages sur de Gaulle. Finalement, elle choisit *Paris est une fête.* Elle savait que le titre était trompeur, elle l'avait lu longtemps avant. Du temps où elle lisait encore. Elle décida de s'installer à la terrasse couverte d'un café pour boire un chocolat chaud en feuilletant la jeunesse d'Hemingway. *Et puis, il y avait la mauvaise saison. Elle pouvait faire son apparition du jour au lendemain, à la fin de l'automne. Il fallait alors fermer les fenêtres, la nuit, pour empêcher la pluie d'entrer, et le vent froid arrachait les feuilles des arbres, sur la place de la Contrescarpe. Les feuilles gisaient, détrempées, sous la pluie, et le vent cinglait de pluie les gros autobus verts.* Elle leva la tête. Elle était emmitouflée dans son châle et elle regardait les passants avec une douceur de vieille dame. C'était donc ça la vie. Était-ce à la hauteur de ses espoirs d'adolescente… enterrer sa meilleure amie sans savoir pourquoi. Ce dénouement en appelait évidemment un autre. Grâce à Charlotte, elle n'avait pas connu la solitude. Et puis, il y avait eu les Morues. Mais ce jour-là, tandis que le serveur mettait en marche le chauffage extérieur, Ema se sentait seule. Terriblement seule. Elle aurait pu appeler Alice qui ne travaillait pas dans la journée mais en réalité, son sentiment de solitude n'était dû qu'à une absence. Blester lui manquait. Elle crevait de ne pas le voir. Tant qu'elle travaillait, elle arrivait à ne pas y penser. Mais elle n'allait pas bosser jour et nuit pour ne pas affronter le problème. Elle faisait quoi, elle, avec ce garçon qu'elle aimait et avec qui elle se perdait et s'attristait ? Elle faisait quoi de l'amour qu'elle portait dans son cœur, du sien à lui, elle le jetait d'un revers de main simplement sous prétexte qu'elle savait que c'était foutu d'avance ? C'était pas un peu facile ? Bien sûr que ça ne marcherait jamais entre eux, ils étaient trop différents, il était un garçon, elle était une fille. Évidemment que c'était pourri dès le début. Et alors ? En quoi ça les empêchait de vivre leur histoire et qu'elle fût sublime ? Elle repensait, encore, à Musset, *il y a au monde une chose sainte et sublime, c'est l'union de deux de ces êtres si imparfaits et si affreux. On est souvent trompé en amour, souvent blessé et souvent malheureux ; mais on aime, et quand on est sur le bord de sa tombe, on se retourne pour regarder en arrière, et on se dit : J'ai souffert souvent, je me suis trompé quelquefois ; mais j'ai aimé. C'est moi qui ai vécu, et non pas un être factice créé par mon orgueil et mon ennui*[1]. Elle n'allait pas abandonner et vivre comme une nonne derrière des volets clos alors qu'il était là, les bras ouverts. Elle faisait quoi ? Eh bien... Ils pouvaient lutter, ils essaieraient, ils échoueraient, ils s'engueuleraient, ils discuteraient, ils recaleraient les choses au fur et à mesure, sans cesse il faudrait réajuster. On vivait par étapes, pas sur une grande déclaration d'intention définitive. Mais le seul moyen que ce fût viable bien que perdu

1. Alfred de Musset, *On ne badine pas avec l'amour*, acte II, scène V.

d'avance, c'était qu'elle conservât son autonomie. Qu'elle ait le courage de la conserver et qu'il ait celui de ne pas la lui confisquer. Que la peur de le perdre ne l'empêche jamais de dénoncer les travers de cette relation boiteuse. Qu'elle soit prête à remettre sa sécurité sur le tapis à chaque tour de cartes.

Playlist :
Queens of the Stone Age – *No One Knows*
Menomena – *Muscle'n Flo*
Destiny's Child – *Say My Name*

Épilogue

Bien qu'il détestât évaluer son état psychique et peser son humeur, un constat nouveau s'imposait à Fred. Il se sentait bien. Pas heureux. Pas déprimé, pas mal dans sa peau, pas stressé, pas oppressé. Pas euphorique, pas léger, pas enthousiasmé. Juste bien. En accord avec ce qu'il se sentait être, ou ce qu'il était enfin devenu, avec une conscience réconciliée et vivante. Vivant alors que, pour la première fois depuis très longtemps, peut-être même depuis jamais, il n'était pas transi d'amour pour une fille. Il ne soupirait après personne, ne s'inquiétait des caprices d'aucune déesse du sexe inatteignable. Il y avait bien une fille en particulier mais… il ne voulait pas y penser. Il verrait bien ce qui se passerait. Ou pas. Pour le moment, il se sentait bien, satisfait de sa vie actuelle, justement sans projection fantasmatique sur des ailleurs au goût de cyprine. J'ai peut-être fini mon interminable crise d'adolescence, songea-t-il.

Au loin, la ligne d'horizon marquait une frontière entre deux nuances de gris. Le gris un peu lourd de la mer et celui plus clair du ciel de novembre en fin de journée. Il allait pleuvoir cette nuit.

Fred prit appui sur ses deux mains pour se décaler un peu, jusqu'à trouver une surface recouverte d'une mousse verte et suffisamment plane pour s'y rasseoir. Les rochers qu'il avait escaladés n'étaient pas confortables mais d'ici il avait la plus belle vue sur la mer et la plage en contrebas. Au loin, il voyait un couple, emmitouflé dans d'épais manteaux. Ils déambulaient à quelques centimètres des vagues qui s'écrasaient sur les galets. La femme exécuta des entrechats en riant pour éviter de se mouiller les pieds et revint vers l'homme qui ouvrit son manteau pour qu'elle s'y blottisse. Fred les regarda marcher jusqu'à ce qu'ils disparaissent derrière un autre massif de roches noires.

Il se sentait bien et, inspirant une grande bouffée d'air marin, il se demanda si la salinité de l'air y était pour quelque chose.

Sittin' in the mornin' sun
I'll be sittin' when the evenin' come
Watching the ships roll in
And then I watch 'em roll away again

Bien sûr, rien n'avait de sens, rien ne conduisait nulle part mais les événements des derniers mois, cette ténébreuse affaire comme la surnommait Ema, lui donnait le sentiment que sa vie avait changé. Pourtant, son esprit cartésien ne doutait pas qu'avec le temps ce sentiment s'estomperait, que la routine reprendrait son droit, qu'il redeviendrait le pauvre Fred. Non, rectifia-t-il, il se mouvait déjà dans une routine. Mais une routine qui lui convenait, qu'il choisissait, qui ne se limitait pas à être la répétition d'un écrasement existentiel.

I'm sittin' on the dock of the bay
Watching the tide roll away
I'm just sittin' on the dock of the bay
Wastin' time

S'il était venu ici avec Alexia, il n'aurait pas vu la mer. Il n'aurait profité de rien. C'était parfaitement tombé que la propriétaire du gîte le rappelle pour lui rendre son chèque au moment où ils cherchaient un lieu de villégiature pour le week-end.

La parution de l'article d'Ema n'avait eu, au final, que des conséquences assez limitées. Quelques contrats d'édition pour la parution du blog en version papier (que Fred avait tous déchirés) et plusieurs propositions de travail dans des revues qu'il avait déclinées mais en indiquant qu'il connaissait une excellente journaliste que cela pourrait intéresser. Du coup, dans le milieu de la presse, certains soupçonnaient qu'Ema fut en réalité Persona. Mais l'intérêt suscité par ce mystère diminuait sans cesse. Fred venait de découvrir qu'un nouveau buzz internet l'avait détrôné. Un ado qui faisait des vidéos avec des pieds d'enfant. Finalement ce que le blog avait réellement apporté à Fred, c'était la possibilité d'aider concrètement sa meilleure amie.

L'article d'Ema avait tout de même eu un autre effet inattendu. Alexia avait encore relancé Fred. Et cette fois, il s'était dit pourquoi pas. Ça ne coûtait rien d'aller prendre un verre avec elle maintenant que son identité avait été révélée. Sur le chemin pour la rejoindre, il avait un peu appréhendé de retrouver cette ancienne divinité. Il s'était demandé s'il serait suffisamment fort pour ne pas succomber à sa vieille fascination pour les nymphettes. Mais dès les premières minutes, il avait simplement été content de la revoir, de retrouver son sourire espiègle, ses éclats de rire, son petit air concentré quand il tenait des propos sérieux. Plus surprenant, elle avait été très séductrice avec lui et il avait assez vite compris qu'il ne serait pas obligé de passer la nuit seul. Mais, pour la première fois, Fred avait mis le holà. Pour la première fois, il avait dû instaurer une distance sympathique mais claire avec une fille. Bien sûr, elle était toujours aussi attirante mais… il n'avait pas envie. Enfin… pas plus que ça. Évidemment, s'il n'avait jamais couché avec elle, il aurait sûrement cédé à la tentation. Mais en l'occurrence, il n'en voyait pas l'intérêt. Au pire, il risquait de la blesser. Il se serait passé quoi ? Cette nuit-là, redoré par sa célébrité, il aurait sans doute été autorisé à lui éjaculer sur les seins. Mais elle était jeune, ils étaient sortis ensemble, elle le voyait encore comme le pauvre Fred et n'imaginait pas tout ce qu'il avait vécu depuis leur séparation – la preuve, son air stupéfait quand il avait commandé une vodka. « Tu bois de l'alcool toi maintenant ? » À cet instant, Fred avait compris que tellement de choses avaient changé sur lesquelles il était impossible de revenir… Le lendemain elle aurait attendu, en toute logique, qu'il la rappelle. Le jeu était un peu truqué et, en tant qu'adulte, Fred avait considéré que c'était à lui d'agir de façon responsable. Après une soirée agréable, ils s'étaient donc quittés bons amis.

Mais ce n'était pas la seule raison. Tandis qu'il la regardait racler le fond de son mojito, il s'était surpris à s'attendrir avec un léger paternalisme. Elle était charmante mais sa vie ne l'intéressait pas. Il ne se sentait pas proche d'elle – et il n'en avait pas envie. Pourtant, il se souvenait parfaitement de leur rupture, de cette fin de journée, à son bureau, où il avait reçu ce mail terrible. Combien il en avait bavé, par quel torrent de souffrance il avait dû passer. À l'époque Alexia était toute sa vie, il n'avait rien d'autre à quoi s'accrocher. Et seulement quelques mois plus tard, il avait du mal à comprendre comment cette petite chose avait pu le plonger dans une telle dépression. En un sens, c'était un peu triste. Ou pas.

Fred fut distrait de ses pensées par les cris des mouettes. Elles tournoyaient au-dessus de la mer, annonçant que le jour allait décliner. Leurs cris mêlés aux vagues qui s'abattaient de plus en plus violemment contre les rochers formaient un boucan assourdissant.

I left my home in Georgia
Headed for the 'Frisco bay
Cause I've had nothing to live for
And look like nothin's gonna come my way

Sa promotion au travail lui avait également été bénéfique. Elle était à la fois la résultante des différents changements dans sa vie et un bouleversement elle-même. Il avait désormais son propre bureau, dans une petite pièce, ce qui lui permettait de comater en toute tranquillité quand la soirée de la veille avait été agitée. En particulier quand il était resté au Scandal jusqu'à des heures indues. Les premiers jours, il avait craint que ce travail lui prenne tout son temps, qu'il devienne comme tous ces gens obsédés par leur vie professionnelle. C'était l'avantage du secrétariat, même s'il avait été une secrétaire d'une rigueur extrême et d'un sérieux parfait, la facilité du job lui avait toujours permis d'avoir l'esprit ailleurs. Il avait surtout exécuté des tâches anodines entre deux parties d'internet. Et puis, il s'était assez vite rendu compte que ses nouvelles fonctions ne lui demandaient ni une concentration excessive, ni des heures de labeur. À la limite, c'était même mieux, il s'emmerdait moins, les journées passaient plus vite donc les soirées arrivaient plus vite. Et à sa grande surprise, ses collègues avaient plutôt bien accepté sa promotion. Ils semblaient avoir admis sans plus de question que le cas Fred était particulier. Parfois, les mecs de la compta venaient même toquer à sa porte pour lui proposer de venir boire un café. Invitation que Fred prenait garde à accepter au moins une fois sur deux. C'était alors l'occasion pour eux de le charrier sur son harem féminin. Fred avait en effet décidé de mettre des photos dans son bureau, histoire de s'approprier un peu l'espace, et les clichés de lui entouré des Morues n'étaient pas passés inaperçus. Les premières vannes trahissaient un certain soupçon, sur le thème « T'as fait une formation Photoshop récemment Fred ? » Et puis, un soir où il finissait tard à cause du retard d'un dossier, Ema était venue le chercher. L'arrivée de son décolleté plongeant qu'elle avait promené en long et en large dans les couloirs, frappant à toutes les portes en demandant où était Fred – et connaissant Ema, Fred ne pouvait s'empêcher de penser qu'elle l'avait fait exprès.

Bref, son petit numéro de femme fatale et candide à la recherche désespérée du responsable des expertises Île-de-France avait eu un effet radical. Dès le lendemain matin à la machine à café, tous les collègues masculins de l'étage regardaient Fred avec un respect nouveau.

Look like nothing's gonna change
Everything still remains the same
I can't do what ten people tell me to do
So I guess I'll remain the same

Dans les événements majeurs de ces derniers temps, il y avait aussi eu la discussion avec son frère. Pas franchement la plus agréable de leur vie. Il ne savait pas si leur lien fraternel s'en remettrait un jour. Si Antoine lui pardonnerait. Mais ça avait permis de mettre un point final à cette ténébreuse affaire…

Heureusement qu'ils avaient fait ça dans un lieu neutre, qu'ils n'avaient pas souillé un endroit où ils risquaient de retourner un jour. Fred ne foutrait sans doute plus jamais les pieds dans ce café.

Les mouettes avaient disparu. Les vagues se gonflaient de plus en plus, des rouleaux commençaient à apparaître à l'horizon. Et Fred se félicita d'être le seul au monde à assister à ce spectacle, ici et maintenant, de la marée montante.

Mais il ne devait pas trop tarder. Les Morues allaient s'inquiéter. La veille, ils étaient sortis à la découverte des bars et autochtones de la région. Ils avaient d'abord passé trois heures à se gaver de crêpes en tout genre en commentant une énième fois les événements des derniers mois. Et puis ils avaient atterri dans un rade pourri où Ema avait dansé avec des vieux Bretons alcooliques tandis qu'Alice faisait une démonstration de jonglage à un barman moustachu de 50 ans. Autant dire que le réveil avait été difficile. Ils avaient traîné toute l'après-midi à la maison. Quand Fred avait décidé de sortir voir la mer, les Morues étaient encore en pyjama, étalées dans les canapés du salon, somnolant devant la télé, ne se levant que pour aller, à tour de rôle, préparer du café et du thé. À part Gabrielle qui faisait des listes de petite fille.

Un matin, quelques semaines auparavant, alors qu'il commençait tout juste à prendre ses marques dans son nouveau bureau, Fred avait reçu un appel de Gabrielle. Le fait qu'elle utilise le téléphone disait déjà suffisamment combien la situation était grave. Elle avait une voix tendue à l'extrême en lui murmurant qu'elle avait quelque chose à lui confier. Qu'elle n'en avait pas parlé à Ema vu son état actuel et puis… que ça le concernait lui en priorité. Qu'elle n'en parlerait à personne s'il lui demandait, qu'il n'avait d'ailleurs même pas besoin de lui demander, elle se tairait et il déciderait seul de tout. Fred avait commencé à flipper vraiment.

Ils s'étaient retrouvés une heure plus tard dans un café, au moment de la pause déjeuner, à mi-chemin entre leurs deux boulots. Gabrielle lui expliqua alors de but en blanc qu'elle avait eu entre les mains les PV d'audition qui concernaient l'enquête sur la mort de Charlotte. La police n'avait pas immédiatement conclu au suicide, les flics avaient tout de même mené une véritable enquête auparavant. Le plus étonnant dans le dossier c'était qu'Antoine avait été entendu par la police. Gilles aussi avait été auditionné. Ainsi que Tout-Mou bien sûr. Mais alors que l'un avait été entendu une seule fois, et l'autre deux fois, Antoine avait été interrogé à plusieurs reprises. Il avait été convoqué au moins trois fois. Gabrielle n'avait malheureusement pas pu lire ces auditions. Mais ce qu'elle avançait était sûr et certain.

Quand Fred avait fini par balbutier, l'esprit à sec, « Mais comment tu as fait pour avoir ces infos ? » elle avait souri pour la première fois. « On ne refuse rien à une future mariée tu sais. »

Ainsi, il avait été le premier à apprendre le mariage de Gabrielle et Richard de Chassey. Mariage qui était la raison première de ce week-end en Bretagne. Les Morues étaient évidemment contre l'idée d'un enterrement de vie de jeune fille qui aurait signifié que la future mariée renonçait à tout amusement pour se dévouer entièrement à sa vie maritale. Mais ils avaient tout de même voulu marquer le coup et puis, ça faisait un moment qu'ils éprouvaient le besoin de se retrouver tous ensemble loin de Paris. Ce n'était pas les virées au Scandal qui pouvaient faire office de réunion.

Il se releva, épousseta son jean et entreprit la descente précautionneuse de son promontoire rocheux. Arrivé à environ un mètre cinquante du sol, il abandonna la méthode prudente, sauta et atterrit sur les galets. Il resta immobile un instant, jeta un coup d'œil circulaire aux alentours déserts. L'obscurité commençait à recouvrir le paysage, la nuit tombait rapidement.

Il sourit et se mit à courir comme un fou sur la plage, dans toutes les directions, de manière désordonnée, sautant, virevoltant, écartant les bras pour sentir le contact du vent contre ses paumes ouvertes. Il pouvait crier autant qu'il voulait, le bruit des vagues recouvrait sa voix.

Sittin' here resting my bones
And this loneliness won't leave me alone
It's two thousand miles I roamed
Just to make this dock my home

Quand il s'arrêta, il était épuisé et souriant. Il s'écroula sur la plage, les galets lui heurtant le dos. Ça faisait des siècles qu'il n'avait pas produit un effort physique purement gratuit. Il attendit de reprendre son souffle avant de se mettre en route pour le gîte. Les Morues allaient vraiment s'inquiéter.

Il avançait à grands pas dans la nuit glacée et un souvenir lui revint. Il se revoyait petit garçon, dans une obscurité identique. Il jouait sur une plage avec Antoine tandis que leurs parents finissaient de dîner dans un restaurant limitrophe. Il se souvenait de l'incroyable sentiment d'admiration qu'il éprouvait alors pour son grand frère qui inventait toujours les jeux les plus drôles. Ce soir-là, il lui avait appris à faire des ricochets et Fred était persuadé que personne au monde ne savait faire rebondir des pierres sur l'eau hormis son grand frère. Cette admiration a disparu, songea-t-il en accélérant le pas. Maintenant, il était surtout triste pour lui. D'une tristesse un peu lointaine, triste de constater que les choix qu'Antoine avait faits non seulement ne le rendaient pas heureux mais même lui pèseraient sur la conscience sans doute toute sa vie.

Fred n'avait pas su quoi penser de l'information que Gabrielle lui avait confiée. Elle était certes troublante mais trop incomplète pour changer vraiment l'interprétation des événements sur laquelle il s'était finalement fixé. Il en revenait toujours au même point, si la police avait finalement conclu au suicide, ce n'était pas pour rien. Charlotte avait acheté ce flingue. Et même si cela avait été atrocement douloureux pour Ema à admettre, c'était tout de même la preuve la plus tangible possible. Presque autant qu'une lettre. Et pourtant, quelques jours plus tard un deuxième indice vint troubler Fred un peu plus. Il continuait à éviter Antoine et se débrouillait pour venir déjeuner chez ses parents les dimanches où il était certain de ne pas le croiser. Ni son père, ni sa mère n'osaient poser de questions sur ce curieux hasard qui ne pouvait pas en être un mais à chaque fois ils mettaient un point d'honneur à lui donner des nouvelles d'Antoine, même s'il n'y avait rien de spécial. Ce dimanche-là, ils étaient particulièrement excités. Presque autant que le jour où ils avaient découvert l'article d'Ema et où ils avaient eu la satisfaction de voir le génie de leur fils éclater une nouvelle fois au grand jour. Joie qui avait été suivie de la déception de découvrir que non, Fred ne continuerait pas le blog, ni ne se lancerait dans une carrière littéraire. Mais devant les dénégations de leur fils, ils avaient eu un sourire entendu avant d'ajouter « Tu verras, Fred, tu changeras d'avis. » Ce dimanche-là, leurs mines réjouies frisaient les sommets de l'euphorie et Fred se demanda même s'ils n'avaient pas repris contact avec leur ancien fournisseur de drogues. Sa mère chantonnait en ouvrant les plats commandés chez le traiteur et Fred finit par lui demander la raison de cette bonne humeur.

« Je suis tellement heureuse que tu aies accepté cette promotion, mon chéri... J'étais un peu inquiète pour toi tu sais. Évidemment, tu pourrais faire des choses beaucoup plus importantes, comme l'a bien démontré ce blog, mais c'est un premier pas. Maintenant que tu as accepté d'avancer, plus rien ne pourra t'arrêter. Et en même temps, Antoine nous a appris qu'il avait fait un excellent placement. Je n'ai pas compris tous les détails mais il a investi dans une société qui gère des musées, et il semble que le cours de l'action soit en train d'exploser parce qu'ils ont fait une très bonne opération. Bref, nous sommes fiers de vous les garçons. »

L'esprit de Fred enregistra malgré lui ces informations mais il se refusa absolument à les traiter. Il fit tout pour ne pas y repenser. Cependant, le soir même, il fut bien obligé d'admettre qu'il ne pouvait pas les occulter plus longtemps. Si Antoine avait fait ce placement, ce n'était pas un hasard. Il avait dû lui aussi avoir connaissance du dossier De Vinci. Il travaillait dans le même secteur d'activité que Charlotte. Peut-être lui en avait-elle parlé ? Peut-être s'était-elle confiée à lui ? Dans ce cas pourquoi ne pas leur avoir dit ? Pourquoi avoir absolument nié que Charlotte avait des difficultés au travail ? Pourquoi avoir été aussi agressif dès qu'Ema et lui s'étaient intéressés à cette affaire ? Le soir de l'humiliant restau, Ema avait expliqué tout ce qu'ils savaient sur le dossier De Vinci et Antoine n'avait rien dit. Or il était désormais évident qu'il en connaissait lui aussi les tenants et les aboutissants.

Était-ce à cause de cette piste que la police l'avait auditionné à trois reprises ? Plus de fois que le propre fiancé de Charlotte ?

Fred décida de ne rien dire à Ema. Gabrielle avait raison. Ça avait été suffisamment difficile pour elle d'admettre que sa meilleure amie se soit suicidée, elle commençait à peine à se reconstruire, les séances de psy semblaient vraiment lui faire du bien et éloigner ses démons, elle n'avait pas besoin qu'il vienne remuer le couteau dans la plaie et lui redonner des espoirs d'explication. Et puis, elle avait assez à faire avec le ménage actuel dans sa vie professionnelle et amoureuse. D'autre part, Fred ne pouvait pas trahir son frère comme ça. Il n'imaginait pas qu'il fût réellement impliqué, d'une manière ou d'une autre, dans la mort de Charlotte mais une chose était sûre, il en savait plus qu'il ne l'avait admis. Et deuxième certitude, le bon placement qu'il venait de faire, les bénéfices qu'il allait en tirer s'appelaient en droit un délit d'initié et c'était passible de peine de prison. Or, le dire à Ema en lui demandant de ne rien révéler était chose impossible. Elle était tout de même journaliste. Il ne voulait pas la mettre dans une situation aussi merdique. Lui se sentait le courage de garder tout ça secret. Par contre, il savait qu'il allait devoir affronter son frère. Il devait lui poser des questions, lui demander une explication. Si Antoine avait à ce point humilié son petit frère uniquement pour masquer ses magouilles ce n'était pas pardonnable.

Il lui avait donc donné rendez-vous un soir dans un bistrot de Châtelet dont le plafond était orné de lustres et où le café était trop cher. En voyant par la vitrine son frère déjà installé, consultant fébrilement son BlackBerry en l'attendant, Fred avait compris que cette entrevue traînait depuis des années. Qu'ils étaient obligés d'en passer par là, par un véritable clash sans témoins. Ils n'avaient pas le choix. Il réalisa également qu'ils ne se voyaient jamais en tête à tête, que toutes leurs engueulades avaient lieu devant des tierces personnes, ce qui empêchait Fred de réagir et les gardait dans une dynamique de non-dits, de tension latente qui n'explosait jamais vraiment.

Les premières minutes furent atroces et Fred se prit à regretter de ne pas avoir demandé à Ema de l'accompagner. Mais cette fois il y arriverait seul. Il ne s'écraserait pas comme d'ordinaire. Il avait des choses précises à dire et il s'était longuement préparé seul chez lui.

Pourtant, Antoine faillit le déstabiliser. Dès qu'il le vit, il lui lança « En retard, évidemment. Surtout j'aimerais bien savoir ce que signifie ce petit rendez-vous. Tu devrais savoir que je travaille comme un dingue en ce moment et que je suis épuisé. On aurait pu se voir dimanche chez les parents. »

Fred s'étonna lui-même de sa réponse : « Je crois que tu n'aurais pas apprécié que j'en parle devant les parents. J'ai des explications à te demander sur plusieurs points. » Et Antoine parut tout aussi surpris par ce ton décidé.

« Des explications ? Tiens donc… Et sur quoi ?

— Charlotte. »

Sous les yeux de Fred, le visage de son frère descendit de plusieurs degrés dans le blanc. Sa voix était nettement moins assurée quand il lui demanda :

« Et qu'est-ce que tu veux que je t'explique ? »

Fred lui annonça alors qu'il savait que la police l'avait auditionné à ce sujet. Et que par ailleurs, contrairement à ce qu'avait prétendu Antoine, il connaissait forcément le projet De Vinci sinon il n'aurait pas pu faire un si bon placement. « Ce qui n'est pas tout à fait légal, ajouta Fred. Mais je m'en fiche que tu magouilles, même si ça me déçoit, ce que je veux c'est que tu me dises franchement ce que tu sais sur Charlotte et ses problèmes au travail. Elle t'avait parlé du dossier ? Elle t'avait dit qu'elle allait écrire un article pour le dénoncer ? »

Le visage d'Antoine semblait vidé de son sang. Fred ne s'attendait pas à une réaction aussi flagrante. Antoine resta silencieux un long moment. Il avait les yeux perdus dans la contemplation de la table. Fred se sentait atrocement mal à l'aise, commençait à se demander s'il n'avait pas été trop dur quand son frère finit par articuler :

« Qu'est-ce que tu veux exactement ?

— Mais… Rien. Qu'est-ce que tu crois ? Que je veux te faire chanter ? Je veux juste que tu me dises la vérité.

— J'en sais rien… Je ne sais pas pour Charlotte. Moi aussi, je me suis posé la question. Mais… comment tu peux penser que j'ai quelque chose à voir dans sa mort ? Quelle image t'as de moi pour penser ça ? C'est affreux. Tu me prends vraiment pour un monstre. Pour un connard. Un meurtrier, c'est ça hein que tu penses ? »

Sa voix s'enflait au fur et à mesure qu'il parlait. Fred comprit qu'Antoine n'était plus du tout rationnel et qu'obtenir des explications allait être particulièrement ardu. Mais il ne lâcherait pas.

« Antoine, arrête. Je sais que tu n'as rien à voir dans la mort de Charlotte. Je ne me suis même pas posé la question une seconde. Par contre, c'est évident que tu en sais plus tu ne le dis. »

À la stupeur de Fred, la gorge d'Antoine commença à trembler jusqu'à ce qu'il éclate d'un rire délirant. Fred resta tétanisé de frayeur. Il est fou pensa-t-il. Il est en train de perdre la raison sous mes yeux.

« Eh bien tu te trompes Fred. T'es pas si intelligent que ça finalement. Bien sûr que j'y suis pour quelque chose dans la mort de Charlotte. Qu'est-ce que tu crois ? T'as vu comment je réagis à chaque fois que vous en parlez avec cette conne d'Ema ? Oui, je sais des choses. Mais c'est pas tout. J'y ai même participé. Concrètement. « C'est ma faute tout ça… » Sa voix se brisa… « C'est ma faute si elle est morte. Mais t'as rien compris. Rien du tout. C'est comme si j'avais appuyé sur la détente. »

Antoine commença à pleurer vraiment.

« Je suis moins intelligent que toi mais en plus je suis un connard. Je savais que ça finirait comme ça. Ce soir-là, je le savais. Je m'en doutais. Je savais que je devais l'appeler. Elle était dans un tel état dans ses derniers messages… Et j'ai fait exprès de ne pas l'appeler. De faire le mort. J'ai même éteint mon téléphone tu sais. Pour être sûr qu'elle ne me contacte pas. Et je suis parti dîner chez des amis. Mais je savais.

— Arrête Antoine. Calme-toi, tu me fais peur. Tu savais quoi ? »

Antoine releva la tête.

« Elle était enceinte. Elle était enceinte et elle devait épouser Tout-Mou.

— Hein ?

— Elle était enceinte de moi Fred. Ça faisait des mois qu'on avait une liaison. Je l'aimais. J'étais fou amoureux d'elle. Mais… quand elle m'a dit qu'elle était enceinte, qu'elle était prête à quitter Tout-Mou, j'ai paniqué. J'ai disparu. J'arrivais plus à répondre à ses messages. Elle s'est mise à me harceler. »

Brusquement, l'espace et le temps s'abolirent dans l'appareil perceptif de Fred. Son esprit était totalement figé sur cette phrase. Charlotte était enceinte d'Antoine. Puis il s'empara de cette information et la retourna dans tous les sens pendant quelques minutes. Fred avait l'impression de n'avoir jamais réfléchi aussi vite. Depuis des semaines qu'il se prenait la tête sur cette énigme, butant inéluctablement sur les mêmes interrogations, il avait soudainement en main la pièce manquante. Charlotte était enceinte d'Antoine. Ils étaient fous amoureux mais il l'avait lâchée au moment où elle avait le plus besoin de lui. Partant de là, tout devenait possible. Même sa décision de dénoncer le dossier De Vinci devenait cohérente. Elle s'en fichait, elle avait déjà tout perdu. Son univers s'était déjà effondré. La soirée Kurt… Même la soirée Kurt prenait sens. Pourquoi elle avait passé la soirée à parler à Fred. Parce que Antoine était là. D'abord le rendre jaloux et peut-être essayer de glaner des informations sur lui via le petit frère. C'est pour ça qu'elle lui avait posé autant de questions. Pas parce qu'il était un petit génie qui trouverait une solution à ses problèmes. Elle s'interrogeait sur sa vie privée. Elle le lui avait pourtant dit. Mais ils n'y avaient pas prêté attention, aveuglés par leur conviction qu'épouser Tout-Mou était une connerie dont elle allait bien finir par se rendre compte. Ce soir-là, elle lui avait dit qu'elle avait l'impression de se réveiller d'un long rêve… Ce long rêve ce n'était pas un mode de vie qu'ils honnissaient tous et dont enfin elle aurait décidé de se sortir. Non, elle se réveillait de ses espoirs déçus avec Antoine et elle plongeait en plein cauchemar. Elle avait perdu son amour, bientôt son travail…

Son ordinateur dans lequel Ema s'était étonnée de ne rien trouver de personnel. Sa vie privée était secrète. Ça aurait dû leur mettre la puce à l'oreille.

Ensuite, tout s'expliquait par l'effet d'accumulation. Elle était enceinte d'un homme marié, un ami d'enfance qui du jour au lendemain l'avait abandonnée. Elle était sur le point d'épouser un autre homme qu'elle n'aimait pas. Et au travail, elle était chargée d'une affaire qui lui paraissait gravissime dans ses conséquences. Elle voulait faire un article, dénoncer les dérives du dossier De Vinci. Elle avait dû subir une pression impressionnante de la part de sa hiérarchie pour se taire. Antoine avait ajouté : « Je crois qu'ils avaient décidé de la licencier… Elle m'envoyait des dizaines de messages par jour pour me dire qu'elle ne supportait plus de vivre dans un tel tissu de mensonges. »

Toute chose s'assemblait désormais à la perfection et en regardant son grand frère écroulé, les épaules affaissées, la mine défaite, le désespoir au fond des yeux, Fred ne sut quoi dire. Il savait qu'Antoine espérait encore qu'on lui dise « Ce n'est pas grave, tu n'y es pour rien », mais c'était impossible. Fred n'avait ni le pouvoir, ni l'envie de l'absoudre. Il se contenta de poser sa main sur l'épaule d'Antoine et de lui dire « Je suis désolé pour toi… vraiment », et c'était sincère. Il était désolé d'un tel gâchis et pour rien au monde il n'aurait aimé être à la place d'Antoine. Mais il ne put rien ajouter d'autre, toutes les phrases qui lui venaient à l'esprit étaient trop cruelles. Il sortit sa monnaie qu'il laissa sur la table et avant de partir, jetant un dernier regard sur Antoine, la tête entre les mains, effondré, lui dit « On se voit dimanche chez les parents… n'y pense plus. »

Mais comment aurait-il pu ne plus y penser.

Fred passa les jours suivants à se demander s'il devait en parler à Ema avant de conclure que non. Il n'avait pas envie de la salir avec cette histoire. Et puis, si Charlotte n'en avait rien dit, ce n'était pas pour rien. Il lui raconterait bien sûr, mais plus tard. Quand le temps aurait calmé les esprits. Pourtant, il avait eu besoin de se confier à quelqu'un d'un peu extérieur, déposer ce secret pour s'en préserver et il avait tout expliqué à Gabrielle qui l'avait pris dans ses bras et avait pleuré avec lui.

Fred s'arrêta à quelques mètres du gîte. Par les fenêtres éclairées, il voyait passer les Morues. Aussi prétendument folles fussent-elles, Fred avait choisi son camp. Même si le souvenir de cette entrevue avec Antoine était atrocement pénible pour lui, elle avait un caractère « leçon de vie édifiante ». Il avait été très impressionné de voir le vernis de réussite sociale d'Antoine se fendiller jusqu'à révéler une terrible faille. Il avait assisté au spectacle d'un homme brisé. Un homme qui souffrait un enfer en silence depuis des mois. Et tout avait pris sens. Ses réactions démesurées. Sa violence. Sa méchanceté. Depuis son exaspération de voir Ema pleurer à l'enterrement, jusqu'à sa cruauté quand ils avaient commencé à enquêter. Outre sa douleur, il avait dû vivre dans la crainte que « ça » se sache. Et que par la même occasion, on découvre son petit délit d'initié. Parce que, quand même, dans l'histoire, il n'avait pas oublié de se servir des informations que Charlotte avait partagées avec lui pour spéculer et amasser un joli pactole au passage... Malgré tout l'amour qu'il lui portait, Fred savait qu'il ne voulait pas finir comme ça, rongé par la douleur, les non-dits, les secrets, les sentiments tus. Tués. Il ne ferait pas la même erreur avec cette fille.

Quand il ouvrit la porte du gîte, il vit Gabrielle nonchalamment étendue sur le canapé. Elle releva la tête de ses interminables listes de mariage et lui sourit. Il referma la porte et frappa ses mains l'une contre l'autre pour se réchauffer. Après avoir enlevé sa parka, il vint s'asseoir sur le dossier du canapé et jeta un coup d'œil à la liste qui était sur les genoux de Gabrielle.

« C'était bien ta sortie maritime ?

— Oui. Revivifiant. Et toi ? T'as enfin fini ton plan de table ? »

Elle n'eut pas le temps de répondre, un cri les fit sursauter. Alice arriva en courant et lui pinça la joue. « T'as dû te peler le fion pour le plaisir de regarder trois vagues sur des galets. »

Il allait lui répondre quand il repéra une odeur étrange.

« Ça sent bizarre non ? »

Alice et Gabrielle échangèrent un regard grave.

« Quoi ?

— C'est Ema.

— Elle a décidé de nous faire un gigot d'agneau pour le dîner.

— Ah…

— Ouais. Mais ça a l'air de lui faire vraiment plaisir. »

Ema entra dans la pièce à cet instant précis, son téléphone collé à l'oreille et une clope au bec. Visiblement, elle cherchait du regard un cendrier. Fred en attrapa un sur la table basse et lui tendit. Elle lui adressa un clin d'œil de remerciement tout en poursuivant sa conversation avec son interlocuteur invisible. « Oui, ils veulent me rencontrer la semaine prochaine. Oui, je sais c'est bon signe, je suppose qu'ils veulent me proposer quelque chose mais finalement, je crois que pigiste ça me va assez bien comme boulot. Enfin… on verra. Bon, faut que je te laisse, je dois retourner à la cuisine pour préparer le repas des enfants. Oui, moi aussi… oui… »

Alice lui agrippa brusquement le bras et se mit à hurler « Blester ! Barre-toi ! Elle est folle, elle fait du gigot. » Ema était morte de rire et n'arrivait pas à trouver la force pour dégager Alice. « Morue, arrête ! Il va te croire ! » Quand elle raccrocha, elle leur fit passer le message que Blester les embrassait tous. Puis elle grogna : « Bah alors ? Vous avez pas servi la vodka ? Vous merdez là… »

Tandis qu'ils trinquaient tous ensemble « au mariage de Gabrielle, à nous, à la charte », Fred ne se demandait plus s'il était accepté par les Morues. Il ne se réjouissait même pas particulièrement des marques d'un traitement de faveur. Il savait qu'ils fonctionnaient désormais à quatre – la question ne se posait pas.

À la fin du repas, Alice se pencha vers lui et lui chuchota : « Bah maintenant c'est sûr, j'aime pas l'agneau. »

Il fallut attendre encore plusieurs heures pour que Gabrielle et Ema partent se coucher et qu'après un instant de silence, Alice lui dise qu'elle ne savait pas où ils en étaient tous les deux mais que d'abord, elle devait lui avouer quelque chose.

Playlist :
Bonnie « Prince » Billy – *I See a Darkness*
Otis Redding – *(Sittin' on) the Dock of the Bay*

REMERCIEMENTS

Nathalie, Raphaëlle et Johan pour leurs relectures et leurs encouragements. Et une mention spéciale à Marion Millet et aux Slatos.

Côté filles : Ondine Benetier, Diane Lisarelli, Nadia Daam, Carmela Chergui, Anaïs de Brain, Aglantine Parjadis de la Rivière. Et, évidemment, ma mère.

Côté garçons : José Reis Fontao, David « Coach » Carzon, Julien Gester, Alexis « lolchaton » Ferenczi, l'éminent Georges Molinié, Sandro, Pierre, Fred « dieu » Royer, Sylvain Seguin.

Pour m'avoir permis de manger : Véronique Muller, Daniel de Almeida, Jean-Marie Colombani et le rectorat de Paris.

Et pour tout le reste : Romain et Az.

Table

Prologue 9
Première partie 11
Chapitre un : L'enterrement et les Morues 13
Chapitre deux : Le train et le déjeuner 47
Chapitre trois : Le travail et le sexe 85
Chapitre quatre : Bergman et DJ 109
Chapitre cinq : Le téléphone et Myspace 141
Chapitre six : Café et humiliation 173
Seconde partie 211
Chapitre sept : Le canapé et le désespoir 213
Chapitre huit : Pyjama et vodka 256
Chapitre neuf : Personne et une fille 301
Chapitre dix : Le gigot et l'abyme 338
Épilogue 383
Remerciements 405

Composition réalisée par DATAGRAFIX

Achevé d'imprimer en octobre 2013 en France par
CPI BRODARD ET TAUPIN
La Flèche (Sarthe)
N° d'impression : 3002811
Dépôt légal 1re publication : mai 2013
Édition 06 – octobre 2013
LIBRAIRIE GÉNÉRALE FRANÇAISE
31, rue de Fleurus – 75278 Paris Cedex 06

31/6680/8